납골당의 어린왕자 1

저자 통구스카 | **표지** 노뉴

|목차|

시작. 등록 번호 B612

어두웠다.

새까만 무중력 속에서 소년은 웅크린 자세로 부유했다. 가상현실이기에 가능한 광경. 이곳에서는 하루 스물네 시간 동안 1천 4백 40번의 일몰을 볼 수도 있었다.

팔 뻗으면 닿을 거리에 어둠 속의 유일한 빛이 반짝였다. 네모난 화면이다. 그 안에서, 이제부터 소년이 연기해야 할 사람들이 힘차게 외치고 있었다. 토니 모리슨, 오가타 사다코, 린든 존슨, 마틴 루터 킹, 존 케네디, 윈스턴 처칠, 아돌프 히틀러…….

이미 긴 시간 외워지도록 보았다. 마음에 눈 내린 소년은 그들의 말과 억양과 몸짓을 쉽게 흉내 낼 수 있었다.

배우가 되려면 연기를 배워야 한다. 연기에 몰입하여 능숙해지는 나날이 소년에겐 우울 깊어지는 시간이었다. 그러나 별을 얻기 위해 불가피한 노력이었다.

별이 있어야 장미가 마르지 않을 것이었다.

장미는 가시가 있지만 아름다웠다. 아름다운 것의 끝을 보고 싶지 않았다.

소년은 생각했다.

이 거짓 세상에서 만큼은 그저 있는 그대로의 내가 되고 싶었는데, 바깥세상은 언제나 나를 내가 아닌 나로 만들어 놓는다.

그러나 어쩔 수 없다. 다시 한 번, 소년은 자신을 길들이기로 했다. 때때로 진실 된 마음과 타협한다면, 그래서 가끔은 즐겁다면, 그리 어려운 일도 아닐 것이었다.

준비는 충분하다.

시작하자.

이것은, 스물일곱 번째 게임의 재미없는 이야기.

저널, 2페이지, 캠프 로버츠

중국 동부에서 시작된 범유행 전염병 「모겔론스」는 불과 보름 만에 동아시아 전역으로 확산되었다. 두 달 후에는 유라시아 대륙 전체를 초토화시켰다. 아직 감염이 확산되지 않은 섬나라들이 미주(美洲)에 구원을 요청하고 있었지만, 이쪽도 그럴 여력이 없는 것 같다.

나는 한국인이었다. 시제가 과거형인 것은 돌아갈 나라가 사라져 버렸기 때문이다. 엄밀히 말하면 사라진 건 아니지만, 더 이상 국민을 보호할 능력이 없는 정부에 다른 기대를 걸기란 어려웠다. 대한민국 정부는 험지에 틀어박혀 명맥만 간신히 유지하고 있었다.

나는 교환 학생 자격으로 미국에 머물고 있었다. 그러나 「모겔론스」 사태가 심화되면서 호스트 패밀리의 집에 남을 수 없게 되었다. 나뿐만 아니라 나라 잃은 사람들 대부분이 비슷한 상황이었다. 나라 잃은 사람들은 주 방위군의 통제에 따라 난민 수용소로 이송되었다.

캠프 로버츠(Camp Roberts). 로스앤젤레스에서 101번 국도를 따라 북쪽으로 올라간 자리에 자리 잡은 이 주 방위군 기지가 미국이 정한 첫 번째 난민 수용소였다. 미국 서부, 로스앤젤레스와 샌프란시스코의 중간쯤이라고 해야 할까. 도착해 보니 미국이 왜 이곳에 난민들을 몰아넣었는지 알 수 있었다.

우선 길이 하나뿐이다. 가까운 곳에 마을 하나가 있긴 하지만, 국도가 아니고서는 들어가거나 나갈 길이 없는 위치였으므로 혹여 난민들이 소요를 일으킬 경우 통제하기 용이해 보였다. 캘리포니아 주 방위군 160 보병연대 「Seventh California」 3대대가 난민촌 감시 및 치안 유지 임무를 맡았다.

둘째로 식수와 전기를 자체 수급할 수 있었다. 독립적인 급수 시설과 태양광 발전 시설이 존재하는 까닭이었다. 급수 시설 같은 경우 동편에 흐르는 살리나스 강을 수원으로 삼기 때문에 어지간해서는 물이 달릴 일은 없을 것 같았다.

셋째로 공항 시설을 갖추고 있었다. 수송기가 하루에도 몇 번씩 뜨고 내렸다. 군필자들이 C-130이라고 수군거렸다. 이름을 알아도 의미는 없었다. 중요한 건 국가적 방역이 필요한 상황에서, 다른 나라에서 날아올 항공기들을 일반 공항으로 보내지 않아도 된다는 것이었다.

마지막으로 사람을 수용할 공간이 많았다. 본래 군인 가족들을 위해 마련된 주택 부지들은, 평소 기지에 주둔하는 병력이 별로 없었기 때문인지 대부분이 황량한 공터로 방치되어 있던 상태였다. 혹시나 공간이 모자라더라도, 기지 서쪽과 북쪽이 마냥 황무지뿐이었기에 추후 난민촌을 확장할 여지가 충분했던 것이다.

수용되는 사람들은 점점 더 많아졌다. 난민 캠프는 사실상의 도시가 되었다. 수용 한계를 넘어간 뒤엔 나머지 인원을 포트 헌터 리겟(Fort Hunter Liggett)에 분산 수용한다고 들었다. 위치는 여기서 직선으로 서북방 50킬로미터 정도. 사람들에게 듣기로 그쪽엔 정말 사방에 산 밖에 없다는 모양이다. 그러고도 부족하여 새로운 캠프들을 세운다고 들었다. 하늘과 바다를 통해 도착하는 난민이 나날이 늘기만 한다는 소식이었다.

이곳 캠프 로버츠에서는 사람이 점점 많아지면서 불미스러운 일들이 급격히 늘어나고 있다. 뜻이 통하는 난민들끼리 조직을 만들더니, 사람들에게서 물자를 갈취하기 시작했다. 보급품을 빼앗기 위해 린치를 가하거나 심하면 죽이기까지 한다. 이름도 흉흉한 것이 많았다. 중국인들의 「허이셔후이(黑社會, 흑사회)」나 일본인들의 「스미요시카이(住吉会, 주길회)」 같은 것들은 본래 폭력 조직의 명칭이라 했다. 핵심 인물들이 실제로 그 조직 출신이라고 한다.

미군은 이런 조직들의 성립을 방관하기로 한 것 같았다. 이해는 간다. 한정된 병력으로 이 많은 난민들을 관리해야 하는 만큼 그쪽도 신경이 곤두서 있을 것이었다. 미군이 난민들을 직접 관리하는 것 보다는, 그 사이에 중간 관리자가 하나 끼는 편이 나을 터. 폭력 조직들의 부정을 눈감아 주는 대가로, 미군은 수용소를 보다 간편하게 관리할 수 있게 된다. 조선 말 지주가 마름을 부린 것과 같은 이치라고 봐도 좋겠다. 소작인들의 원망은 지주보다는 마름을 향하게 마련. 조직은 여러모로 유용하다. 어차피 조국 잃은 사람들이다.

난민 관리에 소홀하더라도 외교 문제로 비화할 가능성은 없었다. 인류 멸망의 기로에 선 시점에서, 인권 문제로 정부를 귀찮게 할 시민 단체도 없었다.

각 조직들이 미군 대대장에게 성상납을 하고 있다는 소문을 들었다. 아마 사실일 것이다. 어제 「한인애국회」 회원들이 어떤 여자를 끌고 가는 것을 보았는데, 울부짖으며 발버둥 치고 있었다. 순찰을 돌던 미군 병사가 발견하더니 제지하려고 했으나, 여자를 납치하던 무리 중 하나로부터 무슨 이야기를 듣더니 그 뒤로는 눈살만 찌푸릴 뿐 더 이상 방해하지 않았다.

끌려가는 여자와 눈을 마주쳤더니 꿈속에 나왔다. 잠을 설쳐서 피곤하다. 요즘 들어 마음 편하게 잠들 때가 별로 없다.

캠프 로버츠 6번가부터 15번가까지는 주둔 병력이 사용하는 막사가 있다. 병력 규모에 비해 남는 공간이 많은데도 난민들은 그쪽으로 출입할 수 없게 되어 있었다. 혹시나 그쪽에서 난민이 눈에 띄면 절도 미수 혐의로 처벌 받았다. 처벌의 경중은 국적에 따라 달랐다. 나라 잃은 설움이라고 해야 할까, 정부가 사라지거나 그에 준하는 나라의 국민들은 취급이 무척이나 좋지 않았다. 인종에 따른 차별도 있었다.

인류 존망의 위기는 사람들에게서 도덕과 양심과 동정심을 앗아갔다.

CNN 보도에 의하면 「모겔론스 아웃브레이크」 이후 지금까지 세계 인구의 60% 이상이 변이되었을 거라고 한다. 인류 멸종의 위기에서 도덕은 점차 힘을 잃어 갔다. 캠프 로버츠에서는 그것을 피부로 체감할 수 있었다.

슬픈 일이다.

저널, 5페이지, 캠프 로버츠

어려울 때 만들어지는 조직은 대개 민족주의적이다. 그리고 사람들에게는 무언가 정당한 명분을 붙여 울분을 풀고, 물자를 약탈하고도 죄책감을 느낄 필요 없는 희생양이 필요했다. 마지막으로 여기 수용된 난민 대다수가 아시아와 오세아니아 출신이다 보니 일본에 대한 감정이 좋지 않았다. 이런 조건들이 상승효과를 불러온 결과, 일본계 조직에 대한 대규모 항쟁이 벌어졌다. 폭력 조직 간의 싸움이니 항쟁이라 불러도 무방할 것이다.

많은 일본인들이 죽거나 죽는 것만 못한 신세가 되었다. 일본계 최대의 조직 「스미요시카이」는 필사적으로 저항했지만, 애초에 규모가 달라도 너무 달랐다.

미군은 역시 상황을 묵인했다. 관리 대상의 숫자가 줄어든다는 사실에 매력을 느꼈을지도 모른다. 눈살 찌푸리는 병사와 장교들도 적지 않았지만, 그들 역시 외면하기만 했다. 명령이 있었을 가능성이 높았다.

캠프 내부에도 철책이 세워졌다. 너무 잦아지는 항쟁을 막으려는 의도였을까? 구역이 잘게 쪼개어졌다. 한 구역에, 국적 별로 200명 정도가 들어갔다.

이 거친 항쟁의 와중에 나는 그래도 안전한 편이었다.

영어에 능통하다는 점 때문에 미군과 한인 난민들의 가교 역할을 맡았기 때문이다. 수용된 난민 중 영어를 구사할 수 있는 사람은 의외로 많지 않았다. 한국계 미국인은 미국 국적을 소유했기 때문에 애초에 수용 대상으로 분류되지도 않았고, 따라서 현재 캠프에 수용된 난민은 대부분 여행을 왔다가 발이 묶였거나, 나라가 망해갈 때 공중과 해상으로 탈출을 도모했거나 하는 부류였기 때문이다. 후자가 압도적으로 많았다.

나처럼 영어 회화가 자유로운 사람들은 중간 관리자 정도의 위치를 권유받았다. 무엇보다 영어를 할 수 있으면 미군도 그나마 사람 취급을 해 준다는 점이 좋았다. 말이 통하지 않으면 그저 짐승이었다. 이해한다. 그들도 위태로운 입장이니까.

「AI 도움말 (통찰 4등급)」

당신은 관리자 역할을 받아들이거나 또는 거절할 수 있습니다. 받아들일 경우 미군의 호의를 얻습니다. 공동체 내부에서의 평판에 상승 보정이 적용됩니다. 거절할 경우 가시적인 이득은 없습니다. 단, 당신의 현재 능력으로 유추 불가능한 불이익이나 이익이 따로 있을지도 모릅니다. 보다 자세한 조언을 원할 경우 통찰 기술의 등급을 올려 주셔야 합니다.

「플레이어의 선택 : 제안을 수락한다.」

아직 나이 스물도 되지 않은 내가 관리자라니. 처음엔 부담스러워서 거절하려고 했는데, 미군 장교가 피식 웃었다. 미국은 원래 영어 사용자를 우대한다나. 1980년대, 미국은 아프가니스탄을 장악한 소련을 몰아내기 위해 아프가니스탄 민족주의 세력을 지원하려고 했으나, 당시 CIA에 아랍어 구사 능력자가 없어서 돈이 있어도 줄 사람을 찾기가 불가능했다고 한다. 유일하게 말이 통하는 사람이 있어 성향이 꼴통인 걸 알고도 어쩔 수 없이 돈을 주었더니, 나중에 탈레반을 만들어 미국을 엿 먹였다는 것이다. 장교는 이 이야기를 낄낄거리면서 해 주고는, 너에겐 선택권이 없다면서 강제로 일을 떠맡겼다. 보나마나 앞서 말한 마름의 예처럼 미군에게 향할 원망을 중간에 대신 받아야 할 위치가 될 것 같아서 더 꺼려졌지만, 장교의 말처럼 그것은 내 결정과 무관한 문제였다.

내가 맡은 관리구역은 101번 도로를 끼고 기지 맞은편에 위치한 태양광 발전 시설이었다.

집열판을 주기적으로 닦아 내야 할 필요도 있었고, 수용 인원이 늘어난 만큼 새로운 집열판과 변압기를 설치하는 작업도 필요했다. 여기에 한국인들이 동원되었다. 작업 중 그들에게 지급되는 식량 따위도 내가 분배했다. 나보다 나이를 배는 먹었을 어른들이 비굴하게 웃으며 내 비위를 맞추려고 들었다. 웃는 얼굴 뒤에 욕망이 더러웠다. 나이가 어리다는 이유로 속이려는 어른이 많았다. 솔직히 소름끼친다고 생각했다.

여러 조직에서 나를 영입하려고 들었다. 사실 이성적으로 생각한다면 어느 조직이건 들어가야 합당할 것이었다. 영어 능력자는 점점 더 늘어날 테니까, 내 입지는 언제라도 위태로워질 수 있었다.

「AI 도움말 (통찰 4등급)」

현 시점에서 가입할 조직을 결정할 수 있습니다. 조직에 가입할 경우 해당 조직은 당신에게 다양한 혜택을 제공할 것입니다. 단, 특정 조직에 가입한다는 것은 다른 조직의 표적이 될 수 있음을 의미합니다.

「플레이어의 선택 : 어느 조직에도 가입하지 않는다.」

하지만 어디에도 들어가고 싶지 않았다. 한 번은 「한인애국회」에서 자기네 조직에 가입하면 일본인 여자 노예를 주겠다고 유혹했다. 그들은 나름대로 유혹이라고 한 것이겠지만, 솔직히 구토가 치밀었다. 싫다고 했더니 간을 본다고 생각한 모양이다. 다른 조직에서 더 좋은 조건을 제시했냐는 둥, 단순히 조건만 볼 게 아니라 조직의 규모와 장래를 생각해야 한다는 둥 더러운 소리를 늘어놓았다. 나중엔 혹시 남자 좋아하냐는 질문을 받았다. 내가 아직 어려서 철이 없는 것인지는 모르겠지만, 곧 죽어도 부당한 이득을 취하고 싶지는 않았다.

하지만 불길한 예감이 드는 건 어쩔 수 없나 보다.

이제 곧 나도 어른이 되어야 할 순간이 찾아올지 모른다는

예감이…….

저널, 11페이지, 캠프 로버츠

샌프란시스코에서 「모겔론스」가 대규모로 발병했다는 소식이 새롭게 전해졌다. 외부와 격리된 난민 캠프의 특성상, 샌프란시스코 사태는 이미 며칠 전에 시작되었을 가능성이 높았다. 아시아가 순식간에 초토화되었음을 감안하면, 지금쯤 샌프란시스코 베이 에어리어(샌프란시스코와 인접한 오클랜드, 버틀리, 새너제이 등을 포괄하는 대도시권)는 생지옥이 되었을 것이다. 그 증거로 오늘 새벽부터 캠프에 속속들이 수송 차량들이 도착했다. 인종은 다양했지만 백인과 흑인이 다수였고, 말하는 소리를 들어보면 대부분이 영어로 떠들어댔다.

필시 도시를 탈출한 생존자들일 가능성이 높았다.

경비를 맡은 미군의 긴장감도 팽팽했다. 눈에 띄게 날카로워졌는데, 당장 샌프란시스코의 생존자 중 감염자가 있을지도 모르니 당연한 노릇이었다. 백신은커녕 아직 병의 원인도 밝혀내지 못한 까닭에, 한 번 감염되면 변종이 되는 걸 막을 방법이 없다. 변종의 종류는 다양하지만 한 가지의 공통점이 있다.

인간의 적이라는 것.

이런 정황을 눈치챈 난민들은 새로 들어온 미국인으로부터 떨어트려 달라고 아우성이었다. 본래 난민들이 쓰던 자리를 미국 시민들에게 내어주고, 난민들은 기지 서편 급수탑 너머로 새롭게 확장된 텐트촌에 자리 잡았다. 이전보다 더 열악해진 주거 환경에 당연히 불만이 새어 나왔지만, 누군가 강하게 항의했다가 사살당한 뒤엔 적어도 공개적으로 항의하는 사람은 없어졌다.

저녁 배급 직후, 사람들 일부가 탈출을 모의하는 소리를 들었다.

「AI 도움말 (통찰 4등급)」

당신은 탈출하려는 사람들과 함께 기지를 빠져나가거나, 캠프 사령부에 이를 신고하거나, 또는 아무 행동도 취하지 않고 방관할 수 있습니다. 기지를 탈출할 경우 튜토리얼이 종료되며, 캠프 사령부에 신고할 경우 미군의 호의를 얻을 수 있으나 일부 난민들과의 관계에 하향 보정이 발생하며, 아무 행동도 취하지 않고 방관할 경우 의지력에 약간의 하향 보정이 발생합니다.

「플레이어의 선택 : 아무 행동도 취하지 않는다.」

한순간 그들과 함께 탈출할까 싶은 생각이 들었다. 캠프를 벗어나서 안전한 중부 쪽으로 달아나는 것이다. 그러나 이 시국에 도망자가 되어 어떻게 살아남을지가 관건이었다.

발견되면 즉시 사살당할지도 모른다.

신고를 하는 건 어떨까. 역시 내키지 않았다.

나 때문에 탈출에 실패한 사람들이 원한을 품으면 쥐도 새도 모르게 죽어버릴 가능성마저 있었다. 미군이 나름의 조치를 취하긴 할 텐데, 충분하지 않을 것이다. 그들도 요즘은 여유가 없으니까.

그냥 가만히 있기로 했다. 하지만 이래도 되는 건가 하는 자괴감이 들었다.

「의지력 하향 보정 발생 / 상세 수치 불명」

밤늦은 시각에 연달아 총성이 울렸다. 귀를 막고 억지로 잠을 청했으나 결국 다시 잠들지 못했다. 새로운 날이 시작되어 밖으로 나와 보니, 철조망에 찢겨진 살점이나 옷가지 같은 것들이 너저분하게 걸려 있었다.

철조망 너머의 불모지대에도 죽음이 널려 있었다. 새들이 날아와 시체를 파먹었다. 얼마나 죽고 얼마나 탈출에 성공했을까. 아침 식사를 걸렀다. 식욕이 없었다.

저널, 16페이지, 캠프 로버츠

감염이 확산되었다.

규모 미상의 감염 변종이 샌프란시스코 베이 봉쇄선을 빠져나갔다는 보도가 있었다. 고작 나흘 뒤, 새크라멘토가 불타올랐다. 연방군과 주 방위군이 대거 투입되었음에도 불구하고, 변이된 시민들을 막기란 역부족이었다. 도시 인구의 7할 가량이 변이되었다고 한다. 숫자로 따지면 30만이 넘는다. 비록 그것들에게 인간 시절의 지능이 없어 체계적인 집단행동을 하지는 못했지만, 신체능력은 인간을 능가했고, 수의 폭력은 압도적이었다. 교외에 있던 몇 개의 난민캠프가 함께 휘말렸다. 고작 몇 개라도 인수로는 만 단위다.

미군은 최대한의 구출 작전을 시행한 뒤, 시가지 동쪽에 여러 발의 핵폭탄을 떨어트렸다. 미봉책이다.

「모겔론스」로 가장 먼저 붕괴한 국가인 중국은 핵보유국이었다. 군대를 동원하고도 감염을 통제할 수 없게 되자, 중국은 감염 지역에 대량의 핵무기를 사용했다. 국민을 버렸다는 비난에도 개의치 않았다. 감염 변종들을 더 이상 인간으로 볼 수 없다는 입장이었다. 사실상의 일당 독재 국가이기에 가능한 긴급 조치였다.

핵을 쓴 직후에는 감염 변종의 개체 수가 급감하여, 군대가 통제력을 회복하는 것처럼 보였다. 그러나 얼마 후, 감염이 급격하게 확산되었다. 전문가들의 추정에 따르면, 「모겔론스」의 병원체에 오염된 물질이 핵폭발의 상승 기류에 휩쓸려 올라갔다가, 탁월풍(卓越風)을 타고 낙진과 함께 뿌려졌을 가능성이 높다고 했다. 결국 중국은 핵을 사용함으로써 더욱 빠르게 붕괴하고 말았다.

세계 지리에서 배운 내용이 맞다면 미국 서해안은 편서풍의 영향권에 속한다. 새크라멘토에 핵을 떨어트렸다간 미국 중부 지역까지 오염이 확산될 가능성이 높다. 난민 구역 골목에 쓰레기처럼 날아다니던 신문 낱장에서 본 분석 기사였다. 핵 공격이 시작되기 전, 연방 재난 관리청(FEMA)은 캘리포니아 주에서 아직 감염이 확인되지 않은 지역과 네바다 주, 아리조나 주의 주민 모두에게 대피령을 내렸다고 한다.

캠프 로버츠 난민 수용 구역은 소리 없는 아비규환이었다. 우리도 대피시켜 달라는 강력한 항의 시위가 일어났다. 비극이 벌어졌다. 과격해진 시위대가 주둔지 펜스를 밀어 넘어뜨리자, 미군이 발포했다. 냉정하게 생각해 보면 이곳에 발이 묶여 있는 주 방위군 병사들도 달아나고 싶어서 안달이 나있을 것이었다. 불안과 피로, 우울에 시달리던 미군 병사들의 과잉 대응은 장교들조차 통제하지 못했다.

몇 분 만에 7백 명 이상이 떼죽음을 당했다.

공포가 사람들을 압도했다. 언제 죽을지 모른다는 불안감은 당장 죽을지 모른다는 두려움을 이길 수 없었다.

기이한 안정이 찾아왔다.

나중에 알게 된 사실인데, 캠프 남쪽 5킬로미터 지점의 소도시 샌 미구엘에서도 감염 변종이 출현했다고 한다. 캠프 남북이 모두 감염 지역이라 연방 정부가 난민 이송을 포기한 것이었다. 캠프에 주둔하는 미군도 마찬가지로 발이 묶였다. 성격 나쁜 일부 미군 병사들이 난민들을 폭행하는 사고가 잇달았다. 그들 입장에서는, 난민들 탓에 자신이 죽을 위기에 처했다고 생각할 것이었다.

저널, 리페이지, 캠프 로버츠

식량이 떨어져 가는데, 정부에서 마지막으로 구호 헬기를 보낸 건 벌써 일 주일 전의 일이었다. 구호가 필요한 곳은 많고 항공기는 부족했다. 차량을 통한 보급은 위험과 손실 가능성이 너무 높아 보류되었다. 아직 연락은 닿는 모양이지만, 미국 정부가 캘리포니아 일대의 통제력을 상실하고 있다는 사실은 명백했다. 재고가 충분치 않았던 위생 용구는 일찌감치 바닥났다. 사람들의 마음씀씀이가 더욱 더러워졌다.

계절은 늦가을에 접어들고 있었다. 캠프 로버츠는 월동 준비가 되어 있지 않았다. 난방 대책도 필요했고, 식량이나 물자도 충분하지 않았다.

캠프 내 난민들도 지원자를 받아 필요한 것들을 구하러 나가기로 했다. 기지 사령관이 난민 대표들을 불러다가 의견을 모았다. 울타리 바깥을 배회하는 살아 있는 죽음은 사람을 가리지 않았으므로, 지원 대상 또한 남녀노소를 가리지 않아야 공정하다는 의견이 대세였다. 너무 어리거나 너무 늙은 사람만 아니라면 누구든 살기 위해 힘써야 한다고. 이렇게 주장하는 사람들의 가장 큰 동기는 물론 공정함이 아니다. 자신에게 돌아올 죽음의 가능성을 최대한 줄이고 싶었을 뿐이겠지만, 사령관이 허락했다. 그런 이유로 미성년자나 노약자에게도 지원 자격이 주어졌다.

아이와 노인을 돌보던 문명의 울타리는 사람들의 합의에 의해 사라졌다.

캠프에 합류한 샌프란시스코 경찰이 인력 관리를 담당했다. 배급표는 임무 지원자에게 우선적으로 배분되었으므로, 혹여 식량이 부족해진다면 가만히 있는 사람은 굶어 죽을 가능성이 높았다. 그럼에도 나가기를 거부하고 구석에 쪼그려 앉아 굶어 죽기를 택하는 사람들이 많았다. 어차피 죽기는 매한가

진데, 그래도 저 밖에서 산 채로 뜯어 먹혀 죽는 것보다는 안전한 곳에서 아사(餓死)하는 편이 더 낫다고 보는 모양이다.

식량 부족이 그렇게까지 악화되지 않을 가능성도 있다. 미군도 이들에게 참가를 종용하지 않았다. 작전 중 통제에 따르지 않으면 함께하는 미군에게도 위험하다는 이유에서였다.

「플레이어의 선택 : 물자조달 임무를 받아들인다.」

나는 달랐다. 영양 부족으로 기진하게 된다면, 식량이 아니라 다른 이유로 죽게 될 수도 있다. 그 전에 발버둥 쳐 보고 싶었다.

모집소에 가서 자원하겠다고 했더니, 마침 사무실에 있던 장교 중 하나가 날 도로 끌고 나왔다.

로버트 캡스턴 중위. 미군 장교들 가운데 온건한 편에 속한다. 그가 말하길, 중간 관리자 가운데 소속이 따로 없는 사람은 나 밖에 없다던가. 미성년자라서 소외되는 게 아니냐고 물었다. 굶어 죽지 않을 만큼 배급표를 챙겨 줄 테니 재고하라고도 했다.

「AI 도움말 (통찰 4등급)」

제안을 받아들일 경우 공동체의 안정성 상향 보정. 온건 성향 미군 장교들의 호의를 얻을 수 있음. 공동체 내 플레이어의 영향력 증대. 플레이어의 지도력에 상향 보정. 거절할 경우 플레이어의 의지, 매력, 지도력에 상향 보정.

「플레이어의 선택 : 그래도 물자 조달 임무에 자원한다.」

그에게 호의는 고맙지만 그래도 나가고 싶다고 거절했다. 이대로 무기력하게 있고 싶지 않고, 사람들에게 도움이 되고 싶다고. 캡스턴 중위는 아연한 표정이었으나 나를 억지로 붙잡진 않았다. 그저 살아서 돌아오라며 어깨를 두드려 주었다.

좋은 사람은 어느 때라도 있다. 이런 시기에도 중위 같은 사람이 있어서 다행스럽다.

물자 조달

캠프 로버츠

이런 설정이었다. 게임이 시작되기 전의 상황은 영상과 저널을 통해 제공되는데, 설정된 국적과 성별, 나이, 직업, 특성, 시작지점 설정에 따라 달라지곤 했다. 동일한 조건으로 재시작하더라도 완전히 같은 내용이 반복되지 않았다.

지금까지 여러 번 죽고 번번이 재시작하면서도 저널을 눈여겨보는 이유가 여기에 있었다. 예외적인 경우를 제외하면 독백 형식으로 제공되는 저널은 플레이어의 상황에 대한 많은 정보를 담고 있었다. 저널을 진행하는 가상 인격은, 회차를 거듭하면서 플레이어의 성향을 파악하여 보다 정교해진다.

소년에게 저널 보기가 지루한 일은 아니었다. 독백은 나레이션으로 깔릴 뿐, 실제로는 가상 현실로서 체험하게 된다. 다만 플레이어가 말과 행동을 결정하는 게 아니라, 정해진 결과를 일방적으로 느낄 뿐. 비유하자면, 4D 영화의 궁극적인 발전형이라 하겠다.

소년은 주위를 둘러보았다.

새벽빛 하늘 아래, 누렇게 변색된 백색 텐트와 우중충한 군용 텐트가 줄줄이 늘어서 있었다.

캠프의 규모는 도시에 가까웠다. 사람들은 서로 시선을 마주치지 않았다. 플레이어에게만 보이는 홀로그램 안내를 따라 임무를 찾아가는데, 가까운 곳에서 둔탁하고 낮게 울리는 소리가 났다.

이 게임을 처음 할 땐 영문을 몰랐다.

지금은 소리만 들어도 안다.

사람을 날붙이로 콱 찌르는 소리였다. 배를 움켜쥔 중년인을 앞에 두고, 챙그랑– 칼을 떨어트린 여자가 주위를 둘러보다가 소년을 발견한다. 흠칫. 굳어있기도 잠시, 소년을 경계하며 죽어 가는 남자로부터 배급표를 빼앗아 달아난다.

소년은 찌푸린 눈으로 그 광경을 바라보았다. 보기만 했다. 이 게임, 이번이 처음이 아니다. 여러 번 죽어 가며 이벤트를 진행해 봐서 아는데, 저 여자는 조직의 말단에 불과하다. 추궁하겠다고 따라가면 해당 조직의 행동대를 전부 상대해야 했다.

사람은 찌르는 부위에 따라 다른 소리가 난다. 소년도 경험으로 알고 있었다. 필연적인 경험이었다. 저 울타리 밖의 적들, 감염 변종도 모체는 인간이다. 찌르는 감각이 인간과 크게 다르지 않았다.

무엇보다 이 가상 현실 세계관 「종말 이후(Day after apocalypse)」에서, 악한 성향의 인간은 감염 변종보다 더 큰 위협이었다. 성향이 선하더라도 위급한 상황에 몰리면 살인을 저지른다. 결국 사람을 죽이지 않고서는 진행이 불가능한 세계관이다.

증강 현실 홀로그램으로 「시청자 메시지가 도착했습니다. 77건. 로그를 확인하세요.」라는 문구를 볼 수 있었다. 사실 아까부터 깜박거리던 알림이다. 내키지 않았지만, 소년은 메시지 로그를 열었다.

시스템 로그와 일반 메시지 로그, 시청자 메시지 로그 등으로 구분된 반투명 윈도우가 떠올랐다. 시청자 메시지는 방송 공개 게임에서만 활성화된다. 탭을 조절하자 색상 다양한 문자열이 시야 가득 펼쳐진다.

「도도한공쮸♡ : 오빠 저 여자 왜 안 쫓아감?」
「SALHAE : 쫓아가서 죽여! 너는 SALHAE한다, 고로 존재한다!
여자는 하반신만 있으면 돼!
죽이고 범하는 것이 바로 남자의 길!
누가 진짜 남자냐? 니가 바로 진짜 남자!
얼마나 진짜? 존나게 진짜!
너는 10점 만점에 12점인 진짜 사나이!
고민은 여자나 하는 거야! 망설일 것 없어! 저질러버려!」
「ㄹㅇㅇㅈ : 씨발 위엣놈 미친 새낔ㅋㅋㅋㅋㅋ
방송 진행자 나이를 보고 말해라」
「캐쉬미어 : 사후보험 적용 대상자는 가상현실 연령제한 없지 않음?」
「반닭홈 : ㄹㅇㅇㅈ 씹선비질 오지구요- 캐쉬미어는 아는 척 오지구요
오지면 오지명?」
「려권내라우 : 오지명이라니, 그게 언젯적 사람인데…
「반닭홈: 노인인증…할배, 꼬추 서요?」
「금수저 : 어휴 천민새끼들」

확 깬다. 공개 방송이 처음인 소년으로서는 얼굴이 화끈거렸다.

얼른 로그 창을 닫았다가, 몇 번 망설인 끝에 다시 창을 열어 조심스럽게 메시지를 넣었다. 가상 현실의 「텔레타이프」 모듈은 사용자의 생각을 순간적으로 문자화하며, 언어의 차이가 있을 경우 자동으로 번역한다. 그러므로 생각과 입력은 동시에 이루어졌다.

「한겨울 : 사전에 공지한 것처럼 훈수는 받지 않겠습니다.
그리고 고운 말을 써주세요.」

그러고는 창을 얼른 닫았다. 도착한 메시지 숫자가 폭발적으로 증가하는 것이 보였으나 그 내용을 굳이 알고 싶지 않았다.

하지만 왜 이렇게 심한 거부감과 불쾌감이 들까. 소년은 오한을 느꼈다. 한동안 잊고 있었던 가슴 속의 돌이 굴러다녔다. 여기저기 부딪혀서 꽤나 아프다. 애써 무시하며 걸음을 재촉한다.

따를 수 있는 임무 표시는 여럿이었다. 선택에 따라 앞으로 많은 것이 달라진다. 그러나 정한 바가 있었으므로 망설이지 않는다. 목적지에는 차량 행렬이 대기하고 있었다. 소년이 생전에 보았던 미군과 사뭇 달랐다. 시대적 배경이 지난 시대, 21세기 초엽인지라 어쩔 수 없을 것이었다. 생물학적 재해로 인한 인류 멸종은, 기술이 급격하게 발달하고 있는 세기 중반의 지구를 배경으로 삼으면, 아무래도 현실성이 떨어진다.

사용자의 잠재의식에 능동적으로 반응하는 관제 AI가 차량의 이름을 표시해 주었다. 행렬 앞뒤로 기관총이 탑재된 사륜구동 차량(험비)들이, 중간에는 군용이라 특이한 형상의 트럭들이 줄지어 있었다. 기름도 조달하려는지 위장색이 칠해진 군용 탱크로리(M978A2) 두 대가 정 가운데에 대기하고 있는 것이 보였다.

차량 주변은 엄격히 통제되어 있었다. 혹시나 난민들이 차량을 탈취하려고 시도할까 봐 걱정하는 기색이 역력했다. 소년은 얌전히 줄서서 차례를 기다렸다. 지원자들은 몸수색을 받은 뒤 방탄복과 방독면, 더플백을 하나씩 지급받았다. 무기는 목적지에 도착한 뒤에 나눠 준다고, 몸수색을 담당한 상사가 기계처럼 반복했다.

순서가 돌아오자 껌을 우물거리던 흑인 상사는 상당히 마음에 안 든다는 표정이었다.

"작아! 이런 녀석도 지원을 받나?"

"강제가 아니니까요."

옆에서 병장이 대꾸했다. 상사는 낯설지만 병장과는 안면이 있었다. 그는 힐끔 곁눈질하더니 말을 이었다.

"로보캅 중위님이 좋게 보는 녀석입니다. 사람들에게 도움이 되고 싶다며 자원했다더군요."

"그걸 어떻게 믿어?"

"소속 조직이 없습니다. 영어도 곧잘 하고, 최근에는 일본어나 중국어도 몇 마디씩 주워섬기는 것 같더군요. 지원자들 통제할 때 쓸모가 있을 겁니다."

로보캅은 로버트 캡스턴의 별명이었다. 이름과 성의 앞부분만 따로 읽으면 발음이 비슷하다는 게 이유였다.

일본어와 중국어 운운하는 것은 소년이 경험치를 투자해 습득한 기술을 이른다. 원래 알고 있던 게 아니라, 시스템 보정으로 작동하는 번역기에 가깝다. 사회성이 중요하게 다뤄지는 「종말 이후」에서 언어는 굉장히 중요한 생존 기술이었다.

상사가 묻는다.

"너 몇 살이나 먹었지?"

역시나, 잠재의식과 상황에 자동으로 반응하는 인터페이스, 관제 AI의 도움말이 홀로그램으로 출력되었다. 상황에 맞는 대사나 키워드, 힌트 따위를 보여 주는데, 이는 플레이어의 지적 능력(지력)과 「통찰」, 「간파」, 「기만」 등 리더십 계열 기술의 높고 낮음에 따라 달라진다.

지금은 단순히 설정상의 나이를 보여 줄 뿐이다. 거짓을 말한다는 선택지도 있었으나, 소년은 솔직하게 답했다.

"열일곱입니다."

"열일곱? 젠장, 열둘이 아니고? 동양인들은 겉만 봐선 나이를 모르겠다니까."

그렇게 투덜거린 상사가 몸수색하라는 손짓을 보냈다. 텁텁. 대강 짚는 손길에 걸리는 게 없음을 확인한 일병은 소년에게도 앞서 지나간 사람들과 같은 방탄복과 방독면, 더플백을 안겨 주었다. 전염병이 공기로 전파된다는 증거는 없지만, 되지 않는다는 증거도 없다. 상사는 특별한 지시가 없는 이상 임무 중 방독면을 벗어선 안 된다고 경고했다.

통과하고 나서 통제에 따라 가설 막사로 들어간다. 미군 병사들이 지원자들을 순서대로 자리에 앉혔다. 국적에 따라 분류하는지 근처는 태반이 한국 출신이다. 수군거리는 말들이 모두 한국어였다. 개중 몇은 소년에게 인사를 건넸다. 내키지 않았으나 답례했다. 무시해서 좋을 것이 없다.

자리가 꽉 차기를 기다려, 단상에 오른 로버트 캡스턴 중위가 병사에게 수신호를 보냈다. 프로젝터가 백색 스크린에 빛을 쏘았다. 나타난 것은 지도였다. 중위는 아래를 쭉 둘러보더니, 통역으로 삼을 몇 명의 난민을 앞으로 불러냈다.

"호명된 분들은 지금부터 제가 하는 말을 통역해 주시기 바랍니다."

소년을 비롯해 불려 온 사람들이 고개를 끄덕이자, 그는 마이크에 대고 딱딱 손가락을 부딪쳐 주의를 모으고는, 펼쳐 놓은 지도를 토대로 브리핑을 시작했다.

"지금 보시는 것은 우리가 향할 산 미구엘 카운티의 지도입니다. 보시다시피 그리 큰 마을은 아니지요. 원래 인구가 3,300명쯤이었지만 지금은 아무도 남아 있지 않을 겁니다. 우선 1차 목표는 마을에 딱 하나 있는 주유소입니다."

그가 가리킨 주유소는 101번 국도에서 마을로 빠지는 길목 교차로에 바로 위치하고 있었다.

"대열은 여기서 정지할 겁니다. 탱크로리를 채우면서 여러분을 기다릴 계획이죠. 여러분은 두 개 조로 나누어 물자를 확보하러 가시게 됩니다. 첫 번째 목표는 주유소 남쪽으로 두 블록 가면 있는 교회입니다. 대피령이 발령되었을 때 임시 대피소로 쓰였으니 상당한 물자가 남아 있을 가능성이 높습니다. 두 번째 목적지는 좀 멀긴 한데, 북쪽으로 네 블록을 올라가면 여기 14번가 중심부에 식당과 제분소가 있어요. 식량을 가장 확실하게 기대할 수 있는 곳이니 위험 부담을 감수할 가치가 있습니다."

여기까지 말하고서, 그는 사람들을 돌아보았다.

"다들 들으신 대로 제분소 쪽으로 가는 게 좀 더 위험합니다. 여러분은 이번 임무에 용감하게 자원하신 분들이지만, 그래도 한 번 더 묻고 싶습니다. 제분소 쪽으로 가기를 희망하시는 분이 계신다면 손을 들어 주십시오."

소년은 이 말을 그대로 통역한 뒤 곧바로 손을 들었다. 그래서 사람들에게는 스스로 말해 놓고 스스로 손을 든 것처럼 보였다.

캡스턴 중위를 비롯해 다른 사람들이 이채롭게 소년을 바라본다. 호감도 상향 보정 로그가 여러 번 표시되었는데, 미군 쪽이 더 우호적이었다. 그 가운데 불변 보정이 하나 섞여 있었기 때문이다.

「엘리엇 상병의 호감도가 증가합니다.」
「수치 불명의 친애 호감도 상승 보정.」
「수치 불명의 친애 호감도 상승 불변 보정.」

인간관계는 가변적이다. 한 번 친했다고 천년만년 계속 친한 게 아니다. 따라서 호감도는 시간이 경과하거나 또는 적대적인 사건에 의해 감소할 수 있었다. 그러나 불변 보정은 다르다. 이것은 무슨 일이 있어도 감소하지 않는다.

수치를 알 수 없는 것은 「통찰」이 부족하기 때문이다.

'얼마 안 되겠지.'

큰 기대는 하지 않았다.

"더 없습니까?"

브리핑을 하던 캡스턴 중위가 물었으나 다들 서로 눈치만 보았다. 용감하다고 추켜세워 주긴 했지만, 사실 여기 있는 사람들은 대부분이 몸을 사리며 배급표만 받아 가려는 경우였기 때문이다. 중위는 떨떠름한 표정이었다. 그러나 한 편으로는 약간의 체념도 엿보였다.

물자보급에 난민들을 쓰는 이유는 크게 두 가지로 추정된다.

첫째, 캠프의 분위기가 심상치 않다 보니 미군에서 많은 수를 차출하기 어려웠다.

둘째, 위험한 일에 미군을 앞세우고 싶지 않았다.

그렇게 생각하는 난민들이 보다 적극적이기를 바라기는 어려웠다.

"질문 있습니다."

소년이 손을 들자 중위가 고개를 끄덕였다.

"개인이 가방에 담아 올 수 있는 양은 한계가 있습니다. 트럭으로 제분소 앞까지 가면 안 되는 이유가 있나요?"

알면서 묻는 질문이었다. 어차피 나올 질문이라 진행을 빠르게 하려면 직접 묻는 편이 나았다. 캡스턴 중위는 다시 한 번 고개를 끄덕인 뒤 프로젝터를 다루는 병사에게 지시했다. 위성 사진을 띄우라고.

"좋은 질문입니다. 그렇잖아도 말씀드리려던 바였으니, 다들 주목해 주십시오. 이것은 소개가 이루어지기 전의 미구엘 카운티를 찍은 위성사진입니다. 교차로마다 멈춰 있는 차량들이 보이십니까? 소개령이 내려졌을 때 신호 무시하고 운전하다가 추돌 사고를 일으킨 차량들이지요. 다른 지역에서 온 차량들도 있고요. 여러분에게는 무전기가 지급될 겁니다. 만약 이 차량들을 어떻게든 치워 낸다면, 무전을 주시면 됩니다. 수송 트럭이 그 위치까지 이동할 테니까요. 하지만 장애물을 치우려는 행동이 감염 변종의 이목을 끌 것 같다면, 그냥 개인 단위로 식량을 확보하는 편이 더 안전할 겁니다. 판단은 저희가 할 테니 통제에만 따라 주시면 됩니다."

그 뒤로 사소한 몇 번의 질문이 나왔다. 가장 쓸모없었던 질문은 어느 중국인의 것이었는데, 참여한 사람들에게 배급표가 얼마나 나오느냐는 내용이었다. 캡스턴 중위는 맥 빠지는 표정을 지었으나, 여느 때처럼 성실하게 답변했다.

"기본 사흘 분을 지급합니다만, 여러분 개개인의 태도와 성과에 비례하여 보상이 달라질 수 있음을 유념해 주시기 바랍니다."

이상의 내용이 퀘스트 정보에 반영되었다. 동행한 미군의 평가에 따라 보상이 달라질 수 있음. 사실 애매한 부분이었다. 평가를 담당하는 병사

또는 장교의 속성에 인종 차별 같은 거라도 끼어있다면 제대로 평가받지 못할 가능성이 높았다. 사실성을 우선하는 가상 현실 세계관이 대개 이런 식이었다.

“더 이상의 질문이 없다면, 각 조별로 인솔자의 지시에 따라 도상 연습에 참가해 주시기 바랍니다. 위험한 임무인 만큼 지도를 충분히 숙지하여 현장에서 당황하는 일이 없도록 해 주셔야 불의의 사고를 피할 수 있을 것입니다. 그럼, 해산.”

캡스턴 중위가 단상에서 내려온 이후, 부사관급 상병 이상이 전면에 나서서 지원자들을 통제했다. 도상 연습(圖上☒習)이란 말 그대로 지도를 놓고 하는 훈련이며, 작전 지역을 숙지하고 어떻게 움직일지 논의하는 과정이다. 플레이어에게 이 도상 연습은 미니맵을 습득할 수 있는 기회이기도 하다. 기술 「독도법」이나 지력이 높은 캐릭터는 완전한 미니맵을 얻지만, 반대의 경우엔 부실하고 오차가 존재하며 여기저기 빈 공간이 있는 미니맵을 확보하게 된다.

제분소로 가겠다고 지원한 것이 소년뿐이었으므로 나머지는 추첨으로 뽑았다. 뽑힌 사람들은 예외 없이 죽을상을 짓고 있었다.

안전을 기하기 위해서는 중요한 과정이었지만, 긴 시간이 필요하지는 않았다. 산 미구엘 카운티의 규모가 워낙 작았기 때문이다. 난이도로 따지면 도입부(튜토리얼)에 해당하는 부분이었다. 어려우면 곤란하다.

Inter Mission 인물 설정에 대한 조언

플레이어의 캐릭터 설정은 다양한 면에서 게임 진행에 영향을 주게 됩니다. 시작 국가에 따라 인종과 국적, 성별에 따른 차별이 발생할 수 있습니다. 이러한 차별을 감수할 경우 경험치 획득에 상승 보정을 얻게 됩니다. 미성년자는 능력치에 일정 비율의 하향 보정이 작용하는 대신 경험치 획득에 상승 보정을 얻게 됩니다.

샌 미구엘 (1)

도상 연습, 전술적 움직임, 기초적인 수신호, 정신 교육 등의 절차를 밟은 후에야 물자 조달 임무가 개시되었다. 사실 이것도 요식 행위에 지나지 않지만. 차량이 출발할 때 배웅을 나온 사람들이 많았다. 그들이 무슨 생각으로 배웅을 나왔는지는 아직 알 수 없었다. 통찰이나 간파 등 리더십 계열 스킬의 랭크가 높았다면 읽어 냈으리라.

스킬에 대해 생각하려니 잠재의식에 반응한 관제 AI가 도움말을 출력했다.

「AI 도움말 (통찰 4등급)」

현재 사용되지 않은 여분의 경험치가 있습니다. 경험치는 기술 습득 시 소모되며, 플레이어의 기초 능력치 또한 기술 습득을 통해 향상됩니다. 사전 지식이 없는 기술을 습득할 땐 많은 경험치가 필요합니다. 단순히 특정 기술의 존재 여부를 확인하는 데에도 경험치가 소모될 수 있습니다. 기술에 대한 사전 지식과 경험이 충분할 경우엔 습득 시 필요한 경험치가 감소합니다. 사전 지식은 책이나 친분 있는 NPC를 통해 얻을 수 있습니다. 그 외 전회차 플레이에서 습득했던 기술의 경우 습득 횟수에 따라 재습득에 필요한 경험치 요구량이 감소합니다. 상황에 따라서는 경험치를 많이 쓰더라도 사전 지식이 전혀 없는 스킬의 획득이 오히려 이로울 수도 있습니다. 선택은 플레이어의 몫입니다.

아는 내용이다.

소년은 자신의 기술 목록을 열었다.

존재를 모르는 기술은 아예 표시되지도 않는다. 특정 키워드를 넣어서 관련 기술의 존재 여부를 확인하는 방법이 있었지만, 그 경우 관제 인격이 경고한 것처럼 경험치를 소모하게 된다. 그리고 그 스킬을 얻는 데에 다시 몇 배의 경험치가 필요하다. 이를 「무지로 인한 불이익 – 언노운 페널티(Unknown penalty)」라고 부른다.

예컨대 플레이어는 아무 개연성 없이 기계 공학에 대한 수준 높은 기술을 얻을 수 있다. 대신 굉장히 많은 경험치가 소모된다. 손해를 보면서까지 얻을 필요가 있나 싶을지도 모르겠지만, 어지간해서는 얻기 힘든 전문 기술을 필요하면 즉시 획득할 수 있다는 것이 장점이었다.

다만, 선행 조건으로 특정 기술 습득을 요구하는 일부 상위 기술은 예외가 된다.

플레이어가 NPC에 비해 또 한 가지 유리한 것은 일종의 전승(傳乘) 개념이다.

전회차(前回次)에서 한 번이라도 얻었던 기술은 「언노운 페널티」가 적용되지 않았다. 오히려 익혔던 기술이라면, 익힌 횟수에 따라 차등적인 「재능 이익(才能⊠益) – 탤런트 어드밴티지(Talent advantage)」가 적용되었다. 즉, 적은 경험치로 재습득이 가능하다.

단, 이러한 혜택은 같은 기술이라도 한 번 익혔던 등급까지만 적용된다. 전회차에서 6등급까지 배운 게 최고였다면, 7등급부터는 아무런 이득도 없다는 뜻이다.

이 탤런트 어드밴티지와 더불어 도전 과제 달성에 의한 추가 효과는 다회차 플레이어에게 주어지는 유일한 혜택이었다.

소년은 경험치를 전투 계열 기술에 우선적으로 분배했다. 필수적인 기술이다 보니 익힌 횟수가 많아 적은 경험치로도 적잖은 등급을 올릴 수 있었다. 물론 그것은 소년이 이번 회차 이전에 데드 엔드로 끝낸 세계가 그만큼 많다는 뜻이기도 했다.

9등급 「근접 전투」, 10등급 「근접 무기 숙련」, 8등급 「개인 화기 숙련」.

차량을 타고 이동하는데, 관리를 담당한 미군 병사 엘리엇 상병이 녹색 표지의 수첩에 무언가를 열심히 적고 있었다. 맨 위에 날짜를 적은 걸 보니 일기인 모양이다. 빤히 바라보고 있으려니 눈치챈 상병이 손으로 슬쩍 가리며 민망해했다.

"내가 다른 나라 예의는 잘 모르지만, 그렇게 훔쳐보는 게 좋아 보이진 않는데?"

"실례했습니다. 무심코 그만."

"…뭐, 별거 없긴 한데."

상병은 노트를 덮어 갈무리했다. 아무래도 보급품인 것 같다.

시야 한 구석에서 기능 알림 표시가 깜박거렸다. 시간 가속 기능이다. 이렇게 특정 지점으로 이동하거나 임무 시작까지의 시간을 단축하고 싶을 때 가속 기능을 이용하면 가상 현실 내 시간이 빠르게 흘러간다.

그 사이의 상황은 관제 AI의 상황 연산에 의해 결정되며, 플레이어가 알아야 할 내용이 있을 경우 저널 형식으로 제공된다. 즉 시간 가속은 저널 형식 진행의 다른 표현이다.

그러나 중후반이면 모를까 초반에 시간 가속을 이용하는 건 하책이었다. 사소한 사건과 인간관계로부터 얻는 이득을 무시할 수 없는 시점이었기 때문이다.

과연 가만히 있었는데도 말을 거는 사람이 있었다.

"어이, 꼬마. 이름이 뭐냐?"

다른 자리의 병사가 묻는다. 피부색을 보니 메스티소였다.

인종의 용광로라는 미국에서도 특히 인종적 다양성이 높은 미군답게 여러 인종이 눈에 띄었는데, 그중 하나였다. 명찰에 붙은 이름도 전형적인 앵글로 아메리칸의 것이 아니다.

「Guilherme」

철자는 알아볼 수 있어도 발음을 궁금해하니 홀로그램으로 깨진 문자열만 나타났다. 플레이어가 모르는 언어 형식의 이름이라는 뜻이었다.

"겨울입니다."

"기어우르?"

"한국어예요. 겨울(Winter)이라는 뜻이에요."

"왠지 발음이 내 이름과 비슷한데."

소년이 명찰을 가리키며 물었다.

"어떻게 읽습니까?"

병사는 재미있다는 눈치였다. 심리를 궁금해하자 4등급 「통찰」이 작동한다.

「다들 주눅이 들어 있거나 긴장한 상태인데 홀로 태연해 보이는 모습이 신기한 듯하다. 배짱이 좋다고 생각하는 모양이다. (오차가 있을 가능성 72% / 오차 확률을 줄이기 위해서는 높은 등급의 「통찰」 및 「간파」와 지력 보정이 필요합니다.)」

과연, 그런 건가. 상식 범위 내에서 추정 가능한 속내다.

병사가 답했다.

"길레미라고 부르면 돼."

"길레미 일병님."

"그냥 길레미라고 해."

동료 병사들이 마구 웃었다. 한국어 존칭 '님'이라는 표현의 번역이 Sir

로 넘어갔기 때문이었다. 본인은 놀리는 것도 아니고 뭐냐며 투덜거리는 중이다.

사실 대화를 나눌 시간이 그리 길지는 않았다. 고작 5km 거리였기 때문에 얼마 가지 않아 마을의 윤곽이 보이기 시작했다. 단지 먼 풍경일 뿐인데 을씨년스럽다. 난민 지원자들에게 동요가 번졌다. 귈레미 일병이 엄한 한숨을 쉬었다.

"으스스하군. 락다운 걸렸다고 기분 나빠했는데, 기껏 나왔더니 저 모양이군."

락다운(Lock-down)은 외출, 외박 금지를 뜻한다. 보통은 군기 위반에 따르는 처벌 개념이다. 다만 지금은 모든 병사들이 기본적으로 영외 출입이 불가능했다.

남하하는 차량 대열은 국도에서 좌측으로 빠지는 길을 따라 달렸다. 주유소가 마을 남쪽에 있었기 때문에 대열은 마을을 지나칠 것처럼 달렸다.

주유소 표지가 보인다. 아래로 꺾인 청색, 적색의 막대 두 개가 포개어진 형상의 마크와 함께 유명한 정유 회사 쉐브론(Chevron)의 상호를 읽을 수 있었다. 엘리엇 상병이 품에서 열쇠를 꺼내더니 건 캐리어의 잠금을 풀었다. 총을 넣고 잠가 놓은 금속 틀이다.

"사전 교육을 받으셨겠지만, 도망가시면 안 됩니다. 혹시나 동부로 이동하다가 공중 정찰에 발각되면 경고 없이 사살당할 테니까요. 총동원령이 떨어진 지금 봉쇄선을 무사히 넘어갈 가능성도 없고요. 제 통제에 확실하게 따라 주셔야 합니다. 경우에 따라서는 현장에서 즉결 처분될 수도 있어요. 다들 아시겠습니까?"

난민들이 어두운 낯빛으로 고개를 끄덕거렸다.

차량 대열이 움직이는 소리를 들었는지 마을로부터 몇 개체의 감염

변종이 튀어나왔다. 선도 차량, 험비의 포탑에 앉아 있던 병사가 즉각 사격했다. 단, 포탑에 달린 중기관총이 아니라 개인 화기인 소총을 쐈다.

소음기가 달려 있었다.

끄어어어– 낮게 끌리는 울음소리를 내며 달려오던 변종들이 엉망으로 나뒹굴었다. 달리는 자세만 보아도 정상인은 아니었지만 속도는 무서울 정도로 빨랐다. 그것들은 총에 맞고도 버둥거리며 일어나서 계속 달리려고 했다. 보통 사람처럼 통증이나 출혈만으로는 움직임을 제대로 저지할 수 없었다.

"위험하니까 자리에 앉으세요. 앞에서 해결할 겁니다."

엘리엇 상병이 나무랐으나 난민들은 도무지 말을 듣지 않았다. 맞은편에 있던 다른 병사, 블레이크 일병이 투덜거렸다.

"샌 미구엘 일대는 그래도 일찌감치 소개되어 변종이 거의 없다더니, 어째 도착하자마자 환영 인사로군."

"다른 지역에서 흘러들어 온 거겠지."

귈레미 일병이 퉁명스럽게 대꾸하고는 난간 밖으로 총을 겨누고 바깥을 경계했다.

이윽고 차량 대열이 정지했다. 굼떠 보이는 탱크로리들이 주유소로 기어들어 가는 사이, 난민들에게 총기와 대검, 정글도 등의 무기가 분배되었다. 나름 정신 상태가 양호한 사람들을 골라냈음에도 불구하고 누군가 난사 사고를 일으키지 않을까 경계하는 기색이 역력했다. 소년도 무기를 받았다. 도검류는 전동 숫돌로 날을 세워 놀라울 만큼 예리했다. 지나가면서 숫돌 작업을 본 적이 있는데, 불티가 튀는 모습이 장난감으로 파는 불꽃놀이 화약 수준이었다.

"하차!"

낮은 외침에 병사들을 선두로 난민들이 차량에서 내렸다. 사전에 정해진 대로 병사들이 사주 경계를 맡고, 인솔을 담당한 병사만 따로 나서서 난민들의 인원 점검을 진행했다. 그 사이 주유소 쪽에서 난처한 목소리들이 들려왔다.

"젠장, 카드 주유기인데 잠금이 풀리질 않는군. 이거 어쩌지?"

하사 하나가 골치 아프다는 듯 방탄모 아래로 손을 넣어 머리를 긁어 댔다. 어깨에 비듬이 한 움큼 내려앉아서, 제법 거리가 있는데도 그게 보일 지경이었다. 샴푸 같은 소모품을 제대로 보급받지 못하는 모양이었다. 아니면 그냥 게으르거나.

"예정대로 움직이겠습니다. 상황이 안전하다면 가급적 도로상의 장애물을 치워 트럭을 호출하고, 아닌 경우에는 개인 별로 지급된 더플백에 물자를 채워서 돌아오도록 합니다. 여분의 더플백이 있으니 어두워질 때 까지 최대한 왕복하는 것도 괜찮겠지요. 여러분이 이번 임무에 얼마나 열성적으로 임하는지 저희가 평가하여 보상을 차등적으로 지급할 겁니다. 모두 최선을 다해 주시기 바랍니다."

난민들이 눈치를 보며 고개를 끄덕였다.

"그럼 출발합시다. 우리가 후위를 맡습니다. 순서대로 선두를 맡아 주세요."

병사들이 뒤로 빠졌다. 사전에 기지 사령관과 난민 대표들이 합의한 내용이었다. 병력 보충이 쉽지 않은 상황에서 미군의 손실을 감수할 순 없다는 것이었고, 이런 내용이 공표되었을 때 난민들의 불만이 있기도 했다. 현재의 지원자들은 그런 조건을 다 감수하고 임무를 맡겠다고 나선 자들이었다.

공익광고 2040년 상반기, KBS

작은 동네, 퇴락한 어귀. 화면은 폐지 줍는 노인을 비춘다. 닳고 닳은 소매, 가을바람에 흔들린다. 바람이 샌다. 허술하게 꿰맨 자국들. 소금기와 기름때에 절어 있다. 오래도록 빨지 못한 모양. 지나가던 여학생이 인상 쓰고 코를 잡는다. 악취. 노인은 민망하다. 속으로 하는 외로운 생각, 글귀가 되어 화면에 나타난다.

「그래도 이거 팔아서 밥이라도 한 끼 먹으려면…….」

구도가 바뀐다. 딥 포커스. 비탈길. 위에서 아래를 비추는 화면. 노인은 작은 모습으로 올라오려 애쓴다. 쉽지 않다. 폐지 실린 리어카에 비해, 체구의 왜소함이 강조된다. 등 뒤로 해가 지는 하늘. 인생의 황혼기를 상징하는 연출. 쓸쓸한 분위기와 초라한 주변 풍경이 빈곤하고 힘겨운 늘그막의 삶을 암시한다. 노년의 시청자들이 감정 이입을 하기에 좋겠다. 이어지는 여성 나레이터의 다정다감한 음성.

"올해로 86세. 박우철 노인은 폐지를 주워 생계를 이어 갑니다. 매달 63만원의 연금을 받고 있지만…충분하지 않습니다. 2040년 현재 정부가 추산한 1인 가정 최저 생계비는 164만 5,053원. 물가는 매년 오르는데, 기금이 고갈된 국민연금은 수년째 제자리걸음입니다. 대한민국 노인들의 삶은 너무도 힘겹습니다."

노인은 이제야 비탈을 다 올라왔다. 클로즈 업. 이마에 송글송글 맺힌 땀. 자글자글한 주름. 다시 한 번 화면 전환. 고물상 주인은 폐지를 구분한다. 종이라고 다 같은 값이 아니다. 옆에서 초조하게 기다리는 노인. 주인이 슥슥 계산하니 13,325원. 리어카 옆에 매달린 주머니에는 알루미늄 캔이나 녹슨 철 따위의 보다 값진 쓰레기들이 소량 들어 있다.

무게를 마저 재고 값을 쳐서 폐지 몫과 더해 보니 2만원 조금 넘는다. 마음씨 좋은 주인은 그냥 2만 천 원으로 맞춰서 값을 치른다. 노인은 참으로 고마워했다.

다시 나레이터의 음성이 흘러나온다.

"그나마 박우철 노인은 사정이 나은 경우입니다. 폐기물법에 의해 허용된 고물상은 서울에 얼마 없으니까요. 그나마 수익이 나오지 않아 문을 닫는 곳이 늘고 있어서, 폐지를 팔고 싶어도 팔 수 없는 노인들이 대부분입니다. 그저 얼마 되지 않는 연금에 의존하여 살아가야 하는 것이지요."

이제 노인은 늦은 식사를 마치고서, 가재가 거의 없는 좁은 방 안에 눕는다. 잠들기는 이른 시간이지만 할 것이 없어서 그렇다. 낡은 TV를 지분거려 봐도 고장이 났는데 나올 리가 없다. 잠을 청한다. 쉽지 않다. 방이 좁아 몸을 다 펼 수 없고, 낡은 집은 가을바람에도 실내가 차갑다. 이불을 덮고 웅크린다. 노인의 생각이 화면에 흐른다.

「연탄은 겨울을 위해 아껴 두어야지…….」

절약이 아니라 생존의 문제다. 그러지 않으면 살아남을 수 없다.

「수영이는 지금 뭘 하고 있으려나…….」

노인은 딸을 생각한다. 화면 가득 확대되는 눈동자. 그가 키운 딸의 모습이 비춰진다. 나레이터가 여전히 다정하지만, 다정하기만 해서 위화감 느껴지는 목소리로 설명했다.

"자식이 있어도 기대고 싶지 않은 부모의 마음, 대한민국의 모두가 알고 있습니다. 험한 세상, 부모가 짐이 되지 않아도 홀로 살기 어렵습니다. 부담을 주고 싶지 않습니다. 그러나 과연 이것이 올바른 일일까요?"

또 한 번 화면이 바뀐다. 기술자들이 구슬땀 흘려가며 시설을 구축하고, 백의를 입은 과학자들과 의사들이 토론하는 모습을 볼 수 있다. 이전까지의 영상과 극적으로 대비되는 밝은 분위기. 과학자 및 의사들이 바라보는 화면엔 인간의 뇌가 떠 있다. 생체 전기 신호가 밝은 빛으로 표시된다.

연달아 떠오르는 것은 서로 다른 온갖 풍경 속에서 행복하게 미소 짓고 있는 사람들의 모습.

계곡물에 발 담그고 여름 햇살에 젖어 있는 젊은 여성. 자막은 92세 안미영 노인이라고 뜬다. 봄이 찾아온 꽃밭, 산들바람을 맞으며 걷는 청년. 자막은 88세 최대양 노인이라고 뜬다. 그 밖에도 많은 노인들이 현실과 다른 계절, 있을 수 없는 젊음과 무제한의 행복을 만끽하는 광경을 보여 준다.

"당신의 국민연금을 사후 보험으로 전환하세요. 이제 사는 게 아니라, 존재하는 시대입니다. 65세 이상의 대한민국 국민이라면 누구나 육체를 버리고 정신의 자유, 무제한의 행복을 손에 넣을 수 있습니다. 대한민국 사후 보험은 국민들에게 죽음 이후의 삶을 보장해드립니다."

이제 화면은 박우철 노인의 슬픈 모습과 가상 현실 속에 존재하는 무수한 사람들의 행복한 모습을 교차 편집으로 보여 준다.

"하루하루 불안과 고통으로 이어지는 현실에서의 삶을 고집할 필요가 없습니다. 사상부(思想剖) 적출 수술을 두려워하지 마세요. 수술 실패 확률은 비행기가 추락할 확률보다 낮습니다. 세계적으로 기술력을 인정받은 사후 보험 공단의 생명 유지 장치와 신경계 접속기가 당신의 뇌를 정해진 수명 이상으로 건강하게 유지해드립니다. 가상 현실이 낯설다면 사전 체험을 요청해 보세요. 당신이 앞으로 살아갈 세계를 직접 경험해 보고 결정하셔도 괜찮습니다. 가상 현실 체험 시설은 연중무휴로 일반에 공개됩니다."

체험 시설의 모습은 말끔하고 단정하다. 삼삼오오 찾아온 노인들이 접속기를 끼고 가상 현실을 경험해 본다. 멋지다. 훌륭하다. 노인들이 흡족하게 웃는다. 그 가운데 박우철 노인이 끼어있다. 주름이 사라지고 젊어진 모습으로 화창한 봄날의 꽃길을 걷는 풍경이 잡힌다.

"모두가 행복한 대한민국, 사후 보험이 만들어 나갑니다."

광고가 끝날 즈음이 되어, 화면 가득 휘날리는 태극기의 모습.

"이 캠페인은 공익 광고 협의회, 국민연금 공단, 사후 보험 공단이 함께합니다."

샌 미구엘 (2)

미국의 국도변에 위치한 주유소 인근에는 대개 여관과 식당이 있게 마련이었다. 샌 미구엘도 사정은 다르지 않아, 도로 맞은편에는 두 개의 식당이, 교차로 대각선 방향으로는 여관이 자리 잡고 있었다. 병사들이 사주 경계에 임하는 동안, 방독면 쓴 난민들이 저마다 화기나 정글도, 도끼 따위를 단단히 쥐고 가까운 식당부터 수색하기 시작했다.

그것을 보면서 겨울에 태어나 겨울의 이름을 얻은 소년은 마을 주민 중 히스패닉계가 많지 않았을까 하고 막연히 생각했다. 그도 그럴 것이, 주유소 맞은편 두 개의 식당 모두가 스페인 음식점이었기 때문이다. 한쪽은 「십 번가 바스크 카페」라는 간판을 달았고, 식당보다 술집에 가까울 남은 한 쪽은 또르따스와 브리또를 판다고 내걸었다.

난민들이 과하게 몰려갔다. 저러다가 감염 변종 하나 나오면 서로 부딪혀서 제 역할 못할 것이 걱정될 정도였으므로 소년은 움직이지 않았다. 반면 사람들은 달랐다. 차량 대열과 가까운 장소, 즉 상대적으로 안전한 위치에서 최대한 열심히 하는 모습을 보여 점수를 딸 생각인가 보다. 서로 다투는 소리까지 났다. 방독면을 끼고도 건물 밖까지 들릴 정도면 엄청나게 소리 지르는 셈이었다.

다행히 변종 하나 없이 비어 있는 건물이었나 보다. 모두 멀쩡히 나왔다. 단, 정상적인 몰골은 아니었다. 서로 자기 더플백에 식량을 채우려고 몸부림친 흔적이 역력했다. 찢어진 더플백을 안고 울면서 나오는 사람도 있었다. 방독면이 어디 갔는지 모르겠다.

몸싸움 하다가 벗겨진 모양인데, 감독자인 상사에게 욕을 먹고 다시 안으로 들어갔다.

덩치 큰 난민 지원자 하나가 으스대며 트럭에 올라탔다. 더플백이 한가득 차 있었다. 부끄럽게도 한국인이었다. 게임인데도 부끄러운 건 부끄러운 것이었다. 왜냐면, 과거를 배경으로 삼는 세계관 내 인물들의 성격은 해당 시대의 빅 데이터를 기초로 작성되기 때문이다. 이 남자가 소년에게 통역을 요구했다. 한심했지만 말을 옮겨 주었다.

"난 내 몫 다 했습니다. 더는 나갈 생각 없습니다."

옮겨 놓은 말을 듣고서 병사들이나 부사관이나 장교나 표정들이 우르르 무너져 내렸다. 엘리엇 상병이 투덜거렸다. 짐작은 했지만 시작부터 이 모양이군. 트럭 탑승칸에 앉아서 더플백을 꼭 끌어안고 있던 남자가 미군이 뭐라고 했느냐고 물었다. 소년은 무시했다.

소년을 합쳐 열 명의 난민들이 궐레미 일병과 엘리엇 상병의 지시에 따라 이동을 시작했다. 제분소로 향하는 인력이었다. 주유소에서 동쪽으로 세 블록, 북쪽으로 네 블록을 움직여야 한다. 「모겔론스」 이전에는 그저 산책삼아 걸을 법한 짧은 거리였는데, 지금의 생존자들이 체감하기로는 너무나도 먼 거리다.

경험 많은 소년의 사정은 다르다. 모두가 앞장서기 싫어하는 시점에서 선도를 자처했다. 임시로 지급받은 총도 등허리에 둘러메고서, 손에는 정글도를 하나 쥐었을 뿐이다. 9등급의 「근접 격투」, 10등급의 「근접 무기 사용」 기술 보정을 믿는 것이었다.

구획마다 자동차들이 엉망으로 엉켜 있었다. 손짓으로 지원자들을 불러 차량들을 갓길로 밀어내며 나아갔다. 도중에 좌우의 주택가를 끊임없이 경계했다.

낮은 펜스나 나무 울타리 너머로 인기척 없는 단층 주택들이 쓸쓸한 분위기를 자아냈다.

"잠깐, 정지."

엘리엇 상병이 주먹 쥔 손을 위로 올렸다. 난민들이 엎드리다시피 자세를 낮추었다. 모두 겁먹은 초식 동물처럼 눈을 굴렸다. 다행스럽게도, 위협을 발견해서 정지 신호를 보낸 건 아니었다. 상병이 바라보는 방향에 국기 게양대가 있었다. 미국 국기는 익숙한데, 붉은 별과 그리즐리 베어가 그려진 깃발은 낯설다.

"저 깃발은 뭐죠?"

"캘리포니아 주 정부의 깃발이야. 소방서로군. 도상 연습 당시엔 미처 확인하지 못했는데."

컬레미 일병이 답했다. 과연, 곰 아래쪽을 보니 California Republic이라고 적혀 있었다.

엘리엇 상병의 결정에 따라 소방서 건물을 탐색하기로 했다. 식량을 기대하긴 어렵겠지만, 진통제와 항생제, 붕대 따위의 의약 용품도 중요한 보급 물자였기 때문이다. 더불어 소방차도 중요했다. 혹시나 캠프를 벗어나게 될 경우 식수 운반에 요긴하게 사용될 것이었다.

"5톤짜리 작은 소방차라도 3천 리터는 넉넉하게 담을 수 있다고."

엘리엇은 이렇게 말하며 웃었다.

이번에도 소년이 가장 앞서서 들어갔다. 순서를 정해서 돌아가며 해도 괜찮다는 말을 들었지만 개의치 않았다. 두 미군 병사의 친애 호감도에 소폭의 상향 보정이 발생했다는 알림이 떴다. 큰 의미는 없다. 변변치 않은 증감에 일희일비할 필요 없었다.

마을 규모가 작은 만큼 소방서도 단층이었다. 차고 바로 옆에 사무실이 붙어 있었는데, 유감스럽게도 특수 유리라 안쪽이 보이지 않았다. 소년은 칼등으로 통통 문을 두드렸다. 안쪽에는 충분히 들릴 것이고, 멀리까지는 닿지 않을 크기의 소음이었다. 그러나 심장이 오그라든 난민들 입장에선 그게 아니었나 보다.

미쳤냐고 소년의 멱살을 틀어쥐었다.

"어이, 그쯤 해 두지?"

궐레미가 총구를 겨누고서 좌우로 까딱거렸다. 물러나라는 의미다. 정말 위험했다면 미군이 소년을 막았을 것이다. 경고받은 난민이 주춤주춤 물러나다가, 경기를 일으키며 주저앉았다. 탕탕, 안쪽에서 무언가가 문을 두드렸기 때문이다. 문에 귀를 대보니 으어어 우는 소리가 났다.

사람이 낼 법한 소리가 아니었다.

감염 변종이다.

몇 미터 거리를 두고 문 앞에 서서 사격을 준비하는 두 병사에게 소년이 고개를 저어 보였다. 문고리를 잡고, 다른 손에 정글도를 쥐었다.

"제가 처리할게요."

"배짱이 좋은 건지 제정신이 아닌 건지……."

궐레미 일병이 고개를 젓는 사이 엘리엇 상병이 물었다. 괜찮겠느냐고. 고개를 끄덕이자 상병이 허가를 내주었다. 소년을 믿는다기보다, 난민들에게 자극이 필요하다고 보았다. 그래도 소년이 잘못되기를 바라지는 않았다. 그랬다간 역효과다. 방아쇠울에 넣은 손가락이 금방이라도 당겨질 것처럼 팽팽했다.

"좋아. 자신 있으면 해 봐."

겨울 소년은 문 너머에 있을 감염체의 모습을 상상해 보았다.

출동 대기 중인 소방관이 감염된 경우라면 방화복에 방화모 차림일 테니 칼로 쳐도 좋을 약점이 얼마 없을 것이었다.

생각은 짧았고 행동은 빨랐다. 문고리를 비틀어 확 당기니, 문을 밀어

대던 변종이 제 힘을 못 이겨 밖으로 나뒹굴었다.

소년은 넘어진 놈의 등을 밟고, 발로 차서 모자를 벗긴 뒤 머리에 무거운 칼을 힘차게 내리찍었다. 콰직. 두개골을 깨고 푹 들어간 칼날. 갈라진 틈으로 피 섞인 뇌수가 끈적하게 흘러나왔다. 변종의 사체가 경련을 일으켰다.

사람 닮은 것이 죽어 간다.

손잡이로부터 저릿한 전기가 흘러 들어오는 느낌이었다. 이 감각 때문에 이런 어두운 세계관의 가상 현실 타이틀을 골랐던 것이다. 소년은 그 느낌이 죽을 때까지 가만히 있다가, 손목에 스냅을 주었다. 칼이 툭 튀어 오르듯이 빠져나온다.

"어이, 괜찮아?"

"괜찮습니다.

걱정을 보이는 컬레미에게 소년은 침착한 대답을 돌려주었다. 일병은 거친 말로 감탄했다.

"하, 여기 상남자(Badass)가 있군."

열린 문안으로 가장 먼저 들어간 것도 소년이었다. 사소한 행동에서 사소한 이득이 있었다. 두 병사의 친애 호감도에 소폭 상승 보정이 발생했다. 역시 큰 의미는 없었지만, 이렇게 작은 이득이 쌓이다 보면 나중엔 좋은 결과로 보답받을 것이다.

이런 작은 마을에서 소방서는 관공서의 기능을 겸한다. 애당초 사무실 유리창 전면에도 Community services district 라고 적혀 있었다. 출동할 일이 드문 소방관들은 행정 사무를 돌보는 공무원 역할도 수행했던 것이다.

사무실은 앞뒤로 긴 구조였다. 안쪽에서 서류 뭉치들 사이에 놓인 열쇠 꾸러미를 찾았다. 총이 두 자루 있기에 그것도 챙겼다. 뒤따라 들어온 사람들이 넋 놓고 있는 사이 벽면 보관함을 열고 약품을 쓸어 담는다. 소년 몫의 더플백 1/3 정도가 채워졌다.

“저기…….”

중년인 하나가 말을 건다.

“공평하게 나누고 그래야지, 혼자 다 담아 가면 어쩌자고…….”

소년은 말없이 돌아보았다. 상대가 움찔 물러났다. 소년이 단단히 쥔 정글도에서는 아직도 피가 방울방울 떨어지는 중이었다. 위협을 느꼈을 것이다. 빤히 바라보자 시선도 마주치지 못하고 고개를 돌려 버린다. 소년은 시간을 끌지 않았다. 다른 벽면에 세 개의 개폐 버튼이 달려 있었다. 필시 차고의 셔터를 올리는 스위치일 것이다. 엘리엇은 소방차에 욕심을 냈었지. 문가에 그가 서 있었다. 시선을 보내자 고개를 끄덕였다. 망설이지 않고 턱턱턱 눌러 버린다.

과연, 위잉- 하는 모터 작동음이 들렸다. 사무실 밖으로 나가자 미처 들어오지 않은 사람들과 미군 병사 둘이 사방으로 총을 겨눈 상태였다. 소음을 듣고 감염 변종이 떼로 나타날까 걱정하는 것이었다.

퍼억!

“뭐, 뭐야!”

화들짝 놀란 지원자 하나가 비명을 질렀다. 소방서 옆에 주차장이 있었는데, 그쪽에서 변종 하나가 기어 나오는 것을 보고 소년이 냅다 달려가서 칼로 찍어 버렸던 것이다.

엉겁결에 누군가 방아쇠를 당겨 소년이 맞을 뻔했다.

시청자 메시지 로그가 폭증했다.

잠깐 펼쳐 보니 「어처구니없게 죽을 뻔했네 ㅋㅋㅋ」 같은 내용이 대부분이었다. 가서 저년 죽여 버리라는 말도 여럿 있었다.

"미, 미안! 결코 일부러 그런 건 아니었어!"

아이 하나 있을 법한 여자가 연신 고개를 숙였다. 외모만 가지고는 나이를 짐작하기 어려웠다. 난민들 몰골이 하나같이 말이 아닌지라, 남자건 여자건 적어도 십년 이상 더 늙어 보이기가 예사였기 때문이다. 소년이 손짓했다.

"괜찮으니까 목소리를 낮추세요."

대수롭지 않게 여기는 태도를 보고 호감도 변화 알림이 여러 번 울었다. 엘리엇 상병은 납득이 가지 않는다는 듯 고개를 갸웃거렸다.

"농담이 아니라 진짜 상남자인데? 겁이 없는 건지 무모한 건지……."

"그게 중요한가요?"

가까워진 소년이 반문하자 상병이 피식 웃었다.

"이라크에서 빌빌거리던 레드넥 신병들에 비하면 훨씬 낫지. 앞으로 잘 부탁한다."

"감사합니다."

열린 차고에서 구급차와 소방차 하나씩이 발견되었다. 세 개의 차고 중 하나는 비어 있었다. 엘리엇 상병이 운전 가능한 지원자를 가려 주유소에 가져다 두고 돌아오라고 지시했다. 소년이 확보한 물자도 차량에 쏟아 놓았다. 가방 하나 채우고 얼른 돌아가려는 다른 난민들과 확실하게 다른 태도를 보이니 병사들의 호의를 사기 쉬웠다.

다만 운전 담당의 두 사람은 내키지 않는 반응이었다.

"돌아와야 합니까?"

울상을 짓는 난민이 가소로웠던 모양인지 상병이 거칠게 떠밀었다.

"당연히 돌아오셔야지."

그 말을 소년이 통역했다. 운전역으로 뽑힌 두 사람은 애꿎은 소년만

노려보다가 운전석에 올랐다. 차마 미군에게 미움 살 배짱은 없었던 모양이다.

엘리엇 상병이 본대에 무전을 넣었다. 차량 두 대 보냈으니 그 안의 물자와 함께 회수하고, 사람은 돌려보내라는 내용이었다. 어차피 갈 길이 가로세로 합쳐 일곱 블록인지라 차량은 금방 도착할 터. 잠시 후 무전이 돌아왔다. 운전수 두 사람이 돌아올 필요 없다고 했다는데 어떻게 된 거냐는 확인이었다. 엘리엇은 코웃음을 치고는 반드시 다시 돌려보내라고 답했다.

두 사람을 기다리는 사이에 주변을 추가로 수색했다. 마을 중심가에 가깝다 보니 카페라던가 식당이라던가 눈에 띄는 건물들이 있었다. 이름도 없는 작은 식당이 하나, 잭슨의 옛 것과 새 것이라는 비슷한 크기의 식당이 하나. 멕시코 음식을 취급한다고 대놓고 써 붙인 The Ranch라는 식당이 인상적이었다. 처음 생각했던 대로 이민자들이 주류인 마을일 가능성이 높았다.

다만 커피 하우스는 수색할 가치가 있을까 의문이었다.

"저거 봐. 입간판에 런치 스페셜이라고 적혀 있지? 분명 식사도 취급했을 거야."

엘리엇의 말. 과연, 통조림 햄과 밀가루 포대 따위가 발견되었다.

일곱 사람의 더플백을 채우고도 남을 풍족한 양이었다. 캠프 사령관을 위해 진공 포장된 커피 원두도 챙겼다. 산화되어 본연의 맛이 아니겠으나, 지금은 그마저도 사치스럽다. 와중에 몇 개체의 변종을 추가로 처리해야 했지만 별다른 사고는 일어나지 않았다.

수색을 마치고도 시간이 남아 도로에 있는 차를 모두 치웠다. 소방 차량을 몰고 갔던 두 사람이 터덜터덜 느린 걸음으로 돌아왔기 때문이기도 했다.

“서두르지 않으면 배급표 안 줄 겁니다.”

엘리엇의 경고를 받고서야 걸음이 빨라졌다. 컬레미 일병이 작게 욕설을 뱉었다.

그들의 합류 이후 다시 두 블록을 나아갔다. 마침내 제분소가 보이는 교차로에 도달했다. 소년은 마음의 준비를 했다. 제분소에 도달했을 때 선택지는 둘 중 하나다. 더플백만 채워서 돌아가는 것이 하나요, 도로를 정리하고 차량을 호출하는 것이 둘이다. 후자를 선택할 경우 경험치를 크게 얻을 수 있으나, 감염 변종의 시간차 공격에서 살아남아야 했다. 전자만 하더라도 제분소 내부에 변종 다수가 있어, 처음 접하면 쉬운 난이도가 아니었다. 소년이 경험한 「종말 이후」 최초의 세계관은 바로 여기서 끝났다.

“어이, 쬐끄만 상남자.”

엘리엇 상병이 제법 살갑게 부른다.

“트럭을 불러도 될 것 같은데, 어떻게 생각해?”

“일단 제분소 안쪽을 확보하고 나서 결정하는 게 어떨까요?”

당연한 제안이었고, 상병은 고개를 끄덕였다.

과거 (1) 거래 준비, 소년

소년은 러닝머신 위를 거칠게 달린다. 날뛰는 심박. 이마에서 가슴까지 땀이 흘렀다. 넓은 단련장에 사람은 소년과 트레이너 둘뿐이다. 팔짱을 낀 트레이너는 냉막한 남자였다. 팔짱을 끼고 바라보는 자세가 사뭇 위압적이다. 소년은 지쳐서 그만두고 싶었지만 트레이너의 눈치를 보며 계속해서 달린다. 아직 시간이 덜 된 모양이다. 인터벌로 15분이 체감상으론 너무나 길다. 내키지 않는 운동이었다. 내킬 수가 없는 운동이었다.

손목시계가 삑삑 울었다. 트레이너가 정지 사인을 준다.

"그만. 다음으로 이동."

하악, 하악. 정지한 러닝머신 손잡이를 붙들고 엎드린 소년은 땀으로 흠뻑 젖어 있다. 이마에서 턱까지 굴러 끝에서 떨어지는 땀방울이, 꼭 눈물처럼 보였다. 요즘 들어 울적할 때가 많은 소년이다. 자신이 정말로 우는 게 아닐까 싶은 생각도 든다. 한참을 달리다가 정지한 탓에 땅이 계속 움직이는 것 같다. 뜸들이고 있으려니 트레이너가 목소리를 높였다.

"다음으로 이동!"

거의 옛 군대 수준의 강압이다. 군대를 징병제로 유지할 때의 군대가 딱 이런 분위기였다고 했다. 아버지로부터 들은 이야기다. 모병제로 바뀐 지 오래이니, 아버지도 결국 전해 들은 이야기겠지만.

무산소 운동과 유산소 운동의 사이클이 반복되었다. 언뜻 거칠어 보여도, 전신에 센서를 달아 놓고 강약을 조절하여 몸에 무리가 가는 일은 없다. 당장 이 곳에 같이 있는 건 트레이너뿐이지만, 벽 하나 너머에서 의료진이 모니터를 보며 대기하고 있었다.

트레이너는 귀에 꽂은 리시버로 그들의 말을 듣는다. 러닝머신을 달릴 때도 최대 심박수의 85%를 넘지 않도록 철저히 관리되었다. 하나 뿐인 상품에 흠이 생기면 곤란하기 때문이다.

상품은 물론 소년의 몸이다.

운동으로 몸을 만드는 작업은 오늘이 마지막이다. 이 거래에 관여한 모두는 거래가 성공적으로 완료되었을 때 추가 보상을 받으며, 트레이너도 마찬가지였다. 자신이 담당하는 「상품 관리」의 마지막 날이라, 표정 변화는 없어도 행동에 미세한 흔들림이 있다. 긴장한 것일까. 소년은 타인의 기분을 살피는 데 일가견이 있다. 잘못 본 건 아닐 터였다. 그 가운데 자신을 향한 동정이나 호감, 염려 같은 건 조금도 찾아볼 수 없다.

그저 상품을 보는 눈이다.

거래가 결정된 이후 만나는 모든 사람들이, 심지어는 부모님마저도 소년을 상품으로만 취급하는 것 같아 슬프다. 다른 사람은 몰라도, 가족 중에선 누구도 그러지 않길 바랐는데. 내가 누굴 위해서 이 희생을 하는 건데…….

그래서일까, 소년은 사람과 눈이 마주칠 때마다 온기를 찾고 있다. 없다. 아직까지 찾지 못했고, 앞으로도 없을 것 같았다.

상품 관리 담당 중 그래도 가장 오래 본 축에 속하는 사람이 트레이너다. 적어도 헤어지는 날에는 다른 모습을 기대했었다.

발작처럼, 느닷없이, 가슴 속에 응어리진 화가 열기를 뿜으려 했다. 어릴 때부터 종종 있던 일이다. 소년은 생각을 비웠다. 심장 언저리에서 덜걱거리며 굴러다니던 억눌린 감정은 의식의 침묵이 불러온 고요의 물결에 잠긴다. 가라앉는다.

마지막 단련이 끝났을 때, 소년이 인사했다.

"그동안 감사했습니다. 고생 많으셨어요."

트레이너가 짧게 답했다.

"관리 잘해라. 비싼 몸이니."

"…네."

그래도 마지막엔 웃는 얼굴로 기억되기를. 내 몸이 내 것으로서 타인의 눈에 보일 날도 얼마 남지 않았으니까. 소년은 그렇게 생각하며, 어릴 때부터 친구들의 호감을 샀던 좋은 미소를 지었다. 거울로 보면 스스로는 잘 모르겠다 싶은데, 어딘가 모르게 보통이 아니라고 한다.

트레이너가 움찔 반응했다. 유심히 살폈지만, 타인의 마음을 놀라울 정도로 읽는 소년도 이 반응의 의미는 알 수 없었다. 눈이라도 볼 수 있었으면 좋았을 텐데, 트레이너는 선글라스를 끼고 있다.

결국 그는 이름도 모르고 헤어진 사람이 되었다.

이름이 참 중요한 건데.

경호원이 잔뜩 붙어, 의료진과 가족이 함께 머무는 집으로 돌아온다. 집. 전에 살던 집이 아니라 낯설다. 크고 높다. 차 굴러오는 소리를 들었는지, 누구보다도 먼저 문을 열고 뛰어나오는 작은 몸집. 형을 좋아하는 남동생이 와 하고 달라붙는다. 아직 뭘 모를 나이다.

"와아, 형이다! 히히!"

소년은 열 살이나 어린 동생을 쑥 안아들었다. 아이가 깜짝 놀라며 좋아했다. 예전의 형이었다면 어림도 없었을 일인데, 운동을 하면서 근력이 붙어 이런 것도 할 수 있게 되었다. 어쩐지 따뜻하게 느껴지는 작은 몸을 끌어안고, 소년이 웃는다.

"파랑아, 잘 있었지?"

"응! 형 말대로 밥 많이 먹고 엄마랑 아빠랑 누나 말 잘 들으면서 형 기다렸지!"

"그래, 착하구나."

뒤이어 나온 가족들이 조금 어색한 표정으로 소년을 반겼다. 부모님은 죄지은 사람처럼 굴었다. 그래도 그 그림자 너머에 기대감이 더욱 크게 보여, 소년에게는 부모님이 여러모로 서운하다. 누나는 안색이 어둡고, 조금 야윈 것도 같다. 소년과 시선을 마주치지 못하고 자꾸만 눈을 피했다. 소년이 느끼기에 마음은 고마운데 그래도 곧게 봐주었으면 싶다. 기억해 주기를 바란다.

아버지가 머리를 긁으며 다가온다. 소년보다도 더 소년 같은 모습이다. 삶의 무게가 느껴지지 않는다는 점에서. 그래서 좋았던 점도 있었다. 친구 같았으니까. 친구마저 되지 못하는 아버지들보다야 훨씬 나았다. 그래도 지금은…….

사십 줄 소년이 어린 소년에게 말한다.

"어서 오너라. 일주일…만인가? 운동은 오늘이 마지막 날이었지?"

"예. 그동안 별일 없으셨어요?"

"우리가 무슨 일이 있었겠니. 네가 가장 중요하지. 집안의 대들보 아니냐."

"…그러네요."

그 뒤로 말이 이어지지 않는다. 서먹한 침묵이 내려앉았다. 공기에 짓눌리듯이, 아니면 이런 분위기를 참기 어려운 것처럼, 어머니가 대신 나선다. 손을 내밀었다.

"같이 식사하려고 기다리고 있었어. 어서 들어오렴."

내민 손을 잡고 들어가면서 한 번 더 누나 쪽으로 눈길을 향한다. 역시나 시선을 피했다. 그래도 눈시울이 붉은 것은 알겠다. 소년은 울적해졌다. 기분을 드러내지 않으려고 애썼다. 드러내면 누나가 정말로 울어 버릴 테니까.

누나는 가을에 태어났다. 그래서 이름을 한가을이라 했다. 소년은 겨울에 태어났다. 그래서 이름이 한겨울이 되었다. 막내는 여름에 낳았는데, 하늘이 파랗기에 파랑이라 지었단다. 각각의 이유를 들었을 땐 이름 짓기 참 편하구나 싶었다. 그래도 누나와 동생 이름은 예뻤다. 겨울은 차갑다. 외로운 느낌이라 싫었다. 지나간 이야기다.

기다렸다는 말처럼 식사가 준비되어 있었다. 그러나 식단은 달랐다. 소년, 겨울의 몫이 따로 준비되어 있다. 운동으로 몸을 만들었으니, 이후로는 식이 요법으로 몸의 상태를 조절하고 내적 균형을 맞추는데 주력해야 했다. 가족과 함께 머무는 의료진의 업무가 그것이었다. 앞으로 거래 당일까지 같이 숙식하면서 소년의 식단과 생활 습관을 관리한다. 그나마 운동할 때처럼 일주일에 한 번 가족을 만나는 건 아니니 다행이다. 지난 4개월에 걸쳐 주일에만 가족의 얼굴을 볼 수 있었다.

누나, 가을의 낯빛이 한층 더 어두워졌다. 어릴 땐 장미처럼 화사했는데, 자라면서 가시가 돋더니 이제 꽃이 시들어 버린 것 같았다.

나이가 찬 이후 집안의 요리는 가을이 도맡았다. 어머니보다 솜씨가 좋았다. 주에 한 번 볼 때마다 성찬을 차려 준 것도 가을이었다.

의료진은 가을의 요리 자체를 막지는 않았지만, 각각의 성분을 분석하여 겨울이 먹을 양을 제한했다.

벌판에 눈 내릴 때 태어난 소년은 그래도 좋았다. 앞으로 보름, 거래가 성사되는 날까지 매일 가족을 볼 수 있다.

식사가 끝난 뒤, 의료진은 소년의 혈액을 채취했다. 흘끔. 그들이 들고 있는 태블릿의 검사 항목을 본다. 사실 봐도 모르겠다. Hematocrit, 정상. MCV, 정상. MCH, 정상. VDRL, 음성. 혈중 칼슘, 정상……. 뭐, 다 음성,

정상이라니까 나쁜 건 없겠지. 쉽게 생각하기로 했다.

대화를 원했지만 긴 대화는 힘들었다. 부모님은 시선이 자꾸 다른 방향으로 향하고, 엉덩이가 들썩거리는 모습을 보니 자리가 여간 불편한 게 아닌가 보다. 하기야 이 거래는 불법이고, 보기에 따라서는 아들의 몸을 파는 장사니까. 겨울 소년이 이런저런 농담으로 분위기를 띄우려고 노력했는데, 이럴 때 영 도움이 되지 않는 아버지가 폭탄을 터트렸다.

"꼭 나쁜 일은 아니지. 65세 이전에 사후 보험 혜택을 받으려고 보험 사기를 치는 젊은이들이 얼마나 많은데. 가상 현실 게임이 얼마나 재미있니? 넌 앞으로 뇌 수명이 다하는 날까지 놀기만 할 테니 또래 친구들이 알았다간 부러워 죽으려고 할 거다. 무엇보다 공부도 안하고 대학 입시 안 쳐도 되잖아?"

겨울 소년은 가까스로 웃었는데, 가을 누이는 아니었다. 겨울의 누나는 무섭게 화를 냈다.

"아빠는 무슨 말씀을 그렇게 해요? 다시는 손잡을 수 없고, 다시는 안아 줄 수 없다고요! 평생 놀기만 해서 좋겠다고요? 왜요? 그럼 그냥 아빠 몸을 파세요!"

"가을아!"

어머니가 목소리를 높였다. 나무란다기보다는, 지켜보는 의료진 시선이 신경 쓰이니 자제하라는 눈치였다. 가을은 볼이 도드라지게 이를 악물더니, 눈물 영글어 아롱거리는 눈으로 겨울에 얻은 동생을 보고는, 식기를 놓고 계단을 올라가 버렸다. 떨어진 눈물이 꽃잎 같았다.

아버지는 괜찮아 괜찮아 하며 얼버무린다. 괜찮지 않은 것을 안다. 화가 났을 때 보이는 신체적 신호가 몇 가지 눈에 띄었다.

도대체 화를 낼 자격이나 있는지. 심장 근처에서 돌 구르는 소리가 났다. 혼자만 듣는 소리다.

겨울에 태어난 소년은 어린 시절을 춥게 보냈다. 정신적인 의미로. 그가 남의 마음 헤아리기에 능한 것은 아버지 덕분이다. 사랑받고 싶었고, 헤아리지 않아 아플 때 많았으니.

아버지. 나쁜 사람은 아니지만 충동적이다. 아이와 친구가 될 순 있어도, 아이처럼 쉽게 화내고 지치고 토라지는 사람이다. 존경받을 부모의 재목은 아니었다. 여유로울 때 좋은 아버지가 되겠지만, 빈곤할 땐 가족 모두를 시험에 들게 한다.

다른 사람은 모르겠다. 파랑이에게 그 시험은 지나치게 가혹할 것이다. 지금도 놀라 눈만 좌우로 굴리고 있다. 안쓰럽다.

아버지가 화를 내지 않는 것은 겨울의 눈치를 보는 까닭이다. 혹시나 아들의 마음이 바뀔까 봐, 거래에 대한 본인의 동의를 철회할까 봐.

전신 이식. 기술이 발달하지 않았을 땐 목 아래의 몸 전체를 이식하는 수술을 뜻했다. 기술이 발달한 지금은 뇌와 척수, 즉 사상부만 이식하는 수술로 의미가 조금 바뀌었다.

미성년자의 신체를 전신 이식에 사용하는 것은 공식적으로 뇌사 판정을 받고 1개월 이상 경과해야만 가능하다. 합법적으로 등록된 의료 기관에서, 합법적으로 이식을 신청한 국민을 대상으로, 신청 순서에 따라, 거부 반응 시험을 거쳐, 의료 수가표의 전신 이식 항목에 해당하는 금액으로 처리되어야 합법이다. 그러므로 멀쩡한 겨울의 몸을 거래하는 건 불법이었다.

재미있는 건 어차피 불법인데도 불구하고, 혜성그룹 회장이 신체 제공자 본인의 동의를 반드시 요구했다는 사실이다. 그는 그것이 자신의 상도덕이라 했다. 법을 어기는 건 법이 잘못 되었기 때문이란다. 즉 그는 법은 존중하지 않으면서 나름의 상도덕은 철석같이 지키고 있었다.

따라서 화를 내고 싶은데 내지 못하는 아버지는 말을 다듬기 어려워했다. 고운 말을 꺼내려면 쏟아지려는 속을 몇 번쯤 걸러야 할 것이다. 충동적인 사람에겐 까다로운 작업이다.

"저기, 얘야. 이런 걸로 마음이 흔들리면 안 되는 거 알지? 어, 음……. 네가 혹시나 무책임하게 굴면…가족 모두 꽤 난처해지거든."

무책임? 겨울은 속으로 조용히 수를 헤아렸다. 참는 버릇이었다. 모난 돌 하나가 가슴 가득 굴러다니는 기분. 오늘만 벌써 세 번째다. 잦다. 이러면 안 되는데. 이 응어리, 겨울 자신만큼이나 나이를 먹었을 거다. 눈 감고 눈 내리는 풍경을 떠올린다. 쓸쓸함이 화를 잡아먹도록. 동요가 가라앉은 뒤 겨울 소년은 가만히 고개를 저었다.

"걱정하지 마세요."

그 한 마디 남기고 겨울은 식사에 열중했다. 그냥 두고 누이에게 가고 싶은데, 이런 상황에서도 무표정하게 식사를 감독하는 의료진 때문에 그럴 수가 없다. 이것은 계약 사항 준수에 해당한다.

주어진 몫은 먹어야 했다.

생각을 바꿔 보자. 가을 누나의 요리야. 맛있어. 먹어 볼 기회가 그리 많이 남아 있지 않아.

그릇을 말끔히 비웠다. 양치와 가글, 샤워도 계약으로 규정된 의무다. 신체를 최상의 상태로 관리할 것. 모두 마치고 나서야 파랑이와 함께 가을의 방을 찾을 수 있었다.

가을은 쓸쓸하게 울고 있었다. 파랑이가 누나와 형을 번갈아 보며 글썽글썽 하고 있다. 남이 울면 저도 우는 나이다. 겨울이 뭐라고 달래기 전에 가을이 먼저 막내를 끌어당겼다. 손수건으로 눈물 다 닦고서 이제 괜찮다고 한다.

"잠시 아파서 그랬어. 이제 다 나았으니까 아무렇지도 않아."

"정말? 누나 이제 안 아파?"

"응, 정말로."

"히히."

파랑이가 귀엽게 웃는다.

누나 방인데 침대가 둘이다. 파랑이가 여기서 곧잘 같이 잔다는 모양이었다. 물론 파랑이 방에도 침대가 있다. 계약금으로 받은 돈은 얼마 남지 않았지만, 이제 곧 잔금을 받을 텐데 뭐 어떠냐고 생각해서 또 샀다고 한다. 어머니가. 가난한 생활에 익숙한 겨울의 입장에서 돈을 이렇게 써도 되나 싶다. 내색은 하지 않는다. 말하면 분위기 흐려질까 봐. 역시나 심장 가까이에서 덜걱거리는 환청이 들린다. 이번엔 그리 크지 않다.

파랑이는 어려서 먹고 나면 졸릴 때였다. 같이 있는 것만으로도 좋다고 웃던 아이가 어느새 꾸벅꾸벅 졸기 시작했다. 머리를 한 번 쓸어 주고, 가을은 물러나 자기 침대 가장자리에 앉았다. 시선은 겨울을 향한다. 눈을 마주친다. 오늘 들어 처음 있는 일이다.

그 눈에서, 곧바로 눈물이 쏟아졌다. 소년은 크게 당황했다.

"누나, 왜 그래……."

옆에 앉아 눈물을 닦아 주려 했더니, 가을이 그 손을 붙잡고 서럽게 운다. 소리 죽여서. 덜덜 떨리는 상체가 기울어, 정수리를 겨울의 가슴팍에 댄 형상이 되었다. 애처롭게 떨리는 어깨. 겨울은 가만히 끌어안았다. 툭, 툭. 물방울 떨어지는 소리가 났다. 조용한 설움. 슬프지만, 결핍되어 있던 무언가가 채워지는 느낌이 든다. 구체적으로는…다른 사람들에게서 열심히 찾았으나 결국은 없었던, 사람의 온기.

누이의 젖은 목소리가 흘렀다.

"어떡해, 어떡하면 좋아…겨울이 너……."

"괜찮아. 통화도 가능하고, 안치소에 오면 로비에서 만날 수도 있는걸."

"……."

가을은 마주 안는 두 팔로 대답을 대신했다.

얼마나 그렇게 있었을까. 문 두드리는 소리가 났다.

"곧 취침 시간입니다. 나오세요."

의료진 중 한 명, 간호사의 목소리. 사무적이다.

겨울 소년의 가슴 속에 다시금 모난 돌이 사무쳤다.

Inter Mission 기술과 능력

「종말 이후」의 세계관에서 당신이 강해지는 유일한 방법은 기술을 습득하는 것입니다. 인간을 위대하게 만드는 것이 지식과 기술이기 때문입니다. 기술을 습득하면 해당 기술에 관련된 기초 능력에 상승 보정이 발생합니다.

기술 습득과 상승 보정은 때로 비현실적입니다. 비현실적으로 쉽고 비현실적으로 강합니다. 그래도 괜찮습니다. 어려운 게임에 지친 사람에겐 쉬운 게임도 필요하니까요.

인생은 너무 어렵습니다.

샌 미구엘 (3)

샌 미구엘 제분소는 꽤 오래 전에 지어졌을 법한 목제 건축물이었으나, 면적이 굉장히 넓었다. 어지간한 가정집 서른 채를 집어넣어도 남을 만큼. 왼편으로 철길이 지나갔다. 덕분에 마을 중심부인데도 남북 방향으로는 시야가 탁 트여 있었다. 건널목에서 경계를 맡을 사람을 뽑는다고 하니 더 플백을 적당히 채운 난민들이 앞다퉈 지원했다. 위험한 건물 수색에 끼고 싶지 않은 것이다. 대학생쯤 되었을 법한 건장한 청년 하나, 배 좀 나온 중년인 하나가 뽑혔다.

엘리엇 상병은 나머지를 이끌고 제분소 우측으로 돌았다. 문이 네 개나 된다. 사무실 입구 외에도 차량 적재용 화물 출입구가 세 개. 화물 운송에 쓰였을 세미 트레일러 차량 하나가 방치되어 있는 게 보였다. 겨울이 운전석 문을 당겼다. 잠겨 있었다.

제분소의 모든 입구는 활짝 열린 채였다. 내부 조명이 없어, 각각의 문은 뻥 뚫린 어두운 구멍이었다. 난민들에게 지급된 장비 중엔 랜턴이 없었다. 당연히 있어야 하는데, 계획 단계에서의 치명적인 실수였다. 물론 랜턴이 있었던들 누구도 먼저 들어가겠다고 나서지 않았을 것이다. 겨울 소년을 제외하면.

앞서 소방서가 그랬던 것처럼, 사무실에 차량 열쇠가 있을지도 몰랐다. 망설이지 않고 들어가려는 겨울을 퀼레미 일병이 붙들었다.

"이번에도 앞장서려고? 같이 들어갈까?"

"아뇨. 인솔자는 중요하니까요. 랜턴만 빌려 주세요."

"후-아.(Hoooah/HUA : Heard, Understood, Acknowledge.)"

병사는 소년의 배짱에 혀를 내둘렀다. 그는 자신의 손전등을 내주었다.

직각으로 꺾인 전술 랜턴. 방탄복 겉면에 결속할 수 있다.

미군의 피해를 막아보겠다고 난민 지원자를 받긴 했으나, 장기적으로 보았을 때 난민 중에서 인명 피해가 발생해도 좋을 것이 없다. 그러나 지원자들이 워낙 소극적이어야지. 병사들은 소년이 어디까지 해내는지 지켜볼 요량이었다.

겨울은 총을 여전히 등 뒤로 메고, 정글도 한 자루만 단단히 쥔 채 사무실 입구로 다가섰다. 들어서자마자 층계를 오르는 구조. 폭은 성인 한 사람이 지나갈 정도이고, 서너 계단 위로는 어둠에 묻혀 보이지 않았다. 불안한 심리를 자극하기 좋은 모습이었다.

소방서에서처럼, 소년은 정글도 칼등으로 벽을 통통 두드렸다. 소리에 반응하는 감염 변종이 있다면 듣고 기어 나오라는 의도였다. 몇 차례 두들기니 과연, 위쪽에서 계단 밟는 소리가 났다. 소리가 겹치지 않는 걸 보니 고작 하나. 겨울은 일부러 랜턴을 켜지 않고 층계를 올랐다. 냄새와 기척만 가지고 승부를 볼 셈이었다.

끼이익, 끼익. 계단 오르는 소리와 계단 내려오는 소리가 불협화음을 이루었다. 앞이 깜깜하여 아무 것도 보이지 않았다. 단조롭고 음산한 잡음이 깔렸다. 두렵지 않으나 심장이 뛴다. 뛴다고 느낀다. 인위적으로 만들어진 감각. 시스템이 그래야 한다고 판단한 탓이다. 시청자 메시지 도착 알림이 폭증했다.

감염 변종은 숨 쉬는 소리가 거칠었다. 악취는 썩은 피부에서 나는 것이었다. 정보에 의하면, 병원체가 숙주를 장악하는 과정에서 면역 체계 이상이 발생한다. 그 탓에 광범위한 염증이 생기고 썩거나 부풀어 오른다는 것이다. 기도(氣道)가 좁아져 숨소리도 날카롭게 변한다. 불쾌한 냄새와 소리가 다가왔다.

겨울은 어느 순간, 칼 없는 쪽 손을 대담하게 뻗었다.

뭔가 잡혔다.

"끄에에엑-!"

성대를 갈아 대는 괴성. 소년은 몸을 낮춰 대상의 하체를 밀어 올렸다. 튀는 침 섞인 거친 숨이 목덜미 뒤로 넘어간다.

콰당탕!

「감각동기화」를 켜두고 있던 시청자들은 기가 질렸을 것이다. 의도한 바다.

랜턴을 켰다. 엎어져서 발광하던 변종이 눈살을 찌푸렸다. 변이되었다곤 해도 모체는 인간. 광적응 능력이 인간과 다르지 않았다. 크아아아 하는 입에 칼을 콱 쑤셔 박았다. 반사적으로 닫힌 입이 칼날을 딱딱 물어 댔으나 개의치 않았다. 손잡이에 체중을 싣는다.

으직, 으지직-

이리저리 힘주어 비트는 칼끝에서 뇌줄기(腦幹) 으스러지는 소리가 들렸다. 조명에 비춰진 변종의 사지가 발작을 일으키다가, 빳빳하게 굳었다가, 축 늘어져서 움찔거렸다. 그 와중에도 눈알을 굴려 소년을 노려본다. 그러나 이미 운동 능력을 상실했으니 위협이 되지 않았다. 심장이 정지했으니 잠시 후면 죽을 것이었다.

늘어진 변종 다리를 붙잡아 질질 끌고 내려온다. 바깥에서 기다리던 사람들이 긴장한 모습으로 총을 겨누었지만, 쏘지 말라는 뜻으로 펼친 손 내민 소년을 보고 안도의 한숨을 내쉬었다. 변종 사체를 입구 옆에 팽개쳐두고, 소년은 다시 층계를 올랐다.

이번엔 방해물이 없었다. 사무실 조명은 스위치가 듣지 않았다. 랜턴 조명에 의지해서 사무실을 뒤졌다. 역시 미국이라고 해야 할까, 서랍에서 낡은 권총 하나가 잡혔다. 포장지에 45 ACP FMJ라고 적힌 50발들이 작은 탄약 상자 두 개, 예비 탄창 하나가 같이 들어 있었다.

그 외에 목표 삼았던 차량 열쇠와 곡물 사일로 열쇠를 찾았다. 궐련상자(휴미더)도 있었다.

혹시나 귈레미나 엘리엇이 좋아할까 싶어 같이 챙겼다.

계단을 내려오니 귈레미가 다가왔다.

"혹시 물린 곳 있나?"

방독면 전성판 너머로 전해지는 목소리는 답답한 느낌이었다. 소년은 고개를 젓고 두 팔을 벌려 보였다. 직접 확인하라는 뜻이었다. 일병은 여기저기 살펴보더니, 뒤를 향해 엄지를 세워 보였다. 조금 떨어진 자리에서 엘리엇 상병이 고개를 끄덕인다.

"귈레미, 담배 좋아해요?"

"물론. 오, 맙소사. 코히바 로부스토잖아?"

"엘리엇이랑 반씩 나누세요."

소년은 기뻐하는 병사에게 상자 째로 넘겨 주었다. 쿠바 산 수제 시가의 가격은 대당 10달러 이상이다. 그런 것을 뭉치로 받았으니 좋아할 법 했다. 일병은 당장 피우고 싶은 눈치였다.

"열쇠를 찾았는데, 차량을 확인해 봐도 될까요?"

사소한 일이지만 허락은 구해야 한다. 병사들이 서로를 보았다. 상병이 고개를 끄덕였다.

소년은 차량으로 가서 열쇠가 맞는지 확인해 보았다. 문이 열린다. 운전석에 앉았다. 꽂고 돌리니 부드럽게 시동이 걸렸다. 바르르 떨리는 차체. 엔진 소음이 발생하니, 경계를 맡은 사람들이 눈에 띄게 긴장했다.

연료 잔량은 충분했다. 운전하는 법은 대충 알고 있어서, 경험치를 운전 기술에 투자하지 않아도 차를 움직일 순 있었다.

물론 시스템 보조를 받으면 보다 고난도의 주행이 가능했지만 당장 급한 건 아니었다.

차를 제분소 중간의 화물용 출입구(Loading Dock)에 대어 놓고, 건물 안으로 들어갔다. 조명이 없어도 완전한 어둠은 아니었다. 양철 슬레이트 지붕 틈새로 새어 드는 햇빛이 있었기 때문이다. 그래도 역시 어둡긴 매한가지로, 곳곳에 응달이 고였다. 뭐가 있어도 이상하지 않다. 뒤따라 들어온 사람들이 뻣뻣하게 굳어 도통 움직이질 못했다.

패턴은 동일했다. 곡물 사일로를 탕탕 두들겨서 기척이 있는지 확인했다. 잠시 기다렸으나 조용했다. 겨울이 이리저리 빛을 비추고 다니며 안전을 확인했다. 정말 없네. 드문 일이다. 그래도 방심하긴 어렵다. 귀가 썩었거나 고막이 찢어진 변종도 있을 수 있으니까.

사람들이 겨우 움직이기 시작했다.

"휘익. 이거 정말 엄청나군."

엘리엇이 휘파람을 불었다. 제분된 밀과 옥수수가 산더미처럼 쌓여 있었다. 여기 있는 것만 다 챙겨 가도 당분간 식량 문제가 없을 수준이었다. 의례적인 위생 검사는 거쳐야겠지만, 거의 의미가 없다. 쓰고 있는 방독면도 실은 구색 맞추기에 지나지 않았으니까. 만약 정말 병원체를 걱정했다면, 전신 방호복을 입었어야 한다. 사소한 위험은 무시할 만큼 미국 서부의 상황이 좋지 않다는 증거였다.

겨울이 관심을 보인 것은 다른 방향에 있었다. 제분소에서는 종자 거래도 이루어지는데, 여러 작물의 종자가 자루 단위로 포장되어 한 쪽에 쌓여 있었던 것. 이런 종자를 가져다가 농사를 지으면 될 것 같지만, 여기에 굉장한 함정이 있었다. 모 종자 회사 상표가 부착된 자루의 씨앗은 수확한 뒤 다시 파종하면 발아(發芽) 자체가 이루어지지 않았다.

이를 터미네이터 종자라고 한다. 종자 회사는 우수한 품종의 씨앗을 팔아서 수익을 올리는데, 농부들이 매해 씨앗을 구입하지 않으면 회사 운영이 불가능하다. 따라서 아예 유전자를 조작해서 수확한 작물을 다시 파종해도 싹이 트지 않도록 만들어 두는 것이다.

이로 인해 겨울은 한 번의 배드 엔딩을 경험했었다. 관련 도전 과제까지 있다.

「도전 과제 : 안 돼, 내 작물이 고자라니!」

나름 안정된 기반의 공동체를 건설했던 소년에겐 날벼락 같은 파국이었다. 2년째의 수확이 제로에 가까웠다. 공동체 구성원들이 지도자인 겨울을 규탄했고, 식량 부족이 부른 공황으로 인해 공동체 자체가 붕괴하고 말았다. 그 와중에 소년은 살해당했고.

그러고 보니 이걸 시청자들에게 말해 줘야 할 것 같다. 소년은 내키지 않는 마음으로 시청자 메시지 로그를 불러왔다. 이럴 때마다 세계관의 현실감이 뚝뚝 떨어지는 느낌이다. 현실이라고 스스로를 속이며 몰입할 수가 없었다.

세계관을 일시 정지시켜둔 상태로 「텔레타이프」 기능을 활성화한다. 겨울이 집중하는 모든 생각이 즉각 문장으로 변환되었다.

「한겨울 : 종말 이후를 처음 접하시는 분들이 실수하기 쉬운데, 발견되는 종자를 함부로 파종하면 안 됩니다. 종자 대부분은 유전자 조작이 되어 있거든요. 수확량은 많지만 이듬해 다시 파종할 경우 싹이 나지 않아요. 실제로 당하면 공동체 안정성이 급격하게 떨어져서 게임을 진행하기 어렵습니다. 지금 제가 보고 있

는 상표가 없는 자루를 고르셔서 농사를 지으시거나, 아니면 이런 종자를 사전에 충분히 확보해 두고 반복해서 쓰는 편이 나아요. 도전 과제 「안 돼, 내 작물이 고자라니!」 달성을 원하신다면 한 번쯤 일부러 배드 엔딩을 봐도 괜찮겠지만, 도전 과제의 효과는 작물 재배시 병충해와 가뭄 저항력을 좀 올려 주는 정도니까 그렇게 유용하지 않아요.」

반응은 즉각적이었다.

「ㄹㅇㅇㅈ : 쓸데없는데서 현실고증 끝내줌 ㅋㅋㅋ」
「이슬악어 : 고자 ㅋㅋㅋ 내 작물이 고자래 ㅋㅋㅋㅋㅋ
약맛 제대로넼ㅋㅋㅋ」
「제시카정규직 : 나도 이거 앎. 다국적 종자회사 씹새끼들이
후진국 털어먹는 수법임. 특히 몬X토 씨발 개씨발 새끼들임.
우리나라도 얘들한테 청양고추랑 시금치 종자
빼앗겼는데 종자 특허 아직 수십 년 남았음.
너네가 먹는 국산 시금치 사실 전부 미국 OEM 상품임.
아, 판사님. 이 글은 우리 집 고양이가 적었습니다.」
「반닥홈 : 지금 방송 진행자 보고 있는 거지? 야, 아까 개쩔었음ㅋ
좀비새끼 잡아서 목 뒤로 넘길 때 촉감 으아
씨발 지리겠더라 ㅋㅋ 별 받아라 임마」

[반닥홈님이 별 10개를 선물하셨습니다.]

「진한개 : 제시카 설명충 새끼 아는 거 나와서 좋겠다?」

「제시카정규직 : 왜 시비임 미친놈이.」

「눈밭여우 : 여러분 싸우지 마세요.」

[눈밭여우님이 별 10개를 선물하셨습니다.]

「팥고물 : 여우년 왜 말림? 재밌는데. 잘 한다, 더 해라.」

하나하나 눈여겨 읽기도 어려울 만큼 많은 메시지들이 휙휙 올라간다. 소년은 자신이 얻은 가상 화폐 「별」의 개수를 헤아렸다. 원화로 환산하면 몇 만원 남짓할 금액이 쌓여 있었다. 어째서인지 마음이 더욱 불편해졌다.

그는 로그를 닫고 일시 정지를 풀었다.

시간이 다시 흐르기 시작했다.

사방에 수북한 식량을 확인하고 안색이 밝아진 엘리엇이 무전으로 본대와 교신하고 있었다. 도로를 치워 두었으니 트럭을 가져오라는 내용이었다. 귈레미 일병은 난민들로 하여금 독(Dock)에 대어 놓은 세미 트레일러에 식량을 싣도록 지시했다.

소년이 가세하려하자 귈레미가 한쪽 눈 찡긋 감으며 붙잡았다.

"용감한 친구는 잠시 쉬라고. 지금까지 혼자 고생 많았잖아?"

"…네."

겨울이 고개를 끄덕인다. 아직 불편한 감정이 여백으로 드러났다.

바깥에서 차량 굴러오는 소리가 들렸다. 민간 차량과는 달리 전면이 각지도록 튀어나온 군용 수송 트럭 4대였다.

선임 탑승자는 하루 전 캠프에서 지원자들을 걸러 내던 흑인 상사. 이름은 피어스라고 했다. 그는 트럭을 다 채우고도 남을 밀가루 등을 보고 크게 기꺼워했다.

"취사병 놈들을 더 부려 먹을 수 있겠군."

그러나 좋은 분위기가 오래 가지는 않았다. 북쪽 먼 곳에서 이상한 소음이 들려오더니, 그 거리가 점차 가까워지는 느낌이었다.

심상치 않은 분위기가 흘렀다.

"이게 무슨 소리야? 확인해 봐."

상사의 지시에 따라 엘리엇 상병이 건널목에서 경계를 서고 있을 지원자들에게 무전을 넣었다. 혹시 북쪽에서 뭔가 보이는 게 있느냐고. 기차 화물칸 적재를 위해 열려 있는 북쪽 출구는 곡물 사일로와 녹슨 급수탑, 크레인 따위가 널려 있어서 시야 확보가 되지 않았다.

그러나 다가오는 재앙의 전조는 시야보다 소리로 먼저 명확해졌다. 철컹거리는 소음은 명백히 열차가 철궤를 짓밟는 소리였다. 열차 운행이 이미 오래 전에 중지되었다고 알고 있는 병사들이 당혹스러워했다. 그러나 보다 더 당혹스러운 건, 마을 내로 들어오는 철길 중간에 방치되어 있는 다수의 차량들이었다. 열차는 속도를 줄이지 않고 질주해 왔다. 무전을 통해 이를 알게 된 상병은 안색이 하얗게 질렸다.

"이런 염병할."

그가 뒤돌아 달리며 마구 소리쳤다.

"모두 나가! 여긴 위험해!"

제분소 내부가 삽시간에 비명으로 가득 찼다.

모두가 열차의 접근을 느낄 수 있었다.

콰앙- 콰지직-

필시 열차가 버려진 차량을 들이받는 소리일 터. 혹여 차량이 바퀴 아래

깔리면 열차는 탈선할 것이다.

사람들이 다 빠져나가기도 전에, 비뚤어진 기관차가 북쪽 벽을 박살 내며 들어왔다. 불붙은 강철 덩어리는 기둥을 부수고 사일로를 밀면서 굴러온다. 천장이 무너져 내렸다. 기관차는 나뭇더미에 파묻히며 정지했지만, 여파로 건물이 붕괴할 조짐을 보였다. 겨울은 가까스로 바깥까지 달아났다. 그러나 다수의 사람들이 잔해에 깔려 버렸다.

"잔해를 들어내! 깔린 사람들을 구해야 한다!"

무사히 빠져나온 피어스 상사가 먼지와 파편을 뒤집어쓴 몰골로 목소리를 높였다. 목재로 지어진 건물이고, 단층이라 잔해에 깔린 사람들이 살아있을 가능성이 충분했다.

"상사님! 저기 좀 보십시오!"

병사가 다급히 외치는 소리. 그가 가리킨 방향에는 지그재그로 꺾이며 뒤집어진 객차들이 있었다. 문과 창문들로부터 사람처럼 보이는 것들이 기어 나왔다. 객차가 구를 때 바깥으로 튕겨진 사람들도 비척거리며 몸을 일으켜 세운다. 병사가 외치는 소리를 들었는지, 그들이 거의 동시에 이쪽을 보았다.

"끄으어어어어!"

"씨발! 변종이잖아!"

한둘이 아니었다. 열차에 한가득 채워져 있었는지, 시체에서 기어 나오는 구더기처럼 꾸역꾸역 기어 나온다. 어딘가 부러지지 않은 것들은 이미 이쪽을 향해 달리기 시작한 상태. 가장 빠른 놈은 벌써 트럭 후미를 코앞에 두고 있었다.

"다 죽여!"

상사가 고함을 질렀다. 그러나 난민 지원자들 대다수가 비명을 지르며 달아났다. 두려움을 버티고 선 자의 수가 얼마 되지 않았다.

두두두두둑

소음기 달린 총이 답답하게 울었다. 총탄을 아낀다는 개념은 없었다. 모두가 연사로 놓고 미친 듯이 갈겼다. 차량에 올라타려던 놈의 몸 곳곳이 마구 폭발했다. 머리가 터지고, 눈알이 깨지고, 가슴에서 퍽퍽 피가 튀었다. 분배되지 않은 화력은 명백한 낭비다.

소년에게도 배고픈 변종 다수가 달려들었다. 몸에 총알이 박혀도 아픈 줄 모르는 놈들이라, 겨울은 그들의 무릎 높이에 대고 방아쇠를 당겼다. 좌에서 우로, 툭툭 끊어 가면서. 탄창 하나를 5초 만에 비웠다. 허벅지만 맞아도 좋았고, 무릎이나 정강이뼈가 부서지면 더더욱 좋았다.

"끄엑!"

넘어진 것들이 버둥거린다. 기어 온다. 탄창을 갈면서 전진, 군홧발로 뒷목을 찍어 으스러뜨렸다. 총을 두 손으로 단단히 거머쥐었다. 뒤이어 달려오던 변종의 턱을 대각선으로 후려친다. 기술 보정을 받아, 변종의 턱이 완전히 부서졌다. 홱 넘어가는 머리. 몸은 머리를 따른다. 바싹 붙어오던 다른 놈의 발이 엉켰다. 걷어차서 쓰러트렸다. 이어서 사격.

"수류탄! 있는 대로 다 던져!"

차량 방향에서 다급한 외침이 들렸다. 바라보니 몇 개의 수류탄이 이미 던져진 뒤였다. 소년은 급하게 물러나며 바닥에 몸을 던졌다.

쾅! 콰쾅! 콰앙!

엄청난 소음에 비해 폭발 자체는 작고 볼품없었다. 번쩍거리는 섬광 몇 번에 연기가 조금 뿌려질 뿐. 영화처럼 엄청난 화염이 치솟고 그러지는 않았다.

그러나 소년이 수류탄에 맞아 죽어 봐서 아는데, 겉으로 보이는 섬광은 수류탄의 진정한 살상범위에 비해 정말 별것 아니었다. 파편으로 사람을 찢어 죽이는 무기다. 동그란 껍데기 안에 코일이나 쇠구슬 따위를 욱여넣고 터트리는 폭탄이며, 직경 30미터의 원 안에 있는 인간은 절반 이상의 확률로 죽는다. 바깥이어도 절반 이하의 확률로 죽을 수 있다.

변종들이 태풍에 휩쓸린 잔가지처럼 마구 나뒹굴었다. 도로가 한순간에 피바다로 변했다. 때맞춰 엎드린 사람들은 무사했다. 수류탄이 바닥에서 터지면, 충격파가 지면에 부딪혀 반사된다. 따라서 낮은 각도의 비살상 영역이 만들어진다. 살상 범위 이내에서라도, 바깥쪽이라면 엎드린 사람은 다칠 확률이 크게 줄어드는 것이다. 하물며 겨울은 영향권 바깥에 있었다.

시차를 두고 던져진 수류탄이 연달아 폭발하는 중이다. 함부로 몸을 일으키지 못하고 있는데, 온 몸이 너덜거리는 감염체가 엉금엉금 기어 왔다. 누운 자세로 배 위에 총을 얹고, 방아쇠를 당겼다. 불안정한 자세와 제대로 이루어지지 않은 조준 탓에, 초탄으로 머리를 맞추지 못했다. 어깨가 퍽 튀고 피로 물들었다. 두 번째 사격이 안구를 깨고 들어갔다. 머리가 툭 떨어진다. 담백한 죽음이었다.

죽은 변종에 올라타듯 새로운 놈이 나타났다. 앞서 오던 놈에 가려져서 거리가 가까웠다. 방아쇠를 당기는데 격발이 되지 않았다. 탄창이 비었을 리는 없고, 불발이거나 탄이 걸린 것 같았다.

소년은 몸을 옆으로 굴리며 대검을 뽑았다. 구르는 기세 그대로, 크악 입을 벌리는 놈의 정수리에 칼을 내리 찍는다. 죽은피가 찍 튀었다. 변종이 경련을 일으켰다.

수십 번의 폭발이 지나갔다. 몸을 가누어 일어서는 소년. 변종들은 여전히 움직이고 있었다. 그래도 파편 맞기 전까지는 어디 아프거나 미친 것처럼 보였어도 사람 같긴 했는데, 지금은 명백히 괴물 같은 몰골이었다. 내장을 줄줄 흘리는 놈, 부러진 다리로 걷는 놈, 피부가 벗겨져 근육이 드러난 놈. 피범벅이 되어 그냥 두어도 과다 출혈로 죽을 것처럼 생겼다. 소년이 보기엔 경험치를 얻을 기회다. 일어설 수 있어도 눈이 파열되었거나, 고막이 찢어져 소리를 못 듣거나, 정상적으로 움직일 수 없는 놈들 투성이었다.

스스로의 정신 상태가 걱정스럽다. 소년은 인간을 닮았지만 인간이 아닌 이것들을 죽일 때, 죄책감을 느끼지 않아도 되는 폭력, 그럼에도 마음이 묵직해지는 그 느낌이 좋았다. 총으로 쏘는 것도 좋다. 허나 숨결이 닿는 거리에서, 냄새를 맡으면서, 칼로 찌르고 둔기로 짓뭉개는 쪽을 더 선호하게 된다.

칼로 머리를 찍을 때, 바각! 두개골 부서지는 소리를 손끝으로 듣는 그 순간, 가슴 속에 굴러다니던 모난 돌이 오히려 시원하게 느껴진다. 무언가 탁 풀리는 해방감. 어딘가 서러운 충족감. 인간을 닮았지만 인간이 아닌 것을 살해하는 그 순간에, 소년은 스스로를 잊을 만큼 몰입할 수 있었다. 머리가 조금 멍해졌다.

겨울은 손목의 스냅으로 정글도를 한 바퀴 돌리며, 비척거리는 놈들에게 다가갔다. 미군이 총을 쏘아 정리하는 소리도 어딘가 먼 곳의 잔향처럼 느껴졌다. 지금부터 내가 할 일과는 아무런 상관도 없어. 그렇게 생각하며 날을 횡으로 그었다. 목 따인 감염체가 쓰러진다. 내장을 흘리며 기어 오는 놈을 침착하게 찍어 침묵시킨다. 숨을 잊을 만큼 집중하게 된다. 한 놈 더 다가왔다. 빠악. 대각선으로 휘두른 칼이 관자놀이에서 뺨까지 찢어 버린다. 충격으로 턱이 빠진 모양이다. 드러난 목구멍에 칼을 쑤셔 박았다. 늘어지기 전에 뽑는다. 걷어찬다. 단순한 작업의 반복이었다.

어느덧 소년은 감염 변종들의 유해 수백 구 사이에 홀로 서있다. 난민 지원자 치고 끝까지 남은 사람은 아무도 없었다. 오직 소년뿐이다. 무아지경. 워낙 무섭게 날뛰었다. 미군 병사들은 질린 기색이었다. 호감도가 조금 감소하는 병사도 있었고, 증가하는 병사도 있었다. 성향에 따라 가지각색의 반응들이 시스템 메시지 로그에 추가되었다.

겨울은 칼을 갈무리하고서 총을 점검했다. 탁탁 두들기고 노리쇠를 후퇴 전진시키니 걸려 있던 탄이 툭 튀어나와 아스팔트 위로 떨어졌다. 금속성 소음이 맑게 울린다. 노리쇠가 씹어서 못생겨진 불발탄이었다.

"뭘 그리 넋 놓고 있나! 매몰된 사람을 구해야 할 거 아냐! 작업 시작해! 라미레즈, 너네 애들 챙겨서 경계로 돌려!"

피어스 상사가 목청을 돋웠다. 새로운 차량들이 속속 도착했다. 교전사실을 알고 즉각 지원하겠다고 달려온 원군이었다. 반응속도는 빨랐는데, 수류탄을 동원한 교전이 그 이상으로 빠르게 끝나 무의미해지고 말았다.

Inter Mission 로딩 페이지 설명

접속자가 시간 가속 기능을 사용하거나 퀘스트 진행에 따라 시간상의 단락이 발생할 경우 상황 연산을 위한 로딩이 발생할 수 있습니다. 로딩 화면에서는 관제 AI 또는 제작진이 접속자에게 남긴 조언이나 게임 시스템에 대한 설명, 상황 이해를 돕는 단서, DLC 및 부가 상품 광고 등 다양한 정보가 제공됩니다. 이를 「종말 이후」에서는 인터미션(Intermission)이라 합니다.

Inter Mission 저널과 시간 가속

저널은 접속자의 진행 상황과 배경을 기록하고 전달해 주는 매체입니다. 접속자는 「감각 동기화」를 통해 저널의 주요 내용을 체험할 수 있습니다. 시간 가속 기능을 사용했을 경우에도 그 사이에 일어난 주요 사건들이 저널로서 기록되며, 때로는 접속자가 알 수 없었던 정보를 전달하고, 간과하고 지나간 중요한 정보를 다시 보여 주는 역할을 수행하기도 합니다. (저널은 기록이기 때문에 다시 보기가 가능합니다. 관련된 상황에서 실시간 피드백이 이루어지는 경우도 있습니다.) 단, 이는 접속자의 역량에 따라 질적인 차이가 발생할 수 있습니다. 게임 내 모든 요소는 접속자의 역량에 직간접적인 영향을 받습니다.

자동 진행을 위한 시간 가속은 세계관 내 시간이 실제 시간과 동일하게 흐르는 풀 스케일 가상 현실 세계관에서 게임 진행을 위해 필수적인 기능입니다. 만약 시간 가속에 의한 자동 진행 내용 중 마음에 들지 않는 부분이 있으면, 최초 1회 한정으로 해당 시점에서 게임을 재시작할 수 있습니다. 이때는 반드시 수동 진행으로 시작되며, 일정 시간 동안 시간 가속 기능이 비활성화됩니다. 따라서 본래의 결과보다 더 나쁜 결과가 나올 수도 있습니다.

시간가속을 이용할 때 저널기록을 담당하는 가상인격은 전회차에 수집된 플레이어의 행동 패턴을 학습합니다. 따라서 가상인격은 「종말 이후」를 경험한 회수가 늘어날수록 당신을 닮아갑니다. 통상적으로 10회차 이상의 데이터가 누적되었을 때, 가상인격은 당신과 거의 유사한 행동과 선택을 할 수 있습니다. 이는 보다 원활한 진행을 가능하게 해줄 것입니다.

저널, 29페이지, 캠프 로버츠

첫 번째 물자 조달 임무는 절반의 성공으로 끝났다. 식량과 난방, 방한 용품, 그리고 연료를 확보한다는 과제는 충분히 달성했지만, 부상자가 나왔다는 점에서 완전한 성공이라 하기 어려웠다. 그러나 가장 큰 문제는 미군이 난민 지원자들을 불신하게 되었다는 것이었다.

교회로 파견되었던 쪽에서는 지원자들 간에 유혈극이 벌어졌다. 변종을 처치하고서, 물자를 나누는 비율을 두고 싸웠다. 변종을 죽인 사람이 공로를 따지며 모두 가지려 들자, 함께 갔던 다른 사람들이 뒤통수를 칼로 찍어 살해했다고 한다. 높아진 언성을 수상히 여긴 미군이 상처를 직접 확인하면서 이 참극이 드러났다.

캠프로 돌아왔을 때 총기를 밀반입하려던 지원자들도 있었다. 난민들이 총기를 휴대하고 다니면 미군 입장에선 난동을 걱정해야 하기 때문에 몸수색을 철저히 했는데, 적발되자 캠프에서 몸을 지켜야 한다며 애걸하는 자들이 많았다. 사실 어느 정도는 이해가 가지만, 덕분에 지원자들에 대한 믿음이 더더욱 내려가는 계기가 되었다.

더불어 내가 있었던 제분소에선 다수의 미군 병사들이 건물에 매몰되어 다치고 말았다. 다행히도 사망자는 없었다. 대들보에 깔려 하반신이 마비된 사람이 가장 심한 중상자였고, 다행이라고 해야 할지, 미군 병사가 아니라 난민 지원자였다. 병사들은 대개 전치 1개월 정도의 부상을 입었다.

사실 난데없이 출현한 열차와 탈선 사고를 누구의 잘못으로 돌리긴 어렵겠으나, 그 직후 쏟아져 나온 변종을 상대로 지원자들이 모두 줄행랑을 쳐 버린 것이 문제였다.

유일하게 맞서 싸운 나에 대한 평가가 그만큼 상승했지만, 지원자들의 신뢰도에 의문이 제기되면서 병사들이 새로운 물자 조달 임무 수행을 거부했다. 적어도 지금과는 다른 방식을 검토해야 한다는 것이었다. 캠프 사령부는 여기에 긍정적이었다.

내가 싸우는 모습을 본 병사 중 일부가 나를 경계해야 한다고 보고했던 모양이다. 로버트 캡스턴 중위가 자초지종을 물었는데, 피어스 상사가 변호해 주었다.

"겁쟁이들의 말은 들을 필요 없습니다, 중대장. 중요한 건 이 조그만 놈이 끝까지 남아서 싸웠고, 나는 이놈을 믿어도 좋다고 판단했다는 거지요."

보고가 어떻게 올라갔는지 몰라도, 이후 대대장 결정에 따라 나만 좋다면 나를 지원병으로 취급하겠다는 말을 전해 들었다. 숙소도 미군 구역으로 바꾸어 주고, 미군에게 주어질 복장과 장비를 비롯해 여러 가지 편의를 봐주겠다는 것이었다. 비록 총기 휴대는 금지되었지만 이 정도만 해도 상당한 우대를 받는 셈이었다.

부상자인 엘리엇 상병이 나를 보고 싶어 한다는 소식을 듣고 찾아갔더니, 의미심장한 말을 해 주었다.

"상부에서도 고민이 많아. 어쩌면 믿음직한 사람을 뽑아 미군에 편입시킬 가능성도 있어. 네가 지원병 취급을 받는 건 그 사전 준비가 아닐까 싶은데. 나중엔 정규군이 될지도 모르지. 그럼 이병 기어우르가 되려나? 내 후임으로 들어오라고. 하하."

설마 그런 일이 가능하겠느냐고 물었다. 상병은 재미있어 했다.

"설마는 무슨. 미군만큼 이민자 출신이 많은 군대가 어디에 있다고. 길레미도 시민권 때문에 입대한 녀석인걸. 미국은 지금 총동원령이 내려진 상태고, 캡스턴 중위님은 나한테도 전시 임관 형식으로 장교나 부사관이 되라고 권유하고 있단 말이야. 그럼 당연히 병사가 부족해질 텐데, 다른 곳은 몰라도 고립된 이 캠프에서 병력 자원을 어떻게 충당하겠어? 너 정도면 자격이 넘친다고 보는데."

"제 나이는 문제가 되지 않을까요?"

"인류 멸망의 위기니까."

담담하면서도 무거운 대답이었다. 생각해 보겠다고 하고 숙소로 돌아왔다.

혼자 쓰도록 배려받은 텐트가 잔뜩 어질러져 있었다. 누군가 짐을 뒤진 것이 분명했다. 사적으로 가치 있는 물건을 가진 건 별로 없었으니 필시 배급표를 노렸을 것이었다. 샌 미구엘에 다녀온 대가로 받은 내 몫의 배급표는 다른 사람보다 훨씬 더 많았다. 각자 받은 양을 정확히 아는 건 아니지만, 사람들도 당연히 내가 더 많이 받았을 거라고 생각했다. 질투하는 사람들이 많았다. 성과를 떠나, 위험을 감수한 대가는 동일해야 한다고.

배급표는 품에 넣고 다녔기에 도난당하지는 않았다. 그래도 이렇게 되면 안심하고 잘 수 없을 것 같다.

안전을 생각해서라도 편입 제안을 받아들이는 편이 나을지도 모른다.

「AI 도움말 (통찰 6등급)」

당신은 첫 보급 임무에서 뛰어난 성과를 거두어 지원병 신분으로의 편입을 제안받았습니다. 제안을 수락할 경우 추후 미군으로부터 부여받는 임무를 거부하기 어렵게 되어 행동의 자유도가 감소합니다. 임무의 성격에 따라서는 생명이 위험할 수도 있습니다. 또한 각 조직의 포섭 시도가 자주 이루어질 것입니다. 제안을 거부할 경우 적대적인 랜덤 이벤트가 발생할 가능성이 높으며, 「생존 감각」을 포함하여 충분한 기술을 습득하지 않은 상태에서는 당신이 살해당할 수도 있습니다.」

「플레이어의 선택 : 제안을 받아들인다.」

결정을 내렸다. 망설이지 않고 로버트 캡스턴 중위를 찾아갔다. 다른 사람에게 맡기긴 불안하다는 생각이 들었다. 중위는 내 결정을 환영해 주고는, 피어스 상사에게 나를 부탁했다. 숙소를 정해 달라는 것이었다.

다음날, 대대장이 난민들을 모아 놓고 나를 단상에 세웠다. 용감한 행동에 찬사를 보내며, 미군으로 편입한다는 발표였다.

요란하게 무대를 마련하는 의도를 알 것 같았다.

저널, 30페이지, 캠프 로버츠

밤새 자다 깨기를 반복했다. 그래도 관리자 취급으로 텐트를 혼자 쓰다가, 낯선 사람들과 동숙하게 되어 불편한 마음이 있었던 모양이다. 같은 막사를 쓰는 미군 병사들의 말에 따르면 캠프 로버츠가 훈련 때에나 쓰이던 주방위군 시설이라 상당히 낙후되어 있다고 한다. 최신식 막사에서는 보통 1인 1실, 많아도 3인 1실 정도를 쓰는 게 보통이라던가. 각 개인실에 화장실과 샤워실이 다 따로 구비되어 있는 게 정상이란다.

그래도 막사가 구형이나마 수용 능력에 한참 모자라는 인원이 쓰고 있어 공간이 많이 남았다. 커튼과 파티션을 동원해 임시로 쳐 놓은 칸막이들이 인상적이었다. 개인 공간을 중시하는 문화 때문인가 보다.

비공식적이나마 지원병 신분이 되면서 기껏 받은 배급표가 무의미해졌다. 병사들이 디-팩(Dining Facility), 또는 쵸우 홀(Chow Hall)이라 부르는 병영 식당을 쓰게 되었기 때문이다.

식당에서 제공되는 식사는 양적으로나 질적으로나 난민들에게 배식되는 것과 차원을 달리했다. 이마저도 미군 병사들 입장에선 맛없다고 불만이 나왔으나, 나는 맛있게 먹었다. 다만 짜고 느끼하다는 느낌을 많이 받았다. 치즈 요리가 많았는데, 마을에서 가져온 것 중 치즈가 많았던 모양이었다.

지원병으로서 받은 평시 임무는 통상 훈련과 한국인 난민 구역 순찰이었다. 경찰을 보조하는 역할이다. 미군과 샌프란시스코 경찰이 합동으로 치안을 관리하고 있었지만 어디까지나 생색내기에 불과했고, 아무래도 같은 난민이라면 거부감도 적고 좀 더 세밀한 부분까지 살펴볼 수 있지 않겠느냐는 것이었다. 믿을 만한 사람을 추려 달라는 부탁도 받았다. 아무래도 엘리엇이 말했던 게 사실인 모양이다.

보급관에게서 복장을 수령했다. 짬을 내어 찾아온 캡스턴 중위로부터 방탄복을 항상 입고 다니라는 말을 들었다. 한국인 출신 지원병이 다른 국적의 난민들에게 미움을 사기 십상일 거라는 우려에서였다. 방탄복은 방검복과 다르지만, 난민들이 숨기고 있을 짤막한 흉기 따위 얼마든지 방어 가능하다는 말도 함께 해 주었다. 걱정해 줘서 고맙다고 했더니 어깨를 두드려 주었다. 역시 좋은 사람이다.

물론 좋은 사람만 있는 건 아니었다. 마커트 대위라는 사람은 내가 전투복을 입고 있는 걸 보고 어디 소속이냐고 물었다. 대대장 지시로 예비 지원병이 되었다고 했더니 기도 차지 않는다는 반응을 보였다.

"옷을 갈아입는다고 그 안의 정신까지 바뀌는 건 아니지. 바나나 새끼가."

툭 뱉은 말이 꽤나 아팠다. 바나나, 겉은 노랗고 속이 하얀 이 과일은 백인 행세를 하려 드는 동양인을 비하하는 명칭이기도 했다.

본래 미군 내에서 인종 차별은 강력한 금기였지만, 시국이 이렇다 보니 노골적으로 저렇게 행동해도 항의하는 이가 없었다. 멸망해 가는 세상은 사람을 많이 죽일 뿐만 아니라, 사람이 애써 죽였던 많은 것들을 되살려 냈다. 좋지 않은 것들이 많았다.

본인에게도 손해일 텐데. 유색 인종 병사들이 없는 것도 아니고. 저러다가 프래깅(상관 살해)을 당할지 모른다. 생각이 짧다.

난민 구역으로 갔더니 그나마 친하게 지내던 사람들도 일부의 태도가 바뀌어 있었다. 아첨하거나 낯설어하는 것까지는 이해하겠는데, 경원시하는 사람들은 그 속을 알 수가 없었다. 직접 가서 왜 그러느냐고 물어보니까, 당황하는 한편으로 화를 내는 게 아닌가.

날 더러 매국노란다.

이제는 미군 행세를 하려고 한다고 비난했다. 한국인은 어려울 때일수록 서로 돕는 민족인데 넌 조직에 속하지 않았으니 욕먹어도 싸다고 마구 몰아붙였다. 어린놈이 간사하다고도 했다. 미군에게 가서 고자질이나 하라는데 뭐라고 대꾸해야 할지 알 수 없었다.

나는 갑자기 어디에도 속하지 않은 부외자가 된 것 같았다.

과거 (2) 거래 전야, 고아영

혜성그룹 고건철 회장은 손끝으로 빈 잔을 두드렸다. 술이 아쉽다. 처음이자 마지막으로 사랑했던 여인의 배신 이후로 술 없이는 잠을 이루기 힘들었다. 그래서 요즘은 매일 같이 피곤하다. 거래를 앞두고 일주일은 술을 멀리해야 한다는 의료진의 판단 때문이었다.

똑똑똑. 문 두드리는 소리. 회장은 무시했다.

"아버님, 저예요."

하나 뿐인 딸의 목소리. 짜증이 치밀었다. 얼굴을 보고 싶지 않았다. 날카롭게 외친다.

"안다. 꺼져라."

"……."

딸, 고아영은 그의 말을 듣지 않았다. 문이 열리는 걸 보고 회장은 만지작대던 유리잔을 집어던졌다. 확. 공기 찢어지는 소리가 날 정도로 거칠게. 놀란 딸이 움츠러들었다. 그녀의 어깨 위로 넘어간 잔이 한참 뒤에서 깨진다. 쨍그랑. 파편 흩어지는 자잘한 소리가 사람 없는 복도를 채운다. 이를 듣고 고용인들이 청소 도구를 들고 나타났다. 이쪽을 힐끗 훔쳐보더니, 바닥을 치우기 시작했다. 새삼스러울 것도 없다. 아버지와 딸이 함께 있으면 흔히 일어나는 일이었다.

회장이 으르렁거렸다.

"내 앞에 나타날 땐 그 좆 같은 얼굴 가리라고 했냐, 안했냐."

"…죄송합니다."

입술을 깨문 아영이 고개를 숙였다. 탐스러운 머리카락이 쏟아져 얼굴을 반쯤 가렸다. 그러고도 타고난 미색은, 조명 어두운 방 안에서도 빛을 발했다. 서른이 넘었는데 노화의 기미가 없다. 회장이 이를 씹었다. 여우 같은 년. 한 때 그가 사랑했던 여자도 외모가 나이를 따라가지 않았다.

저 얼굴, 빌어먹을 제 어미를 소름끼치도록 닮은 낯짝이 너무나도 마음에 들지 않는다. 그래도 참아 준다. 그나마 그 여자, 한 때 아내였던 잡년이 결혼하고 낳은 다섯 새끼 중 실제로 고건철의 피를 이은 유일한 혈육이었기 때문이다.

"무슨 일이냐."

"드릴 말씀이 있어서요."

"뭔데."

아영은 잠시 망설였다. 그러나 아버지를 오래 기다리게 하지는 않았다.

"거래를 재고해 주시면 안 될까요?"

"왜?"

"……."

"왜!"

회장이 성을 냈다.

"씨발년아! 아비가 젊은 몸 얻어 새롭게 시작하겠다는 데 뭐가 불만이야! 아하, 그렇지. 내가 늙어 죽어야 네가 내 사업을 물려받겠지! 그런 속셈이지!"

"아니에요! 사업 따위 관심도 없다고요!"

"그럼 왜!"

"굳이 다른 사람 몸을 빼앗을 필요는 없잖아요! 아버지 유전자로 복제체를 만들어서 이식하면 되는 거잖아요! 왜 법을 어기면서까지 남의 몸에 욕심을 내세요?!"

회장은 그의 딸을 물끄러미 바라보았다. 그는 조소를 머금었다.

"하. 뭐야. 상품 관리를 맡겨 놨더니……. 왜? 어린놈 사는 꼴 보다 보니 동정심이 들더냐?"

"……."

맞다. 동정을 품었다. 고건철은 아영에게 상품 관리 과정을 지켜보라고 명령했다. 거래 대상, 소년은 저도 모르는 사이 일거수일투족을 감시당하는 중이다. 모두 보고 들은 입장에서, 아영은 소년이 처한 상황이 슬프다. 그 착한 아이는 가족을 위한 희생을 기꺼이 받아들였다. 제 몸 팔아 남은 가족들의 삶이 편안하다는 사실에 그저 만족하는 것처럼 보였다.

회장이 말했다.

"좆 같은 소리 하지 마라. 뭐든 자연산이 좋은 거야! 복제체? 클로닝(Clonning)? 하! 그건 검증되지 않은 기술이다! 성장 촉진제를 투여해서, 태아부터 이식 가능한 나이까지 고작 1년 만에 키워 내는 그 몸뚱이가 나중에 무슨 문제가 있을 줄 알아? 암, 자연산이 최고지! 그렇고말고!"

"하지만 불법이잖아요? 바르지 않은 일이라고요."

"바르지 않기는 개뿔이! 그건 법이 글러 먹은 거야! 빨갱이들의 사상에 오염된 법이지! 자유주의! 대한민국은 자유 민주주의 국가다! 개인에게는 스스로를 처분할 권리가 있다! 당사자가 동의했고 그 새끼 부모도 동의했어! 남에게 피해를 주는 것도 아닌데 왜 지랄이야! 이제 와서 거래를 철회하면 그 가난뱅이들이 어이구 고맙습니다 할 것 같으냐? 하, 꿈 깨라!"

딸을 비웃는 아버지가 숨을 고르더니 차갑게 내뱉었다.

"난 자선 사업가가 아니다. 거래가 깨지면 그 가난뱅이들이 받아먹은 걸 악착같이 돌려받을 거다."

아영은 한층 더 깊게 고개를 숙였다. 거래를 취소하면 그 가족은 난처한 지경에 처할 것이다. 그녀의 아버지처럼, 자식에 대한 애정이 깊지 않은 그 소년의 부모들은 이미 계약금으로 받은 금액을 상당 부분 써 버렸으니까. 차를 벌써 두 대나 샀다. 외제. 남편 따로 아내 따로. 그들이 현재 거주하는 집마저도 계약의 대가로 준 것이다.

그래서 더욱 겨울에 태어난 소년에게 동질감과 동정심을 느꼈다. 부모를 배려할 필요는 없다고. 자식의 삶은 온전히 자식의 것이라고 말해 주고 싶었다. 결국 그럴 순 없었지만.

"하나 있는 딸년이 어디 가서 병신 같은 소리로 내 체면까지 깎아 먹기를 원치 않으니 하는 말이다만……."

고건철 회장의 말이 이어졌다.

"수십 년 전의 일이다. 독일에서 창녀들과 여성 단체들이 성매매를 합법화해 달라고 시위를 벌였지. 자유주의! 성적 자기 결정권은 온전히 개인에게 속하는 권리라고 말이야. 그렇지. 맞는 말이지. 누구랑 떡을 치는 게 남에게 피해를 주는 일은 아니니까. 현실적인 이유도 몇 가지 있었다. 그중 하나가 생계 문제였지. 구직 능력이 없어 매춘으로 생계를 꾸리는 여성에게서 매춘 기회를 박탈하면 굶어 죽기밖에 더하겠느냐는 논리였다."

딸은 묵묵히 듣기만 했다. 딸 앞에서 성매매를 말하면서도 아버지는 조금도 껄끄러워하지 않았다. 아니, 일부러 모욕하려는 의도였다. 딸에 대한 애증은 곧잘 이런 식으로 표출되었다.

"반면 같은 시절 이 나라의 여성 가족부와 여성 단체들은 성매매를 격렬하게 반대했다. 여성의 인권과 인간적 존엄을 침해한다는 이유로 말이야. 인간을, 여성을 상품화하지 말아라…이런 뜻이었다. 뭐, 좋아. 명분이 옳다는 건 인정해. 그런데 말이지, 당장 매춘을 단속함으로서 일자리를 잃어버린 윤락 여성들에게 대안을 제시하지 않았단 말씀이야. 물론 직업 훈련의 기회가 주어지긴 했지. 이 나라의 공무원들이 하는 일이란 게 대개 그렇듯이, 졸속 행정이었지만, 여성 단체들에겐 그걸로 충분했다. 결과엔 관심도 없었어. 왜냐고? 그것들은 처음부터 윤락 여성들이 아니라 자기들을 존중해 달라고 나선 것이었으니까! 그런 일에 종사하는 여성이 있다는 것 자체가 자존심이 상해서 성을 낸 것이었으니까! 창녀들이야 죽던지 말던지!"

아영은 아버지가 무슨 의도로 이런 말을 하는지 이해했다. 다음에 나올 말을 짐작할 수 있었다. 반박할 수도 있었다. 어쩔 수 없다는 것과 그게 당연하다는 건 많이 다른 개념이다. 현실적으로 어쩔 수 없다면, 방치하는 게 아니라 장기적인 개선을 도모하는 게 맞다. 회장 스스로도 명분은 옳다 말하지 않았는가.

그러나 자신이 살아온 삶이 곧 하나뿐인 정답인 줄 아는 사람이다. 반박은 역효과만 불러올 따름일지라, 여전히 입을 다물고 있었다.

성매매에 관해 말하자면, 원래 화려한 소수가 눈에 띄는 법. 자극적인 것을 좋아하는 언론은 그 소수에게 더 많은 화면과 지면을 할당했다. 사실이 어떻든 시청률이 잘 나오면 그만이니까. 자극적이기도 하고, 안전하기도 하다.

과연, 이어지는 고건철 회장의 말이 그녀의 예상으로부터 벗어나지 않는다.

"그 골빈 년들의 진심을 요약하면 이렇다. 몸 파는 여성 동지 여러분, 당신들이 뭘 해서 먹고살건 우리가 알 바 아니지만, 어쨌든 몸 파는 건 여성 모두의 자존심이 상하는 일이니 그만두셨으면 좋겠군요. 달리 할 일이 없다고요? 그건 당신들 사정이죠. 굶어 죽겠다고요? 당신들이 게을러서 그래요. 차라리 죽으세요. 여성의 존엄을 훼손하면서까지 살고 싶은가요?"

다혈질의 회장은 벌떡 일어서서, 우스꽝스럽게 여자 목소리를 흉내 내가며 비아냥거렸다. 칠십 넘은 나이를 감안하면 대단한 일이다. 이런 성격이라 그룹 중진들도 회장에게 쉽게 말을 붙이지 못한다. 밉보였다간 그야말로 박살이 나 버리니까.

"현실적인 대안 없이 그따위 요구를 하는 건 결국 자기만족일 뿐이다. 그 애새끼가 불쌍하더냐? 네 알량한 동정심과 양심을 만족시키고 나면, 그놈은 과연 너에게 고마워할까? 하루하루 내일은 어떻게 살아야 하나 걱정하면서, 그래도 나는 인간으로서 몸을 가지고 있다고 자위라도 하겠느냔 말이야. 하하!"

"…그만해 주세요."

"그만하긴 뭘 그만해! 네년이 시작한 거다!"

탕. 테이블을 내려치는 손길에 힘이 과했다.

"젊음! 너무나도 볼품없이 흘러간 젊음! 잡년이 훔쳐간 내 삶의 절반! 아비가 그걸 찾겠다는데 시답잖은 개소리로 기분을 잡치게 만들어 놓고, 누구 마음대로 그만 둬!"

"잘못했으니까, 그만해 주세요."

결국은 이렇다. 사랑 없이 자식을 기르는 부모들은 모두 저주받아야 마땅하다. 아영은 마음을 지우려 애썼다. 스스로가 상처 받지 않기 위해서.

"흥."

회장이 자리에 주저앉아 턱을 괴었다.

"김이 빠지는군. 한심한 것. 누구를 닮아 이렇게 한심한지 모르겠어. 분명히 내 피도 물려받았을 텐데, 실감이 나질 않아."

"……."

"나가. 그동안 맡긴 일은, 내일 상품 상태를 확인하고 최종 평가할 테니."

"…좋은 밤 되세요."

"되긴 글렀다."

휘휘 내젓는 손. 파리를 쫓는 것과 비슷하다. 패배감, 자괴감, 모멸감. 어두운 감정을 느끼며 아영은 아버지의 방을 나선다. 복도를 마주 보니 힘이 빠진다. 길고, 넓고, 공허하다. 고작 둘 뿐인 가족이 머물기에 저택은 너무나도 거대했다. 단란하던 한 때, 어머니의 부정을 아버지가 몰랐던 그 시절만큼은 따뜻했던 집이었다.

아영은 흔들거리며 복도를 걸었다.

파벌

캠프 로버츠

슬슬 때가 되었다고 생각하고 있었다. 앞으로 어느 분기를 따를까, 소년이 고민하고 있는데, 퀘스트 마커 하나가 스스로 거리를 좁혀 왔다. 사람이었다. 그는 왜소한 체구에 안경을 쓰고 있었으며, 주변을 살피는 것이 꽤나 불안해 보였다.

"안녕하세요. 저기, 어, 음……. 겨울 씨라고 불러도 될까요?

명백히 훨씬 연상인데도 함부로 말을 놓지 못하는 건 역시 소년에게 그만한 위신이나 두려움이 쌓였다는 증거였다. 미성년자는 대인 관계 하향 보정으로 무시당하기 십상인데도, 그런 기미를 찾을 수 없었다. 아마 소년에 대한 두려운 소문 탓도 있을 것이고, 기술 보정에 의한 겨울의 존재감 때문이기도 할 것이었다.

말을 놓으라고 해도 된다. 허나 굳이 상대를 편하게 해 줄 필요가 있을까? 말이 편하면 마음도 편하고, 마음이 편하면 얕보기 쉽다.

소년은 그저 고개를 끄덕였다.

"무슨 일이세요?"

"난 장연철이라고 해요. 자세한 내용은 여기서 말하기 어렵지만, 겨울 씨가 만나 주었으면 하는 사람들이 있어서요. 절대로 해를 끼치진 않을 거예요. 도움이 필요한 사람들일 뿐이거든요. 괜찮다면 잠시만 시간을 내주지 않을래요?"

소년은 선선히 수락했다. 증강 현실 인터페이스, 플레이어에게만 보이는 홀로그램. 임무 일지가 갱신되었다. 환경과 플레이어의 상호작용은 관제 AI에 의해 실시간으로 평가되어, 그 중 명확한 인과 관계를 갖춘 상호작용을 임무(퀘스트)로 등록하게 된다. 도식화된 전개에서 벗어나기 위한 장치의 하나다.

능력이 부족할 때, 내용이 파악되지 않은 임무는 ???로만 표시된다. 지금 소년이 대략적인 목적을 확인할 수 있는 건, 기술 「통찰」과 「간파」 덕분이다. 전회, 물자 조달에서 얻은 경험치 일부를 리더십 계열에 투자했다. 이로써 앞으로 벌어질 사건에 대한 단서를 보다 정확하게 얻을 수 있다. 접속자에게 주어진 이점이었다.

'조직……파벌인가.'

기다리고 있었다. 소년은 일단 따르기로 한다.

목적지에 이르기까지 연철이라는 사내는 연신 주위를 경계했다. 여러 조직의 시선을 의식하는 행동이다. 그러나 무익한 노력으로 생각된다. 여긴 난민 구역. 계급장이 없을지언정, 겨울의 미군 전투복은 지나치게 눈에 띈다. 이미 꼬리가 붙었다. 여럿. 주요 조직들의 행동대 소속이겠지. 눈매가 더럽다. 타고난 인상은 아니다. 마음이 더러워 눈도 더러운 얼굴들이었다.

"잠시 기다리세요."

"예?"

연철을 불러서 세워 놓고, 소년은 뒤돌아서 미행하던 사람들을 지목했다. 갑작스러운 일이었다. 미처 몸을 숨기지 못한 자들이 많았고, 숨었어도 부족했다. 「생존 감각」과 「전투 감각」, 「위기 감지」의 도움을 받는 소년은 그들의 은근한 적의를 놓치지 않았다.

"당신들, 나오세요."

모르는 척해도 소용없었다. 손끝으로 일일이 가리켰으니까. 많기도 하다. 사정 어려운 사람들이 무슨 조직을 이렇게 많이 만들었는지.

그러나 데이터 마이닝으로 만들어진 세계관이었다. 마이닝(Mining), 광산에서 자원을 캐내듯이, 광대한 온라인, 오랜 시간 누적된 정보의 광맥, 빅 데이터로부터 인간의 역사와 행동을 채굴한다는 뜻. 그러므로 가상 현실 속 난민들의 생활은, 실존하는 난민촌의 생활에 기초하여 재구성된 것이다.

결국 열 한 개 조직의 행동 대원들이 한 자리에 모였다. 서로에게 으르렁대는 동시에 소년에게도 기 싸움을 걸어온다. 험악한 분위기가 조성되었다. 특히 소년의 존재감, 기술 보정으로 발생하는 위협성에 대항하려고 힘쓰는 기색이 역력했다. 연철의 안색이 하얗게 질렸다.

"니가 뭔데 오라가라냐."

누군가 내뱉는 순간, 질 수 없다는 듯 여러 입이 한꺼번에 열렸다.

"어린노무 새끼가 뒤질라고…어디서 어른한테 함부로 손가락질이야?"

"하, 씨발. 어이가 없어서. 그래. 불러서 왔다. 어쩔 건데?"

그 외에도 험한 말이 왁자지껄 시끄럽다. 그러나 소년이 가만히 바라보고 있는 것만으로도 수그러들었다. 긴장하고 있다. 숨기려고 했으나 소년의 「통찰」은 그것을 「간파」했다. 관제 AI의 도움말이 어지럽게 떠올랐다.

대화의 키워드, 권장 행동, 전투력 평가, 조언 등.

캠프에 소문이 돌고 있다는 걸 알고 있었다. 지난 물자 조달 임무에서 무슨 일이 있었는지, 그곳에서 소년이 무슨 일을 했는지. 그리고 소문은 사람을 건널수록 커지는 법이었다. 개중에는 대책 없는 사이코패스라던가, 인간 백정, 살인마라는 악명도 섞여 있었다. 사내들의 눈에 엿보이는 두려움의 정체가 바로 그것이다.

"따라다니지 마세요. 기분 나쁘니까."

짧게 끊어 강하게 하는 요구. 저릿한 느낌이 골수를 긁는다. 가상 현실은, 화를 참을 필요가 없어서 좋았다.

"니가 뭔데……"

"그 말씀은 이미 들었고요."

뭐라 하려는 것을 바로 끊고 들어간다.

"아니면 공평하게, 제가 여러분께 관심 가지고 따라다녀 볼까요? 저는 기억력이 좋습니다. 나중에라도 여기 있는 분들을 몰라보는 일은 없을걸요?"

읽지 않은 메시지가 빠르게 늘어났다. 지금 이 상황이 다른 사람 보기에 흥미로운 모양이다. 관심 없다. 당장은. 소년은 이 순간에 집중하고 있었다. 몰입하고 있었다. 어떤 모습을 연기해야 할지 알고 있었다.

"……네까짓 게, 협박이냐?"

"받을 짓을 하고 계신다면야, 협박일지도 모르겠네요."

"하, 이거……. 좀 유명해지더니 정신이 나갔군. 꼬마야, 전투복 입더니 뭐라도 된 줄 아는가 본데……."

"이 옷은 아무 것도 아니에요."

거듭 상대의 말을 끊어도 폭발하지 않음은, 짜증보다 큰 두려움 때문일 것이다. 소년이 조금이라도 위축되거나, 과민 반응을 보였다면 상황은 지금과 많이 달랐을 것이었다. 그러나 겨울은 처음부터 지금까지 줄곧 침착하고 담담한 어조였다.

겨울은 강조하듯이 같은 말을 되풀이했다.

"이 옷은 아무 것도 아니에요."

"……."

"날 옷으로 판단하지 마세요. 바라지도 않아요. 당신들은 내가 무엇을 해 왔고, 무엇을 할 수 있고, 무엇을 할 것인가를 가지고 날 판단해야 할 거예요."

이 말은 시스템의 도움을 일절 받지 않고, 소년 스스로 완성한 문장이다. 경험에서 우러나온 진심. 오랫동안 굳어진 응어리가 심장 근처에서 끓어오르며, 머리를 거치지 않고, 바로 목구멍으로 넘치는 느낌이었다.

'다른 사람의 일방적인 평가와 요구는 지긋지긋해. 나는 내가 살아가는 방식 외엔 아무것도 아니야……. 여긴 그 외에 아무 것도 없는 세상이지만.'

소년은 요대에 걸어둔 대검을 잡았다. 뽑지는 않는다. 한 걸음 나아갔다.

"쓸데없이 따라다니진 않을 테니, 내가 이제껏 무엇을 해 왔는지는 알고 계시겠네요. 그럼 이제, 당신들에게, 무엇을 할 수 있고 무엇을 할 것인지……직접 확인해 보시겠어요?"

"쓰벌. 어린놈이 벌써부터 미쳐 가지고……."

소년과 남자들은 같은 극의 자석이었다. 한 걸음 다가가면 한 걸음 물러난다. 그러나 체면이 있는 만큼, 눈이 많은 자리에서 꼬리를 내리는 꼴은 곧 죽어도 보이기 싫은 모양이다. 몇몇은 자리를 지키려 애썼다. 다들 소년보다 덩치가 컸으나, 담이 덩치를 따르지 않아 손이 가늘게 떨리는 자도 있다. 자연히 나오는 말도 떨린다.

"내가 「한인애국회」 소속이라는 걸 알고 이렇게 까부는 거냐?"

"제 옷은 무시하고서, 자기 소속은 중요한 모양이네요?"

"윽……."

"만약 제가 여기서 여러분을 끝내면 과연 여러분의 조직이 보복에 나설까요? 정말로? 어른 열한 명과 소년 하나가 붙은 사건을, 미군은 또 어떻게 생각할까요? 저는 궁금한데. 여러분도 궁금하시다면, 서로에게 좋은 일이니 실제로 해 보는 건 어때요?"

정말 미치광이 같은 소리였다. 스스로 말해 놓고도 잘도 이렇게 질러 대는구나 싶을 정도로. 내 안에 이런 말들이 있었나? 소년은 왠지 유쾌해졌다.

그 마음이 드러났나 보다. 깨닫고 보니 웃고 있었다. 의도하지 않았으나, 불식간의 미소가 상대에겐 더욱 큰 공포였다. 꾸미지 않은 광기 같다. 이들은 서로 소속이 다르기도 하여 다수의 힘을 내기 어렵다. 사내들은 더 이상 말 붙이지 못했다. 뒷걸음질 치더니, 적당히 멀어지자 아예 등 돌려 급하게 떠났다.

고작 대화였을 뿐이지만, NPC 또는 환경과의 상호 작용을 실시간으로 평가하는 관제 AI가 성과를 분석하여 경험치로 환산하는 것이 보였다. 시청자 메시지 로그에서도 누군가 「별」을 선물했을 때에만 강조되는 축약 표시가 반짝거린다. 겨울은 시간 흐름을 잠시 정지시킨 뒤, 마음을 가라앉힐 겸하여 로그를 열어 보았다.

「칠리콩까네 : 얼ㅋㅋㅋ 연기력 쩔얼ㅋㅋㅋㅋ 와 씨발
시스템 어시스트 키워드랑 문장을 하나도 안 쓰고

저렇게 유창할 수가 있냐? 즉흥적으로?
난 NPC 상대로 저렇게 못 하겠던뎈ㅋㅋㅋㅋ」

[칠리콩까네님이 별 20개를 선물하셨습니다.]

「닉으로드립치지마라 : 방송 아무나 하는 거 아니라는 걸 느낀다.
이 진행자 이번 방송이 처음인거 맞냐?
유명한 BJ가 닉변하고
얼굴 고쳐서 관심 끄는 거 아니고?
딱 봐도 TOM 등급 높아 보이는데?」
「액티브X좇까 : 유명 BJ이면 어떻고 초짜면 어때?
재밌으면 됐지. 시원해서 좋다.」
「하드게이 : 그래, 남자면 어떻고 여자면 어때?
맛만 좋으면 그만이지.」
「캐쉬미어 : BJ는 틀린 표현입니다. 스트리머라고 합시다.」
「빌리해링턴 : Fuck↗You↘」

[캐쉬미어님이 별 5개를 선물하셨습니다.]
[눈밭여우님이 별 20개를 선물하셨습니다.]

「려권내라우 : 용돈벌이에 눈이 벌개진 별창늙은이들
발연기하고는 정말 끕이 다르다 이기야!
국어책 읽기 아니라서 좋다 씨발.」

[갤럭시SS505님이 별 1개를 선물하셨습니다.]

잠시 고민하다가, 소년은 내키지 않는 심정으로 짤막하게 답례했다.

「한겨울 : 별 주신 분들께 감사드립니다.」

뭔가 더 길게 해야 할 것 같지만, 사실 원해서 하는 방송도 아니었고, 내키지도 않았고, 뭐라고 해야 할지도 알 수 없었다. 조금 전 말이 스스로 끓어 넘치던 것과 너무도 달랐다. 생각 같아선 방송을 중단하고 싶었지만 그럴 수 없었다. 별이 필요했다.

「하드게이 : 진행자 쿨한 거 보소.
별창늙은이들은 주는 사람 닉 일일이 언급하면서
별 좀 더 받으려고 눈치 보는데.」

그 메시지를 마지막으로 로그를 닫았다. 별창늙은이들이라……. 그 사람들과 자신은 근본적으로 다르지 않을 것이다. 달궈졌던 심장이 나쁜 의미로 식었다. 불쾌한 담금질. 시간의 흐름이 재개되었다.

연철이라 했던 사내는 망부석처럼 서있었다. 압도당한 모양이다. 관련 스테이터스 갱신 메시지도 다양했는데, 가장 눈에 띄는 것은 경애 호감도의 증가분이었다. 친애, 경애, 연애로 분화되는 호감도 중에서, 집단 내 지도자로 인정받으려면 가장 필요한 것이 경애 호감도였다. 특히 +3 불변 보정이 이채로웠다. 보통은 +1 뜨기도 어려운 건데.

겨울이 물었다.

"계속 서 계실 건가요?"

"어? 아, 아닙니다. 가시죠."

실수인지 일부러인지, 존칭이 한 단계 올라갔다. 두려워하는 기색이 절반, 탄복하는 기색이 절반. 아마 무의식적인 반응이었을 것이다. 관제 AI의 조언이 이를 뒷받침했다.

「심리 파악 (통찰 6등급/간파 6등급)」

연철은 저 일을 치르고도 동요하지 않는 당신에게 감탄하고 있습니다.(오차가 있을 가능성 35% / 오차 확률을 줄이기 위해서는 보다 높은 통찰 및 간파 기술과 능력 보정이 필요합니다.)

그의 안내를 따라 간 곳은 24인을 수용하도록 되어있는 대형 텐트였다. 함정일지도 모른다고 생각하여 창문으로 먼저 안쪽을 살폈다. 조명은 가운데 매달린 백열전구 하나뿐이었다. 어두운 가운데 불안하게 흔들리는 눈동자들. 시선이 마주쳤다. 경계하고 있다.

이상하다. 적정 수용인원보다 두 배 가까이 더 많다.

시설이야 어쨌든 텐트 숫자는 충분할 텐데. 의문을 품는 즉시 AI가 반응했다.

「AI 도움말 (통찰 6등급)」

사람이 많을수록 안전을 보장할 수 있습니다. 세력이 약한 단일 파벌, 또는 취약 파벌의 연합이거나 소속 없는 사람들의 집단일 가능성이 높습니다.

과연, 그런가. 조금 더 생각해 보면 의미가 분명했다. 세력 있는 파벌은 구역 하나를 점거하므로, 텐트 하나에 사람이 몰릴 이유가 없었다.

겨울은 연철을 뒤따라 들어갔다.

가벼운 긴장감이 감돌았다. 연철이 손뼉을 쳐 주의를 모으고는, 어딘가 한결같이 위축되어 있는 사람들에게 겨울을 소개했다.

"같이 작업한 적이 있거나 소문을 들은 분들은 이미 알고 계시겠지만, 모든 일에는 순서가 있겠죠. 소개해드리겠습니다. 여기 이 분이 한겨울 씨입니다. 박수로 환영해 주세요."

정말 못 견디게 어색한 소개였다. 자기보다 한참 어린 상대를 두고 이 분 운운하는 것도 그렇고, 무슨 행사도 아닌데 박수로 환영해 달라는 말도 괴상했다. 그러나 다들 그걸 지적할 여유는 없어 보였다. 연철에게도 나름의 최선일 것이고.

구성원의 절반 이상이 전투력을 기대할 수 없는 모습이었다. 아직 걸음마도 못하는 아이와 어머니, 비쩍 마른 여성 다수에 환자와 노인까지 끼어 있다. 순박하면서 겁 많아 보이는 인상들이다. 그나마 건장한 남성이 없지 않아 여차할 때 저항은 가능하겠다.

어설픈 박수가 가라앉은 뒤, 겨울은 중앙의 난로 가까운 의자를 권유받았다. 가장 그럴듯한 자리였고, 나머지는 접이식 의자를 쓰거나 그마저도 없으면 그냥 맨바닥에 앉았다.

겨울이 말했다.

"왜 부르셨는지 짐작은 가네요."

"그렇습니까?"

연철의 안색이 굳었다. 소년이 그렇다고 끄덕였다.

"같이 있어 달라는 거 아닌가요? 사실상 지켜달라는 뜻이겠고요."

대답이 바로 나오지 않았다. 그러나 그것만으로도 이미 긍정이었다. 말

꺼내기 어려워서 생긴 침묵이지, 부정이었다면 벌써 아니라고 밝혔을 터였다.

"비참하구먼."

늙은 목소리가 흘러나왔다. 얼굴에 검버섯 핀 노인이다. 세월에 구겨진 주름이 자글자글했다. 그는 한숨지으며 남은 말을 마저 놓았다.

"비참해. 창피해. 면목도 없어. 이 나이 먹고 손자뻘 아이를 보면서 도와주길 바라는 꼴이라니. 내가 망령이 들었나 싶어. 사는 게 뭐라고……. 차라리 이대로 죽고 말지."

"어르신, 그렇게 말씀하시면 안 됩니다."

연철이 당황하여 노인을 말렸다. 소년의 눈치를 보고 있었다.

"올 때도 굉장한 일이 있었다니까요. 「한인애국회」 행동 대원을 포함해서 11명의 미행이 붙었는데, 겨울 씨가 눈치채고 전부 불러다가 위협해서 돌려보냈어요. 소문이 하나도 틀린 게 없던걸요. 나이만 가지고 판단하시면 안 됩니다."

그러더니 이번엔 겨울에게 애원조로 붙었다.

"저기, 혹시 기분 상했어요?"

"딱히. 어린 건 사실인데요."

사실 이게 현실이었어도 그러려니 했을 것이다. 세계관 시스템상 미성년자에게 상호 작용 페널티가 주어진다는 것도 알고 있었다. 현실이 그런데 가상 현실이라고 다를까. 새삼스레 불쾌할 이유는 없었다. 일부러 화난 체 할 때도 아니다.

한편, 이들의 반응이야말로 소년이 가장 현실성 있다고 생각하는 모습일 것이다. TOM 판독에 의한 AI 구성이 원래 그런 식이었다. TOM은 상대의 감정을 판단하는 뇌내 기관을 뜻한다.

연철은 겨울의 말이 진심인지 빈말인지 전전긍긍하는 기색으로, 조심스럽게 본론을 꺼냈다.

"부담 주려던 건 아니었어요. 일단 겨울 씨 말이 맞아요. 도움을 원합니다. 우리와 함께하는 사람들은 어느 조직에도 들지 않았고, 그 때문에 여러모로 피해를 보고 있거든요. 누군가 영향력 있는 사람이 대표로 나서 준다면, 우리도 하나의 조직으로 거듭날 수 있다고 생각해서……. 알아보던 중에 겨울 씨를 초대하게 된 거지요."

" '우리' 라고 하셨는데, 다 합해서 몇 명이나 되나요?"

"일흔 아홉 정도……."

말끝을 흐리는 건 규모에 비해 쓸모 있는 사람이 적어서일 것이다. 힘든 시절에 쓸모없는 사람들은 가장 먼저 버림받는다. 여기 있는 건 그렇게 버려진 자들의 연대였다.

겨울은 질문을 고쳤다.

"싸울 수 있는 사람의 수는?"

연철이 뭐라고 답하려는 찰나, 겨울이 강조했다.

"솔직하게."

짧은 말은 강하고 위압적이었다. 이럴 필요가 있었다.

어차피 리더십 경험치가 필요할 때다. 그것은 공동체를 이끄는 자리에서만 받을 수 있다.

이들의 제안을 긍정적으로 검토는 하겠으나, 그와 별개로 착하고 순한 모습만 보여서는 절대로 리더 자리를 맡고 유지할 수 없다. 일방적으로 이용당하거나, 배신당하기 십상이다. 다회차의 경험으로 익히 아는 사실이었다. 그렇잖아도 나이가 어려 얕보이기 쉽다. 부드럽게만 대해서는 곤란하다.

소년은 타인의 마음을 헤아리는 데 능숙했다. 재능도 있겠으나, 그보단 어릴 때부터 가족을 살펴서……정확하게는 눈치를 보며 살아서 그렇다. 개인적인 느낌으로, AI는 사람보다 쉽다.

당장 거짓으로 모면했다가 나중에 들통나면 겨울의 마음이 떠날 게 뻔하다. 처음부터 사실대로 말하는 게 낫다고 생각할 가능성이 높았다. 딱 그런 눈치였다. 연철이 한숨지었다.

"열일곱…명이네요."

"적어요."

"……."

딱 잘라서 적다고 평하는 겨울로 인해, 텐트 안에는 정말 때 이른 겨울이 찾아오기라도 한 것처럼 우울한 한기가 맴돌았다. 연철은 거듭 한숨 쉬며 한참을 침묵했다. 그러다가 어렵사리 다시 말을 잇는다.

"알아요. 겨울 씨 정도면, 어느 조직을 들어가도 좋은 대우를 받을 수 있겠죠. 그래도 아직 혼자인 걸 보면 뭔가 불편한 게 있거나, 그들의 행패가 마음에 들지 않아서일 거라고 생각해요. 내 생각이 맞다면 우리를 도와줘요. 부탁할게요."

"전 제 앞가림도 하기 힘들다고 보는데요."

밀고 당기는 협상. 아쉬운 쪽이 지는 것이다. 이쪽이 내키지 않는다는 인상을 주어야, 나중에 군소리를 하기 어려워진다. 어차피 기존의 여러 조직들은 공동체의 비도덕적 성향이 높다. 들어가서 성공한들 여러모로 피곤해진다. 어느 조직에나 암투와 타락이 있게 마련이나, 가급적 피하고 싶다. 그걸 오히려 즐기는 사람들도 있긴 하지만.

즉 아무리 조건이 좋아도 갈 생각 없었다. 하지만 약한 사람들도 약한 사람들 나름대로의 악의를 품고 있다. 당장 지금도 소년을 인정하지 않는 눈빛들이 곳곳에서 날카로웠다.

당장은 필요하니까 이용하지만, 결국 애송이일 뿐이라고. 능력은 내가 더 출중하니 조금 지나면 저 애송이 자리에 내가 서 있을 것이라고.

또는 이기적인 눈빛들도 엿보인다. 내가 위험하긴 싫으니, 누구라도 상관없다는 태도. 상대가 어리건 말건 책임을 뒤집어씌우고 싶은 사람들. 이들에게 소년은 이용하기 좋은 대상이다. 겉으로만 떠받들고 이익을 보겠다는 심보다.

약자의 심성이 반드시 선량하라는 법은 없다. 오히려 약하기 때문에, 살기 위해 사악해지기도 한다. 핍박받는 약자는 더 약한 자를 핍박하기 쉽다. 당장 살아남아야 하니까.

다만 그것이 선량하지 않다는 증거인 것도 아니다. 상황이 달라지면 뉘우치고 후회할 사람들이 대부분인 법. 현실의 유흥적 모방인 가상 현실이 그만큼 정교하다는 증거일지도 모르겠다.

구질구질한 몰골 때문에 확신할 순 없으나, 대학생이다 싶은 연령의 여성이 손을 들었다. 당당한 표정이 인상적이었다.

"일방적으로 도움만 받을 생각은 없어요. 다른 그룹의 횡포를 막아 준다면 웬만한 지시는 최대한 따르도록 할게요. 지도자가 되는 거라고요."

실속 없는 띄워 주기. 여성의 심리를 알 만하다. 겨울은 그녀의 눈에서 자신을 어리게 보고 써먹으려는 의도를 읽는다. 명백한 의도가 아닐지라도, 본인조차 모르는 저의, 무의식의 영향이라는 게 있는 법이다.

그것을 시작으로 다른 사람들의 말이 줄지어 이어졌다.

"정말 솔직히 말하면, 아직 성인도 되지 않은 그쪽에 이런 부탁하는 거 민망해요. 저런 애도 용기 있게 나가서 유명해졌는데, 난 어른이 이게 뭐 하고 있는 건가 싶다고요. 그래도 이런 상황에서는 자존심이고 뭐고 없어요. 인정할 수밖에 없는걸요. 겨울이라고 했죠? 그쪽이 나 같은 나약한 겁쟁이 어른보다 훨씬 훌륭해요. 나이가 무슨 소용이에요? 자기 한 몸 책임지지 못하는 어른들 투성인데."

"끼니를 제대로 챙기지 못한 지 오래 됐어. 이제는 뭘 해 보고 싶어도 몸이 축나서 힘들어. 겨울 씨, 우리 좀 도와줘. 며칠 잘 먹으면 체력이 붙어서 뭐라도 할 수 있게 될 거야."

"그래요, 학생. 혹시나 나중에 다시 식량 구하러 나가게 되면, 믿지 못할 사람을 등 뒤에 두는 것 보다는 자기 사람을 만들어서 맡기는 게 낫잖수? 우리 바깥양반이 나이는 먹었어도 해병대 출신이라우."

"난 굶어서 젖도 잘 안 나와. 난 죽어도 상관없지만 우리 애만큼은 살리고 싶어."

이 대목에서 겨울은 가슴에 턱턱 부딪히며 굴러다니는 바위처럼 오래 묵은 응어리를 느꼈다. 무겁다. 부모, 부모란 말이지. 이제는 소년의 역린 중 하나다. 부모뿐만 아니라 가족 모두가 그랬다.

쏟아지는 말들을 한 손 들어 막아 놓고, 겨울은 아기를 안고 있는 부인을 바라보았다. 초췌하고 마른 몸에, 볼 살이 빠져 늙어 보인다. 원래는 어떤 모습이었을까. 이목구비가 또렷한데. 이렇게 가만히 바라보다 묻는 말.

"아버지는 어디 가셨어요?"

"……."

다쳤거나 혹은 죽었거나. 예상은 그 정도였으나 사실과 달랐다. 부인은 불쾌한 표정으로 입을 꾹 다물었다. 먼저 바깥양반 운운했던 다른 부인이 대신 답했다.

"새장가 갔구먼."

"새장가?"

"「다물진흥회」에 들어갔는데, 그쪽에서 여자 붙여 줘서 딴 살림 차렸다우."

지금까지 딱 한 번 경험했던 유형이었다.

그 외에도 여러 소리를 들은 뒤에 겨울은 자리에서 일어났다.

"주신 제안은 생각해 보겠습니다. 당장 결정하기 어렵네요."

이렇게 운을 띄워 두고, 당근을 제시한다.

"일단 이걸 받아 두세요."

"오오, 이건……."

건넨 것은 품속에 갈무리해 두었던 배급표 뭉치였다. 물자 조달 나가기 전부터 캡스턴 중위가 개인적으로 챙겨 준 여유분 소량에 더해, 물자 조달 결과 독보적으로 뛰어났다고 열 사람 분의 보상이 주어져서 상당히 많았다. 한 사람당 평균적으로 닷새 치 배급표를 주었으니, 열 사람 분이면 쉰 장이다.

아무렇지 않게 배급표 뭉치를 꺼내 놓으니 다들 엄청난 표정이었다. 다급한 얼굴들. 뻗어오던 손이 눈길 마주칠 때 멈칫거린다. 간혹 우는 사람도 있었다. 지금의 캠프에서 식량을 내놓는다는 건 엄청난 양보다. 목마른 사람의 물 한 모금 이상이다. 이 행동 하나로 소년에 대한 인식이 달라져도 이상하지 않을 정도로.

"저녁 때 최대한 빨리 식사를 마치고 배급소에 가 있을게요. 오는 길에 부딪히기도 했으니, 제가 보는데 대놓고 쳐서 빼앗아가진 않겠죠."

배급소로 오는 사람은 당연히 배급표를 가지고 있을 터. 그래서 가장 많이 빼앗기는 장소도 역시 배급소 인근이었다.

이런 식의 배려, 즉 지도자로서의 능력을 결정 전에 각인시켜 두면, 공동체 설립 초기 구성원들의 심리 상태가 상당히 달라진다. 애태우다가 받아들이는 것의 장점이었다.

겨울은 간절한, 그러나 아직 타산적인 환송을 받으며 텐트를 나섰다.

「재능 이익(才能⊠益) – 탤런트 어드밴티지(Talent advantage)」는, 회차 무관하게 한 번이라도 익혔던 기술의 재습득을 돕는 시스템이다. 익혔던 횟수를 n이라고 할 때, 습득에 필요한 경험치는 1/n이 된다. 이러면 n이 1일 경우, 즉 한 번만 익혔을 땐 이득이 없는 게 아니냐는 의문이 생기지만, 그렇지 않다. 「언노운 페널티(Unknown penalty)」가 제거되기 때문이다.

이러한 구성은 제작사의 기획 의도에 따른 것이다. 처음 몇 번은 압도적인 재해 앞에 무기력한 인간의 공포를 충분히 느끼도록 한 반면, 뒤로 갈수록 고난을 극복하는 초인의 역할에 재미를 붙여 보란 뜻이었다. 동일한 컨텐츠를 완전히 다른 각도에서 즐기도록 한 것이므로, 소모 속도 조절 면에서 뛰어난 구성이라 하겠다.

겨울은 상당히 많은 종말을 경험했다. 매번 습득하는 기술이 같을 순 없지만, 필수적인 것들은 반복하여 습득했었다. 전투 계열 대부분, 생존 계열 일부, 특정 언어, 사회 계열의 핵심인 「통찰」, 「간파」, 「기만」 등.

기술 등급은 3등급까지가 초심자, 6등급까지는 숙련자, 7~10등급이 전문가 수준이며, 그 이상은 천재 및 초인의 영역으로 설명된다. 각 단계를 넘을 때마다 보다 많은 자원을 소모한다.

소년은 샌 미구엘에 나가서 얻은 경험치를 낭비하지 않았다. 현재의 기술 수준은 진행도에 비해 아득히 높다. 탤런트 어드밴티지에 힘입어, 전투 계열 다수가 전문가 또는 천재 수준에 도달한 상태. 그러므로 겨울은 불리한 전투를 소화할 역량이 있다. 그렇지 않으면 곤란하다. 공개 방송을 진행하는 지금, 죽음은 일종의 방송 사고다.

전투 능력에 관련된 기술들은, 「위협성」이라는 은폐 스테이터스를 증가시킨다. 효과는 잠재적 적대 관계일 때부터 강해졌다. 미성년자 페널티를 감안해도 지금의 겨울은 맹수 급이다. 좋지 않은 쪽으로 부풀려진 소문이 소년의 위협성을 더욱 키웠다.

덕분이다. 약속대로 배급 현장에 자리 잡으니, 자원 봉사를 자처한 사람들이 자꾸 눈치를 보았다. 배식대 별로 다른 조직 소속이다. 조직 없는 사람들이 심한 차별을 받았다.

장연철이 소개해 주었던 사람들이 몇몇 보였다. 시선 마주치니 눈인사를 보내왔다. 고마움이 느껴졌다. 겨울이 지켜보는 줄에서는 정상적인 배식이 이루어진다.

"저기요."

"ㄴ, 네?"

"다 똑같이 나눠 줘야 하는 거 아닌가요?"

겨울에게 지적받은 여성의 안색이 창백해졌다.

"어, 음, 저, 저는 「다물진흥회」 소속인데요?"

"그래서요?"

"그래서라니……."

여자가 주눅 들어 곁눈으로 맞은편의 남자를 보았다. 같은 조직이라 많이 주었다. 체면이 걸린 남자는 짐짓 강한 척을 했다. 같은 줄에 늘어선 다수가 적의를 드러낸다. 위협성에 짓눌리면서도, 다수라는 위안으로 어찌어찌 해낸다. 소속 없는 난민들이 어쩔 줄을 몰랐다.

버티고 있으려니 남자 하나가 웃으며 다가왔다. 사람 좋은 낯에 비해 근육이 잔뜩 붙은 부조화가 인상적이다. 목 아래로 짐승이었다. 정상적인 배급량만으로는 유지할 수 없을 체구. 어슬렁거리던 행태를 보면 행동 대장쯤 되는 모양이다.

목소리는 기이할 정도로 부드러웠다. 은근한 두려움을 무기 삼는 남자다.

"이거 어린 친구가 듣던 대로 아주 강단이 대단하네. 이 아저씨가 잠깐 말 좀 나누었으면 하는데, 괜찮겠지? 응?"

"지금은 괜찮지 않네요. 나중에 듣겠습니다."

딱딱한 말투로 단호하게 끊는 태도. 상대의 안색이 굳어졌다. 그러면서 주위를 살피는데, 형식적으로나마 경계를 서고 있던 미군 병사가, 어느새 이쪽을 뚫어져라 보고 있다.

남자는 온화하게 웃는 얼굴로 어깨를 당겼다.

"이러면 서로 좋을 거 없잖아? 마침 우리 어르신들이 학생하고 긴히 나눠야 할 이야기가 있다고 하셔서 말이지. 잠깐 시간 좀 내주면 고맙겠어."

힘으로 움직이려고 하는데 소년은 미동도 하지 않는다. 당황하는 눈치가 역력했다. 기술 보정으로 버티고 서서, 겨울은 단호하게 선을 그었다.

"시간은 배식 끝나고 내드리죠. 그보다 저기 저분들과 아는 사이이신 모양인데, 제대로 하라고 저 대신 말씀 좀 해 주시겠어요? 그러지 않으면 저도 귀찮아져서요."

왜, 뭘 하느라 귀찮아지는지 정확히 언급하지 않는다. 상상하도록 두는 편이 낫다.

남자는 표정 없이 소년을 관찰하다가, 한숨지으며 어깨를 두드렸다.

"그러지. 대신 이따가 시간 좀 내달라고. 이 아저씨랑 약속한 거다? 알았지?"

"알겠어요."

남자가 대기열로 가서 뭐라고 하니, 오도 가도 못하고 기다리던 사람들에게서 불평이 쏟아졌다. 그러나 남자가 인상을 쓰자 대번에 조용해진다.

식판을 덜어 내고 나온 한 사람이 소년을 노려보았다가, 시선이 마주치자 움찔 놀랐다. 스스로 눈을 내리고 급한 걸음으로 멀어졌다.

다른 쪽에서도 비슷한 일이 반복되었다. 「한인애국회」나 「새마을연합파」쯤 되는 대형 조직 정도가 소년에게 시비를 걸었고, 그 외에는 적당히 눈치를 보며 알아서 조절했다.

도움 받은 사람 모두가 그 자리에서 식판을 비웠다. 허겁지겁. 쌀쌀한 바람이 불어도 실내로 가지 않는 것은, 가는 길에 빼앗길까 걱정하는 까닭이다. 각 조직에서 파견 나온 자들이 못마땅하게 지켜보았지만, 미군이 있는 마당에 사고를 칠 순 없었다.

미군 두 명이 히죽히죽 웃고 있다. 그동안, 난민들의 행태를 막지는 않아도 비웃긴 했으리라.

배식이 끝나기를 기다려, 예의 중년인이 다시 다가왔다.

"이제 약속을 지킬 차례지? 우리 어르신이 기다리고 계시니까 말야."

"안내하세요."

"어휴, 차갑기는."

말은 사근사근하지만 가늘게 떨리고 있었다. 웃음 너머의 눈빛이 심상치 않다. 가는 길에 자꾸 돌아보는데, 억눌린 울화와 두려움이 엿보인다. 적대감이 깊으면 위협성은 최대로 작용한다. 등 뒤에 식인 호랑이를 두고 걷는 기분일 것이었다.

도착한 텐트는 겉모습이 평범했다. 어차피 모두 군용이거나 구호물자를 불하받은 것에 불과하다. 그러나 내부는 별세계 수준이다. 뒤를 터서 이었는지 직선으로 길었고, 난로도 당장 보이는 것만 다섯 개다. 모두 발갛게 불이 들어 있다. 조명도 밝았다. 전등 숫자가 사치스러웠다.

반면 상주 인원은 적정 수준보다 훨씬 적은 모양이었다.

간이침대가 스무 개 남짓이었고, 남는 공간에 책상과 의자를 두었다. 쇼파와 TV까지 있다. 안테나를 어디에 어떻게 세웠을지 의문이었다. 그래 봤자 나오는 건 뉴스와 재난 방송뿐일 텐데.

지금은 가운데 널찍한 자리를 만들어 놓고, 어느 장년인을 필두로 사내들이 좌우 각각 2열씩 나누어 앉아 있다. 모두 술잔을 하나씩 앞에 두었다. 그들 모두 동시에 소년을 응시한다. 의도가 뻔하다. 중앙에 빈자리가 있다. 아마도 겨울의 자리. 테이블 대신 탄약 상자를 엎어 놓았고, 잔과 술병, 접시에 올린 안주 따위가 그 위에 놓였다. 어디서 났는지, 기름으로 지진 고기 꼬치 따위가 푸짐하게 쌓여 있다.

"어린 장부가 오셨군. 일동, 박수."

그놈의 박수는. 소년이 생각하는 가운데 좌우의 남녀들이 굳은 얼굴로 와아아 소리 지르며 박수를 쳤다. 그들 나름대로는 절도를 갖춘다고 할지 모르겠는데, 과장된 넓이로 팔을 벌려 어색하게 치고 있다. 해병대 박수. 딱 봐도 군기 잡는 조직이었다.

난민 구역에서 보기 힘든, 말끔한 여성이 소년을 가운데로 이끌었다.

"여기 앉으세요."

필요 이상으로 몸이 닿는다. 처음이면 모르겠으되 회차가 쌓인 지금 동요하긴 늦었다. 겨울은 조용히 앉아, 정면을 곧게 바라보았다.

"대범해. 아주 대범해."

상석의 장년인이 껄껄 웃으며 고개를 끄덕였다.

"우선 소개부터 해야지. 나는 임화수라고 하는 사람이야. 「다물진흥회」에서 회주를 맡고 있어. 우리 사람들은 나를 막리지라고 부르지. 우리 장부는 이름이 어찌 되시는가?"

"저는 한겨울입니다."

"크- 겨울이란 말이지? 좋은 이름이야. 성격하고 아주 딱 어울려! 눈을 보면 겨울바람이 쌩-쌩- 부는걸. 그렇지 않은가들? 다들 보기에 어떤가?"

그러자 입을 모아 "그렇습니다, 막리지!" 하고 외친다. 가운데서 듣자니 쩌렁쩌렁 울릴 지경이다. 겁먹으라고 일부러 키운 목청들. 그러나 겨울이 겁먹을 이유가 없어, 입체 음향 개 짖는 소리일 뿐이었다.

소년의 신색이 고요한 것을 본 임화수는 아래를 보며 입을 모아 구부렸다가, 무의미한 한숨을 쉬며 고개를 끄덕였다.

"사람이 묵직-하구만. 그래, 남자라면 자고로 그래야지. 나 젊을 적에 박통께서, 응? 박통께서 민족적 역량을 결집해서 나라를 부강하게 만든 것까지는 좋았지. 근데 우리 이후 세대는 너무 풍족하게 자라서 대쥬신과 대고구려의 기상을 점차 잃어버렸단 말씀이야. 딱 봐도 자네는 그런 나약하고 무기력한 청년들과 다르다는 걸 알겠어. 음! 그렇지. 사내가 열일곱이면 옛날 같아선 적장의 목을 베었다! 외쳐도 무리가 없을 나이인 걸. 그렇지 않은가들?"

또 나왔다. 동의를 구하는 척 하는 저 말이, 사실은 자신의 위신을 확인하는 말이었다. 애초에 마음 읽기에 능했고, 인간 관계를 강조한 「종말 이후」를 반복하다 보니 더더욱 알겠다. 좌우 사람들이 다시 한 번 소리 높여 임화수의 말이 맞다고 외친다.

임화수는 회주랍시고 점잖 빼며 큰 소리로 웃더니, 아직까지 소년 곁에 머무는 여성에게 손짓했다.

"입신양명에 나이는 중요치 않아. 요즘 같은 시대라면 더더욱 그렇지. 장부의 세상이 왔어. 자고로 장부는 술과 여자를 즐기는 법이지. 은주야. 장부에게 술 한 잔 따라 드려라."

“네, 막리지님.”

은주라는 여자는 몸에 딱 달라붙는 옷을 입고 있었다.

소년에게 밀착했다. 나긋한 손놀림으로 술병을 따고, 얼음 넣은 글라스에 호박색 술을 부었다. 말리기도 전이었다. 이 와중에도 닿은 여체는 부드럽고 따뜻했다. 당연한 수순으로 시청자 메시지가 폭주하고 있었다. 굳이 창을 열어 확인하지는 않았다. 보나마나 섹스를 외치고 있겠지.

얼음도 그렇고 술도 그렇고, 난민 구역의 실상을 생각하면 호화롭기 그지없다. 이게 조직 규모 2위의 「다물진흥회」가 부리는 사치라면, 1위인 「한인애국회」는 어떨지 의문이었다. 겨울이 가만히 술잔을 보는데, 임화수가 자기 몫의 잔을 들었다.

“우선 한잔하지. 사내끼리 뭔가 정하기 전에 술 한 잔 없을 수 있나!”

“죄송하지만 술은 사양하겠습니다. 용건을 먼저 말씀해 주세요.”

“허어, 혹시 술이 처음인가? 잘됐군. 인생의 첫술은 중요하지. 이게 씨-바스 리갈이라고 해서 말이야…….”

말이 더 이어지지 않았다. 겨울이 잔을 들어 우측으로 길게 뻗더니, 그대로 기울여, 느릿하게 쏟아 버렸기 때문이다. 회주의 표정이 굳었다. 주위에선 당장 난리가 났다.

“이 씹새끼가 진짜!”

성급하게 품속의 칼을 뽑는 자들도 있었다. 대개는 부엌칼. 그래도 사람 죽이기엔 충분하다. 그 난리통 가운데 태풍의 눈처럼 혼자 조용한 겨울. 잔을 내려놓고 임화수를 바라보았다.

“용건을 말씀하세요.”

임화수는 인상을 쓰며 손짓으로 주위를 가라앉혔다.

“나서지 마! 니들 지금 뭐하는 거야, 응? 나 임화수라는 사람을 무시하는 거야?"

"죄, 죄송합니다, 막리지님!"

풍랑은 삽시간에 가라앉았다. 그러고 나니 처음부터 아무 일 없었던 것처럼 조용해졌다. 그러나 긴장감은 아니었다. 임화수는 꼬치 하나를 뜯어 질겅거리다가 꿀꺽 삼키고는, 느긋하게 술 한 잔 쭉 비우고서 크으- 감탄했다. 그리고는 습관처럼 홀로 끄덕끄덕 하며 잔을 내리더니, 양쪽 무릎에 손을 턱 놓고서 소년에게 말했다.

"겁이 없는 건 좋은데, 너무 없어도 사는데 지장이 많아. 두려움이라는 건 생존 본능이거든. 때로는 허세를 접어 둘 필요도 있어. 인생 선배의 충고니까 새겨듣길 바라."

"알겠습니다. 그래서 용건이 뭐죠?"

"하하하!"

임화수가 괜스레 주위를 둘러보며 다시 꼬치 하나를 뜯는다. 기름이 줄줄 흐르는 그것을 쩝쩝 소리 내며 씹어 삼키도록, 겨울은 미동도 하지 않고 지켜보았다. 그러자 임화수는 무의미하게 손가락을 딱딱 퉁기며 주위를 또 둘러본다. 여유를 보여 주려는 목적 외에 아무 이유도 없는 권위적인 몸가짐이었다. 말을 하다가 쓸데없이 발음을 늘이는 경향도 매한가지였다.

뜸을 들이다가, 소년에게 동요 없음을 확인한 임화수는 인상을 쓰며 마침내 용건을 꺼냈다.

"자네를 부른 건 별거 아니야. 뜻이 맞으면 우리와 함께하지 않겠냐 이거지. 우리 겨울이 정도면 실력도 확실하고, 배짱도 좋고, 인맥도 남다르지 않겠나? 양놈들 중에서 유독 깐깐한 캡스턴 중위하고 친하다 들었는데 말이야."

"생각 없습니다."

"그러지 말고, 이 막리지 말을 좀 들어 봐. 나쁘지 않은 제안일 거야. 「한인애국회」는 이미 가장 큰 세력이야. 안정적이지. 하지만 어린 자네가 들어가서 중추가 되긴 어려워. 말이 같은 한국인이지, 밥그릇 싸움에선 남이나 다름없어. 살아남기조차 버거울 거야. 하지만 우리는 달라. 겨울이 같은 사람이 있으면- 꽤 도움이 된단 말이야. 그만큼 중요하게 대우해 줄 것이고. 그래, 지금 옆에 있는 은주는 어때? 오겠다면 바로 주지. 조강지처, 겨울이의 조강지처가 되는 거야. 그 외에도 마음에 드는 여자가 있다면 세 명이고 네 명이고 다 가지도록 해. 축첩은 영웅의 소양이잖나. 술도, 담배도 마음껏 해! 남자는 자신이 가진 능력만큼 대우 받는 것이고, 겨울이한테는 그럴 만한 가치가 있거든!"

그러면서 시선을 옆으로 돌리자, 은주가 저보다 어린 겨울에게 끈적하게 달라붙는다. 목덜미에 뜨거운 숨을 불어넣으면서, 겨울의 손을 붙잡아 자신의 가슴 위에 두고 제 손을 포개어 주무르게 만들었다. 살내음이 달큰하게 다가왔다. 손끝에 보드라운 체온이 미끄러졌다. 허리 아래에서 뭉근한 열기가 퍼지는 느낌이었다.

「감각 동기화」를 켜고 있을 시청자들은, 지금쯤 환호성을 지르고 있을 것이다. 여성 시청자가 있다면 눈살을 찌푸리겠지. 그러나 모를 일이다. 일부는, 은주를 대상으로 감각 동기화를 적용했을 것이다. 가상 현실인 만큼, 이런 상황까지 즐기는 여성도 적지 않다 들었다.

실망시키게 되어 미안하네. 그렇게 생각하면서도 사실 별로 미안하지는 않았다. 겨울은 은주를 천천히, 그러나 확실하게 옆으로 밀어놓았다. 은주가 다급하게 매달렸으나 보다 강하게 거부했다.

그녀는 겁에 질려 회주를 바라보았다.

"뭐야, 은주가 마음에 안 드나?"

회주는 입맛을 다시더니, 피식 웃는다.

"그럼 이건 어때?"

뒤로 손짓하는 임화수. 일본 계집을 들이라 한다. 조직간 항쟁에서 일본계 최대 규모인 「스미요시카이」가 거의 궤멸 수준의 타격을 입은 뒤, 일본 출신 난민들이 심한 꼴 당하고 있음을 알고 있었지만, 지금까지는 저널 외 다른 경로로 체감한 적이 없었다.

끌려오는 소녀를 보니 잘 알겠다. 발버둥 치며 저항하고 있었다.

"깔아."

임화수가 지시하자, 남자도 아니고 여자들이 나서서 소녀의 사지를 짓누른다. 세 명이 나섰는데 그 중 한 명은 킥킥 웃으며 즐기고 있었다.

"쪽바리년 주제에 앙탈은."

걸친 옷이 한 겹이었다. 기모노처럼 모양만 나도록 대충 자른 천 쪼가리. 홑옷은 쉽게 흘러 반나체가 되었다. 도와 달라고, 거듭 외치는 일어가 잔뜩 쉬어 있었다. 저항하는 여체와 억누르는 여체가 뒤섞여 음란한 풍경을 이룬다. 억누르는 자들이 기어코 다리를 잡아 벌렸다.

흐뭇하게 지켜보던 임화수가 소년을 향해 던지는 말.

"다 알아. 그 나이 때 상상하는 건…뭐라고 하면 좋을까…그래, 과격하게 마련이지. 정복욕. 보게. 동하지 않나? 뭔가 느껴지는 게 있을 텐데?"

"관심 없다고 말씀드린다면?"

"거짓말이겠지."

빙글빙글 웃는 임화수는, 버둥거리는 여체 너머로 하나의 악마상처럼 그림자를 드리우고 있었다. 그럼 주위를 둘러싼 자들은 악마 숭배자가 되려나.겨울이 굳이 다른 서비스를 제쳐 두고 「종말 이후」를 고른 이유는,

가장 현실적으로 느껴졌기 때문이다. 적어도 겨울이 살아오며 느낀 세상은 사악한 자들의 낙원이었다.

밝은 분위기의 가상현실에서는 도무지 괴리감을 거둘 길이 없었다.

그렇잖아도 현실을 그리는 향수가 마음 무거운 마당이었다. 이건 절대로 현실이 아니라는 괴리감이 항상 떠나지 않아, 잠시도 잊을 수 없었고, 즐긴다는 건 더더욱 불가능했다. 물에 뜬 기름처럼, 홀로 유리되어있는, 외로움. 행복하게 살아온 사람들의 세상과, 겨울에 태어나 겨울만 살아온 소년의 세상은, 많이 다른 모습인 것이다.

적어도 「종말 이후」는 몰입하면 가슴앓이를 잊을 수나 있다.

이것만이 나의 세상.

깊게 심호흡한 뒤, 겨울이 툭 뱉었다.

"어르신, 엿이나 드세요."

실내에 폭탄이 떨어진 것 같았다.

Inter Mission 민족주의와 전체주의

집단의 이익을 방어하는 명분이 될 때, 민족주의는 전체주의로 변질되기 쉽습니다. 역사 속의 모든 전체주의는 악의 제국을 낳았습니다.

일본제국은 가혹한 식민통치와 난징 대학살을, 나치 독일은 홀로코스트를 자행했습니다.

한편 전체주의는 이해관계가 일치하지 않는 광범위한 군중의 단합을 가장 빠르게 이끌어 내는 방법 중 하나입니다.

인류 멸망의 기로에서, 종의 존속이라는 대의를 위해 전체주의는 불가피한 필요악일지도 모릅니다. 도덕적 멸종과 비도덕적 생존 중 어느 쪽이 더 큰 비극일지는 사람에 따라 생각이 다를 주제입니다.

악으로 선을 추구할 수 있을까요? 당신의 선택은 무엇입니까?

캠프 로버츠

로그가 죽 올라갔다. 호감도 감소 보정 발생 경고들. 불변 보정까지 섞여 있었다. 일본 소녀의 비명 외에 누구의 목소리도 들리지 않는 기묘한 정적 가운데, 임화수가 손짓했다.

"잠깐 치워 봐."

막리지와 소년 사이에 있던 소녀가 한쪽으로 질질 끌려갔다. 짐짝 취급이었다. 그녀는 겁탈당할 위기가 지났다는 걸 인식하지 못했다. 워낙 겁에 질렸으니까, 정상적인 상황 판단이 불가능하다. 끊임없이 비명을 질렀다. 임화수가 버럭 일갈한다.

"시끄럽잖아! 닥치게 해!"

방법은 폭력이었다. 말이 통하지 않으니, 몇 번 윽박지르다가 다짜고짜 뺨을 때렸다. 비명이 더 커졌으나, 조용해질 때까지 치면 그만이었다. 같은 여자끼리 저럴 수 있다는 게, 아무리 가상 현실 상의 묘사라지만 소름 끼친다. 마침내 얼굴이 퉁퉁 부은 소녀가 거의 혼절하다시피 쓰러진 뒤에야 정적이 돌아왔다.

임화수가 소년을 노려보았다.

"어린놈이 버르장머리 없이…말세다, 말세야! 민족의 빛나는 얼, 동방예의지국의 정신은 온데간데없어! 이게 다 왜놈들 때문에 민족정기가 쇠한 탓이겠지만……."

"지금 그 왜놈들 짓을 그대로 하시는 것 아닌가요?"

"머릿속이 아주 제대로 썩었구나!"

그는 얼굴에 경련을 일으키며 노호했다.

"저것들은 짐승 짓을 저지르고서, 세기가 흐르도록 제대로 반성하지 않았다! 이거 먹고 떨어지라는 형식적인 사과뿐! 그냥 뒀다간 우리가 또다시, 똑같이 당할 거란 사실을 왜 몰라! 피가 그래! 태생이 그런 놈들이란 말이야! 용서받을 기회는 분명히 있었다! 걷어찬 저놈들이 나쁜 것이다! 죄를 지었으면 대가를 치러야지! 우리 민족에겐 일본에 대한 무제한의 청구권이 남아 있다! 무얼 해도 용서받을 자격이 있어! 이것은 예방 전쟁인 동시에 정당방위다!"

궤변이다. 앞은 맞고 뒤는 틀렸다. 일본은 과거사에 대한 책임이 있다. 그러나, 집단 살해에 대한 보상으로 집단 살해의 권리가 주어져선 안 된다. 사죄와 반성이 필요한 이유가 뭔가. 다시는 그런 일이 없기를 바라는 것이다. 그리고, 아직 살아 있는 피해자들이 죽기 전에 조금이라도 마음 편해지길 바라는 것이다.

임화수의 논리는, 네가 내 딸을 강간했으니 나도 네 딸을 강간하겠다는 개소리다. 글렀다. 사람은 사람으로서 존중받아야 한다. 겨울 자신이 생전에 그러하지 못했기에 필요 이상으로 화가 났고, 날카롭게 대꾸했다.

"자위행위를 민족의 이름으로 정당화하지 말아 주실래요? 같은 민족으로서 기분 나쁘니까."

"이놈이 그래도!"

「생존 감각」과 「위기 감지」가 반응했다. 옆에서 찌르고 들어오는 팔을 꺾어 무력화하고, 칼을 빼앗아 목줄에 누른다. 기민하고 민첩한 몸은 마치 타인의 것 같았다. 기술 숙련이 높은 캐릭터는, 단지 '방어하고, 제압한다.'는 대략적인 의도를 놀랍도록 정교하게 구체화시켰다.

분을 이기지 못하고 폭발했던 것인지, 아니면 그런 척 충성을 과시할 목적이었는지, 아무튼 갑작스레 달려든 남자는 얼굴이 하얗게 질렸다.

소년이 이대로 그어 버리면 끝장이다.

그러나 겨울은 그를 죽일 생각이 없었다. 완급 조절. 머리 뜨거워진 군중이 제 목숨 돌아볼 정도면 충분하다. 어차피 이 수를 다 상대하며 빠져나갈 가능성은 낮고, 여기서 죽을 생각도 없었으니까.

"또 이러면 다음은 없습니다."

한마디 해 주고, 칼을 툭 던진 뒤 남자를 밀듯이 놓아준다. 얼마 못 가 무릎 꿇은 남자는 자신의 목을 더듬으며 켁켁거렸다. 긴장해서 숨도 제대로 못 쉬었던 모양이다.

임화수는 모멸감으로 얼굴이 벌겋게 물들었지만, 당장 저놈을 죽이라고 소리 지르지는 않았다. 대신 손짓으로 아랫것들을 만류한다. 합리적인 AI 연산이다. 성급하기만 해서야 이런 조직을 만들 수 있었을 리 없다.

"너 말이다."

이제 가식적인 존중은 집어치우고 말하는 그.

"네가 이러고도 여길 살아서 나갈 수 있을 것 같으냐? 이 많은 수를 상대로?"

"아뇨. 만약 싸운다면, 오늘이 제 인생 마지막 날이겠네요. 하지만 각오하고 죽이세요. 뒷감당하기 힘드실 테니."

"허풍이 대단하구나. 그깟 알량한 지원병 신분이 널 지켜 줄 수 있다고 생각하는 모양이지?"

"제 생각에 저는 본보기 같아요. 난민 가운데 믿을 수 있고 우수한 사람이 있다면 우대하겠다고, 미군이 세워 놓은 살아 있는 광고판이죠. 그 광고판에 피를 뿌리면, 미군은 체면 때문에라도 그냥 넘어가지 않을 거라고 봐요. 그 사람들은 수가 적거든요. 소수가 다수를 통제하는 입장에서 체면은 중요한 문제 아닐까요? 그러니, 위-대하신 막리지, 절 죽이긴 힘드실 겁니다. 적어도 여기서는 말예요."

"맹랑하구나. 겨우 그걸 믿고 목숨을 걸다니."

"죄송하지만 전 미군만 믿는 게 아니에요. 제 실력도 믿죠. 여러분을 다 죽이고 빠져나갈 가능성도 없는 건 아니고요."

"진심으로 하는 말은 아니겠지?"

"설마요. 거짓말할 자리가 아닌데요. 믿기 어려우시면, 정말 서로 죽여 볼까요?"

"……."

"과연 몇 명이나 목숨 걸고 충성할지 궁금하네요. 확인해 보시겠어요?"

회주는 꽤 길게 화를 삭이더니 다시 한 번 설득을 시도했다.

"요 어리고 맹랑한 것아, 네가 지닌 그 잘난 재능과 담대한 배짱도, 다 훌륭한 민족의 혈통을 물려받은 덕분이라는 걸 모르느냐? 우리 민족에게는 거룩한 사명이 있다! 다른 모든 나라들이 그랬듯이, 미국도 얼마 지나지 않아 무너지고 말 것이야! 그러면 우리 환웅의 후예들은 이 풍요로운 미주(美洲)에 한민족의 새로운 터전, 위대한 국가를 세우는 것이다!"

"고등학교 세계사 선생님께서 말씀하시더군요. 세계 시민주의가 전제되지 않은 모든 민족주의는 악마의 신앙이라고. 회주님, 악마 새끼세요?"

임화수는 대놓고 막 지르는 도발에 다시금 말을 잃었다. 그의 입지를 생각할 때, 이렇게 심한 모욕을 받을 일 없었을 것이라 더 큰 자극일 터였다.

사실 이건 겨울이 실제로 고등학교 1학년 시절 선생님께 들었던 말이다. 그 선생님이란, 겨울이 태어나기 십 수 해 전에 은퇴한 사람이었지만, 국가 검정을 통과한 강의 기록은 여전히 이후 세대의 수업에 활용되고 있었다. 그 외에도 가상 현실 환경에서 제공되는 강의는 얼마든지 있었으나, 이후에 기록된 다른 모든 강의는 어딘가 허전하게 느껴졌다.

그 선생의 강의가 교실 수업 세대의 마지막 기록이라 그럴지도 모르겠다.

“더는 말을 나누지 못하겠군. 정신이 썩어도 보통 썩은 게 아니야.”

임화수가 이마를 짚고 한숨을 쉬었다. 사실 그럴듯한 생김새에 힘입어, 하는 행동만 보면 세상의 모든 고뇌를 일신에 걸머진 현자처럼 보인다. 이 또한 사기꾼의 재능이겠지만.

“동감입니다. 여기 더 있기 싫어지네요. 정신 썩은 사람들에게서 썩은 내가 나서요.”

거짓 현자의 눈썹이 위로 치솟는다.

“어쩌면 네 자신감이 맞을지도 모르지. 우린 여기서 널 죽일 수 없다. 하지만 여기가 아니라면 어떨까? 항상 불안에 쫓기는 삶을 원하지는 않을 텐데?”

“아까 말씀드렸잖아요. 서로 같이 죽여 보자고. 딱히 싸우고 싶은 생각은 없어도, 한 번 시작하면 이자 쳐서 갚아드리죠.”

배짱 부려도 된다. 재능 이익 탓에, 현재 보유한 능력은 초반에 있을 수 없는 수준이다. 어지간히 떼로 습격하지 않는 이상 몸이 상할 가능성은 낮았다. 암살 시도는 별개의 이야기겠지만.

자리에서 일어선 소년은 출구가 아닌 쪽으로 걸었다. 그 방향에 있던 자들이 남녀 가리지 않고 쭈뼛거리며 물러난다. 소년이 대검 손잡이를 단단히 쥐고 있었기 때문이다. 뽑지 않았을 뿐 명백한 위협이었다.

“이 분은 제가 모셔가겠습니다. 막으려면 죽을 각오로 오세요.”

주위를 둘러보며 하는 말에 성토하는 목소리만 높았지 정말로 나서는 이가 없었다. 자리에서 움찔거리는 덩치 큰 거한 하나가 돋보인다. 여기 있는 자들 가운데 유독 강해 보이는 인물이었다. 그러나 시선을 마주친 뒤엔 오히려 움직이지 않는다. 아마도 「생존 본능」이나 「위기 감지」, 「간파」

중 하나를 보유한 인물일 것이었다.

"生きたいなら, 私の手を取ってください. (살고 싶다면, 내 손을 잡으세요.)"

기술 보정에 의지하여 한 말은 의미 그대로 전달되었다. 6등급 「일본어」다. 원어민 수준은 아니더라도 의미 전달이 틀리진 않을 것이었다. 덜덜 떨던 소녀는 그래도 친숙한 언어로 말하는 사람을 믿는다. 손을 잡고서 이끄는 대로 뒤따랐다. 끝까지 막는 이는 없었다. 다만 돌아보았을 때, 임화수가 우묵한 눈으로 응시하고 있었을 뿐.

데리고 나왔지만 데리고 있을 생각은 없었다. 약점이 된다. 그대로 일본인 거류구로 향했다. 「스미요시카이」 붕괴 이후 의외로 안정되어 있었는데, 난립했던 일본계 조직들이 거대한 위협을 앞두고 연합하여 단결했기 때문이다. 일본계 난민의 수가 가장 적다곤 해도, 서로 싸우지 않으면 무시할 수 없는 세력이 된다.

"お前はだれだ!(넌 누구냐!)"

"落ち着いてください. あなたの同胞を連れてきただけです. 悶着を起こすつもりはありません. (진정하세요. 당신의 동포를 데려왔을 뿐이에요. 문제를 일으킬 생각은 없습니다.)"

일본인 거류구의 경계선에서 버티고 있던 남자들은 겨울의 말에 당황한 것처럼 보였다. 겨울은 데리고 온 여성을 앞으로 떠밀었다. 이름도 묻지 않은 그녀는 서럽게 울면서도 자꾸만 멈칫거리며 뒤를 돌아보았다.

엿들을 생각은 아니었으나 그들이 나누는 대화가 소년의 귀에 들어온다. 「생존 본능」은 오감에 상향 보정을 부여하고, 「간파」는 부분적으로 상대의 의도를 읽는다. 소리를 죽여도 의미가 없었다. 미심쩍은 눈치로 이쪽을 슬쩍 곁눈질하는 남자들은 그렇게 좋은 사람처럼 보이진 않았다. 역시 어느 조직의 행동 대원쯤 되는 것이겠지.

“너 일본인인가?”

“네. 쿠시나다 세츠나(櫛名田刹那)입니다. 한국인들에게 납치당했었어요.”

“저 자는 뭐지?”

“한국인 같은데…저를 납치한 사람들과 싸워서 저를 빼내 주었습니다. 은인이에요.”

“그래봐야 촌은 다 똑같아. 은인은 무슨. 가족이 있나?”

“부모님께서 계실 거라고 생각해요. 아직…죽지 않았다면.”

“그런가. 어이, 다이스케. 네가 같이 가서 가족을 찾아 줘라.”

“예, 형님!”

거기까지 듣고서 겨울은 몸을 돌렸다. 고맙다는 말을 들을 생각도 없었고, 들을 수 있을 것 같지도 않았다.

일본인 행동 대원이 소년의 등에다 대고 외치는 소리가 있었다.

“거기 조센징! 이름을 말해라! 언젠가 복수할 때 너만은 살려 주마!”

겨울은 슬쩍 돌아보고는, 무감정한 목소리로 대꾸했다.

“필요 없습니다.”

그러고서 걷는데, 그 뒤로도 몇몇 조직으로부터의 접근이 있었다. 딱히 새로울 것은 없었으나 단 하나, 「순복음 성도회」 만큼은 특이한 점이 있었다. 이들은 민족 운운하는 대신 신의 자녀들이라는 표현을 썼기 때문이다.

2인 1조로 지나가는 사람들 붙잡고 열심히 떠들어 대던 성도회 사람들. 그 중 하나가 겨울을 알아보았다. 당장 수십 개의 시선이 집중되었고, 둘러싼 뒤 앞 다퉈 떠들어 댔다.

“형제님! 독생자 예수께서 죽음으로부터 다시 살아나셨음을 믿어야 합니다. 휴거가 찾아온 지금 주 예수의 재림이 머지않았어요! 지금이라도 늦지 않았으니, 형제님도 주 예수 그리스도의 이름 아래 회개하고 믿음을 가지면 하느님의 은총에 들 수 있습니다. 에녹은 믿음으로써 하늘로 들어 올려져 죽음을 겪지 않았습니다. 믿음이야말로 영생의 지름길입니다!"

"우리 성도회는 일찍이 이 휴거를 예언하신 동방의 의인 박태선 목사님께서 이끄십니다. 신앙을 가진 사람만이 이 재앙에서 구원받을 수 있습니다!"

"이 시대에 찾아온 간난이 모두 성경에 나와 있다면 믿으시겠습니까? 「땅 위에 있는 모든 것을 내가 말끔히 쓸어 없애겠다. 사람도 짐승도 쓸어 없애고, 공중의 새도 바다의 고기도 쓸어 없애겠다. 남을 넘어뜨리는 자들과 악한 자들을 거꾸러뜨리며, 땅에서 사람의 씨를 말리겠다.」 라고 하셨으니 성경은 즉 주님의 말씀이십니다."

"또한 성경에 보면 「심판의 날이 다가왔으니 주 하느님 앞에서 입을 다물라. 주님께서는 제물을 잡아 놓으시고서, 제물 먹을 사람들을 부르셔서 성결하게 하셨다.」고 되어 있으니, 역병에 감염되면 산 사람을 뜯어 먹는 즉 저 감염자들이 바로 「제물 먹을 사람들」인 것입니다! 우리는 주님께 바쳐진 제물입니다! 진실로 주님의 분노에서 살아남을 길은 믿음뿐입니다!"

"예언자 박태선 목사님께서 우리가 살 길을 알려 주십니다! 가서 한번만 만나 보시면 찌르르 하고 전율이 느껴질 겁니다! 계시의 전율! 자, 어린 형제. 잠시면 됩니다. 우리와 같이 가요."

광신도들이 떠드는 소리가 어지러웠다. 겨울은 무시하고 지나가려고 했다.

"죄송하지만 좀 지나가겠습니다. 관심 없으니 떨어져 주세요."

"주의 목소리에 귀 기울이지 않는 자 사탄의 권속이로다!"

나이 지긋한 노인이 예수천국 불신지옥의 피켓으로 소년을 내리찍으려

했다. 대충 막아서 비틀어 빼앗았다. 휙 던져 버리자, 아이고아이고 곡소리를 내며 주우러 달려갔다.

그를 붙잡는 사람들은 미군 구역의 경계를 지난 뒤에야 자취를 감췄다.

읽지 않은 메시지 (1)

「전자발찌 : 방송진행자 이 새끼는 자지가 없냐 불알이 없냐! 딸딸이 칠 준비하고 있는데 왜 섹스를 안 해! 아이고 내 불쌍한 존슨이 풀이 죽어 부렀어야!」

「헥토파스칼킥 : 솔직히 둘 다 없잖아 나쁜새끼약ㅋㅋㅋㅋㅋ」

「종신형 : 여자를 깔아주는데 왜 먹지를 못하니? 왜 먹지를 못하니? 괴상하게도 오늘은 운수가 좋더니만…….」

「대출금1억원 : ㅋㅋㅋㅋㅋ 운수좋은날 드립 ㅋㅋㅋ 근데 뭐가 운수가 좋음?」

「닉으로드립치지마라 : 이 방송 찾은 것 자체가 운수 좋은 거지. 이 정도 진행 가능한 BJ 별로 없다. TOM 등급이 어지간히 높지 않고서는 AI가 저렇게 사실적인 노 딜레이 반응을 보일 수가 없어요. 거기다 얘 임기응변도 장난 아니고. 어지간한 별창늙은이들도 "여기서 어떻게 할지 잠깐 좀 정리하고 갈게요." 같은 되도 않는 소리 하면서 흐름 끊어먹기 예사인데…얘가 진짜 신인이면 혜성출현이라고 봐도 됨.」

「반닥홈 : 설명충 ㅅㄱ」

「한미동맹 : 닉드립 새끼 지 닉네임처럼 말도 기네.」

[눈밭여우님이 별 20개를 선물하셨습니다.]

「まつみん : 확실히 섹스가 없어서 아쉬웠습니다.」

「여민ROCK : 그래, 세상은 섹스 앤 바이올런스라고. 섹스 앤 바이올런스.」

「폭풍224 : 쎼, 쎽쓰!」

「불심으로대동단결 : 나 스님인데 주지스님 몰래 성인인증채널 접속했다. 질문 받는다.」

「헥토파스칼킥 : 땡중 꺼져」

「김미영팀장 : 잠깐만, 저기 닉네임 일본어인 애 국적정보가 일본으로 뜨는데? 설마 진짜 일본인인가?」

「まつみん : 그렇습니다. 마츠밍은 진짜 일본인입니다. 번역기 쓰고 있습니다.」

「종신형 : 중계채널에서 외국인 보기 쉽긴 하지만, 얘가 중계포털 메인에 뜨는 유명 BJ도 아닌데 일본인이 잘도 여기까지 와서 놀고 있네.」

「まつみん : 한국의 가상현실 성인방송은 일본에서 인기가 많습니다. 저 같은 사람 많을 거라고 생각합니다. 가상현실 시대의 일본은 더 이상 성진국이 아니게 되었습니다. 한국이야말로 차세대 성진국입니다. 저는 마이너한 취향이라 이리저리 찾고 있던 중에 이 개인방송 찾았습니다. 한국어로 표현하자면 '촉'이 왔습니다.」

「종신형 : 한글패칭ㅋㅋㅋㅋ」

「여민ROCK : 나 어릴 때만 해도 일본야동이 대세였는데 일본인이 저런 소리를……. 뭔가 기분이 이상하다.」

「김미영팀장 : 근데 일본인이 이런 거 봐도 괜찮음?」

「まつみん : 뭐가 말입니까?」

[눈밭여우님이 별 20개를 선물하셨습니다.]

「김미영팀장 : 너네들은 우리가 옛날이야기 꺼내기만 하면 사죄와 배상드립 친다고 아우성이잖아. 아까 우리가 보기에도 미친 것 같은 캐릭터 나왔을 때 기분 나쁘지 않았음?」

「まつみん : 기분 나빴습니다. 하지만 가상현실 세계관 내의 이야기고, 무엇보다 섹스하러 온 거니까 상관없었습니다. 오히려 그런 상황극이라고 생각하면 흥분됩니다. 코스프레와 SM 플레이의 연장선으로 볼 수 있습니다.」

「올드스파이스 : 남자의 욕망은 역사문제를 초월하는가……. 섹스로 위아 더 월드. 섹스가 인류를 평화롭게 하리라.」

「짜라빠빠 : 이럴 수가…….」

「폭풍224 : 마츠밍 너를 진정한 남자로 인정한다.」

「まつみん : 저 남자 아닙니다. 여자입니다. 신상정보 추가 공개합니다.(wwwww)」

「전자발찌 : 뭐…라고?」

「まつみん : 사실 아까 세츠나라는 캐릭터에게 감각동기화하고 있었습니다. 이제 곧 당할 거라고 기대했는데 실망했습니다.」

「에이돌프휘투라 : !!!!!」

「흑형잦이 : 아 씨바 할 말을 잃었습니다. 혼돈, 파괴, 망가가 여기 모두 있군요.」

「대출금1억원 : 역시 원조 성진국. 한국이 아무리 컨텐츠로 앞서간들 정신무장에서 뒤처지니 우린 아직 멀었다. 경의를 표한다.」

「에엑따 : 속지마라, 이건 공명의 함정이다. 신상정보에 오류가 있을 거야.」

[눈밭여우님이 별 20개를 선물하셨습니다.]

Inter Mission 전투 의지와 전투 피로 (1)

적에게 압도당하는 상황은 전투 의지를 감소시키는 동시에 전투 피로를 증가시킵니다. 전투 피로가 높고 전투 의지는 낮은 경우, 해당 인물은 두려움에 빠진 것으로 간주됩니다. 전반적인 능력치에 일시적인 하향 보정이 발생하며, 임무를 포기하거나 지도자의 지시에 불복종할 가능성이 증가합니다. 이 페널티는 해당 인물의 의지와 전투 계열 기술의 숙련도, 또는 공동체 및 개인의 특성, 지도자의 능력 등에 의해 완화될 수 있습니다.

전투 피로는 전투 상황이 종결된 이후에도 일정 기간 잔류하여 해당 인물에게 영향을 미칩니다. 전투 피로는 증가하면 증가할수록 감소하는 속도가 낮아집니다. 치명적인 수준까지 상승한 전투 피로는 더 이상 자연적으로 감소하지 않으며, 심할 경우 반영구적인 정신 질환을 만들어 냅니다. 따라서 전투 피로 관리는 공동체 인력 관리의 핵심이라고 볼 수 있습니다.

다른 스테이터스와 마찬가지로, 전투 의지와 전투 피로 역시 「통찰」 기술의 등급이 낮으면 확인하기 어렵습니다. 구체적인 추정 데이터 열람에는 10등급 이상의 「통찰」이 요구됩니다.

저널, 37페이지, 캠프 로버트

미국 정부가 담화를 통해 새로운 봉쇄 전략을 발표했다. 아이다호-네바다-애리조나 주의 서쪽 경계 연속선 및 멕시코 국경에 걸쳐 봉쇄선을 설정하며, 이 선상에서는 항상 집중적인 위성 정찰, 항공 정찰이 이루어진다. 요지는, 만약 허가받지 않은 차량 이동이 관측될 경우, 공군기를 동원해 격파하겠다는 것이었다. 먼저 경고 사격을 하겠다는데, 얼마나 지켜질지는 의문이었다. 이를 위해 각종 유·무인기와 건쉽 다수가 투입된다고 밝혔다. 육군도 물론 굉장한 숫자가 배치되었다.

난민들을 집합시켜 놓고 듣게 만든 이 정부 담화는, 난민들 입장에선 사실상 협박에 가까웠다. 1차적인 목적은 아마도 봉쇄선 이동(以東) 지역 주민들의 심리적 안정에 있었겠지만, 봉쇄선 이서(以西)에 남아 있는 생존자들과 난민 캠프 수용자들에 대한 협박 또한 어느 정도 염두에 두었을 것이었다.

정부 대변인은 임무에 투입된 건쉽의 성능과 무장을 일일이 열거해 가며 봉쇄선의 차단 능력을 확신시켰다. 중형 여객기와 비슷한 크기인 이 항공기(AC-130)는 편도 4천 킬로미터, 왕복 8천 킬로미터를 비행할 수 있고, 다수의 기관포와 곡사포를 탑재했다고 한다. 말 그대로 하늘에 떠 있는 포대다. 장시간 체공하며 지속적으로 화력을 퍼부을 수 있어 봉쇄 임무에 적합하다고 설명했다.

같은 담화에서 미국이 현재 제한적인 동원령을 선포한 상태이며, 일부 전략물자에 구매 제한이 발효되었다는 소식도 들을 수 있었다. 그래도, 온갖 물자가 풍족한 미국답게, 통제는 그리 심하지 않은 모양이었다. 안전 지역에서 개인소유 차량의 이용 가능 시간을 제한한 것만으로도 미국은 엄청난 양의 연료 재고를 매일 확보할 수 있다는 듯하다. 평시 원체 많은 기름을 쓰던 국가라서 가능한 이야기였다. 또한, 공중과 해상 무역로 만큼은 감염 변종의 위협에서 아직 자유롭다. 검역에 유의할 필요는 있겠으나, 자원 수급이 그렇게까지 어려운 상황도 아닌 것 같았다.

아무튼 소식을 들은 난민들 가운데 일부가 낙담을 감추지 못했다. 탈출을 꿈꾸던 사람들일 것이다. 고단한 난민들에게는 망상이 필요했다. 미국 동부는 어느새 지상 낙원 비슷한 곳으로 통하고 있었다. 하기야 틀린 말은 아니다. 나머지 국가들에 비하면, 문명이 정상적으로 유지되는 미국 동부는 낙원이나 마찬가지일 것이다.

몇몇 사람들이 분개했다. 미국 정부가 지나치게 이기적이라고. 언젠가 반드시 탈출해서, 그곳으로 가고야 말겠다고.

그러나 정부 발표가 사실이라면 차량을 이용할 수 없다. 즉시 격파당할 테니. 감염 변종과 언제 마주쳐도 이상하지 않은 위험 지역을, 걸어서 횡단할 수 있을까? 설령 성공한다고 해도, 군대가 깔린 봉쇄선을 넘어가야 한다. 안전지대로 가도 문제다. 신분을 증명할 수단이 없다. 결국 거기서도 숨어 지내야 한다. 비참해질 것이다. 군경에게 발각되어 사살당하지나 않으면 다행이겠다.

결국 최선의 살길은 이곳 캠프에 있었다.

저널, 38페이지, 캠프 로버츠

샌 미구엘에서 불미스러운 일이 있긴 했지만, 당장 월동에 필요한 식량과 물자가 부족하다는 사실은 변하지 않았다. 미군은 전회의 작전이 다소 경솔하고 무모했음을 인정하고 개선 방안을 마련하려 했다.

이에 따라 난민 지원자들은 기본적인 훈련을 받기로 되었다. 애당초 캠프 로버츠는 사태 이전까진 훈련 시설로 활용되었으니, 본연의 역할을 되찾았다고 볼 수 있었다. 그러나 캡스턴 중위는 회의적이었다. 주어진 시간이 길면 또 모르겠다. 며칠간의 집중 교육으로 가시적인 효과를 볼 수 있겠느냐는 것이었다. 본격적인 추위가 찾아오기까지, 남은 시간이 그리 길지 않았다. 물자 수급은 급하고, 시간은 한정되어 있다.

그래서 작전 시 규정이 하나 추가되었다. 동행한 미군 병사가 복귀하지 못할 경우 일체의 보상을 지급하지 않겠다고 밝힌 것. 평가에 따라 보상이 달라지는 기존 방침도 유효하다.

이런 내용이 찍힌 공고문이 난민 캠프 곳곳에 붙었다.

지원자들을 모아 놓고 하는 훈련은 대수롭지 않은 수준이었다. 실탄 사용은 제한되었고, 대부분이 전술적 이동이나 정신 교육으로 구성되었다.

그래도 이 교육은 미군 장교들에게 대단히 중요한 업무가 되었다. 대대장 지시에 따라, 장교들은 저마다 일정 규모의 지원자들을 교육하게 된다. 나아가 추후 보급 임무를 나갈 때, 자신이 교육한 지원자들을 데리고 가야 한단다. 그래서 매회 성과 비교를 하여 우수자에게는 포상을, 그렇지 못한 자에게는 불이익을 주겠다는 게 새로운 작전 규정의 요체였다.

「AI 도움말 (통찰 8등급) : 당신은 어느 장교의 그룹에 속할지 선택할 수 있습니다. 당신의 통찰력에 따르면 가장 좋은 선택은 마커트 대위 또는 캡스턴 중위 중 하나일 것입니다.

마커트 대위는 선임 중대장으로서 가장 큰 영향력을 보유하고 있고, 자신의 할당량을 채우기 위해 편법을 쓸 가능성이 높습니다. 따라서 그와 함께하는 임무는 다른 그룹에 비해 안전할 것입니다. 그러나 이미 경험한 바와 같이 마커트 대위는 중증의 인종 차별주의자입니다. 「인종 차별」 가치관을 보유한 인물은 다른 인종에 속한 사람에게 부당한 대우와 모욕을 가하기 쉽습니다. 아무리 큰 성과를 거두어도 그의 호감을 얻기는 어려울 것입니다. 다만 아첨과 협상에 능하다면 기대 이상의 대가를 얻어낼 가능성이 있습니다.

한편 캡스턴 중위는 도덕적으로 올바르지만 영향력이 낮습니다.

부정을 용납하지 않는 성격 탓에 주위로부터 배척받기 쉽습니다. 또한 그는 임무에 충실한 인물입니다. 보다 위험한 임무에 자원할 가능성이 높습니다. 따라서 그를 선택할 경우, 공정한 대우와 노력한 만큼의 신뢰를 기대할 수 있는 반면, 살아남기는 그만큼 어려워질 것입니다.

당신은 누구를 선택하시겠습니까?」

「플레이어의 선택 : 로버트 캡스턴 중위의 그룹에 들어간다.」

나는 당연히 로버트 캡스턴 중위 쪽으로 들어갔다. 바라던 바다. 농담이라도 마커트 대위 같은 인종 차별 주의자에게 괴롭힘 당하고 싶지 않았다.

다소의 위험을 감수해야 한다 해도.

리더십

캠프 로버츠

시간 가속에 의한 저널 진행이 종료된 시점에서, 겨울은 자신을 기다릴 사람들에게 찾아가기로 했다. 능력은 보여 주었다. 시간도 충분히 끌었다. 몸이 달아 있기를 바란다. 미성년자에게 주어지는 페널티를 만회할 정도는 될 것이다.

난민 구역의 밤은 을씨년스럽다. 멀쩡한 텐트가 여럿 비어 있었다. 불안한 사람들이 밤마다 한곳으로 몰린다는 증거였다. 맞은편에서 누군가 다가온다. 모르는 얼굴. 다소 불안한 기색으로 소년을 곁눈질하지만 이 정도는 난민 구역에서 일상적인 경계 수준이다. 지나치려는 것일까 싶은 순간 「생존 감각」이 반응했다.

툭. 우연한 부딪힘을 가장해 칼로 찌른다. 그러나 대비하고 있었다. 금속이 번쩍이는 순간, 이미 붙잡았다. 비틀었다. 악! 외마디 비명. 땡그랑 쇳소리를 내며 칼이 떨어졌다. 녹슬고 이가 빠진 더러운 칼이었다. 암살에 쓰긴 좋겠다. 가볍게 베여도 상처가 썩을 것이다.

현재 겨울의 전투 능력은 강력한 기술 보정을 받는다. 페널티를 감안해도 강하다. 어지간한 성인을 완력으로 제압하고도 남는다.

벗어나려는 남자의 발버둥이 실패하는 이유였다.

"아아, 아파! 아파! 놔줘!"

놓아줄 리가 있나. 비틀어 쥔 팔을 고삐처럼 붙잡고, 텐트 사이의 좁은 어둠으로 질질 끌고 들어간다. 끌려가는 입장에선 시꺼먼 괴물의 아가리로 들어가는 느낌일 것이다. 히익! 히이익! 침을 튀기며 발광하던 남자가 자기 입장을 잊고 주위에 도움을 청했다.

"살려 줘! 미친 애새끼가 사람 잡는다! 누가 나 좀 도와 달라고! 어흑. 헬프! 헬프! 일하라고 양키 새끼들아! 씨발! 씨바아아알!"

"조용히. 정해진 시간과 장소가 아니고선 경찰도, 미군도 난민 구역에 들어오지 않아요."

밤늦은 시간 할렘가에 순찰이 잘 들지 않는 이유와 같다. 어차피 중요한 경계만 잘 지키면 별일 일어날 수가 없는 구조다. 그런 곳마다 감시탑이 서 있다.

아무도 남자를 도우러 오지 않았다. 여러 텐트에서 새롭게 불이 켜졌으나 그건 우리가 잠에서 깨어 침입에 대비하고 있으니 엄한 수작 부리지 말라는 의미였다.

끌고 오던 기세 그대로 던지듯이 팽개치자, 사내는 이제 숨소리도 내지 못하고 졸아붙었다. 덜덜덜 떨면서 침과 콧물을 줄줄 흘리는 모습이 비참하기 짝이 없다. 소년은 머리를 쓸어 넘긴 뒤 대검을 뽑았다. 다가갔다. 남자는 일어서지도 못하고 버둥버둥 뒤로 물러나다가, 더 물러날 구석이 없었다. 급한 김에 텐트 끝을 파내어 들어가려고 했다. 맨손으로 파는 속도가 놀라웠다. 필사적일 때 붙는 상향 보정인가. 통제할 수 없으니 유용하진 않았다.

등판에 칼을 꽂았다. 꺽! 구멍 난 허파에서 바람 새는 소리.

울컥울컥 솟는 피. 그것은 끈적한 어둠이었다.

발버둥은 길지 않았다. 피와 함께 힘도 빠졌다. 생명이 다하는 순간의 경련. 축 늘어져서 가늘게 떨었다. 배경을 알아낼 필요는 없었다. 실패를 염두에 두고 몇 다리를 건넜을 것이 분명했다. 꼭 자기 조직 사람을 보내란 법도 없었다. 빼앗는 사람들의 집단에서, 피라미드 바닥에 깔리는 자들은 언제나 배고프다. 배급표 몇 장으로 간단히 끌어들일 수 있다.

그럼에도 죽이는 것은 경고의 의미다. 만만하게 보이면 피곤해진다. 이편이 사람 적게 죽이는 길이다. 경험으로 안다. 그럼에도 불구하고 강한 저항감이 있고, 그것을 무시했을 때 혈관에 뜨거운 열류가 흐른다. 기분 좋은 아픔이다. 흐를 때마다 가슴 속 앙금이 조금씩, 아주 조금씩 녹는 것 같은 기분이었다.

순간적인 착각이었다. 열기가 가라앉았을 때, 마음은 보다 무거워졌다. 죄책감 따위는 아니었다. 오히려, 죄책감을 느낄 필요가 없어서다. 여기가 현실이 아니라는 실감이기에.

소년은 가만히 텐트 자락을 들어 본다. 걷힌 자락 너머로 몽둥이 따위를 단단히 쥐고 기다리던 남자들, 그 배후에 웅송그린 채 입을 틀어막고 이쪽을 응시하는 여자들. 시선이 마주쳤다. 소년이 목례했다.

"주무시는데 방해해서 죄송합니다. 여기 이 분이 저를 죽이려고 했거든요. 어쩔 수 없었죠. 그쪽 분들께 해를 끼칠 생각은 없어요."

이 또한 꾸며 낸 모습이었다. 여러 회차를 거치며, 위압하는 방법을 몸에 익혔다. 태연하게 죽여야 괴물처럼 보인다. 이해하기 어려우면 두려운 법. 제대로 미쳐 날뛰어도 마찬가지겠으나, 그 뒤에 대화를 시도하기 어렵다. 이 사람들, 어느 조직이건 소속되어 있을 터. 광고 효과 정도는 기대해도 좋을 것이었다. 저 어린놈 정말 무섭다고.

과연, 텐트 안의 사람들은 뻣뻣하게 굳어 고개만 간신히 끄덕거렸다. 일부는 그마저도 하지 못했다. 그럼 실례. 좋은 꿈 꾸세요. 짧은 인사 남기고서 소년은 텐트 자락을 내렸다.

시체를 뒤져 보았다. 나온 건 고작 배급표 세 장. 역시나, 배후에 대한 단서는 없었다. 오히려 있다면 의심했을 것이다.

시체를 방치하고서 향한 목적지에 보초를 서는 사람이 있었다. 사실 세력 있는 사람들의 쉼터라면 어디든 보초가 서 있다. 안에서 서는 불침번은 방화에 대한 대비가 약하기 때문. 보초는 소년을 보더니 얼른 안으로 들어갔다. 부산스럽게 일어나는 인기척들. 그들에게 준비할 시간을 주지 않고 슥 들어가 버린다.

"학생, 이렇게 야심한 시각에 어쩐 일인가?"

얼굴을 보니 전에 비참하다고 자조하던 그 노인이다. 얼굴에 핀 검버섯이 며칠 새 더욱 늘어난 것 같았다. 당혹스러운 기색이 엿보인다. 노인만이 아니라 다른 사람들에게서도. 그것을 노렸다. 주도권을 가지려면 상대에게 여유를 줘선 곤란한 것이다. 굳이 밤을 골라 만나는 이유가 있다. 아군에게도, 아군이기에 더더욱 주도권을 내어주어선 안 된다.

"제안을 받아들이기로 했습니다."

"오!"

연철이 탄성을 질렀다. 날벼락 같은 기상을 겪었음에도 환한 표정이 태반이다. 원래 잠에 약한 것인지, 아니면 영양 부족으로 약해진 것인지, 아직 정신 못 차리는 사람들을 제외하면 모두 기쁨을 나누고 있다. 다만 중년의 부인 한 명은 근심스럽다.

그녀가 소년의 젖은 손을 응시했다.

"다치셨수?"

"제 피 아닙니다."

두려움이 번졌다. 그러나 이 정도가 딱 좋다. 아니, 연기를 해야겠다. 약간의 거짓말을 섞어 보자.

"저를 죽이려고 하던데요. 캐어 보니 「다물진흥회」 소속이었습니다. 제가 여기로 오는 게 마음에 안 드나 봐요."

"세상에 그런 썩을 놈들이 있나!"

"아무리 이런 상황이라지만 어른도 아닌 애를 죽이려고 하다니!"

"매번 우리 몫을 빼앗아 가던 놈들이! 이제 쉽게 뺏기 힘들어질 것 같으니까 벌써부터 수작을 부리는구먼! 일찌감치 싹을 짓밟는 짓이지 뭔가 이게!"

당장 공분이 일었다. 군중의 분노는 맹목적이기 쉽다. 특히 변심한 남편에게 버림받았다던 여자는 분노가 지나쳐서 손발이 부들부들 떨리는 모습이었다. 잠에서 깨어 우는 아이를 달래려고 애쓰지만 자신부터 달래야 할 판이다. 겨울은 다수가 감정적인 상태일 때 자신의 입지를 요구하기로 했다.

"확실히 해둬야 할 것이 있습니다. 보시다시피 저는 나이가 어립니다. 무시당하긴 싫어요. 그러니 미리 약속받고 싶네요. 적어도 함께 있는 자리나 공적인 용무를 말할 땐 제게 공대를 해 주세요. 개인적인 자리에선 평대나 하대를 하셔도 상관없고요."

"당연히 그래야죠! 우리가 원했던 게 그거니까요! 안 그래요, 다들?"

겨울을 처음 초대했던 남자, 연철이 앞장서서 여론을 이끌었다. 겨울은 눈을 가늘게 뜨고 그의 행동에 주목했다. 당장은 캠프 로버츠라는 거대 공동체 내의 소집단에 불과하지만, 훗날 독립된 공동체로 거듭날 때 어떤 역할을 맡기면 좋을 지 알 것 같았다.

높아지는 동의의 소리를 듣고 있다가, 이제 되었다는 뜻으로 손을 들어 보였다. 바로 조용해진다. 이목이 집중되었다. 비슷한 상황을 처음 겪었을 땐 얼마나 심하게 긴장했는지 모른다. 모두 인공 지능일 뿐이라고 생각은 하는데, 막상 대할 때 사람과 차이가 없으니, 체감할 수 없는 간극이 무섭기까지 하던 시절이다.

이젠 지나간 과거일 뿐이지만.

"좋네요. 서로 약속하죠. 전 여러분을 위해 최선을 다하겠습니다. 여러분도 저를 위해 최선을 다해 주세요. 앞으로 잘 부탁드립니다."

박수가 쏟아졌다. 보이는 얼굴들이 모두 피로했으나, 약간의 기대감과 기쁨, 희망이 엿보였다. 좋은 반응이다. 다만 여전히 계산적인 눈빛들도 있다. 기억해 둬야 할 불안 요소다. 다시 손을 들어 진정시키고서 겨울이 입을 열었다.

"갑작스러울지도 모르지만, 리더로서 내리는 첫 결정입니다. 당장 내일부터 로버트 캡스턴 중위의 중대에서 훈련을 받을 인원이 필요하니까, 우선 지원자를 뽑을게요. 가볍게 생각하진 말아 주세요. 나중에 이 인원 그대로 임무를 맡게 되거든요."

"몇 명이 필요할까요?"

이전부터 임시 대표 역할을 맡아 온 연철의 질문이었다. 겨울은 그를 향해 답했다.

"적어도 열 명은 있어야겠죠. 그래야 트럭 하나를 우리 편으로만 채울 수 있으니까. 다른 조직 소속 사람들과 공로를 다툴 일도 줄어들 것이고."

당장 침묵이 떨어졌다. 열 명은 너무 많다. 그런 생각을 하는 눈치들이었다. 유사시 싸울 수 있는 인원이 열일곱이라고 말했지만 그건 말 그대로 최대치. 소년을 끌어들이는 입장에서 마냥 정직하게만 말했을까? 게다가 만약 전투원이 다 나간 상황에서 싸움이 벌어진다면? 남아 있던 사람들은 말 그대로 죽은 목숨일 것이었다. 그렇다고 어린 리더에게 사실 열 명도 내주기 힘들다긴 어려울 터.

겨울은 이들이 어려운 말을 꺼내기 전에 먼저 그 사실을 지적했다.

"안심하세요. 전에 싸울 수 있는 사람이 열일곱이라고 하셨지만, 솔직히 그대로 믿진 않았어요. 열 명이나 밖으로 나가면 여기 남을 사람들이 걱정되기도 하고요. 그러니 연철 씨도 그런 표정 지으실 것 없어요. 이해하니까요."

"미안해요. 그리고 고마워요. 이해해 줘서."

"면목 없구먼유……."

"절박해서 저지른 실수라고 봐주시게나."

대체로 이런 반응인 반면, 과격한 반응도 있었다.

"그 정도 위험은 감수해야 하는 것 아닌가요? 다들 너무 겁이 많아요! 일방적으로 의지하려고만 하면 어쩔 셈이에요! 무슨 머슴 뽑아 놨어요? 차라리 내가 나갈래요!"

격분한 목소리. 아기를 안고 있는 예의 그 여성이다. 남편에게 버림받았기 때문인지, 「다물진흥회」의 이름이 언급된 시점부터 줄곧 격앙된 분위기였다. 어지간히 독이 오른 모양새다. AI가 증강 현실을 통해 상황에 맞는 키워드를 제안했다. 놓치면 다시 볼 수 없는 일회성 조언들. 그대로 따르지 않더라도, 영감이 되기는 한다.

부인은 자신에게 다가오는 겨울의 모습에 살짝 움츠러들었다. 격분이 물러난 자리에 긴장이 떠오른다. 그도 그럴 것이, 어쨌든 손에 피가 묻어 있는 사람인 것이다. 아직은 낯설기도 하고. 그러나 적의를 가지고 다가간 것이 아니다. 앉아 있는 그녀에게 맞춰 한 쪽 무릎을 꿇고서, 상냥한 목소리를 만들었다.

"용기 있는 사람은 언제나 좋아하지만, 아기를 생각하셔야죠. 설마 아버지의 잘못 때문에 아이까지 미워하시는 건가요?"

"그, 그렇지는 않아요. 정말이에요!"

"그럼 다행이고요."

소년은 피 묻지 않은 쪽 손으로 아기를 쓰다듬었다. 확실히 미움 받는 아기의 모습은 아니었다. 피골이 상접한데다 더러운 어머니에 비해 훨씬 말끔했다. 볼살도 제법 잡히고, 피부가 하얗다. 겨울은 아기의 뽀얀 이마에 눈길 주고서, 어머니에게 다시 부드러운 말을 건넨다.

"귀엽네요. 남자아이 같은데, 이름이 뭔가요?"

"…박정한이라고 해요. 아직까지는요."

"아직이라는 말씀은?"

"전 남편이 지어준 이름이니까요. 조만간 다른 이름을 지어 줄까 싶어서요."

"그렇군요. 부인께서는 성함이 어찌 되세요?"

"송예경…이에요."

"기억하겠습니다."

이어 소년은 일어서서 주위를 둘러본다.

"이 기회에 다른 분들도 이름을 말씀해 주세요."

통성명의 시간이 지난 뒤 겨울은 원래의 화제를 다시 도마에 올렸다.

"아까 말씀드리다 말았는데, 건강한 남자로만 열 명을 뺄 생각은 없어요. 남는 분들의 안전도 중요하니까요. 제 생각은 이렇습니다. 필요 인원은 열 명이지만, 절반은 전투 능력이 부족해도 상관없다고. 어떻게든 숫자만 채워 주시면 됩니다."

"그럼 오히려 나가는 사람들이 위험하지 않을까요?"

송예경의 의견 제시는 당연한 우려를 담고 있었다. 현 시점에서는 웃음을 아낄 필요가 없다. 안심하라는 의미로 꾸준히 웃는 얼굴을 만들었다.

"부족한 부분은 제가 대신하면 돼요. 도와드리겠다고 약속했잖아요."

"그렇지만……."

"저를 믿어 주세요. 누구 한 사람 돌아오지 못하는 일 없도록 할 테니까요."

그 말을 하자마자 AI의 경고가 있었다.

「공동체의 지도자로서 구성원들에게 공공연히 약속한 내용은 공약, 공동체 임무로 간주됩니다. 임무를 달성할 경우 리더십 경험치를 획득합니다. 또한 공동체 내 권력 점유율이 증가하며, 구성원들의 소속감과 충성도에 상승 보정이 발생합니다. 실패할 경우 리더십 페널티와 함께 공동체 내 안정도 및 권력 점유율이 감소하며, 구성원들의 소속감과 충성도에 하향 보정이 발생합니다. 당신은 지도자 자리를 잃어버리거나 공동체에서 추방당할 수 있습니다. 그러므로 지도자로서 약속을 할 땐 성공 가능성을 신중하게 고려할 필요가 있습니다. 리더십 계열의 기술 「선동」과 「기만」 등을 통해 이러한 부작용을 완화하는 것도 가능합니다.」

확실히 이런저런 능력이라던가 기술 등급이 낮았을 때였다면 이런 약속은 지나친 모험이었겠지. 지금은 아니다 「종말 이후」의 설계 자체가 '처음엔 자신 만이라도 살아남으려 발버둥치는 사람의 입장으로, 나중에는 비극에서 사람들을 구원할 수 있는 영웅의 입장으로.' 종말을 진행하도록 되어 있다. 「재능 이익-탤런트 어드밴티지」가 누적되면 초인이 된다는 뜻이었다.

"저기, 이런 말 미안하지만…정말로 믿어도 좋을지……."

당연히 의심과 회의가 새어나온다. 불안에 공감하는 사람들은 많았다.

이들이 아는 소년의 전적은, 고작 한 번의 외부 임무와 한 번의 위압뿐이었으니까. 그것을 부정하지 않는 게 중요하다. 소년은 무거울 것 없는 어조로 답했다.

"저를 믿을 수 있는 분만 나서세요. 강요하지 않겠습니다. 정 안 된다면 숫자가 모자라도 상관없어요. 다른 조직과 같이 움직이게 되겠지만, 그래도 무사히 돌아올 자신은 있으니까요. 우리 몫이 적어질 건 감수해야 하겠지만요."

부담 주지 않는 척 부담 주는 화법. 강요하지 않는다고 했으나, 동시에 믿는 사람만 나서라고 했다. 본 지 얼마나 되었다고 믿고 말고 한단 말인가.

즉 위험을 감수한다면, 어린 리더에게 점수를 딸 기회다. 아무리 선량한 사람들의 집단이라도 남보다 득 보고 싶은 욕망이 없을 수 없다. 그건 사람의 본성이다. 몸을 팔기 전에도 알았고, 「종말 이후」에서는 더욱 확실하게 경험했다.

그렇지 않은 사람들에게도, 도의적인 부채감을 얹어 준다.

"여기서 모두 정하진 않을게요. 아침 식사를 마친 뒤에 다시 올 테니, 그때까지만 마음을 정해 두세요. 그럴 리 없겠지만…혹시나 숫자가 많으면 제 임의로 선별하겠습니다."

그러고서 배웅을 받으며 나왔다. 같이 머무는 게 어떻겠느냐는 제안을 받았으나 여러 가능성을 계산한 끝에 거절했다. 원하는 대로 들어 준다고 다 고마워하는 게 아니다.

정말로. 부모님은 고마운 줄 모르셨지.

Inter Mission 매력

인간의 아름다움은 생각보다 자연적인 것이 아닙니다. 단 하루라도 씻지 못하면 그 사람의 매력은 상당 수준 감소합니다. 세계 멸망의 위기가 찾아왔을 때, 대부분의 인프라가 마비된 상황에서 우리는 우리 자신의 아름다움을 얼마나 지킬 수 있을까요?

따라서 「종말 이후」에서의 매력 수치는 공동체의 위생 시설 수준 및 위생용품과 미용 용품에 영향을 받습니다. 설령 100의 매력을 지닌 인물일지라도, 위생 시설이 전무한 상태에서 발휘할 수 있는 매력은 10 이하가 될 것입니다. 이러한 제한은 소모성 위생용품의 사용을 통해 극복될 수 있으나, 설령 충분한 위생 시설과 용품이 존재한다 하더라도 공동체의 안정성이 낮으면 소용없습니다. 위험한 상황에서 많은 사람들은 자신의 아름다움을 감추고 싶어 합니다. 아름다운 것은 대개 약탈의 대상이니까요. 아름다움을 무기로 쓸 수 있는 재능은 드문 편입니다.

이런 제한이 불편하시다면 DLC 「치명적인 매력」을 구매하는 방법으로 극복하실 수도 있습니다. 당신은 현실적인 제약을 무시하는 시스템 보정을 받을 수 있습니다. 여기엔 그 어떤 불이익도 따르지 않습니다. 대인 상호 작용 및 지도력에 상향 보정을 부여하는 매력이 시작부터 최대라면, 「종말 이후」가 제공하는 사실적인 가상 현실 환경을 보다 수월하게 헤쳐 나가실 수 있을 것입니다.

Inter Mission

아아, 물론 밸런스가 걱정되실 지도 모릅니다. 하지만 어쩔 수 없습니다. 우리 회사는 진작 끝났거든요.

돈 때문에 하는 거지. 그러니까 엿 같은 우리 DLC를 많이 구매해 주시기 바랍니다.

감사합니다.

저널, 39페이지, 캠프 로버츠

한 번 다녀오긴 했지만, 샌 미구엘에는 아직 충분한 물자와 식량이 남아 있을 것이다. 두 번 정도는 수확을 기대할 수 있지 않을까 싶다. 먼젓번과 비슷한 수준으로. 어디까지나 내 어림짐작이지만.

그러고 나면, 그보다 더 남쪽에 있는 파소 로블레스까지 가야만 한다. 모겔론스 아웃브레이크 이전까지 3만 명이 살던 도시이니, 규모도 크고 변종도 많을 것이었다.

그래서 나갈 순서를 정하는 건 중요한 문제였다. 4개의 중대, 먼저 나가는 그룹이 보다 쉬운 일을 받을 테니까.

마커트 대위가 첫 순서를 가져갔다. 선임 중대장인 그는 대대장 및 작전 참모와 친분이 깊다고 한다. 캡스턴 중위는 마지막이다. 중위 스스로 가장 힘든 역할을 자처했다고 들었다. 그의 그룹에 속한 내겐 나쁜 소식이다. 그래도 각오는 하고 있었다.

병상에 있는 엘리엇 상병이 한 가지 놀라운 사실을 알려 주었다. 난민 지원자를 받기로 한 데엔, 알려진 것 외에 다른 이유가 있다고. 샌프란시스코 일대와 새크라멘토가 떨어지면서 가족을 잃은 병사들이 많다고 한다. 이들은 정신 상태가 불안정하여 작전에 투입할 수 없다는 것이다. 난민 지원자를 받는 건 필연이었다.

확실히 그렇다. 연방군이라면 모를까, 주 방위군은 해당 지역 거주자들로 구성된다. 슬퍼하는 병사가 적지 않을 것이었다. 캠프 지휘부는 안팎으로 전전긍긍하고 있겠지. 난민들의 분위기도 흉흉한 마당에 병사들까지 믿을 수 없게 됐으니까.

엘리엇은 괜찮냐고 물었더니, 부모의 소식이 끊어졌지만, 원래 남보다도 못한 사이어서 신경 안 쓴다고 하더라. 평소의 밝은 얼굴에서 짐작할 수 없었던 사연이었다. 어떻게 받아들여야할지 어려웠다. 이걸 솔직하게 털어놓았더니 마구 웃는 게 아닌가. 그는 신경 쓰지 말라며 내 어깨를 두드려 주었다. 적잖이 마음이 놓였다.

하이 리스크 하이 리턴

파소 로블레스 (1)

방송을 진행하는 입장에서, 지원자 훈련은 흥미 떨어지는 과정이었다. 시간 가속으로 넘길까 하다가 그만두었다. 공동체 지도자가 훈련에 동참할 경우 구성원들의 성장이 빨라지는데, 가속에 의한 저널로는 얻지 못한다. 대단한 이익은 아니다. 허나 초반에 버리긴 아깝다.

이것도 능력에 비례한다. 겨울은 보통 이상의 상향 보정을 노려볼 법했다. 예컨대 사격이라던가, 근접 격투 같은 것들.

캡스턴 중위는 걱정 짙은 기색이었다. 겨울이 데려온 사람들, 절반은 전투력을 기대할 수 없었다. 나이나 성별 이전에, 영양과 위생 상태부터 불량했다. 초라하다. 데려온 사람들도 눈치를 보았다. 중위를 설득하는 데에 상당한 시간을 들여야 했다.

캠프에서 보유한 차량 숫자에 한계가 있어, 한 번에 나갈 수 있는 보급대의 숫자는 하나뿐이었다. 나가는 것보다 많은 차량이 캠프에 남았으나, 유사시를 대비하려면 어쩔 수 없었다. 캡스턴 중위와 찰리 중대의 순서는 추가 임무 개시일로부터 나흘 뒤에나 돌아왔다.

캠프 로버츠에서 샌 미구엘을 지나 파소 로블레스에 이르는 거리는, 도로 주행시 약 17킬로미터에 불과하다. 그러나 도로에 널린 장애물이 많다. 멈춰선 차량들이나 버려진 차단 진지를 정리해야 했다. 이동에만 3시간 40분이 소요되었다.

그나마 도로상에 변종이 드물어서 가능한 시간이다. 항공 정찰 결과 길은 의외로 깨끗했다.

"저기 보이는군. 파소 로블레스다."

벌써부터 땀에 젖은 컬레미 일병이 남쪽을 가리켰다. 옆으로 넘어진 트레일러를 치우고 나니, 지척에 도시의 윤곽이 있었다. 탑승! 탑승! 두어 차례 외치는 소리에 난민 지원자들이 트럭에 오른다. 인원 점검 후 차량 대열이 다시 출발했다.

101번 국도를 타고 남하하다가 오른쪽 샛길로 빠지면 바로 목적지였다. 인구 3만이나 되는 도시를 한 번에 다 수색할 순 없었고, 어디까지나 24번가 이북(以北), 면적으로 따지면 20분의 1도 되지 않을 구획이 찰리 중대의 작전 지역이다.

차량 대열은 24번가 초입에서 정지했다. 도로 양편으로 주유소 간판을 4개나 볼 수 있었다. 남쪽부터 셸, 쉐브론, BP, 아르코 순이었는데, 개중 쉐브론과 BP의 입지가 가장 좋았다. 샌 미구엘과 마찬가지로 주유소 곁엔 식당과 여관이 있었다.

난민 지원자 열 명당 두 명의 감시역이라는 구성은 예전과 동일했다. 부상당한 엘리엇 상병 대신 래치맨 병장이 합류했는데, 흑인이었다. 인종 차별주의자일 가능성은 대단히 낮다.

미군에서 병장이면 부사관급이다. 경험도 많을 것 같았다. 하는 말마다 과도한 Fuck이 들어가는 것만 제외하면 나쁘지 않은 사람처럼 보였다. 애당초 지금까지 만난 캡스턴 중위의 중대원들 가운데, 인성에 심각한 문제가 있는 자는 별로 없다. 윗물이 맑아서 아랫물도 맑은 걸까.

주유소 바로 위쪽으로 맥도날드 매장이 있었다. 가장 가까운 곳의 가장 그럴듯한 음식점이라, 난민 지원자들이 가자고 아우성이었다. 그들은 어떻게든 제 할당량만 채우면 그만이었으니까. 캡스턴 중위는 단호하게 말을 잘랐다.

"첫 번째 목표는 이쪽 길로 1킬로미터 북상한 지점에 있을 가공육 매장입니다. 소시지와 통조림 햄을 대량으로 취급하던 곳이니 그곳 하나만 확보해도 전체 할당량을 채울 수 있을 겁니다. 사전에 결정된 사항으로 다들 도상 연습까지 마치지 않았습니까? 이제 와서 다른 말을 하시면 곤란합니다."

그러나 불평이 끊이지 않는다. 관리하는 병사들은 골치 아픈 표정을 지었다. 반면 겨울이 데려온 사람들은 조용했다. 리더가 가만히 있으니 누구 하나 나서지 않았던 것. 겨울을 영입하는 과정에서 있었던 기다림과 합류 시 주었던 당부 덕분에, 소년의 눈치를 보는 것이다.

도로에 멈춰 있는 차량들을 밀어내는 작업은 중노동이었다. 박살 나서 바퀴가 구르지 않는 차량도 많았기 때문이다. 게다가 방독면을 쓰고 있다. 호흡이 답답하면 운동이 버거운 법. 실제로 방독면 착용시 약간의 하향 보정이 적용된다.

그래도 주변은 조용했고, 가공육 매장에 이르기까지 마주친 감염 변종이 고작 세 개체뿐이었다. 한국처럼 건물이 빽빽하게 밀집한 환경도 아닌지라 조기에 발견하여 퇴치할 수 있었다. 위협이 되긴 커녕 이쪽의 화력과잉으로 온몸이 터져나갔다.

대수롭지 않은 위험도 무시할 수 없었기 때문에, 최대한 주의하며 도로를 개척하려니 많은 시간이 소모되었다.

정작 목적지에도 변종이 별로 없었다. 트럭을 가득 채운 통조림 상자의 모습에 미군과 지원자들 모두 크게 기뻐했다.

이대로라면 정말 별일 없이 임무를 마칠 수 있겠다. 다들 그렇게 생각하던 중, 예상치 못한 일이 벌어졌다. 선도 차량, 험비가 우뚝 서면서 대열 전체가 정지했던 것. 고장은 아니다. 더 심각한 문제였다.

"중대장님. 상용 무선 9번 채널에서 구조 신호가 잡힙니다."

차량에 탑승하고 있던 병사가 캡스턴을 불렀다. 민수용 무전기는 수백 미터만 넘어가도 수신이 어렵지만, 험비에 실린 무전기(RT-1523F)는 파소로블레스에서 캠프 로버츠와의 통신도 가능한 물건이다. 물론 지형 장애물이나 방해 전파가 없어야 한다.

9번 채널이라는 것은 긴급 통신 주파수다. 91.5메가헤르츠 대역을 쓴다. 다이하드라는 액션 영화에서, 주인공이 소방국을 호출할 때 사용한 것도 바로 이 9번 채널이다.

당장 모든 작업이 중지되고 사주 경계에 돌입했다. 캡스턴 중위가 무전기를 직접 잡았다. 난민 지원자들은 흘낏흘낏 훔쳐본다. 불안하고 또 불만스러운 표정들. 보나마나 구하러 갈 일을 걱정하는 모습이었다.

통신이 원활치 않은 모양이다. 캡스턴 중위가 주먹으로 앞유리를 쳤다. 얼굴이 붉다. 그는 잠시 숨을 고르고 차량 밖으로 나와 사람들을 불렀다. 지원자 그룹의 리더 격 되는 인물들, 중대 간부 및 선임 병사들이 한데 모인다. 본넷 위에 지도를 펼쳐 놓고 설명하는데, 고지식한 중위가 다급할 만한 상황이었다.

"여기 이 지점, 다니엘 루이스 중학교에 교사와 학생들이 갇혀 있다는 무전이다. 정확한 규모와 상황은 알 수 없지만, 구조 요청을 받았으니 무시할 수 없다. 어떻게 행동할 지 결정하기 전에, 질문과 의견이 있다면 듣도록 하겠다."

래치맨 병장이 손을 들었다. 중대장의 허락을 받고 발언한다.

"교신은 불가능합니까?"

"유감스럽게도, 그렇다. 우리 무전기 출력이라면 그쪽까지 신호가 닿고도 남을 텐데……. 어째서인지 듣지를 못하더군. 지금은 그쪽이 침묵하고 있는 상태다. 배터리 잔량 문제로 시간을 정해 켰다 끄기를 반복하는 게 아닌가 싶다."

차량 탑재 무전기는 안테나를 길게 늘여 수신 범위가 넓고, 출력도 최대 50와트에 이른다. 반면 민수용 무전기는 안테나가 짧아 수신 범위도 좁고, 출력은 통상적으로 0.5와트 내지 3와트 범위였다. 배터리가 부족하면 수신 감도에도 문제가 생긴다.

이번엔 데이브 시리스라는 이름의 병장이 손을 들었다.

"솔직히 위치가 좋지 않습니다. 도시 중심가에서 동쪽으로 깊숙이 들어가야 하는데, 지금 인력으로는 거기까지 도로를 정리할 수도 없을뿐더러, 지나치게 위험하다고 판단됩니다. 더구나 구출 대상의 숫자도 알 수 없는 마당이라면……. 경솔하게 나섰다간 임무 달성은커녕 우리가 전멸할지도 모릅니다. 일단 기존 임무부터 완수하고 복귀한 다음, 증원을 받아 다시 나오는 게 맞다고 생각합니다."

"엿 먹어라, 시리스."

대뜸 욕설을 뱉은 건 피어스 상사였다.

"생각해 봐. 거시기에 털도 안 난 애들이 떨고 있을 거라고. 근데 알아보지도 않고 일단 복귀하자? 헛소리! 개들이 오늘 밤을 넘긴다는 보장은 있나? 정찰을 보내 상황 파악이라도 해 봐야 도리 아닌가? 만약 너무 많아서 구출이 불가능하다면, Fuck, 정찰 간 인원이 거기 남아 증원이 올 때까지 보호해 줘야지!"

"상사님. 죄송한 말씀입니다만…중대 병력이 절반이라도 왔으면 저도 이런 말 하지 않습니다. 운전병 포함해서 고작 1개 소대도 안 되는 중대원에 나머지는 전부 의욕 없는 난민 지원자들뿐이잖습니까? 믿을 수가 없어요. 과연 이들 중 이 위험한 임무에 자원할 사람이 있겠습니까? 사전에 제공받은 항공 정찰 사진을 보면, 중심가에 상당히 많은 변종들이 배회하고 있었습니다. 게다가 잠시 후면 일몰입니다. 변종들이 일몰 이후 더 활발하게 움직인다는 정보는 상사님도 알고 계시지 않습니까?"

피어스 상사가 몇 번 더 엿 먹으라고 되뇌었으나, 딱히 누군가를 겨냥한 욕설이 아니었다. 이때 겨울은 망설이고 있었다. 그룹 사람들에게 했던 약속…그러니까 모두 무사히 돌아오도록 하겠다는 약속만 아니었다면 자원하겠는데……. 돌발적으로 발생하는 임무는 보상이 좋다.

이렇다 할 의견이 나오지 않는 시점에서, 캡스턴 중위가 본부와 교신을 시도했다. 캠프에서 도시 입구까지 도로를 치워 두었다. 증원을 보낸다면 30분 내에 도착할 수도 있다. 대기 상태인 다른 중대로부터 보충 병력을 받거나, 헬기 같은 항공 지원을 받으면 더욱 좋다.

그러나 캠프 로버츠에서는 부정적인 답변이 돌아왔다. 캠프 분위기가 심상치 않아 병력 증원은 불가능하고, 정부의 봉쇄 지침에 따라 감염 지역 수송 목적으로는 회전익기 투입도 불가능하다고 했다. 설상가상으로 병력 손실의 위험을 감수할 수 없다며 전원 복귀하라는 명령이 떨어졌다. 중위가 항의했다. 소용없었다. 무전기 너머의 대대 작전 참모는 무척이나 단호했다. 입씨름이 한참 이어졌으나, 일몰까지 시간이 얼마 남지 않아 이러고 있을 여유가 없었다. 캡스턴 중위는 분개하여 통신을 종료했다.

'그렇겠지.'

겨울은 그럴 거라고 생각했다. 관제 AI의 상황 연산으로 발생하는 특수 임무가, 자연적으로 해결될 리 만무하다.

피어스 상사가 불평했다.

"이봐요, 중대장님. 설마 이대로 복귀할 생각은 아니겠지요?"

"상사, 마음은 이해합니다만 명령이……."

"애미 뒤진 나치 새끼들도 명령에 따랐을 뿐이라고 했답디다."

심기 불편한 상사의 대꾸에 캡스턴 중위는 차분한 몸짓으로 난민 지원자들을 가리켰다.

"명령도 명령이지만 여기 이 분들은 어디까지나 보급 임무에 자원하신 겁니다. 게다가 민간인이고요. 다른 목적으로 추가적인 위협을 감수해야 한다면 어떤 의미로는 계약 위반이지요."

"그게 지금 무슨 대수라고……."

"지금은 긴급 상황입니다. 인류가 멸망할 위기 앞에 병사와 장교 개개인이 도덕적 가치 판단을 내릴 순 없습니다. 정부가 무너졌다면 모를까, 명령 계통이 살아 있는 지금은 말입니다. 상사, 자꾸 이러시면 명령 불복종으로 취급할 수밖에 없습니다."

상사가 기가 막힌 표정을 지었으나 중위는 흔들리지 않았다. 상사의 복무 경력을 존중하는 건 당연하지만, 지휘권은 어디까지나 중대장의 것이다. 그리고 상황이 상황이라 존중받진 못하고 있으나, 중위의 말처럼 난민들도 본디 민간인으로서 미군이 보호해야 할 대상이다. 위험한 임무에 강제로 동원할 수 없다는 것이 중위의 입장이었다.

소년이 보기에 이것은 단순한 고지식함과 다르다. 현재 캠프는 난민 지원자들의 도움 없인 외부 활동이 어려운 처지다. 중위의 임의 행동에 따른 사상자가 발생한다면, 다음 임무에서 충분한 수의 지원자를 기대할 수 있을까? 그렇게 되면 공멸만 남을 뿐이다. 지원자가 줄어든 만큼 충원되는 물자도 감소할 것이고, 난민들의 처지는 더욱 열악해질 것이고, 열악해진 처지의 난민들이 과격한 생각을 하지 말란 법 없었다. 미군에게도 위협이 된다는 뜻이다. 아무리 잘 무장했어도 수십 배의 난민들이 작정하고 달려들면 심각한 위기다.

지금도 캠프의 분위기 탓에 추가 병력 파견이 어렵다고 하지 않았던가. 여기서 더 악화되면 곤란하다. 중위의 판단은 합리적이었다.

"젠장! 좋습니다. 위쪽에선 병력 손실을 감수할 수 없다고 했습니까? 그럼 지원자들 중에 자원하는 사람이 있다면 문제없다는 겁니까?"

질렸다는 뜻으로 두 손 들고 성내는 상사는 제법 위협적이었다. 사이즈 큰 유니폼이 팽팽하게 당겨질 정도로 근육 꽉 찬 흑인이 화를 내는 것이다. 상대적으로 체구 작은 동양인들 입장에선 주눅 들기에 충분했다. 바라보는 것만으로도 움츠러드는 사람들. 굳이 물어볼 필요도 없었다. 시선을 피하는 것이 대답이었으니까. 더욱 화가 난 상사가 거칠게 윽박질렀다.

"제기랄! 다들 이러기야? 동양인들은 몸이 작아서 담도 작은가? 정의를 위해 목숨을 걸어 볼 수도 있잖아!"

"그거 인종 차별입니다. 그리고 괜히 우리 나쁜 사람 만들지 말아요. 시리스 씨 말대로 어쩔 수 없는 상황이잖습니까."

볼멘 항의가 흘러나왔다. 마치 둑이 터지듯이, 최초의 한 마디는 다른 여러 마디를 불러왔다. 구실이 된 시리스 병장은 기분이 썩 좋지 않았으나 이미 나온 말을 어쩔 순 없었다.

"다섯 살 난 아들이 기다리고 있습니다. 사정은 알겠지만 위험을 감수할 순 없어요."

"고작 하루 이틀 훈련받았다고 우릴 당신들과 똑같이 취급하면 곤란하죠."

"솔직히 당신들 우릴 방패막이로 생각하잖소. 동행한 병사가 복귀하지 못하면 보상은 없다. 경우에 따라서는 처벌이 있을지도 모른다. 이건 우리보다 병사 목숨이 귀하다고 대놓고 말하는 거지. 위험하면 병사들 대신 죽으라고 말이오. 여기까진 좋다 이거요. 어쨌든 우리 살자고 하는 일이니까. 하지만 그 이상은 곤란하지."

다른 건 그렇다 쳐도 마지막 말은 무겁다. 진실의 무게다. 그리고 여기까지가 겨울의 고민에 필요한 시간이었다.

"제가 가죠."

"어?"

피어스 상사가 눈살을 찌푸리며 돌아보았다. 싫어서가 아니라, 정말인가 의심스러워서. 겨울이 바로 말을 이었다.

"대신 제가 데려온 다른 분들은, 원치 않을 경우 돌아가게 해 주세요. 그 분들을 안전히 보내겠다고 약속했거든요."

"같이 가겠다는 사람이 없으면 혼자서라도 가겠다고?"

"네."

"하, 소문에 상남자라더니 진짜였군."

피어스 상사가 웃었다. 방독면이 얼굴 반을 가렸어도, 눈만 보면 알 수 있다. 주위가 갑자기 조용해졌다. 난민들 입장에선 기분 좋을 상황이 아니다. 각자 몸 사리기 바쁜 와중에 어린놈 혼자 가겠다고 나섰으니, 자신들의 체면은 뭐가 된단 말인가. 개인이 아니라 소속 조직의 체면도 있다. 괜히 노려보았다.

호감도 하향 보정 경고가 중구난방으로 떠올랐다. 그 가운데 상승 보정 알림이 드문드문 있었다. 대부분은 미군이었다.

그 중 한 사람, 중대장 로버트 캡스턴은 미안한 한편으로 근심어린 분위기다.

"용기는 정말 대단하지만, 안 돼. 너무 위험해."

"저보다 더 어린 학생들을 저대로 둘 순 없잖아요."

"으음……. 다른 난민 분들에게도 의사를 물어보는 게 우선이겠군."

그러나 다른 조직 사람들에게 묻는 건 소용없는 일이었다. 소년과 명확히 적대 관계에 놓인 조직 출신도 많았고, 꼭 그게 아니더라도, 자기들 대표가 거부한 마당에 나서는 건 대표를 무시하는 처사이기도 하다. 돌아간 뒤 고달플 것이 뻔했다.

소년을 따라온 사람들도 다들 두려운 기색이다. 선뜻 나서는 이가 없었다. 이대로라면 정말로 혼자 가는 건가. 뭐, 차라리 그게 낫겠네. 소년이 생각할 무렵, 스스로와 싸우는 모습으로 힘들게 손 드는 사람이 있었다.

"도움이 될 자신은 없지만, 대장 혼자 보낼 순 없어요."

"…대장?"

고개를 갸웃 하는 겨울에게 여자는 고개를 끄덕였다.

"그렇죠. 우리 대장님이잖아요. 작지만."

높임말이 많이 어색하다. 자신 없다는 말처럼, 그녀에게 전투력을 기대하긴 무리일 것이다. 팔다리가 가늘다. 지저분하여 미인인지는 모르겠고, 다만 비쩍 마르기 전엔 늘씬하단 말을 들었을 법했다.

두 번째, 세 번째 손이 차례로 올라왔다. 다행히 남자들이다. 왜소한 반대머리 아저씨가 하나, 적당한 몸집의 청년이 하나.

"밥값은 해야지."

"그렇죠. 그것도 선불로 받았으니."

선불이라는 건 겨울이 전에 시간을 달라고 해 놓고 인사치레로 건네었던 배급표를 말하는 모양이다. 하지만 그뿐만은 아닐 것이었다. 이들은 남들이 소년에게 환호할 때 유독 조용하던 소수에 속했다. 기회만 있으면 소년을 대신하겠다는 자신감이 엿보였다. 읽기 쉬웠다. 자라면서 다른 사람 눈치를 볼 기회가 많았으니까. 아버지 덕분이다.

이렇게 되자 캡스턴 중위는 기쁨과 근심을 함께 품었다. 이런 사람들이 있다는 기쁨. 그리고 이들을 보낼 순 없다는 근심. 보내 봐야 면피용 요식행위에 지나지 않겠느냐는 회의. 의무와 양심 사이에서 갈등하던 그가, 마른세수를 하고 느리게 입을 열었다.

"이렇게 되어 면목이 없다. 명령만 아니었어도……."

"자책하지 마세요."

온화하고 부드러운 말을 만들어 약간의 호감을 얻은 뒤, 소년은 충분한 양의 탄약, 식량, 응급 처치 용품, 무전기를 요청했다.

"무슨 일이 있을지 모르니 탄약은 당연하고, 식량과 응급 처치 용품들은 갇힌 학생들이 오랫동안 굶었을 가능성이나 부상자가 있을 가능성을 무시할 수 없으니까 필요해요. 연락 수단도 없으면 곤란할 것이고."

"그 정도는 당연히 줘야지."

당연하지는 않다. 아무리 수가 적어도, 난민들을 통제 밖으로 내보내는 일. 캠프 지휘부에서 트집을 잡을 수도 있었다. 어쨌든 중위가 감수하기로 한 부담이었다.

결과적으로 탄약과 통조림, 항생제, 붕대 따위로 더플백 두 개분의 짐을 꾸렸다. 무전기는 배낭처럼 메는 것(AN/PRC-119)을 하나 빌렸다. 다루기 복잡한 물건이지만, 어차피 정해 둔 주파수 하나만 쓸 것이었다. 전원을 넣고 주파수를 입력하는 방법만 배우면 충분했다. 통신병이 일대일로 알려 주었다.

무전기 사용법을 숙지한 뒤 거울이 경례했다. 정식 계급도 없지만 어쨌든 지원병 취급이니만큼 인사는 이것이 어울린다.

"내일 뵙겠습니다. 일몰 전에 도착해야 할 테니 시간이 빠듯하네요."

"위험한 일을 맡기게 되어 미안하다. 무운을 빈다. 신의 축복이 있기를."

중대장을 필두로 소년을 좋게 본 미군들이 짧은 인사를 전했다. 귈레미 일병은 덥썩 안기까지 했다.

"무사하라고. 금방 구하러 올 테니."

"귈레미야말로 다치지 마세요. 서두르다가 엘리엇처럼 되지 말고."

"이 녀석 말하는 거 보게?"

일병은 말하다 말고 총을 들어 소년의 머리 위를 쏘았다. 소음기를 끼웠다지만 정수리 가까이서 터지는 소리가 결코 작지 않다. 놀라지는 않았다. 등급 높은 「생존 감각」 덕분에 후방에서 접근하는 기척을 느끼고 있었으니까. 엄밀히 말하면 느꼈다는 표현도 바르지 않다. 등골을 찌르는 듯한 느낌과 함께, 시야에 오차 범위를 포함한 대략의 방위와 거리가 홀로그램으로 표시되었으므로.

돌아보면 빛바랜 도로 위에 몇 구의 시체가 널브러져 있다. 면역 거부 반응으로 문드러진 피부가 멀리서도 선명하다. 감염 변종이었다.

"출발하죠."

소년의 담담한 한 마디. 따르기로 한 세 남녀가 감탄한 것 같다. 소폭의 호감도 상승 보정을 얻었다.

기울어가는 오후의 햇살 아래, 아스팔트 위로 네 개의 그림자가 늘어진다.

겨울은 「독도법(讀圖法)」에 투자했다. 탤런트 어드밴티지의 수혜를 받았지만 많이 올리지는 않았다. 경험치는 언제나 여분을 남겨야 한다.

「독도법」의 수준이 높으면 지도를 정치(正置)할 필요성도 없고, 오독(誤讀) 가능성도 줄고, 정보 분석이 제공되고, 나아가 한 번 본 지도는 자동으로 암기된다. 암기는 곧 미니 맵 업데이트를 뜻한다. 나아가 증강 현실로 편의를 제공받기도 한다.

현재는 지도 읽기가 편해지는 정도에 불과했다. 예컨대 지도상에서 최단 경로가 도드라져 보이거나, 지형지물과 대조할 때 밝게 강조되는 정도.

목적지인 다니엘 루이스 중학교까지는 그리 먼 거리가 아니다. 잘 정리된 시가지에서 길을 잃어버릴 확률도 낮은 편이다. 그래도 안전을 기하기 위해 익혔다.

읽지 않은 메시지들. 증강 현실 신호가 깜박거렸다. 무시하고 있었다. 마냥 이러면 안 되겠지. 대화 창을 열었다. 시청자들이 정보를 원했다. 생각을 정리한다. 생각은 그대로 문장이 되었다.

「「독도법」은 필수가 아니지만, 있으면 여러모로 편해집니다. 중요할 때 길을 잘못 들면 비난받기 쉬우니까요. 관련 도전 과제로 「이 산이 아닌가?」가 있습니다. 달성 효과는 오독 확률 감소입니다.」

반응을 보지 않고 창을 닫았다.

아직 방송이 불편했다. 사정상 하기는 한다. 허나 가상 현실은 새롭게 주어진 삶이다. 근본이 거짓일지언정, 그거라도, 자신만의 것이었으면 좋겠다.

'어쩔 수 없는 일…….'

장애물이 있으면 피해가야 했다. 넷이서 치우긴 벅찼기 때문이다. 거리에 비해 시간이 많이 걸리므로, 중간에 전투까지 섞이면 거리 감각이 왜곡되기 쉽다. 「독도법」에 투자한 이유였다.

선도하던 소년이 주먹을 들었다. 정지 신호. 「생존 감각」이 경고한 방향으로 총을 겨눈다. 잠시 기다렸다. 정지한 화물차, 모퉁이를 돌아 나타나는 감염 변종 하나. 한쪽 눈은 동공이 혼탁하다. 시력이 없을 것 같다. 과연, 다른 눈알만 굴려 이쪽을 본다.

그것이 소리 지르기 전에, 소년은 방아쇠를 당겼다. 퍽. 소음기가 한 번 걸러 작아진 총성. 철컥 밀린 슬라이드가 탄피를 뱉는다. 변종의 눈알이 터지며 쓰러졌다. 탄자가 부수고 나온 뒤통수로부터 진득한 뇌수가 흘렀다.

캡스턴 중위와 헤어진 지점은 국도와 파소 로블레스 24번가가 교차하는 지점이었다. 그로부터 13번가까지 남하한 뒤 다시 동쪽으로 한참을 가야 했는데, 「독도법」으로 파악한 도상 거리는 약 4.3킬로미터였다. 도로가 깨끗하고 다른 위협이 없었다면 한 시간으로 족할 거리다.

남하 경로로 국도를 고르지는 않았다. 주요 도로인지라 장애물이 너무 많았다. 정지한 차량들. 차량이 많다는 건, 대피 중에 감염된 사람이 많다는 뜻이다. 경험치를 얻자면 가볼 만한 길이다. 그러나 일몰까지 목적지에 못 닿을 가능성이 높았다.

그래서 다른 길, 리버사이드 애비뉴를 따라 남하했다. 도시 안쪽에서 국도와 나란히 달리는 길이다. 장애물이 국도보다 적다는 장점이 있었다.

지나는 길가에 침례교회 하나가 인상적이었다. 벽면 가득 성경 구절과 함께 신을 찾는 절규의 문장들이 붉게 적혀 있었기 때문이다.

"저거 설마 피는 아니겠지요?"

머리가 반쯤 벗겨진 아저씨의 목소리가 가늘게 떨렸다. 겨울은 통성명

할 당시를 떠올렸다. 지력보정으로 뜨는 증강현실 홀로그램이 있었다. 그의 이름은 안제중. 해병대 출신이라더니, 의외로 겁이 많다. 잘도 따라오겠다고 자원했구나.

그만큼의 계산이 깔려있기야 하겠다만.

"아니길 바라야죠."

이어지는 여성의 목소리. 역시 떨리고 있다. 그러다가 소년을 뺀 모두가 비명 질렀다. 교회 창문에 턱, 하고 핏빛 손자국이 찍힌 탓. 그 위로, 흰자위가 누렇게 뜬 얼굴이 슬며시 올라왔다. 아차. 이쪽을 봤다. 일행에게 신경 쓰고 있던 터라 조준이 늦었다.

다른 놈들 부르기 전에 머리를 날려야 하는데.

끄아아아아아—

유리창 너머로 답답하게 들리는 저 괴성이, 건물 안에서는 얼마나 쩌렁쩌렁할 것인가. 소음기에서 몇 번 둔탁한 총성이 터진다. 놈은 벌린 입 안에 탄 두 발을 맞았다. 금 간 유리창에 죽은 피가 후두둑 튀어, 아래로 흐르는 검붉은 얼룩이 되었다.

교회 정문이 덜컥 흔들렸다. 덜컹덜컹. 열리지 않는다. 마구 두들기는 소리들. 안에서 빗장을 질러 두었나 보다. 삐걱거릴 때마다, 문틈으로 충혈 된 눈 수십 개가 엿보였다. 분노와 허기가 느껴진다. 겨울의 주위를 빠르게 훑었다. 갓길에 방치된 캠핑카가 보인다.

"저 뒤로 숨으세요! 어서!"

세 사람이 헐레벌떡 달려가다가 겨울이 뒤따르지 않는다는 걸 알고 우뚝 멈췄다.

"겨울 씨는요?!"

소년은 대답 대신 허리에서 정글도를 뽑았다. 남은 손으로 손짓한다.

"저는 걱정하실 필요 없어요!"

세 사람은 주춤거렸지만, 점점 더 벌어지는 문을 보고 버틸 재간이 없었다. 황급히 숨는다.

문이 터졌다. 그렇게 묘사하는 게 가장 적절했다. 한쪽은 떨어져 나갔고, 남은 짝도 괴상하게 비틀렸다. 쏟아져 나오는 감염변종들. 먼저 나오는 것들은 정상이 아니다. 뒤에서 미는 것들에게 짓눌렸는지 여기저기 벗겨지고, 짓이겨져 있다. 벗겨졌다는 것은 피부와 근육이었다. 제 발로 걷지 못해 굴러오는 중이다.

굶주린 죽음이 쏟아져 나온다. 그 혼란, 공황에 빠진 인간 무리보다 나을 것이 없었다. 오히려 더 심하다. 넘어져서 밟히는 것들은 그대로 압사당했다. 지능이 감소한 탓에 장애물을 회피하지 않는다. 자꾸 넘어진다. 넘어지면 죽는다. 그래도 멀쩡한 놈이 더 많았다. 사지를 펼치고 광란하며 달려온다.

소년은 무리를 유인했다. 방치된 차량들을 칼등으로 탕탕 두드린다. 대담하게도, 속도는 조금 빨리 걷는 정도였다. 변종이라도 지능이 아예 없진 않기 때문에, 소년은 일행 쪽을 보지 않았다. 저놈들도 똑같이 쳐다볼 테니까. 그래서 일행 들으라고 목소리만 키웠다. 방독면 전성판을 걸러 큰 소리를 내려면, 아플 정도로 힘을 주어야 했다.

"저것들이 등을 보이면 사격하세요! 연사는 금지! 정조준으로 삼점사를 쓰세요! 급소를 노려요! 머리! 심장! 잠깐, 아직 빨라요! 쏘지 말아요!"

부상당한 개체를 그냥 두면 뒤를 돌아볼 것이고, 일행을 발견하여 특유의 소리를 지를 것이었다. 변종에 따라 다르지만, 동물 수준의 의사소통은 가능하다.

다회차에 걸친 경험 덕에, 상황이 급하다고 지시가 막히진 않았다. 처음엔 어땠더라. 가상 현실이라는 걸 알면서도, 보이는 것에 압도당했지. 머릿속이 하얗게 비어 버렸었다. 지금은, 심박도 정상의 범위다.

변종들 사이에도 육체적 능력의 차이가 있었다. 숙주가 인간이니까. 상태 좋은 놈들이 무리를 훨씬 앞서 달려들었다.

소년은 단 한 걸음, 옆으로 빠지며 칼을 그었다.

달려오는 관성과 베는 힘이 맞물렸다. 머리통 위쪽 반이 단숨에 날아간다. 「근접 무기 숙련」과 「근접 전투」 중 어느 한 쪽이라도 부족했다면, 무게에 휩쓸려 넘어지거나, 최소한 중심이 흔들렸을 것이다.

연속해서 세 놈이 육박했다. 어렵지 않게 피했다. 감염된 인간은 근력이 늘고 순발력은 줄어든다. 상위 변종이 아닌 이상 정교한 움직임은 불가능하다. 설령 인간이라도, 전력 질주 와중에 방향을 바꾸긴 힘들다. 변종은 더했다.

수 미터 남겨둔 시점, 「전투 감각」이 회피 시점과 경로를 알렸다. 사실 소년 본인의 감각만으로도 충분하다. 우측으로 비껴 선 소년을 향해 비틀리는 변종의 상체. 그러나 하체는 여전히 달리고 있다. 무게 중심의 급격한 변화. 혼자 넘어지는 놈의 목덜미에 칼날을 박는다. 좌측 어깨 위에서 시작된, 바깥 방향으로의 풀 스윙. 척수를 찍고 빠지는 칼과, 관성에 못 이겨 나뒹구는 변종. 꿈틀거림은 그저 죽어 가는 경련일 뿐이었다.

마지막 녀석을 베자니 칼이 너무 멀다. 변종이 크악 손을 내민다. 거의 닿을 순간에, 소년은 자세를 확 낮추었다. 어깨에 쿵 부딪히는 느낌. 변종이 공중제비를 돌았다. 뜬 와중에도 소년을 잡으려고 허우적대는 몸짓. 놈은 머리부터 떨어져 목이 부러졌다. 으직.

감염자 넷 처리하는 데 고작 여섯 호흡 들였다. 지켜보는 입장에선 순식간이었다. 캠핑카 측면에 기대어 숨죽이던 일행은, 멀쩡한 소년의 모습에 경악했다. 조준하고도 쏘지 못한 자신들과 극명하게 대비된다.

"아직입니다! 쏘지 마세요! 쏘지 마세요!"

다가오는 위협에 시선을 고정한 채, 손을 들어 사격을 막는 소년. 반복해서 외쳤다. 급박한 상황에서의 지시는 한 번으로 불충분하다. 극도의 긴장과 공포가 이성을 마비시키기 때문이다. 듣고도 이해하지 못하는 경우가 많았다.

겨울이 빠르게 지시했다.

"세 명 중 한 명…아니, 이유라 씨는 다른 방향을 경계하세요! 소리를 듣고 새로운 무리가 몰려올지도 모릅니다!"

그새 새로 가까워진 변종 하나를 베어 죽이고서, 소년은 여전히 흐트러짐 없는 목소리로 말을 이었다. "박진석 씨는 아직 시간이 있을 때 캠핑카 안을 수색하세요! 위험해지면 차량 안으로 숨어서 문을 닫고 버텨야 하니까!"

체력 좋은 놈들을 처리하고 나니, 본격적인 무리가 냄새를 맡을 거리까지 다가온 상태.

겨울은 더욱 요란하게 시선을 끌었다. 그는 미끼다. 미끼 역할의 방향 전환은 속도만큼이나 중요하다. 좌우로 움직일 때마다, 쫓는 무리의 앞 열은 그에 맞게 반응하는데, 시야가 확보되지 않은 뒤쪽에선 무작정 밀어 댄다. 고로 우르르 넘어질 일이 잦다. 장애물을 끼고 좌우로 오가면 효과가 더욱 좋았다.

그렇게 하다 보면 이래저래 밀도가 떨어진다. 소수로 다수를 상대할 환경이 갖춰지는 것. 소년의 공격은 주로 횡방향이었다. 수직으로 찍으면 공격력은 좋지만, 두개골에 칼이 박혀 회수가 버겁다. 뼈를 피해 얇게 베어야 좋다. 숨줄을 따야 한다. 변종이 인체의 메커니즘을 이용하는 이상, 호흡 없이는 움직일 수도 없다.

"지금입니다! 쏴요! 사격!"

대번에 세 개의 머리통이 터져 나갔다. 세 개? 지시가 잘 지켜지지 않을 거라 예상은 했으나……. 겨울은 소리를 높였다.

"유라 씨는 후방! 뒤를 경계하라고 말씀드렸잖아요!"

"죄송……!"

이런. 무의식중에 소리쳐 대꾸하려고 했던 모양이다. 소음기가 죽인 총성보다 훨씬 더 큰 목소리. 역시나, 긴장한 사람은 실수를 저지르기 쉽다.

그녀가 자기 입을 막았다. 늦었다. 무리 일부가 속도를 줄이며 뒤쪽으로 돌았다. 겨울은 가까이에 있던 차량의 본넷을 쾅 밟아 지붕까지 올라갔다. 정글도를 거두고, 소총을 풀어 쥔다. 딸깍, 딸깍. 조정간을 연사에 놓고 개머리판을 어깨로 바싹 붙였다. 「개인 화기 숙련」과 「전투 감각」에 본인의 경험이 더해진 신속한 조준.

프드드드드— 프드드— 프득!

소음기가 거른 총성은 둔탁하고 괴상했다. 탄피가 정신 사납게 튀었다. 4초가 지나기 전에 30발 탄창이 비었다. 그러고도 몇 놈이 지르는 소리를 막지 못했다. 유인해 온 무리의 절반 가량이 반응한다. 주로 뒤처져 있던 것들. 숫자로 치면 스물 가깝다.

거의 본능에 가깝게 탄창을 갈고, 소음기를 홱 돌렸다. 스냅을 받은 소음기가 팽그르르 돌다가 제멋대로 떨어져 나갔다. 줍겠다고 낭비할 시간이 없었다. 견착, 조준, 발사까지 반 호흡.

투타타타타타탕!

소음기 제거한 소총은 미친 듯이 울어 댔다.

그 크기는, 쏴 보지 않고선 실감하기 어렵다. 최소 140데시벨. 순간적이지만, 항공소음의 약 100배에 이른다.

그 정도로 요란하다. 변종들의 주의를 가져오기에 충분했다. 모두는 아닐지라도, 대다수는 그랬다. 기어코 일행을 향하는 개체들은 소년의 연속 사격에 노출된다. 머리가 터지거나, 빗나가도 흉부 관통이었다. 최소한 운동 능력은 상실시켰다.

여기까지의 대응이 결코 길지 않았지만, 차량이 포위되기엔 충분한 시간이었다. 기어오르는 개체가 벌써 둘이다. 아우성치는 서로가 방해되지 않았다면 벌써 오르고도 남았을 것이다.

어떻게 할까. 수류탄을 써야 하나. 지금 쓰긴 아까운 화력이다. 학교에서 특수 변종이 출현할지도 모르는데……. 탄약 소모도 예상에 비해 지나치게 격렬하다.

결국 총을 등 뒤로 메고, 다시 정글도를 들었다. 근접전에서 높은 위치를 점했으니 강력한 이점이다. 무기의 길이가 짧아서 흠이나, 전투 기술로 약점을 상쇄할 수 있다. 일행 두 명의 사격이 무리를 뒤쪽부터 깎아 먹고 있지만 속도가 느리다.

차량 아래에 우글거리는 얼굴들이, 저마다 손을 뻗고 소리 지르는 광경. 가득한 괴성은 울부짖음 같기도 했다. 소년은 생각했다.

이 많은 수가 모두 교회에 있었다.

만약 실제로 종말이 찾아온다면, 신의 영광이 빛바랜 지 오래인 지금도 사람들은 신을 찾으려고 할까.

만약 신이 있다면, 이 시대를 어찌 생각할까. 몸을 팔고 뇌만 남아 환상 속을 사는 날 어떻게 생각할까.

그새 기어코 기어오른 놈이 일어서기에, 겨울이 그 목을 붙잡았다. 벌어진 입 안쪽을 콱 쑤셔 죽인다. 죽이고, 그 시체를 한쪽 방향으로 밀어 던졌다. 빽빽하게 둘러싸고 난리치던 놈들이다. 위에 시체 하나 떨어진다고 무너지지 않는다. 소년은 붕 뜬 시체를 징검다리처럼 밟고 뛰어, 그 너머의 빈 땅에 몸을 굴렸다.

구를 때 등이 무척 아팠다. 총 멘 자리가 배겨서 그렇다. 무시하고, 구르는 방향으로 곧장 일어나 달렸다. 등 뒤의 괴성들이 실제보다 더 가깝다. 정면의 주택 마당은 허리 높이의 울타리를 둘렀다. 뾰족한 끝 하나만 움켜쥐고, 단숨에 뛰어넘는다. 속도를 죽이며 다섯 걸음을 더 나아가서야 뒤를 돌아보았다.

콰직! 뾰족한 울타리는 인간을 꿰어 놓은 꼬챙이가 되었다. 찢어진 배에서 줄줄 흘러나오는 내장들. 뒤에서 마구잡이로 미는 무리 탓이다. 혼자라면 얼마든지 넘었을 것을. 울타리가 무너졌다. 무리가 와르르 넘어진다. 그 틈을 타 돌입하는 겨울.

전투화는 훌륭한 무기였다. 단단하다. 힘주어 밟으면 목이 부러진다. 콰득콰득. 경추 으스러지는 소리들. 허우적거리는 손에 잡히지 않도록 주의하며, 달리다시피 밟고 차서 시간과 공간을 벌었다. 무리 사이에 여백이 생길수록, 상대하기 편해진다.

한 손에 권총을 들고 위험한 놈에게 우선 총탄을 박았다. 통각이 마비되었을지라도, 놀란 근육이 제멋대로 수축하는 건 막을 수 없다. 폐라도 뚫리면 빠른 움직임은 불가능하다. 그래도 움직이긴 한다. 감염 변종이기 때문만은 아니었다.

멀쩡한 인간도 격분하면 단발로 제압하기 어렵다.

감염 변종은 약 먹은 인간보다 까다롭다. 머리를 날리지 않는 한, 권총으로 죽이기 힘들다. 칼을 쓸 때다. 기술 보정에 의지하여, 겨울은 도살자가 되었다. 피, 내장, 살점, 신음. 지옥의 광경이다.

변종들의 신음이 점점 더 줄어들더니, 마지막 칼질에 검붉은 피가 쫙 튀었다. 소동이 지나간 자리. 시체들이 거리 가득 뒹굴었다. 헤아려보면, 거진 일흔 구에 가깝다. 이따금씩 성치 못한 몸뚱이로 기어오는 것들이 있기는 했다. 엇나간 사격에 맞은 놈들이다. 그것들을 마저 처리하고 나니 정말로 고요해졌다. 이제까지의 소란이 거짓말 같았다.

내던졌던 소음기를 찾는데 약간의 시간이 필요했다. 회수한 뒤 캠핑카로 다가갔다. 두 남자의 시선이 아연하다. 시스템 알림을 보면 경애 호감도는 올라갔어도 친애 호감도는 오히려 감소했다. 경외와 두려움을 함께 느끼는 것.

뭐, 그 정도면 좋다. 소년은 아직도 떨고 있는 여성을 바라본다. 돌아볼 생각도 못하고, 후방으로 겨눈 총이 부들부들 떨리고 있다. 숨죽인 목소리, 흐느낌에 가까운 울림으로, 속삭이듯이 절규하는 그녀.

"거, 거기 어떻게 되어 가고 있어요? 네? 어떻게 되어 가고 있냐구요! 왜 갑자기 조용해진 거예요?! 작은 대장은 무사해요?!"

아직도 말문이 막혀 있는 두 남자 대신 겨울이 답했다.

"끝났어요, 유라 씨. 이제 돌아보셔도 돼요."

힉. 그녀는 겨울의 목소리에 놀라더니, 천천히, 경계하던 자세 그대로 조각상처럼 돌았다. 겨울은 한숨을 내쉬곤, 자신에게 돌아오는 총구를 붙잡아 위로 올렸다.

"총구를 사람에게 향하시면 안 됩니다."

"……."

굳어서 반응이 없는 그녀. 그러나 시스템 알림은 여전히 갱신되는 중이다. 호감도 증감이 앞선 두 남자와 다소 다르다. 첫째로는 죄책감과 미안함 때문일 것이고, 둘째로는 싸우는 광경을 직접 보지 못한 탓일 것이다.

떨리는 시선으로 바라보기도 잠시. 그녀는 겨울을 와락 끌어안고 소리 죽여 울었다.

"미안해요, 미안해요…내가 멍청한 짓을 해서……."

"괜찮아요. 다친 사람 없으니까."

어깨를 당겨 안고 토닥거리는 손길. 다시 한 번, 알림이 갱신되었다.

개의치 말라는 소년의 위로에도 불구하고, 이유라는 풀이 죽어 있었다. 이동하는 내내 같았다. 자신의 실수로 위기를 겪었으니 그럴 만하다. 다친 사람이 없어서 다행이었다.

그래도 「전투 피로」의 증가는 미미한 수준이다. 가장 위험한 역할은 겨울이 도맡았으니까. 다독이려고 노력도 많이 했고.

남쪽으로 향하는 리버사이드 애비뉴와 동쪽으로 트인 13번가의 교차로에서, 소년은 근처의 작은 점포를 가리키며 말했다.

"저기서 잠시 쉬었다 갈까요?"

"시간이 모자라지 않겠어요?"

다른 두 남자의 태도는 이전보다 좀 더 정중하다. 늘어난 경애와 줄어든 친애의 영향이 엿보였다.

"괜찮을 거라고 생각해요. 아마도. 그리고 지금 해 둬야 할 일도 있고."

"해 둬야 할 일이라면……?"

소년은 대답 대신 벽에 바싹 붙었다. 간판이 떨어져 있다. 점포 전면은 판유리로 되어 있고, 안쪽엔 테이블이 여럿 놓여 있었다.

메뉴판을 보니 피자집이었다.

문을 열자 소음이 생겼다. 딸랑거리는 방울 소리. 신경이 날카로워진다. 안쪽에 감염 변종이 있다면 소리를 듣고 나올 터. 그러나 조용했다. 괜잖다고 뒤쪽에 수신호를 보냈다. 일행 세 명이 순서대로 들어온다. 긴장한 모습. 안심하라는 의미로, 소년은 소리 내어 의자를 당겼다.

"앉으세요."

일행이 쭈뼛거리며 뒤따랐다. 소년은 남자 쪽 일행이 짊어진 더플백을 풀었다. 출발할 때 챙겨온 통조림 따위의 식량들을 잔뜩 꺼내 놓는다. 식기는 따로 필요하지 않았다. 포크와 나이프가 테이블마다 있었다. 먼지만 털어 쓰면 되겠다.

"식사가 항상 부족하지 않으셨나요? 드문 기회잖아요. 배부르게 드세요."

난민들에게, 포만감은 이미 희미해진 추억이다. 박진석과 안제중이 시선을 교환한다. 세대를 극복한 소통이다.

"아까 말했던 해 둘 일이라는 게……."

"네. 달리 뭐가 있겠어요? 도착해서 분배하려면 아무래도 보는 눈이 있잖아요. 여러분한테만 많이 드리긴 어려울 거예요. 살면서 이 정도 융통성은 있어야 하잖아요?"

제중은 벗겨진 머리를 번들거리며 웃었다.

"하하, 작은 대장은 확실히 리더의 자질이 있어요. 암요. 융통성은 중요하죠."

두 남자는 좋다고 통조림을 뜯었다. 육류 우선이었다. 누가 남자 아니랄까 봐. 반면 이유라는 침울하게 앉아 있었다.

아직 증상이 가볍지만, 그냥 두면 반영구적 상태 이상이 붙을지도 모르겠다. 우울증이라던가, 전투 피로증 같은. 겨울은 미소를 꾸미고서 유라 앞으로 통조림을 밀었다. 그녀가 말리기 전에 뚜껑을 땄다.

"드세요. 아깝잖아요."

"……전 자격이 없어요."

"흐음……."

이럴 땐 어떤 행동이 괜찮을까? 어떤 표정을 만들어야 하지? 기억을 물색한 끝에, 소년은 포크를 들었다. 진득한 육수에 잠긴 고깃덩이를 푹 찍는다. 이런 육류는 대개 싸구려다. 그러나 난민들에겐 사치스러웠다.

과연, 냄새를 맡은 유라가 침을 삼켰다. 꼴깍. 얼굴이 빨갛게 물든다.

"앗……이, 이건……."

"아 하세요."

"……."

"어서요, 누나."

"누, 누나라니……."

누가 남자 아니랄까 봐 입 안 가득 쑤셔 넣고 와구와구 씹어 대던 제중과 진석 쪽도 뻣뻣하게 굳었다. 본래 인간이었던 감염 변종들을 서슴없이 썰어 대던 소년의 입에서 누나라는 소리가 나온 것이다. 충격을 받아도 이상할 게 없다.

평소보다 이쪽이 오히려 본심에 가깝다. 그래도, 그것을 드러내기는 또 다른 문제.

우수하고도 비인간적인 리더는 권위를 얻기 좋지만, 항상 그러면 곤란해진다.

'제멋대로 환상을 만들어.'

저 사람은 우리와 다르다. 비범하며 인간 같지 않다. 이게 심해지면 사람을 우상으로 만들고, 비현실적인 기대를 품는다.

그는 우리와 달라. 언제나 성공할 거야. 불가능한 일이지만, 그는 뭐든 해낼 수 있어.

신앙에 가까운 그 확신은 양날의 검이다. 한 번이라도 실패하는 순간, 즉 신앙이 무너져 내리는 순간, 사람들은 굶주린 개처럼 실패를 물어뜯을 것이다.

그러므로 가끔은, 평범한 모습을 보여 줘야 할 때가 있다. 완전무결한 리더십을 가장하는 것은, 그 외 어떤 수단으로도 사람들에게 희망을 줄 수 없을 때에나 어울린다.

그 균형을 잡기가 어렵다.

유라가 허둥거렸으나 겨울은 손을 거두지 않았다. 그녀의 얼굴은 제대로 씻지 않아 더러웠지만, 그럼에도 붉어지는 것을 알 수 있었다. 부끄러워서 그럴 것이다. 연애 감정이 생기기엔 이른 시점이니까.

"합-"

"잘하셨어요."

그녀가 두 눈 딱 감고 받아먹는 걸 보고 겨울은 조용히 미소 지었다. 아까와는 다른 의미로 울상인 유라. 겨울이 다시 찍어 내미는 걸 보고 기겁을 하여 손사래 쳤다.

"이, 이제 내가 먹을게요!"

"걱정하게 만든 벌이에요."

"……."

좋을 때다. 제중과 진석이 낮게 웃었다. 유라는 젖은 눈으로 두 남자를 흘기더니, 체념하고 얌전히 받아먹었다. 계산된 행동이었음에도 겨울은 즐거움을 느낀다. 연상인데, 울먹이는 모습이 귀여웠다.

'어째서?'

스스로는 잘 모르겠다.

아무래도 남자보다는 먹는 게 느리다. 수개월에 걸쳐 꽉 차게 먹어 본적 없다면 더더욱 그렇다. 그 사이 남자들은 각각 통조림 다섯 개씩 해치웠다. 겨울이 걱정할 정도였다.

"배불리 드시라곤 했지만 탈 나실까 걱정스럽네요."

"어허, 대장님. 나 이래봬도 해병대 나온 남잡니다."

제중의 능청스러운 대답. 어색함을 가리는 능청이다. 어려워하던 것보다는 나아진 반응. 인물 성향에 의한 보정도 있을 것이다. 즉, 계산적인 행동은 플레이어만 가능한 것이 아니다.

겨울은 고개를 끄덕였다.

"그렇다면 상관없지만……아직 좀 시간이 있으니, 더 드셔도 괜찮아요. 어차피 도착하고서 또 나누겠지만요."

실은 조금 아슬아슬하다. 감염 변종이 야간에 보다 활동적일뿐더러, 조명을 쓰게 되면 눈에 띄기 쉽다. 적어도 해가 완전히 떨어지기 전엔 도착해야 할 것이다. 그러나 이런 걱정을 내색하지는 않는다. 번복할 게 아니면 불필요하다.

40분 정도를 쓰고 다시 이동을 시작한다.

파소 로블레스는 101번 국도가 동서로 양분하는데, 도시 내의 도로인 13번가는 고가 도로 형식으로 국도와 교차했다. 좌우로 탁 트인 시야를 따라, 방치된 차량들과 배회하는 변종들이 보였다.

고가 도로를 지나서 처음 나온 교차로의 모든 신호등은 불이 나간 상태였다. 전기 공급이 끊겼기 때문이다. 미처 대피하지 못한 생존자들을 위해서는 송전을 지속해야 할 것이나, 정부는 누전에 의한 화재나 사고 발생을 더 우려했다. 라디오 방송을 통해 들었다. 하기야 방치된 전자 기기들이 많다. 사고가 발생하기 십상이다.

큰 변고는 없었다. 일행은 교회에서의 돌발적인 교전 때문인지 주위를 필요 이상으로 경계했고, 십자가가 보일 때마다 겁을 집어먹었다. 고가 도로를 지나 고작 1킬로미터를 지나기도 전에 세 개의 십자가를 보았다. 침례교회가 둘, 가톨릭 성당이 하나. 문은 모두 열려 있었다. 서성거리던 변종들이 있긴 했다. 이쪽을 보기 전에, 소년이 쏴서 머리에 구멍을 뚫었다.

이동할 때 차량을 엄폐물로 삼는 건 좋지만, 바닥 아래 변종이 숨어 있을 가능성이 있다. 이따금씩 땅에 붙어 멀리까지 봐야 안전했다. 전투화가 단단하고 질기니까, 물린다고 별일이 생기지는 않을 것이다. 그러나 방심은 금물이었다.

"저기가 다니엘 루이스 중학교 같네요."

성당 건물을 지나쳐서 얼마 지나지 않아, 겨울은 교사(校舍)가 있는 방향을 가리켰다. 유달리 커다란 나무가 그늘 드리우는 입구. 어른이 아이를 데리고 길을 건너는 그림이 그려진 노란 경고 표지가 있었다. 『SCHOOL XING(학교 건널목)』이라고 적혀 있다.

트럭을 하나 넘어가니, 과연. 새로운 표지판이 나타났다. 학교 이름이 적혀 있다. 그 아래, 주황색 테두리를 두른 노란 사각형에는, 시험 일정을 알리는 간단한 공지가 적혀 있었다. 이젠 치를 일이 없어진 시험이다.

한국의 학교와 다르게 벽을 둘러치지 않았다. 그래서인지 개방된 회랑에 변종 소수가 얼씬거렸다. 겨울이 나서면 금방이었지만, 일행의 성장도 중요하다. 겨울은 유달리 취약한 유라를 먼저 지목했다. 다른 두 사람은 측후방 경계에 임한다.

"이 거리에서 머리를 쏠 수 있겠어요?"

"읏……."

자신 없는 반응이다. 가장 가까운 무리가 대략 30미터 남짓. 다섯 개체. 아직 이쪽을 발견하지 못했다. 건물 안에 무언가 있다고 여기는지, 어슬렁

어슬렁 기웃거릴 뿐이었다.

소총의 통상적인 교전 거리를 감안할 때, 비숙련자도 충분히 명중탄을 낼 수 있을 거리였다. 머리에 맞는다는 보장은 없지만.

겨울은 기술 화면을 열어 놓고, 교회에서 얻은 경험치 일부를 「교습」으로 넣었다. 진척도를 나타내는 막대가 쭉 밀리면서 등급이 차례로 올라간다. 7등급. 당장은 전문가 영역의 초입으로 충분하겠다.

8등급 「근접 전투」, 9등급 「개인 화기 숙련」을 10등급까지 끌어올린다.

아직 여력이 있었지만, 전개가 유동적인 세계관이다. 예기치 못한 사건 앞에 무력하지 않기 위하여, 경험치는 항상 여분을 남겨야 옳다.

「교습」은 함께 행동할 때, 또는 가르칠 때, 대상의 습득 효율에 상향 보정을 붙이는 리더십 계열 기술이다. 겨울이 유라에게 지시했다.

"좋은 기회니까 경험을 쌓는다고 생각하세요. 총 들어요. 문제가 생겨도 제가 수습할 테니 마음 놓으시고요."

공격받은 변종은, 즉사하지 않을 경우 동료에게 위험을 알린다. 그런 경우 즉각 끼어들겠다는 뜻이다. 거듭 다독이자 간신히 고개를 끄덕인 유라가 소총을 들었다.

자세가 너무 엉성하다. 훈련의 흔적이 없었다. 하기야 며칠 배웠다고 실전에서 그대로 해내면 대단한 재능이다. 머리로 아는 게 전부는 아니니까. 겨울은 개머리판이 제대로 붙도록 잡아 주고, 어깨를 누르며 그녀의 호흡을 지적했다.

"숨이 거칠어요."

너무 가쁘게 숨을 쉬어, 총구가 오르락내리락 불안하다. 덧붙여 총열 덮개를 잡은 손이 덜덜 떨리고 있다. 힘을 너무 줘서 그렇다. 조준이 제대로 이루어질 수 없다.

"방아쇠에서 손가락 떼세요. 서두를 것 없어요. 오래 걸려도 되니까, 준비되면 쏘세요."

소년은 그녀의 어깨를 누르는 손에 힘을 더한다. 반복되는 격려에, 유라는 조금씩 침착한 호흡을 되찾았다. 한쪽 눈 꽉 감고 가늠자와 가늠쇠를 정렬시킨다.

총탄이 회전하면서 오르락내리락 하기 때문에, 거리별로 높이를 달리 조준해야 한다고 설명하는 경우가 있다. 그러나 이는 사실과 다르다. 회전이 탄도(彈道, 총알이 비행하는 궤적)에 영향을 주는 건 맞지만, 오르내리지는 않는다. 완만한 포물선을 그릴 뿐. 다만 정조준을 했을 때, 총구가 미세하게 들리도록 만들기 때문에, 일부 구간에서 조준점보다 위에 명중한다.

이런 내용을 설명하면서, 겨울이 기대하는 것은 그녀의 이해가 아니다. 다만 심리적 안정이었다. 짧지 않은 이야기에 귀 기울이다 보면, 긴장을 푸는 데 도움이 된다. 실제로 유라의 떨림이 거의 잦아들었다. 청각에 집중한 덕분이었다.

"좋아요. 훨씬 나아졌네요. 자세도 훌륭해요."

칭찬을 아끼지 않는다. 중요하다. 자신감을 북돋워 주는 것이다. 지나쳐서 부자연스러우면 역효과를 보겠으나, 유라는 알아차릴 겨를이 없었다.

충분히 준비가 되었다고 판단한 겨울이 다시 지시했다.

"이제 방아쇠에 손가락을 얹어도 돼요. 조정간은 삼점사로 변경. 가장 왼쪽에 있는 변종을 조준하세요. 준비가 되면 그냥 쏘세요. 말 안 해줘도 되니까. 무슨 일이 생겨도 제가 처리할 테니 걱정하실 필요 없어요. 알겠죠?"

"알았어요, 대장."

대답을 듣고서 겨울은 자신의 총을 겨누었다. 「개인 화기 숙련」에 힘입어 대단히 신속하다.

유라가 쐈다.

프드득! 소음기가 죽여 놓은 답답한 총성. 사선 끝의 변종이 요동쳤다. 망치로 때린 것 같다. 벽에 검붉은 피가 팍 튀었다. 정확히 머리 한가운데 맞지는 않았지만, 세 발 중 하나가 척수를 부숴 놨다.

털썩. 쓰러지는 표적. 다른 변종들이 소리를 듣고 휙 돌아섰다. 보는 방향이 다르다. 이쪽을 발견한 게 아니었다.

갑작스런 움직임에 놀라 경직된 유라. 그리고 다시 다독이는 겨울.

"괜찮아요, 괜찮아요. 안심하세요. 정말 잘 하셨어요. 자, 이번에도 가장 왼쪽 녀석을 조준하세요. 순서대로 처리하는 거예요. 숨을 고르고, 침착해지면 쏘세요."

이십 초 정도 지나서 다시 터지는, 한 번 같은 세 번의 총성.

이번엔 잘 되지 않았다. 쓰러진 동료를 향해 돌아선 놈들이다. 측면을 보이고 있었으므로, 관자놀이를 꿰뚫었다면 최선이었을 것이다. 한 발은 빗나가고, 남은 두 발이 광대와 턱주가리를 박살냈다.

"히익!"

한쪽만 매달린 턱을 덜렁거리는 표적. 놈이 이쪽을 돌아보려는 데에 경악하여, 유라가 굳는다. 놈이 이쪽을 발견했다. 순간, 겨울이 쏜 탄이 미간을 뚫었다. 휘꺽. 뒤로 젖혀지는 머리.

몸통은 휩쓸리듯 넘어간다. 사지가 경련했다.

"봤죠? 어지간한 실수는 제가 감당할 수 있어요. 무서워하지 마세요. 침착하게 다시 쏘면 그만인걸요. 익숙해질 거예요."

"네, 네에……."

침을 꼴깍 삼키는 유라는, 서늘한 날씨에도 불구하고 이마가 땀에 젖어 있었다. 소년, 그것을 곁눈질하고서, 다음엔 손수건을 챙겨야겠다고 생각한다. 대인 관계, 관제 AI의 상호 작용 평가에도 별도의 보상이 있었다.

사격은 일곱 변종이 다 쓰러지도록 계속되었다. 명중률은 절반 정도. 실패할 때마다 겨울이 조치했다. 놈들은 마지막까지 이쪽을 알아차리지 못했다.

"수고하셨어요, 유라 씨. 처음인데도 정말 잘 하시네요. 이제 좀 쉬세요."

"네, 대장. 후……. 고마웠어요. 자신감이 좀 생기는 것 같아요."

자신이 배려받았다는 걸 안다. 유라는 활짝 웃었다. 방독면 너머 눈웃음만 보이는데도, 좋은 얼굴이었다. 겨울은 고개를 끄덕이고 말을 이었다.

"다음은 잔디밭 중앙의 다섯입니다. 이번엔 진석 씨께서 해 주시면 고맙겠네요."

"해 보죠."

오기가 묻어나는 반응. 호승심을, 겨울에게 느끼는 것 같다. 측후방을 경계하면서도 힐끔힐끔 보았으니 어떻게 하는 지 잘 안다. 유라 때보다 수월하게 해치웠다.

마지막, 자칭 해병인 제중의 경우, 앞선 둘보다 편하게 쐈다.

그런 것치곤 명중률이 낮았는데, 자신감이 넘쳐 실수한 게 아닐까 생각된다.

"하하, 이런. 면목 없습니다. 이거 전역한 지 너무 오래되어서……."

중년은 멋쩍어하며 머리를 긁었다. 어쩌면 해병대 나왔다는 말이 거짓일지도 모르겠다. 중요한 문제는 아니지만.

하늘을 보니 어둑어둑하다. 그래도 아직 한 시간 넘는 여유가 남아 있다. 출발할 때 브리핑을 통해 공지 받은 EENT(End of Evening Nautical Twilight) 기준이었다.

EENT는 일몰 후 빛이 완전히 없어지는 시각을 말한다. 해가 지평선 아래로 내려가더라도, 하늘이 당장 까맣게 되는 건 아니다. 황혼이 지워지는 정확한 시각은 큰 도움이 된다.

"이제 첫 번째 건물부터 수색하겠습니다. 앞장설 테니 따라오세요."

다니엘 루이스 중학교는 여러 동의 단층 건물로 구성되었다. 각각이 그리 큰 것은 아니므로, 겨울은 건물 한 채당 10분 내지 20분 정도면 충분할 것으로 예상했다.

겨울은 복도에 걸린 게시판을 눈여겨보았다.

복장 규정 안내문에 핏자국이 있었다. 반바지나 치마는 허벅지의 절반 이상을 가려야 한다, 그 아래는 읽을 수 없을 지경이었다. 누군가 피 묻은 손으로 잡아 뜯은 것 같다. 이런 단서를 수집할 때마다, 「통찰」이 학교 내 생존자 분포 가능성을 갱신하여 알려 주었다. 교직원의 사진과 이름, 대략적인 학생 수도 확인했다.

"학교 마크 치곤 꽤 특이하네요, 이거."

진석이 학교 마크를 보고 하는 말이었다. 붉은 바탕의 검은 동심원. 그 안에 포효하는 맹수가 그려져 있었다. 점박이 무늬가 있어 표범처럼 보인다.

진석의 감상을 듣더니 제중이 고개를 기울였다.

"그게 특이해? 고려대학교 마크도 호랑이였는데."

"하긴……."

제중은 나이가 있어, 진석에게 하대가 자연스러웠다. 조금 친해졌다 싶더니, 형 동생 하면서 말을 놓았다.

"아무래도 이 건물에서 생존자를 찾긴 어렵겠네요."

교실마다 감염 변종 한 둘씩은 꼭 있었다. 정확하진 않아도, 밖에서 들어온 것 같았다. 학생들의 흔적은 없다.

"건물이 워낙 많으니 원……. 그럼 흩어져서 찾아볼까요?"

진석의 자신감 넘치는 제안. 겨울은 고개를 저었다. 최악의 하책이다. 탐색 시간을 극단적으로 줄일 수야 있겠다. 허나 위험하다. 희생자가 나온다면, 지도자로서 한 약속 때문에 페널티를 얻을 것이다. 제안을 수용하면 진석 개인의 호감을 기대할 수 있겠지만, 연연할 입장은 아니었다.

단독 탐색시 일행 각자의 전투 피로가 걱정되기도 했다.

전투 상황만 주의할 게 아니다. 위험에 처하거나 공포를 느끼면 언제라도 오른다. 혼자 움직이면 당연히 무섭겠지.

진석이 유달리 뛰어나거나 중요한 인물도 아니고, 받아들일 이유가 없었다.

"너무 위험해요. 제 생각엔 식당이나 체육관 쪽을 먼저 찾아보는 편이 낫겠네요."

"어째서요?"

"다수가 모이기에 적합하잖아요. 식당은 비축된 식료도 있으니 더 좋죠."

"아하."

유라와 제중은 별다른 의문 없이 수긍했다. 진석은 표정이 조금 떫었다. 못 본 척 무시했다. 겨울은 학교 안내도를 발견하고, 손가락을 짚었다.

"식당보다는 체육관이 좀 더 가깝겠네요."

건물 배치 상 어느 쪽이건 야외를 거쳐야 갈 수 있었다. 강의용으로 쓰이는 건물 후면으로 나가, 코트를 가로질러야 한다. 학교 자체가 사방으로 열려 있다. 전면에서 미처 확인 못한 위협이 있을지 모른다.

"앞장서겠습니다. 진석 씨가 좌측, 유라 씨가 우측, 제중 씨가 후방을 경계해 주세요."

와장창! 코트 쪽 유리문이 요란하게 깨졌다. 변종 다섯 개체의 난입. 캬아아아! 가청 영역 끝자락의 괴성을 지르며 달려드는 놈들. 즉각 자동 화기 세 자루가 불을 뿜었다. 진석, 제중, 유라의 순서. 피와 살점이 퍽퍽 터진다. 변종들은 너덜거리는 걸레짝이 되었다.

탄 낭비가 극심하다.

겨울은 쓰지 못한 정글도를 손 안에서 휘돌렸다. 화를 내야 하나. 생각하다가, 아직은 때가 아니라고 판단했다. 돌아서서 차분한 어조로 타이른다.

"불안해하시는 건 이해해요. 그래도 맡은 방향만 경계해 주세요. 기습당할지도 모르니까요."

일행 세 사람이 거의 동시에 헛기침을 했다. 그 일치가 얼굴을 더욱 붉게 만든다. 큰 의미 없는 수준의 호감 변화가 생겼다. 화를 내지 않은 덕분에 상향 보정도 있다. 불변 보정은 없었다. 하기야 그렇다. '변치 않는 마음'이라는 게 그리 쉽게 생기는 건 아니니까. 하향은 필시 아니꼬워하는 마음일 것이고. 어린놈에게 잔소리 듣기 싫다, 정도가 되려나. 자존심은 합리적인 감정이 아니었다.

문 밖으로 나섰다. 역시나, 감염 변종들이 있었다. 짐승처럼 반응하고, 괴물처럼 달려들었다. 겨울은 홀로 처리하기로 마음먹었다. 한 손에 권총, 남은 손에 정글도. 전문가 영역 최상위에 도달한 사격으로 머리를 여럿 날려 버리고, 스스로 돌출하여 놈들의 이목을 집중시킨다. 지능 낮은 것들이다. 그저 달려드느라, 다수의 이점을 살리지 못했다.

콰직. 회전 넣은 칼날이 목을 치는 소리. 손목에서 힘을 빼고 그대로 돌았다. 쉬이 빠지는 칼. 온 몸을 실어 다음 것을 베고, 2회전 끝에 발을 콱 디딘 반발력으로 비껴 친다. 또 한 놈이 참수당한다.

쭉 올라간 칼을 회수하기도 전에, 새로운 녀석이 붙었다. 붙잡혔다. 숨 닿을 거리에 못생긴 얼굴. 총탄을 박았다. 작은 구리 탄자 한 쌍이 눈알 두 개를 터트리고, 그 너머의 뇌까지 헤집었다.

털썩. 소년에게 기대어, 아래로 미끄러지는 변종. 눈과 코에서 묽은 피가 흘렀다.

앞서 경고를 주었으나 발전이 없다. 사격만 안한다 뿐이지, 이번에도 고개는 전면으로 향해 있는 일행. 눈길을 마주치자, 각자의 방향으로 급하게 시선을 돌렸다. 잠시 묵묵한 시간이 흐르고서, 유라가 희미한 목소리로 울먹거렸다.

"죄송해요."

겨울은 이번에도 화를 내지 않는다. 오히려 다독여야 할 때다. 의식 및 무의식적 사고에 자동으로 반응하는 관제 AI의 도움말이 소년의 판단을 긍정했다.

「AI 도움말 (통찰 8등급)」

초기 기술 숙련도는 강압적이고 폭력적인 분위기에서 빠르게 증가합니다. 그러나 그 외의 부작용이 발생하기 쉽고, 후기 기술 숙련도는 경우가 다릅니다. 공동체 지도자의 경우, 이러한 경향을 공동체 특성으로 발전시킬 수도 있습니다. 이는 공동체의 건전성을 줄이는 대신 빠른 기술 습득을 가능하게 만듭니다.」

즉 도움말에 내포된 의미는, 후반의 불이익을 감수하고 구성원의 성장을 중시하겠는가, 아니면 초반의 불이익을 감수하고 건전한 공동체를 확보하겠는가라는 질문이었다.

어느 쪽이든, 평소 행동으로 누적된 가중치가 영향을 준다.

사소한 말 한 마디에 주의를 기울이는 이유였다.

이런 내용을 시청자들에게 알려준 뒤, 겨울은 부드러운 웃음을 만들었다. 감정을 꾸미는 것 자체가, 춥게 자란 소년에겐 까다로운 일이었다. 연습한 보람이 있었다.

"미안해하지 마세요. 다들 노력하고 계신 걸 아니까요."

사소한 호감 보정 알림. 얼마나 쌓였을까. 겨울은 일행을 이끌었다.

체육관은 석조 건물이었다. 제대로 된 건 아니고, 돌을 겉으로만 올린 것 같다. 그래도 보기에는 단단하다. 도망치는 사람들 입장에서 믿음직스러워 보일 법하다.

어디선가 심한 배설물 냄새가 풍겨왔다. 역시 사람의 흔적이다.

정문은 평범한 유리문이었으나, 책상이나 기재를 쌓아 올린 바리케이드로 단단히 막혀 있었다.

"생존자가 있다면 여기겠네요."

일행 모두가 동의했다.

"이런 장애물을 한 두 사람이 만들었을 린 없으니까요."

연장자인 제중의 말이었다.

"치울까요?"

"아뇨. 시끄럽잖아요. 힘도 제법 들겠고, 시간 낭비도 걱정스럽네요. 무엇보다 우리가 들어가고 다시 쌓기도 번거롭겠고요. 들어갈 방법이 달리 있을지 찾아보는 게 낫겠어요. 비상구라던가……."

과연 있었다. 요란한 소리를 쫓아가니 쉽게 찾았다. 감염 변종이 떼로 뭉쳐 두드리고 있었으니까. 가장 먼저 온 놈이 두드리는 소음에, 더 많은 놈들이 이끌렸을 것이다. 정문과 달리 강철이라 흠집 하나 없었다. 소리만 요란할 뿐. 붉게 물들긴 했다. 두드리는 놈들의 손에서 나온 핏물이다. 얼마나 쳐 댔는지, 망가진 뼈가 겉으로 보였다.

"좀 많네요."

음성을 줄이지도 않은 소년의 말. 일행이 자지러졌다. 제중이 소리 죽여 절규했다.

"어이! 목소리! 목소리!"

워낙 급해서 반말이었다. 겨울이 그를 안심시켰다.

"괜찮아요. 저렇게 시끄러운데 제 목소리가 들릴까요?"

"어……."

듣고 보니 그렇다. 하아아아. 세 사람이 동시에 한숨을 내쉬는 모습이 우습다. 부드럽게 웃고 나서, 겨울은 권총을 뽑았다. 베레타 M92. 미군의 제식 권총이며, 수량이 가장 많아 난민 지원자들에게도 무리 없이 줄 수 있다. 그런 설정이었다. 소음기를 끼운 상태에서는 홀스터에 들어가지 않아, 대체로 허리춤에 꽂아 두는 경우가 많았다.

전용 홀스터라도 줬으면 좋겠는데.

"아까처럼 가죠. 각자 정조준으로 머리를 날려 버리세요. 죽지 않는 놈은 제가 처리할게요. 되도록 관자놀이나 귀 뒤쪽을 노리는 게 좋을 거예요. 서두르실 필요 없으니까, 실전을 통한 연습이라고 생각하시면 돼요. 진석 씨가 후방을 경계해 주시고요."

겨울은 권총 쥔 오른손을 어깨 높이로 들었다.

왼손으로는 그립(손잡이) 아래를 받치듯이 쥐었다. 손바닥(Palm)으로 아래를 받치는(Support) 자세라서 팜 서포티드 그립이라고 부르는 자세다.

이 자세, 반동을 사실상 한 손으로만 받는다. 그래서 연사로 당기면 명중률이 낮다. 대신 장점도 있다. 총 쥔 팔이 직선으로 쭉 뻗어서 단발 사격은 잘 맞는다.

일행의 실수를 감당하려고 잡은 자세다. 상황이 달라져도 자세 바꾸긴 순식간이다.

서로 눈치를 보던 셋이, 누가 먼저랄 것도 없이 방아쇠를 당겼다.

낮고 둔탁한 총성들.

한 때 인간이었던 것들의 머리가 퍼억 퍽 잘도 깨져 나갔다.

총탄이 관자놀이에 정확히 명중하면, 충격으로 안구가 터지거나 통째로 빠지는 경우가 있었다. 개중 하나가 어설프게 살아남았다. 신경에 매달려 대롱거리는 눈알. 유라가 쪼그려 헛구역질을 했다. 겨울이 쐈다. 총탄은 안구 빠진 눈구멍(眼窩)으로 쏙 들어간다.

퍽 하는 소리. 놈의 머리가 홱 돌았다. 몸이 뒤따랐다. 풀썩 쓰러진다. 그 뒤로 고작 두세 놈 남는다. 제중의 사격으로 완전히 정리되었다.

토한 것 없이 침 몇 번 뱉은 유라가 고개를 들었다.

어두운 표정이다. 조금 전 본 변종의 끔찍한 모습 때문이라기보다, 자기혐오에 가깝지 않을까? 자꾸 실망스러운 모습을 보이는 자신에 대한 혐오.

어릴 때부터 눈치를 보고 자란 소년은, 그 마음을 짐작하기 쉬웠다. 자신의 판단을 거의 확신하고서, 최대한 상냥하게 묻는다.

"괜찮으세요?"

"미안해요. 매번 실망시키기만 하고……. 이럴 줄 알았으면 따라오는 게 아니었는데……."

"누구나 미숙할 때가 있어요. 중요한 건, 능숙해진 뒤에 실력을 낭비하지 않는 거라고 생각해요. 자, 일어나세요."

내민 손을 붙잡고 일어나는 그녀에게 겨울이 여남은 말을 털어 놓았다.

"유라 씨는 용기만으로도 충분히 훌륭하세요. 이런 위험한 일에 자원하셨잖아요. 자신감을 가지세요."

"…부끄럽네요."

무엇이 부끄러운 지는 끝내 말하지 않는다. 나쁜 느낌은 아니다. 자꾸 위로를 받아서 겨울을 보기 부끄럽다는 뜻이겠다.

다만 진석은 영 못마땅한 표정이었다. 유라가 여러모로 폐를 끼친다고 생각하는 모양이다. 그 눈을 유라가 보았다간, 기껏 위로한 게 허사로 돌아가게 생겼다. 겨울과 눈길을 마주친 진석. 고집 피우듯 한참을 마주본다. 오기가 느껴졌다. 그러나 결국 먼저 고개를 돌렸다.

당장은 폐일 수도 있다. 유라의 잠재 능력이 전투와 어울리지 않을지도 모른다. 그러나 그녀가 훗날 공동체 내에서 끝내 비전투 영역에 종사하게 될지라도, 전투 경험으로 단련된 정신은 도움이 될 것이었다. 공동체 구성원들이 상호 작용을 통해 심리적 영향을 교환한다는 점을 감안하면, 지금의 노력은 결코 무가치하지 않았다.

겨울은 어떤 이야기를 떠올렸다.

인간의 생활권에서 맹수가 돌아다니던 시절엔, 양을 방목할 때 염소를 몇 마리씩 섞어 두었다고 한다. 맹수가 습격하면 양은 사방으로 흩어진다. 염소는 아니다. 양떼 사이에 염소를 두면, 양떼가 염소를 중심으로 뭉치게 된다. 무리를 이루면 포식자가 치기 어렵다. 이 점을 아는 영리한 늑대는, 양떼를 습격할 때 염소부터 죽였다고 전해진다. 미국 뉴멕시코주에서 「커럼포우의 왕」이라 불렸던, 「로보」라는 이름의 늑대에 얽힌 실화다.

즉 유라는 양떼 사이의 염소가 될 수 있었다. 전투원이 되어 준다면 최선이겠지만, 안 된다고 해도 상관없었다.

일시 정지. 시청자 메시지가 유라에 대한 불만으로 폭주하고 있었다. 「저년 먹고 버려라!」는 식의 험한 말도 수두룩하다. 겨울은 자신의 의도를 설명했다. 시청자들이 답답하게 여겼으나, 그래도 납득은 했다. 정지를 풀고 진행하는 겨울.

겨울은 틈을 주지 않고 가자고 나섰다. 널린 시체를 대충 치우고서, 피가 줄줄 흐르는 문을 짧게 세 번, 길게 세 번, 짧게 세 번을 두드렸다. 문외한이 들어도 명백히 인위적인 간격이고, 상식 풍부한 사람이 들으면 바로 아는 신호였다. 모스 부호로 SOS를 뜻하니까.

구해 달라는 뜻이 아니다.

그냥 이쪽이 사람이라는 걸 알리는 용도다. 「전신」이나 「부호 지식」 등을 습득하면 다른 신호로 두드릴 수도 있겠으나, 그럴 필요까지야 없다. 경험치 낭비였다.

몇 번 반복하자 기대하던 반응이 돌아왔다.

"바, 밖에 누구세요?"

"교사와 학생들이 갇혀 있다는 무전을 받고 왔습니다만……."

"오, 신이시여. 감사합니다!"

감격에 겨운 목소리와 함께 문이 열렸다. 체육관 규모에 비해 사람 수는 적었다. 학생이 스물 남짓하고, 어른을 끼워 총 서른네 명. 그 중 세 명이 무장했다. 두 명은 엽총, 한 명은 권총. 바리케이드 너머로 총구와 얼굴을 내밀었다. 겨울을 보고 좋아하다가, 일행을 보더니 혼란스러워 한다. 복장 차이였다.

철컥. 등 뒤에서 문이 잠겼다. 겨울은 방독면을 벗었으되, 만약을 위해 권총을 붙잡고 있었다. 아랑곳없이, 통통한 백인 여성이 막무가내로 끌어안았다. 문을 열어 준 사람이다.

"와 주셔서 정말 감사합니다. 다들 희망을 잃고 지쳐 가던 중이었어요."

"별말씀을요. 성함이……."

"아말리아 플레먼스라고 해요. 아말리아라고 불러 주시면 좋겠네요. 여기 다니엘 루이스 공립 학교의 학생 문제 연락 담당자랍니다."

여기서 말하는 학생 문제란 아동 보호 상담 및 관리(Foster youth program)를 뜻한다. 고아 또는 입양아, 무주택 학생, 가정불화를 겪는 학생에 대한 학교 차원의 담당자였다.

"한겨울입니다. 발음하기 어려우니, 편하게 한이라고 부르세요."

겨울은 온화하게 말하며, 가만히 그녀를 밀어냈다.

지켜보던 사람들 가운데 무장한 남성들이 있었다. 그 중 하나가 미심쩍게 묻는다.

"당신들이 전부요?"

"일단 그렇습니다. 내일, 캠프 로버츠에서 추가 병력을 보낼 때까지는요."

오오! 환성이 일었다. 그러나 질문자는 아직 납득하지 못한 얼굴이었다.

"애가 하는 말을 어떻게 믿어? 부대 마크는 있지만 계급장은 없고, 따라온 사람들은 미군 소속도 아닌 것 같은데?"

"솔직히 말씀드리면 우리는 난민 지원자들입니다. 한국 출신이고요. 전시 모병으로 신병(Raw recruit)이 된 저도, 아직 정식 계급은 없습니다."

"뭐야, 난민? 그럼 당신들 아무 것도 아니잖아?"

불만이 나왔다. 깡마른 외양 그대로의 신경질적 반응.

일행도 낯빛이 나빠졌다. 회화는 어렵지만, 청해는 가능하다. 짧은 막말이야 충분히 알아들었다. 겨울은 손짓으로 그들을 억눌렀다. 체육관 사람들도 사내의 발언에 당황한 이가 많았다.

겨울은 진석과 제중에게 짐을 놓으라고 지시했다. 이목이 모인 가운데 매듭을 풀고, 발로 밀었다. 와르르. 쏟아진다. 보던 눈빛들이 단숨에 달라졌다.

"우리가 아무 것도 아니라면, 우리가 가져온 식량은 어떻게 생각하시는 지?"

"엇……."

통조림의 양은, 일행이 먹었어도 여전히 많았다. 한 바퀴 돌리고도 남는다.

긴장감이 느껴졌다. 배고픈 사람들이다. 허기진 시간이 길었던 것 같다. 몇 명이 허겁지겁 달려들다가 멈춰 섰다.

겨울이 권총 든 손을 위로 올리고, 다른 손은 펼쳐 막았기 때문이다.

"어차피 드리려고 가져온 거지만, 사과 먼저 받아야겠습니다. 저분에게, 직접."

마른 남자의 표정이 썩었다. 그러나 무언의 압력에 오래 버티기도 어려웠다. 말 없는 비난의 시선들. 처음부터 남자가 잘못하기도 했고. 겨울은 무게를 실어 주었을 뿐이다.

"거…미안하게 됐소."

솔직하지 못한 사과. 남자는 불퉁하게 고개를 돌렸다. 사람들이 소년의 눈치를 보았다. 이걸로 충분할까? 소년은 그 이상을 요구하지 않았다.

"불편하게 해드려서 죄송합니다. 그럼 모두 줄을 서 주시겠어요? 한꺼번에 몰렸다가 다치는 사람이 나와도 곤란하고 말이죠."

같은 말을 영어와 한국어로 두 번 해야 하는 점이 불편했다. 일행도 알아야 하니까.

배분은 유라에게 맡긴다. 아무래도 여성의 인상이 부드럽지 않겠는가. 다만 그 뒤에 진석을 세웠다. 성미가 성미인지라, 격앙되어 있어서 적격이었다. 이쪽에서 통제한다는 느낌을 주기에 알맞은 사람. 사람들은 침을 꼴깍꼴깍 삼키면서도 학생들을 먼저 줄 세웠다. 아직 이성이 날아갈 만큼 고달프진 않았다는 증거였다.

"혹시 스푼이나 포크는 없나요?"

스푼이 있긴 한데 모자랐다. 그동안 씻어 가며 돌려썼던 모양이다. 학생 하나가 쭈뼛거리며 묻는 말에 겨울은 미안한 표정을 짓는다.

"거기까진 준비 못했네요. 급한 대로 뚜껑을 접어서 스푼 대신 쓰세요. 접을 때 다치지 않게 조심하시고요."

얇은 알루미늄은 쉽게 접어 모양을 낼 수 있다. 손잡이로 쓸 부분만 좁히면 아쉬운 대로 스푼 대용품이 되었다. 이걸 손으로 집어 먹어야 하나, 망설이던 사람들이 제대로 먹기 시작했다.

"다들 아예 굶지는 않으셨던 모양이네요."

겨울이 말을 건넨 것은 백인계 장년인이었다. 풍채가 좋다. 머리에 새치가 낄 나이의 남자는, 더러워졌어도 여전히 정장 차림이었다. 넥타이를 아직까지 하고 있다. 겨울은 생각한다. 고지식하고 점잖은 성격이겠지. 느릿느릿 하는 식사가 추리에 힘을 실어 주었다.

장년인이 안경을 올리며 끄덕였다.

"아……. 식당에서 가져온 통조림이나 가공육이 있었으니까요. 그걸 구하느라 몇 명 죽긴 했습니다만……. 현명한 아말리아가 챙겨 온 비타민

보충제도 도움이 되었지요. 그래도 남은 게 얼마 없어서 며칠 전부터 나누는 양을 줄인 참이었는데……여러분이 와 주셔서 정말 다행입니다. 하루만 늦으셨어도 서로 싸우는 모습을 보셨을 겁니다."

"그런가요……."

"소개가 늦었군요. 저는 스튜어트 해밀이라고 합니다. 이 학교의 교장이에요."

"교장 선생님이셨군요. 이미 아시겠지만 한겨울이라고 합니다. 한국에선 성을 먼저 쓰기 때문에 한이 성이고 겨울이 이름이에요."

"기어우르……. 확실히 발음하기 어렵군요. 성으로 불러 달라고 한 이유를 알 것 같습니다, 미스터 한."

교장은 껄껄 웃더니 조금 진지한 표정으로 묻는다.

"실례지만 나이가 어떻게 되십니까?"

미국 문화에선 나이를 쉽게 묻지 않는다. 연령 무관하게 한 명의 사람으로 대하려는 까닭이다. 세대를 넘어선 친구 관계도 흔하다. 그러나 교장에게는 물어볼 만한 이유가 있었다.

"아무래도 교육자다 보니 신경이 쓰여서 말이지요. 제 학생들과 큰 차이가 없어 보이는데 무기를 들고 싸운다는 것이……."

"소년병 같다는 말씀이신가요?"

"……그렇습니다."

확실히 교육자에게, 소년병의 존재는 용납할 수 없는 폭거다.

한국과는 관련 없는 일로 여기기 쉽다. 허나 2005년까지, 한국에서도 전시 학생 동원 계획이 존재했다. 그것도 국방부가 아니라 교육부 소관의 계획이다. 정식 명칭은 「전시 학도 호국단 운영 계획」. 교사를 중대장으로 삼고, 학생 가운데 「건전 학생」을 가려 소대장으로 삼아, 학교 조직을 그대로 군대화한다는 내용을 담고 있었다.

겨울이 대답했다.

"열일곱입니다."

"이런……."

교장이 경악했다.

"이런 세상이면 어쩔 수 없겠지요?"

이번만큼은 꾸며낸 것보다 진심을 더 많이 담은 말이었다. 교장은 고개를 저었다.

"어떤 세상에서도 미성년자는 보호를 받아야 해요, 미스터 한. 목숨 걸고 싸우는 건 어른에게도 견디기 힘든 경험이죠. 미성년자에겐 지워지지 않는 상처로 남아요. 게다가 같이 온 사람들은 미스터 한의 말에 따르는 것처럼 보이던데요?"

"다시 말씀드리지만, 생존이 최우선인 시절이잖아요. 저분들은 제 나이보다는 제 실력……무엇을 할 수 있는가, 무엇을 할 것인가를 보고 따르시는 거고요."

"그건 잘못된 겁니다. 무엇을 할 수 있는가라고 했지요? 그 무엇에 살인을 대입해 보세요. 살인을 할 수 있는가. 그것만 본 사람들은 대개 독재자 아니면 학살자들이었어요. 정의로 가는 길이 따로 있는 게 아니에요. 정의가 곧 길입니다."

배고플 텐데. 식사도 잊고서 열변을 토하는 교장의 모습. 착한 사람이다. 그러나 마냥 좋게 볼 순 없다. 해밀 교장은 미성년자인 겨울의 지도력을 온전히 인정하지 않을 것이고, 이는 미성년으로서 감수해야 할 불이익이다.

그러나 겉으로 드러내지 않고, 그저 웃으며 이렇게 말할 뿐이다.

"좋은 말씀 감사합니다. 그래도 어쩔 수 없는 걸요. 제가 무기를 들지 않았다면, 더 많은 사람이 죽거나 다쳤을 테니까요. 저도 포함해서요."

"……."

교장 스튜어트 해밀은 깊은 한숨을 쉬었다. 겨울이 손짓했다.

"마저 드세요. 다 드시고 나서 여쭤볼 것들이 있거든요."

빈말은 아니었다. 겨울은 교장과 사람들을 모아 놓고 지도를 펼쳤다. 또 올 것을 대비해 정보를 모아 두려는 것. 약국이나 총포상, 식료품 상점, 개인 창고의 위치 따위를 묻고, 지도에 순서대로 표시해 간다. 이런 정보들은 항공 정찰을 통해서는 충분히 얻기 어려웠다. 지역 도서관이나 관공서, 현지 주민들을 통해 얻는 편이 가장 정확했다.

겨울은 「암기」를 습득했다. 시스템 보정 기억력은 지력과 연관 기술에 비례하여 확장된다. 플레이어 자신의 기억과는 당연히 별개다. 캐릭터의 기억은 이를테면 저장 매체다. 언제든 불러낼 수 있고, 의식과 무의식에 반응하며, 「통찰」과도 연동된다.

유용하지만 필수적이지는 않다. 그래서 경험치를 아꼈다. 2등급. 그래도 없는 것보다는 훨씬 나을 것이었다.

밤은 금세 찾아왔다. 조명은 밖으로 새지 않도록 신중하게 써야 한다. 변종들이 빛을 보고 벌레처럼 모여들기 때문이다. 재난 발생 초기, 라디오의 재난 방송이 여기서 효과를 발휘했다. 미국은 재난 통제 체계가 잘 발달한 국가였다.

겨울은 체육관 사람들을 천천히 관찰했다.

그들은 건물 안에 텐트를 치고 지내고 있었다.

내장 활대만으로 펼 수 있는 종류로서, 지주를 박지 않아도 된다. 서른네 명이 어떻게든 들어갈 수준. 이런 시국에 모두가 한꺼번에 잠들지는 않고, 불침번을 설 테니 수용 인원이 좀 적어도 된다.

식수는 아직까지 유지되는 상수도에 의존했다. 물론 바로 음용할 순 없지만, 생존주의자가 많은 나라답게, 한 명이 휴대용 정수기를 가지고 있었다. 펌프 방식으로 분당 1리터를 여과하는 고급품이다. 주인과 대화해 보았다. 그는 필터 하나로 5만 리터를 거를 수 있으며, 혼자 쓰면 12,500일 동안 버틴다고 자랑했다.

분변과 생활오물도 나름대로 잘 처리하고 있었다. 점수를 표시하는 전광판 부근에 원형창문이 달렸는데, 열리는 구조가 아닌 것을 격자 한쪽만 깨서 구멍을 내놓았다. 오물을 모아 그리로 내다 버리는 것이었다. 평소엔 비닐과 테이프로 막아두었다.

체육관에 들어오기 전 맡았던 오물 냄새의 원인이 여기에 있었다.

사람들은 문명이 건재하던 시절의 생활주기를 버리지 못했다. 어둡고 할 일 없다고 금세 잠자리 찾는 이는 별로 없었다. 사람들은 우르르 몰려들어 일행을 둘러쌌다. 캠프 로버츠의 상황을 궁금해 하는 이들이 많았다. 겨울을 제외한 나머지 일행은 난처한 기색이다. 애당초 영어로는 회화가 안 된다. 또한 난민들의 실상을 있는 그대로 털어놓자니 창피하다.

겨울은 얕보이기 싫은 마음을 이해할 수 있었다.

그래도 소년은 솔직했다.

"캠프라고 해서 상황이 좋지만은 않아요. 물론 여기보다야 훨씬 낫지만요."

무사히 돌아가면 어차피 들통 날 일. 아말리아라고 했던 여교사가 손을 들었다.

"사람은 얼마나 있어요?"

"많아요. 아주 많아요. 대다수는 난민이죠. 동아시아 출신이 가장 많고,

그 다음이 오세아니아네요. 캘리포니아 감염 이후 합류한 미국 시민들도 있어요."

"좀 더 구체적으로 말씀해주실 수 있나요?"

"식량이나 방한용품이 부족해요. 그래서 저희 같은 난민 지원자들이 미군과 함께 외부로부터 조달하는 중이고요. 아무래도 미국 시민이 우대받고 있기 때문에, 난민들은 필요한 만큼 배급 받기 힘들거든요."

과연, 예상대로 눈빛이 달라지는 사람들이 있었다. 깔보기 시작한 것이다. 수는 적다. 애초부터 가치관 특성 「인종차별」을 보유했을 가능성이 높았다. 「종말 이후」에 익숙하지 못하던 시절에는, 이런 사람들에게 마구 화를 내기도 했었다. 인공지능이 상대여도 참을 수 없었다.

지금은 오래된 돌이 덜거덕덜거덕 굴러다닐지언정, 표현하지는 않을 만큼 익숙해졌다.

물론 참고만 있진 않는다. 애초에 소년이 가상현실에 조금이나마 기대를 품었던 것이 있다면, 화를 참지 않아도 된다는 점이었으니까. 소년은 너무 많이 참고 살아왔다. 그 상대가 비록 겉보기로만 인간일지라도, 소년에게는 충분히 의미가 있었다.

겨울은 피식 웃었던 한 명을 분명하게 지목했다.

"거기 모자 쓰신 분. 경위가 어찌되었든 도와주러 온 사람을 그런 식으로 비웃으셔도 되는 건가요?"

"내…내가 뭘 어쨌다고! 오해다!"

"그런가요. 저도 오해였으면 좋겠네요."

들어온 이래 권총을 놓은 적이 없다. 방아쇠울에서 빠진 검지로 슬라이드를 톡톡 두드린다. 그 남자는 표정을 일그러뜨리며 자기 텐트를 찾아 들어갔다.

지적받지 않은 사람들도 겁에 질렸다. 분분히 흩어지는 사람들.

무언가를 경고할 때, 불특정 다수를 겨냥하면 효과는 반감된다. 다수는 다수라는 이유 하나만으로도 강해지기 때문에. 다회차의 경험으로부터 얻은 교훈의 하나였다.

날이 바뀌었다.

오전 8시 경, 무전기가 울었다.

[통신상태 점검. 선망에 대기 중인 바나나, 바나나, 라디오 첵. 당소 에이블, 에이블. 이상.]

배터리를 갈고 새벽부터 켜두었던 무전기. 거기서 흘러나온, 미세한 잡음 섞인 음성. 시작부터 별로 호의적이지 않았다.

구조 임무를 받은 건 에이블 중대였다. 인종차별주의자, 선임중대장 마커트 대위가 지휘한다. 세상이 미쳐 돌아가니 본색을 드러내는 인물. 미군은 본디 인종차별을 엄격하게 금지한다. 그러나 비상시국이었다. 지켜야 할 많은 것들이 지켜지지 않았다.

이쪽을 부르는 호칭부터 바나나다. 황인종에 대한 멸칭이다.

애당초, 민간인들을 상대로 군용 통신문법을 지키는 것부터 배려 없는 짓이다. 저 말을 곱게 해석하면 이렇다.

「통신망에 대기하고 있는 난민 지원자 여러분, 잘 들리십니까?. 우리는 에이블 중대입니다. 이상.」

말끝에 이상(오버)을 붙이는 건, 내 말 끝났으니 이제 네가 말해라, 는 뜻이다. 말 겹침을 피하려는 것.

바나나라고 거듭 부른 것이 선명하다. 일행이 불쾌해했다. 사람들이 듣는 귀가 있지 않은가. 진석과 제중은 얼굴이 시뻘개졌다.

체육관에 있던 사람들 가운데서도, 상식 온건한 다수가 겨울 일행의 안색을 살폈다. 분개하는 사람도 있다. 다만 어제 겨울과 마찰을 빚었던 남성을 비롯해, 서넛은 웃음을 참고 있다. 움찔거리는 입꼬리가 보기에 밉다.

바나나는 통신부호에 있지도 않은 코드다. 규칙에 맞는 응답을 요구하는 것 자체가 조롱이나 다름없다. 통신문법은 플레이어 입장에서도 관련 기술을 습득하거나, 경험하거나 하지 않으면 알 길이 없다.

겨울이 수화기를 들었다.

"입감. 당소…난민 지원자 그룹, 한겨울. 리마 찰리, 5 다시 5(Five by five). 당소 여하 이상(How do you read, over.)."

리마 찰리(Lima Chalie)는 크고 선명함(Loud and Clear)의 약어다.

5 다시 5는 감명도를 말했다.

감도(感度)와 명도(明度), 즉 무전기가 잡아낸 신호의 강하기와 분명한 정도를 뜻한다. 신호가 확실하게 잡히면 감도가 좋은 것이고, 알아듣기 분명하면 명도 역시 좋은 것이다. 한국은 대개 1에서 3까지, 미국에서는 1에서 5까지 나누어 표현한다.

보낸 응답을 해석하면「여기는 난민 지원자 한겨울입니다. 당신의 통신은 선명하게 잘 들립니다. 제 말씀은 잘 들리시는지 확인 부탁드립니다.」라는 뜻이었다.

[카피, 귀소측 감명도 양호. 콜 사인 교정 바란다는 에이블-액추얼의 통보. 귀소측 콜 사인은……바나나로 정해져있음. 인지했다면 반복해주길 바람. 이상.]

통신병도 껄끄러워하는 목소리였다. 화가 느껴진다. 에이블-액추얼… 즉 중대장이 시키니까 하는 거겠지.

흑인에게 스스로를 니그로라고 말하게 만드는 것과 같다. 유치하다. 가슴 속의 돌이 반쯤 구르다 말았다. 겨울은 차분한 목소리로 대응했다.

"……카피. 에이블, 한 가지 부탁드리겠습니다. 이쪽 사람들은 통신문법을 모릅니다. 바나나라고 부르시든 말든 상관은 없는데, 다른 분들도 알아들을 수 있게 쉬운 말을 써주시면 감사하겠습니다. 이상."

약간의 침묵 뒤에 답변이 돌아온다.

[알았다, 바나나. 에이블은 0800시를 기해 오스카 마이크…아니, 구출작전을 개시하였다. 그쪽 상황은 어떠한가?]

"민간인 서른네 명을 발견했습니다. 그 중 학생이 스물한 명이며 환자 및 부상자는 없고 건강은 양호합니다."

[그렇다면 바나나가 그들을 인솔하여 24번가 교차로까지 탈출할 수 있는가?]

어처구니없는 요구였다. 학생이 절반 이상이라고 알려줬는데도 자력탈출이 가능하냐고 물어보다니. 당장 민간인들의 표정이 엉망으로 일그러진다. 관제 AI의 시스템 메시지가 홀로그램으로 출력되었다.

「AI 도움말 (통찰 8등급)」

당신의 응답에 따라 임무 내용이 변경됩니다. 자력탈출을 선택할 경우 에이블 중대는 현 위치에서 더 이상 움직이지 않으며, 성공 조건은 EENT 60분 전까지 에이블 중대와 합류하는 것입니다. 과정 평가에 따라 보상이 달라집니다.

「추정 난이도 (통찰 8등급)」

불가능에 가까움.

「AI 도움말 (통찰 8등급)」

성공 가능성은 대단히 낮습니다. 단, 목적을 완벽하게 달성할 경우 최대 서른일곱 배의 보상평가가 예상됩니다. 선택은 당신의 몫입니다.

생각할 것도 없었다. 서른이 넘는 비무장인원, 그것도 스물 한 명은 겨울 이상의 미성년 페널티를 받는 중학생들이다. 자력탈출은 말도 안 된다. 겨울에게도 한계는 있다.

"불가능합니다. 민간인 세 명이 무장했으나 화력이 빈약합니다. 상황 발생 시 통제 불능 상태에 빠질 가능성이 높습니다."

[알았다. 에이블은 임무를 속행하겠다. 바나나는 현 위치에서 대기하라. 오버.]

교신은 여기서 끝이었다.

겨울은 별 일 없겠거니 싶어 시간가속 기능을 활성화시켰다. 별다른 사고가 없다면 시간가속은 에이블 중대 도착 즈음하여 자동으로 해제될 것이었다.

그러나 예상이 어긋났다. 시간가속이 깨어졌을 때, 들리는 것은 총성과 폭음의 메아리였다. 멀지 않다. 요란한 굉음, 거대한 포효가 잇달았다. 후자는 인간의 것이 아니다. 사람들이 불안해했다. 겨울 주위로 모여들었다.

겨울이 무전기를 들었다. 교신을 시도했으나 답신이 돌아오지 않는다.

"이봐요, 작은 대장님. 이게 무슨 일일까요?"

어색하게 존대를 쓰는 제중. 작은 대장이라는 호칭에서 약간의 미련이 느껴진다. 때 되면 나아지겠지. 겨울은 지체 없이 답했다.

"미군은 소음기를 쓰잖아요. 총성이 들린다는 것 자체가 심상치 않네요. 소음기를 달지 못하는 무기라면, 차량에 거치된 중화기밖에 없잖아요? 그런 걸 써야 하는 상대와 만났다는 뜻 아니겠어요?"

"에이, 설마."

"거기에 폭음도 여러 가지에요. 크기로만 구분하면 적어도 세 종류 이상. 폭발물을 수류탄만 쓰는 게 아니란 말인데, 미군이 가지고 있을 폭발물 중에 수류탄보다 큰 소리를 낼 물건은 로켓과 플라스틱 폭약 정도네요. 그 정도 화력을 쓰면서 아직까지 싸우는 소리가 들린다……마주친 무리 규모가 굉장히 큰 것 아닐까요?"

"……."

겨울의 분석이 여기에 이르자 세 사람의 표정이 각양각색이다. 진석에게서는 실망감과 패배감이 물씬 느껴졌다.

"나이에 비해 아는 게 많군요. 소리만 듣고 거기까지 짐작하는 겁니까……."

"침착하게 생각하면 누구나 도달할 결론이잖아요."

청년은 입술을 깨물었다. 소년의 대답이 여상스러웠기에 패배감이 짙어진다. 소년은 그 눈을 슬쩍 보았다. 집단에는, 이런 사람도 한 둘 있어야 자극이 된다.

셋 가운데 자존심이 문제 되지 않는 유일한 인물, 유라는 솔직했다.

"이 상황에 침착하다는 것 자체가 대단하다고 봐요. 어쩌면 구조대가 못 올지도 모르는데."

걱정하는 한편으로 분명한 신뢰가 느껴진다. 경애 호감도 보정이 겉으로 드러날 만큼 쌓였다는 뜻이었다. 겨울은 여전히 평온하게 말했다.

"염소가 필요하거든요."

"네? 염소요? 그게 무슨……."

"별 거 아닌데, 말하자니 기네요. 돌아가면 말씀드릴게요."

대수롭지 않게 툭 던지는 말 속에 들어있는 암시. '나는 무사귀환을 믿는다.' 유라의 표정이 조금 밝아졌다. 대놓고 소리 높여 "우리는 무사히 돌아갈 겁니다!"라고 외쳤다면, 오히려 역효과를 보았을 것이다. 그렇게 외친다는 것 자체가 스스로도 의심하고 있다는 뜻이니까.

"당신들끼리 무슨 대화를 나누는 겁니까?"

미국인들은 한국어로 이루어지는 대화를 미심쩍어했다. 소수에 불과하지만, 몇몇의 경우엔 눈빛에서 까닭 모를 분노가 엿보였다. 사람이 그렇다. 불안할 땐 누구든 탓하고 싶고, 또 원망하고 싶어진다.

솔직하게 말할까, 말까. 파급효과를 고려하던 겨울은 전자를 택했다.

"구조대가 고전하는 것 같다고 했는데요?"

당장 반발이 나왔다. 백인 남성 하나가 손가락질과 함께 핏대를 세웠다.

"하, 그럴 리가! 세계 최강의 군대라고! 죽다 만 것들을 상대로 고전할 리가 없어!"

즉각적이고 감정적이다. 희망이 부정당한 것에 대한 반발이었다. 구태여 정면으로 맞설 필요는 없었다. 겨울은 고개를 끄덕였다.

"그럴지도 모르죠. 어쨌든 제 생각은 그렇다는 겁니다."

"…모르면 가만히 입 다물고 있어! 쓸데없이 불안하게 만들지 말고! 구조대는 반드시 온다."

"그랬으면 좋겠네요."

만들어냈어도 자연스러운 미소, 온화하게 돌려주는 답.

당신의 말에 공감하지만 현실적으로는 동의하지 않는다는 뉘앙스. 소년의 차분한 태도는 사실 남자가 아니라, 지켜보는 군중을 겨냥한 것이었다.

미묘한 분위기는 다시 울기 시작한 무전기로 인해 깨어졌다.

[Break, Break! 에…5…부터…전달! 에이블 1! 에…! 현…위치에서 벗…! 교전…임무 중지…로미오 포인트…각개철수……!]

감도는 좋았지만, 거친 호흡과 총성, 폭음 때문에 알아듣기 힘든 외침이었다. 몇 겹의 비명이 섞여있다. 체육관 내부가 차갑게 얼어붙었다. 다른 건 몰라도, 임무 중지와 각개철수는 확실하게 알아들을 수 있었다.

무전이 갈수록 폭주했다. 그 가운데 몇 번이고 반복되는 단어가 하나 있었으니, 「괴물」이었다. 겨울은 내심 의아하다. 아직 초반이라 특수변종이나 강화변종이 나타날 때는 아닐 것인데.

그렇다고 이제 와서 일반 변종을 괴물이라 부를 이유는 없을 것이고.

'예상보다 고난도 임무였나.'

밖에서 들리는 총성과 폭음의 빈도가 줄었다. 동시에 방향은 늘어났다. 미군이 흩어지고 있다는 뜻이다. 그래도 중후한 총성이 계속되는 걸 보면, 아직 살아남은 차량이 있나보다. 다만 소리가 멀어지는 건 좋지 않은 징후였다. 차량이 낙오자들을 버리고 달아난다는 의미니까.

이쯤 되면 굳이 무전으로 상황을 물어볼 이유가 없을 것 같다.

누군가 흐느끼기 시작했다. 그 울음이 점차 번져나갔다.

군중심리다. 많아지는 울음소리에 반비례하여 무전기 우는 빈도는 줄어갔다. 차라리 비명이라도 계속되는 게 나았을 것이다. 통신망에 대고 절규하던 목소리들이 하나둘 없어지더니, 마침내 누군가 혼자 말하는 상황이 되었다. 그는 돌아오는 대답이 사라지자 어지간히 당황한 것 같았다.

[어이, 정말 아무도 없는 건가?…누군가 대답 좀 해보라고!]

겁에 질린 이 사람은 통신문법이고 뭐고 다 집어치웠다.

그런데 사실 이게 보통이다. 군대에서 이루어지는 통신이라고 항상 규칙대로 하는 건 아니기 때문이다. 공개된 미군의 통신사례를 보면 평어체 대화가 더 많다.

결국 아까는 인종차별주의자의 꼰대놀음이었을 뿐이었다.

혼자 부르짖는 소리가 갈수록 미쳐간다. 겨울이 수화기를 들었다. 고개를 잠시 갸우뚱. 우스꽝스러운 콜 사인으로 자칭할 필요는 없을 것이다.

"한겨울입니다. 듣고 있으니 말씀하세요."

[오! 세상에! 고마워. 당신들이 있다는 걸 잊고 있었어! 제길, 도움은 안 되겠지만……그래도 대화할 사람이 있다는 게 기쁘군! 정말 기뻐!]

"다친 곳은 없으신가요?"

[망할…계단에서 구르면서 다리를 다쳤어. 부러진 것 같은데…….]

"몇 명이나 함께 있습니까?"

[나 혼자야. 동료들이 다 흩어졌으니까. 나 말고도 살아있는 얼간이가 있긴 있겠지.]

"당장은 안전하신가요?"

[안전? 글쎄, 당장 날 죽일만한 건 보이지 않는데. 숨이 얼마나 더 붙어있을진 모르겠지만 말야. 하하.]

마지막 눈물 젖은 웃음소리가 절망과 자포자기로 물들어있었다. 맥락상 당연히 나와야 할 말이 나오지 않는다. 겨울이 그 점을 지적했다.

"살려달라고 부탁하지 않으시네요. 부상이 심각하십니까?"

[부상이 문제가 아냐. 그런 괴물이 돌아다니는데 어떻게 구해달라고 하겠냐고…….]

"죄송하지만 그 괴물에 대한 설명을 부탁드려도 될까요?"

[…….]

상대는 잠시 말이 없었다. 혹시 정신을 잃은 건 아닐까 의심할 즈음이 되어서야, 겨울은 원하던 답변을 들을 수 있었다.

Inter Mission 가공의 질병 「모겔론스」에 대하여

이 게임에 등장하는 범유행전염병 「모겔론스」는, 숙주를 장악하여 감염을 확산시킵니다. 감염자들이 산 사람을 물어대는 것은 이 때문이고요. 광견병처럼 환부감염으로 숙주를 늘리는 거죠. 물론 그 외에도 감염경로가 있습니다.

「모겔론스」는 감염된 인간을 지배합니다. 그러므로 감염변종은 걸어 다니는 시체가 아니라, 지배자가 바뀐 육신인 것이죠.

거기, 웃지 마세요. 마냥 현실성 없는 이야기는 아니거든요!

베르나르 베르베르의 소설 「개미」에서는 숙주를 조종하는 「창형흡충」이 등장합니다. 실존하는 기생충이에요. 이 녀석은 개미의 뇌, 신경절에 파고들어 행동을 제어한답니다.

그 외에도 숙주의 생체적 특성, 예컨대 몸통의 색을 변화시켜 포식자의 눈에 잘 띄게 만드는 기생충이나, 버섯이 발아하기 쉬운 환경으로 숙주를 이동시켜 양분으로 삼는 버섯 포자도 존재합니다. 고전게임 「라스트 오브 어스」는 여기에서 영감을 얻지 않았을까요? 뭐라고요? 이 게임을 모르신다고요? 젤나가 맙소사.

각설하고, 인간의 경우 고등한 지적 생명체이기에 병원체나 기생충에게 조종당하는 일은 없다고 알려져 있습니다만, 일부 학자들의 견해에 따르면 꼭 그렇지도 않은 모양입니다.

「톡소포자충」은 고양이에게 감염되는 기생충입니다. 허나 중간숙주로서 인간에게 감염되기도 합니다. 고양이 체내에서 암수 기생충이 떡을 치고 나면, 알은 고양이의 분비물을 통해 외부로 배출되어 쥐나 인간 등 중간숙주의

Inter Mission

안으로 들어가 부화하는 것이지요.

감염된 쥐는 동작이 둔해지는 동시에 무척이나 용감해집니다. 고양이의 배설물 냄새를 두려워하지 않게 되거든요. 기생충은 쥐의 뇌에 낭종을 만들고, 겁대가리를 상실한 쥐가 고양이에게 잡아먹히도록 조종함으로써, 종숙주인 고양이의 몸으로 돌아갈 수 있습니다.

그렇다면 인간은 어떨까요? 체코 프라하 국립대학의 기생충학과 교수 야로슬라브 플레그르 박사는, 인간 또한 「톡소포자충」에 의해 정서와 행동의 변화를 겪는다고 주장했습니다. 그의 말에 따르면 이 기생충에 감염된 사람은 고양이에게 보다 호의적으로 반응하게 된다고 하네요. 즉 고양이에게 인간을 접근시키는 것이지요.

그 외에도 같은 기생충이 조현증의 원인일지 모른다는 연구가 발표되기도 했습니다. 유럽에서는 최대 71%의 사람들이 「톡소포자충」에 감염되어있다고 합니다. 거기, 고양이를 좋아하는 당신. 혹시 기생충을 키우고 있지는 않습니까? 하하하.

그렇다고 너무 걱정하지는 마세요. 「톡소포자충」의 위험을 처음 경고한 야로슬라브 플레그르 박사조차, 고양이가 위험하다고 주장하면서도 두 마리의 고양이를 길렀다고 하거든요. 하, 고양이의 치명적인 매력이란.

당신이 선천성 면역결핍 증후군이나 합병증을 앓고 있지 않다면, 이 기생충은 당신에게 무해할 것입니다. 원래 좋아하던 고양이를 조금 더 좋아하게 되면 어때서요? 냥냥이는 정말 귀엽습니다. 멍멍이 같은 이단과는 다릅니다. 멍멍이 좋아하는 사람들은 탕수육에 소스를 부어먹는 마귀의 화신들이라고

Inter Mission

들었습니다.

아, 그럼 「모겔론스」의 실체는 기생충이냐고요? 글쎄요, 미지의 바이러스일 수도 있고 감염성 높은 포자생물일지도 모르지요.

정답은 나도 몰라! 입니다. 하하하. 배경 설정이야 컨텐츠 업데이트에 따라 언제든 갈아치울 수 있는 건데요 뭐. 설정구멍 한두 번 겪어보시나요? 중요한 건 돈입니다, 돈.

불만이 있다면 낙원그룹 가상현실사업부 고객센터로 전화주시기 바랍니다. 수많은 항의전화에 대응하기 위하여 한 명의 상담사가 상주하고 있으니까요.

「종말 이후」의 세계에서 즐거운 시간 보내시길 바랍니다.

파소 로블레스 (2)

괴물의 정체는 역시 특수변종이었다.

병사는 괴물이 중기관총 사격과 로켓탄 직격을 무시했다고 증언했다. 크기는 중형차 이상이고, 소총탄을 막아내는 험비조차 주먹질로 구겨버렸다는 것이었다.

그것을 듣고 겨울은 좀 이르구나 생각했을 뿐이다. 감염변종의 수가 늘어나고 시간이 경과하면, 특수변종이 출현한다. 강화변종과는 다른 개념이다. 강화변종은 동종의 다른 개체에 비해 유달리 뛰어난 것들. 즉 나중에는, 특수변종이면서 강화변종인 진짜 괴물이 나타난다.

무전기 너머의 병사가 들려주는 한숨과 눈물 섞인 증언이 끝나자, 겨울이 고개를 끄덕였다.

“알겠습니다. 그럼 지금부터 구하러 가겠습니다.”

듣고 있던 모두가 경악했다. 이제껏 에이블 중대의 파멸을 증언했던 병사도 말을 더듬는다.

[어이, 지금까지 내가 한 말 제대로 이해한 거 맞지?]

“물론이에요. 소중한 정보 감사드립니다.”

[도대체 무슨 생각이야…목숨이 위험하다고!]

“저는 사람이니까요.”

많은 의미를 함축한 한마디. 상대는 꿀 먹은 벙어리가 되었다. 주위가 조용해진 가운데, 당장 말리려고 나서는 이들이 있었다. 겁에 질린 세 사람. 일행이었다.

“이봐요, 작은 대장. 용기는 정말 대단하지만 이건 너무 무모한 짓이에요! 다시 생각해봐요.”

통사정하는 안제중. 철없는 아이를 달래는 말투다.

"우리 생각도 해야 하는 거 아닙니까? 무사히 돌아가게 해주겠다면서요? 약속했잖아요? 게다가 기다리고 있는 사람들은 어쩌고요? 당신 없으면 예전으로 돌아갈 텐데! 어차피 그 미군도 스스로 죽겠다고 하잖아요! 용기와 무모함은 다른 겁니다!"

약속받은 권리를 주장하며 따지듯이 나서는 박진석.

"……."

팔을 붙잡고, 간절한 눈빛으로 묵묵히 고개 젓는 이유라.

그 외에도 몰려선 미국인들 중, 아말리아 플레먼스와 스튜어트 해밀이 소년을 붙잡았다. 어린 나이로 무릅쓸 위험이 아니라는 것이었다.

방관하는 사람들은 두 부류였다. 순수하게 소년을 염려하는 자들, 그리고 무장인원이 빠진다는 사실이 불쾌하고 또 두려운 자들. 선과 악의 경계선이다.

구조 대상자도 같은 생각이었다.

[…아직 듣고 있나?]

겨울은 여전히 수화기를 들고 있었다.

"네, 말씀하세요."

[마음은 고마워. 정말 고마워. 솔직히 감동했어. 마커트 그 꼴통 새끼가 그렇게 지랄했는데도 도와주겠다니……. 하지만 나 때문에 다른 사람이 다치는 건 싫다. 난 군인이고, 민간인을 지키는 게 일이야. 그냥 거기 있어. 서로를 위해 그게 최선이다. 혹시 모르지. 내일 다시 구조대가 올 때까지, 내가 살아있을지도 모르니까.]

"현재 위치가 안전하다고 확신하시나요?"

[……그래.]

“거짓말을 잘 못하시네요.”

[시끄러워, 이 바나나야.]

멸칭으로 부르긴 했는데 어감은 애칭에 가깝다. 흑인끼리 서로 이 니그로 새끼 하는 느낌? 말투에 슬랭이 제법 섞여있으니, 정말로 흑인일 가능성이 높다. 인종차별주의자 아래에서 고생이 꽤 많았겠다.

겨울이 말했다.

“어쨌든 구하러 갈 거지만.”

[야.]

“계단에서 굴렀다고 하셨죠? 건물 안으로 피하신 모양인데, 위치를 특정할 수 있으시겠어요? 아니면 식별 가능한 지형지물이라도 말씀해주세요.”

[그러니까 오지 말래도…….]

“말 안 해주셔도 일단 나갈 겁니다. 헤매겠네요. 죽을 확률이 더 높아지겠는데요?”

[…진심이냐?]

“진심입니다. 그러니 그만 우세요. 다 큰 어른이 우는 소리 듣고 싶지 않네요.”

[안 울었다고.]

대화가 흘러갈수록 호감도 갱신 알림이 어지러웠다. 올라가기도, 내려가기도 여럿이었지만 진석과 제중 쪽의 감소폭이 상당했다.

심지어 진석의 경우 수화기를 빼앗으려 한다. 물론 실패했다. 수준 높은 「전투감각」에 의한 동선(動線) 예고 때문이었다. 팔 붙잡혀 비틀린 그는 악 소리를 냈다. 사정없이 꺾었으니 아플 것이다. 노려보는 두 눈에 눈물이 맺힌다.

[어이, 무슨 일 있어? 비명을 들은 것 같은데.]

"신경 쓰지 마세요. 문틀에 발을 찧은 사람이 있어서. 아프겠다. 세게 부딪혔나 봐요."

[그래? 그런 느낌이 아니었는데…….]

"시끄럽고, 빨리 말씀하세요. 마지막으로 본 거면 뭐라도 괜찮으니까."

[한국인들이 빨리빨리 좋아한다더니…알았으니까 잠깐 기다려. 아프고 멍해서 머리가 잘 안 돌아간다고.]

그렇게 말하는 병사의 목소리엔 어느덧 희망이 깃들었다. 겨울은 사실적인 AI 반응이라고 생각했다. 어떻게든 살고 싶은 게 사람의 본심이다.

진석이 몸부림쳤으나 겨울은 한 손만 가지고 간단하게 제압했다. 관절기가 걸렸다. 딱히 어떻게 하겠다고 의식한 움직임이 아니었다.

기술등급 10레벨은 전문가 구간의 최종단계로, 평범한 사람이 평생을 수련해서 도달하는 경지다. 「근접전투」와 「전투감각」의 시너지효과는, 겨울의 뜻을 최적의 동작으로 구현해냈다.

무전기는 송신 버튼을 눌러야만 이쪽의 소리가 전달된다. 그래서 겨울은 소란에 개의치 않고 진석을 바닥에 내리찍었다. 지켜보는 사람들에게 강한 인상을 주려는 의도도 있었다.

"저를 리더라고 인정하신 것 아니었어요?"

진석이 벌개진 얼굴로 침을 튀겼다.

"리더라고 해서! 이런 중요한 결정을 혼자 내릴 권리는 없어!"

"그래요? 그럼 리더 안 할래요. 저 혼자 가죠."

이에 진석은 잠시 할 말을 잃었으나, 곧바로 성을 냈다.

"네가 빠지면 남는 사람들은? 얼마나 더 위험해질 줄 알고! 구할 수 있을지 없을지 모를 한 사람! 그리고 확실하게 구할 수 있는 서른네 명 및 동료 두 명! 젠장, 고민할 것도 없는 선택이잖아! 나가면 넌 무책임한 개새끼야!"

겨울은 그를 풀어주었다. 욕설을 중얼중얼, 몇 걸음 떨어지는 청년. 눈매가 사납다. 그 사이 무전기가 새로운 신호를 받는다. 지직지직. 수화기를 귀에 대면서 겨울은 일행을 향해, 특히 청년을 겨냥하여 입술에 손가락을 가져다대는 시늉을 했다.

"나머지는 잠시 후에. 일단 이 분 말씀 좀 듣게 두세요."

그리고 덧붙이는 한 마디.

"방해하면, 화냅니다."

조용해졌다. 「위협성」의 작용.

수화기에서 음성이 흘러나온다.

[기억났다. 소대가 마지막으로 같이 있었던 장소는 크레스턴 로드랑 월넛 드라이브의 교차지점이었어. 거기서 너희 있는 방향으로 직진했어야 하는데, 정신없이 쫓기느라 북쪽으로 올라와버렸거든. 중간에 카운티 보건소를 본 기억도 나고…….]

겨울은 지도를 펼쳤다. 단서를 토대로 손가락을 더듬어보고, 다시 물었다.

"그 밖에 다른 건 없나요?"

[다른 거? 도망 칠 때 워낙 정신없이 뛰는 바람에 딱히……아아, 그래. 하나 더 있군. 들어오기 전에 FEMA 차량이 하나 뒤집어져있긴 했지.]

"FEMA? 연방재난관리청이요? 모르겠다더니 많이도 기억하고 계시네요. 역시 죽고 싶진 않았던 거죠?"

[……인정은 하겠는데, 너 무지하게 얄미운 놈이구나.]

"칭찬으로 들을게요. 그럼 이제 출발할 테니, 제가 송신할 때 외엔 입 다물고 계세요. 괜한 잡음 만들었다가 변종들이 듣고 달려오는 꼴은 보기 싫으니까. 그렇다고 정말 중요한 일이 있는데 가만히 계시진 마시고요."

[어이, 난 직업군인이야. 그런 건 너보다 잘 안다고.]

"조심해서 나쁠 거 없잖아요. 그러고 보니 이름이 아직인데, 관등성명 부탁드립니다."

전파가 오가는 저편에서 병사는 킥킥거리며 실없이 웃는다.

[병장 매튜 코헨, 신고합니다.]

"좋아요, 코헨 병장님. 잠시 후에 만나요."

그러고서 겨울은 시간을 확인했다. 그래도 아직 낮의 절반이 남아있다. 거리가 멀지 않다면 그럭저럭 해볼 만 하다.

연락 수단을 챙겨야 한다. 메고 다니는 무전기는 너무 거추장스럽다. 추정 위치가 그리 멀지 않았으므로 핸즈프리 하나를 전투조끼에 결속시켰다.

겨울이 진석을 향해 돌아섰다.

"불만 참 많아 보이시네요."

"정말 갈 거냐?"

아까부터 「통찰」이 작동하고 있었다. 증강현실 문자열. 설득을 위해 관제 AI가 권장하는 키워드와 문장들의 향연이다. 겨울은 그것들을 깔끔하게 무시했다.

"세상에는 자식을 파는 부모라는 게 있더라고요."

"뭐?"

진석이 당황했으나 겨울은 거침없이 말을 이어갔다.

"자식 하나 팔아서 남은 가족이 살 수 있으면, 한 사람의 희생으로 다수가 사는 길이니 좋지 아니하냐. 변명하면서 자식을 파는 거예요. 팔아치우는 자식에겐 이렇게 말하죠. 미안해. 하지만 가족이니까 희생은 당연한 거야. 이해하지?"

방긋 웃는 얼굴 아래 심장은 서늘하다. 그 안에 든 돌이 아직도 무거웠다.

"소수를 버리고 다수를 구한다. 네, 좋네요. 진석 씨 말씀이 틀린 건 아니에요. 하지만 제가 틀린 것도 아니라고 봐요. 저는 말이죠, 자기 살겠다고 남 버리는 데 익숙한 사람들하고는 같이 있고 싶지 않거든요. 필요하면 나도 버림받을 테니까."

"……."

"기왕이면 죽을 각오로 서로를 지킬 사람들, 그런 사람들과 함께하고 싶네요. 그러니 굳이 따르라고 강요 안 할래요. 아니, 그냥 다 남으세요. 여길 지킬 필요도 있으니까. 다만 저 돌아올 때까지 좀 더 고민해보셨으면 좋겠네요. 제가 정말 그렇게 무책임한 사람인지. 진석씨, 그리고 다른 두 분 생각에 제가 진짜 잘못 행동하고 있는 건지."

그러고서 겨울은 무기와 탄약을 점검하고, 더플 백 하나 멘 뒤 문으로 향했다. 호감이 높은 유라 혼자, 소년을 따르려다 그치고 만다. 살고 싶은 것이다.

한국어를 알아듣지는 못했지만, 교신 내용을 토대로 일행이 왜 논쟁을 벌였는지 대충 짐작한 미국인들이 복잡한 표정으로 말을 붙였다. 정말로 나갈 거냐. 괜찮겠냐. 존경한다. 그러지 마라. 위험하다. 우리를 지켜주는 게 당신 임무 아니냐. 어른 말 들어라. 건투를 빈다. 당신을 위해 기도하겠다. 긍정부정이 명확하게 갈린 게, 마치 일행의 반응을 확대시켜놓은 것 같았다.

그 와중에 유라가 어깨를 붙잡고 힘겹게 말했다.

"난 작은 대장이 잘못되었다고 생각한 적 없어요. 단지……."

"단지?"

"…용기가 없을 뿐."

겨울은 그 말에 만족했다.

사람들은 바리케이드 너머에서 지켜보았다. 비상구가 열렸다. 열리기 무섭게, 어정거리던 변종 세 놈이 뛰어들었다. 작고 숨 막히는 비명들.

겨울은 가장 앞 녀석의 멱살을 잡았다. 밀린다. 덜컥. 바리케이트에 등이 부딪혔다. 버텼다. 뒷 놈들이 엉키길 기다려, 발을 걸었다. 한꺼번에 넘어트린다. 우루루 쓰러진 것들을 걷어차서 견제하며, 번쩍 들어 내리치는 칼날. 하프 스윙에 스냅을 가해 세 번 연속 콱콱콱 찍는데, 마지막 녀석이 반쯤 일어나다 도로 주저앉는다. 끝났다.

겨울은 그것들을 치웠다. 뒷덜미를 잡아 질질 끌고 나간다. 마지막 시체와 함께 나가기 전, 마지막으로 돌아보았다.

"다들 조용히, 쥐 죽은 듯이 계세요. 잠시 후에 뵙죠."

안전할 것이다. 조명이나 소음처럼, 유인하는 요소만 없다면야. 소년은 갱신되는 임무 정보와 저널을 확인한다. 관제 AI는 복귀가 늦을 경우 군중 공포 상승으로 임무가 실패할 수 있다고 경고했다.

에이블 중대의 최종 진출지점을 찾는 건 어렵지 않았다. 딱 거기까지만 도로가 정리되어 있었기 때문이다. 방치된 SUV 위에 올라가 살펴보는 것으로 충분했다.

크레스턴 로드는, 도시를 남북으로 관통하는 101번 국도에서 오른 쪽으로 새는 길이다. 주택가로 빠지는 길이 웰넛 드라이브였고. 두 도로가 만나는 곳에, 박살난 미군 차량들의 잔해가 널려있었다. 아스팔트를 시뻘겋

게 물들인 피와 변종들의 파편은 덤이다.

탄흔, 혈흔, 스키드 마크. 사방에 뿌려진 전투의 흔적들. 「통찰」과 「전투감각」이 이들 흔적을 자동으로 분석했다. 지난 전투의 개략적인 전개과정이 증강현실로 떠오른다. 기술등급의 한계로 노이즈 잔뜩 낀 홀로그램이었으나, 전말을 짐작하기엔 충분했다.

이 교차로, 남쪽으로 시야가 막혀있다. 울타리와 주택, 가로수가 장애물이었다. 에이블 중대는 측면에서 기습을 받았을 것이다. 커다란 철추에 맞은 것처럼, 문짝 움푹 패인 험비를 보면 안다. 다른 한 대의 험비와 수송트럭은 그 자리에서 부서졌다. 겨울은 가까이 다가가, 철판에 찍힌 주먹 자국의 크기를 가늠해보았다.

지름이 대략 한 뼘 반 정도.

다행히 특수변종이면서 강화변종인 최악의 경우는 아닌 것 같다. 그리고 겨울이 사냥 방법을 아는 종류이기도 했다.

'뮤테이션 코드 「그럼블(Grumble)」. 자국의 크기와 깊이로 보아 강화등급은 기본인 알파. 숫자는 아마도 둘.'

게임 내에서 발견되는 특수변종들은, 형태와 특징에 따라 이름(뮤테이션 코드)이 붙는다.

그럼블. 천둥소리라는 뜻이었다. 공격하기 전에 반드시 소리를 지르는 습성 탓이다.

겨울은 차량 잔해와 미군의 시체를 뒤졌다. 탄약과 수류탄, 여분의 권총 및 소음기를 챙긴다. 전투식량 두 세트도 좋은 소득이었다.

다른 단서나 쓸 만 한 것이 없을까 싶어 주위를 둘러본다. 교차로 북쪽 왼편, 자동차 용품점에서 시선이 멎는다. 본격적인 정비소라기보다, 자동차용 위성TV나 오디오용품을 취급하는 소매점에 가까워 보였다.

다가가 살펴보니 이렇다 할 이상은 없다. 전면 유리가 깨져있어, 소음을 내지 않고 들어갈 수 있었다. 유리조각을 자박자박 밟고 들어간 겨울에게 탐나는 물건은 여럿이었다. 그러나 모두 가질 순 없었다. 초소형 TV 하나, 충전식 라디오 하나를 챙겼다. TV는 캠프에 가져갈 물건이고, 라디오는 소음발생원으로서 유인도구(디코이)로 쓸 목적이었다.

맞은편에는 식당 겸 주유소가 있었다. 겨울은 주유기에서 기름이 나온다는 사실만 확인하고 내버려두었다.

그로부터 북쪽으로 얼마 가지 않아, 겨울은 첫 번째 지표를 찾아냈다.

"보건소라는 건 저건가……."

코헨 병장에게 얻은 단서 중 하나가 보건소였다. 「독도법」이 아니었다면 찾기 어려웠을 것이다. 평범한 주택과 별 차이 없는 단층 건물. 보건소라는 걸 알 수 있는 단서라곤 작은 간판 하나 뿐이다. 「산 루이스 오비스포 카운티 보건국」이라고 적혀있었다.

아직 여유가 많다. 겨울은 내부를 탐색하기로 했다. 혹시 생존자가 남아있다면, 그리고 부상당했다면 약품을 찾아 들어갔을 가능성이 높았으니까. 아니더라도, 코헨 병장의 부상을 감안해야 한다. 항생제, 진통제, 부목, 압박붕대를 찾을 수 있다면 좋겠다.

보건소는 방어력을 기대할 수 없는 구조였다. 유리로 된 커다란 문에, 문과 거의 비슷한 크기의 창문이 줄지어 있다. 다만 평범한 유리가 아니라 반사유리들이다. 바깥에서는 안을 엿볼 수 없다.

일부는 투명유리일지언정, 블라인드를 쳐 두었다.

즉 숨기에 나쁜 장소는 아니라는 뜻이었다.

측면 입구 근처에 서성이는 변종이 둘. 칼 들고 뒤로 다가가, 한 놈 콱 찍었다. 두개골이 함몰되어 즉사한다. 소음에 반응하는 나머지 하나를 그대로 돌려차기. 위로 지른 발길질이 턱을 올려쳤다. 뇌가 흔들린다. 소리를 지르긴 커녕, 똑바로 서있기도 어렵다. 그로기 상태에 빠져 비실거리는 놈을 발로 밀고, 미간 중심을 똑바로 겨누어 온 몸으로 칼을 찔렀다.

푸쉭.

죽은 피 한 줌 튀고 끝이었다. 변종의 사지가 경련했지만, 움직인다고 살아있는 게 아니다. 인간보다 강인해도, 뇌가 파괴되면 버틸 재간이 없다.

시체를 치우고 문을 열어본다. 철컥. 잠겨있다. 어떻게 할까. 겨울은 주위를 둘러보지만 딱히 방법이 없었다. 소년은 옆쪽의 유리창으로 다가갔다. 정글도 끝을 유리에 대고, 남은 손으로 칼 손잡이를 살살 두드린다.

툭, 툭, 툭, 투둑, 쩌적. 한 번 실금이 생기자, 점차 속도가 붙었다.

한 번에 깨면 와장창 요란하다. 가청권의 모든 변종이 몰려들 것이다. 시간제한만 없으면 모아서 다 죽이는 것도 나쁘진 않겠지만, 그건 나중에 돌아오는 길에, 시간이 정말로 남으면 시도해볼 일이다.

자잘하게 깨진 조각들은, 대개 창 안쪽으로 떨어졌다. 후둑후둑. 작았다. 귀 기울이지 않으면 듣기 어렵다. 적당한 구멍이 만들어진 뒤, 겨울은 블라인드 틈을 벌리고 안을 살펴본다. 몇 초 정도 그렇게 뜸을 들인 뒤 비로소 손을 집어넣어 더듬어본다.

블라인드가 거치적거렸으나, 잠금장치의 위치가 다 거기서 거기 아니던가.

창문은 금세 열렸다.

말이 창문이지 크기가 사람보다 컸다. 들어가기 불편하지 않았다. 보건소 내부는 엉망진창이었다. 온갖 기재가 어지럽게 쓰러져있다. 마주 보고 앉는 책상, 우르르 쏟아진 차트 따위를 보아 진료실로 쓰이던 공간인 모양이다.

쿵, 쿵. 밖에서는 들을 수 없었던 소음. 소리를 쫓아간 복도는, 온갖 피가 뿌려진 살풍경이었다. 답답한 공기에 악취가 감돌았다. 조명이 끊어져 어둑한 실내 저편, 창문으로 빛 새어오는 문. 변종 다섯이 우우 몰려 문짝 두드리는 중이다. 겨울은 가까이 있던 이동식 침대를 끌어와, 복도를 횡으로 막았다. 그대로 밀며 나아간다.

"크어?"

침대 구르는 소리에 주의가 끌린 변종들. 휘꺽휘꺽 고개를 꺾는다. 처음엔 저런 걸 보면 어찌나 소름이 돋았는지. 이제는 괴성을 지르며 달려오는데도 심박이 늘지 않는다. 겨울은 속도를 붙여 침대를 밀다가, 그대로 차버렸다. 콰르르 소리를 내며 굴러간 침대가 변종들과 충돌. 변종들은 침대와 뒤엉키며 넘어졌다.

겨울이 그 위로 달렸다. 콱콱 찍는 두 걸음이 변종 둘의 목을 밟았다. 으스러진다. 다른 놈들이 다리를 잡겠다고 버둥거릴 때, 겨울은 넘어진 침대를 밟고 올라 몸을 비틀었다. 회전 실린 칼질. 가장 먼저 일어난 놈에게 맞았다. 관자놀이부터 횡으로 잘린다. 안와(眼窩) 안쪽 깊숙이 베어, 뇌에 손상을 입혔다. 두 눈 다 터진 변종은 얼굴 감싸 쥐고 엎어져서 발광했다. 피눈물을 흘리는 사람 같았다. 뇌가 어설프게 남아 당장은 죽지도 않는다. 이 발광이 남은 둘의 발목을 잡아채어 다시 넘어뜨렸다. 변종끼리 얽힌 난장판을 물끄러미 내려다보던 겨울. 권총을 뽑아 세 번 쏘았다.

퓩, 퓩, 퓩. 순서대로 깨지는 세 개의 머리. 뒤섞인 피와 뇌수가 질펀하게 흘렀다. 오래된 죽음이 코끝에 물씬했다.

겨울은 죽은 것들이 두드리던 문에 다가갔다. 괜히 몰려있지 않았을 것이므로, 무언가는 이 안에 있으리라. 겨울이 퉁퉁 문을 두드렸다.

"안에 누구 있습니까?"

대답이 돌아오지 않는다. 겨울은 침착하게 다시 두드렸다. 여전한 무반응. 잠겨있다. 변종들이 하도 두들겨, 벌어진 문틈이 다행이었다. 가까운 곳, 링거 행어가 지렛대로 쓸 만 했다. 문틈으로 밀어 넣고 온 몸으로 밀었다. 끼우웅 소리가 났다. 행어가 구부러졌다. 버티던 문이 얼마 못가 우지끈 열렸다.

두둑―두두두둑!

소음기 끼운 소총을 연사로 놓고 긁는 소리. 허공에 그어진 사선(射線) 예측이 아니었다면, 곧바로 맞아 죽었을 것이다. 「생존감각」과 「전투감각」, 「통찰」의 연동이다. 문이 마구 부서져나간다. 적막하던 복도에 파편 뿌려지는 소리가 요란했다.

총성이 그쳤다. 너덜거리는 문짝, 그 안에는 헐떡이는 미군이 하나, 미라 같은 시체가 하나였다. 후자, 죽은 지 오래 된 것 같은데, 최근에 생긴 총구멍이 여럿이었다. 미군의 상태를 보면 사정을 알 만 했다. 창고 비슷한 장소 같았다. 약품과 응급용품들이 진열된 선반이 있었다. 쏟아진 것이 많았다.

겨울은 천천히 무기를 내려놓고, 방독면을 벗어보였다.

"진정하세요. 해치러 온 거 아니니까요."

눈으로 계급장과 이름표를 빠르게 훑은 뒤 덧붙인다.

병사가 아니었다.

"……애쉬포드 하사님."

총구가 툭 떨어졌다. 애초에 한 손으로 들고 있어 후들후들 떨리던 것이었다. 가쁘게 숨 쉬던 하사는, 거칠게 눈 비비고 다시 쳐다본다. 축소된 동공, 송글송글 땀 맺힌 이마.

"넌 환각이 아니겠지?"

"글쎄요. 어떨 것 같으세요?"

"젠장! 그렇게 말하지 마! 조금 전까지, 죽은 놈들이 날 부르고 있었다고. 바로 거기서. 뒈졌으면 얌전히 갈 것이지, 좆같이 말이야……."

웅얼웅얼 고개 떨구는 폼이 정상은 아니었다. 하기야 동료들이 죽어나가고, 혼자 동떨어졌다. 문 밖에는 거친 감염변종들. 위태로운 밀실에 시체와 갇힌 상황에서, 차근차근 벌어져 가는 문. 정신이 혼미해질 법 하다.

하물며 모르핀까지 맞았다면 더더욱 그렇다. 근처에 다 짜낸 모르핀 튜브가 떨어져있다. 총을 한 손으로 들고 있었던 건 다른 팔을 다쳤기 때문이었다. 엉터리로 감아놓은 붕대가 벌겋게 젖어있었다.

경험치를 써야겠다. 이럴 때 쓰려고 아껴둔 것이다. 겨울은 기술 목록을 불러와, 「응급처치」에 경험치를 부었다. 주욱 채워지는 막대그래프. 5등급이면 충분할 것 같았다. 숙련자 중급 정도의 기술수준이다.

"가만히 계세요. 붕대, 다시 감아드릴 테니."

묶였다기보다 엉킨 것에 가까운 붕대. 피가 굳어, 붕대와 살이 들러붙어있었다. 마구잡이로 풀었다간 상처가 엉망이 될 것이다.

신중하게 풀었다. 약품 보관함에 과산화수소수가 있었다. 뚜껑을 따 환부에 부었다. 소독작용. 상처가 하얗게 일어났다.

소독수와 핏덩이가 뒤섞여 뚝뚝 떨어졌다. 깊은 곳까지 스민다.

모르핀을 맞았어도 통증이 없지 않은가보다. 하사가 낮은 신음을 흘렸다. 약효가 남아있기에 망정이지, 그렇지 않았으면 끔찍한 비명을 질렀을 것이다.

모르핀은 「최후의 진통제」라고 불린다. 부작용도 많고, 무엇보다 중독성이 강하기 때문이다. 젊을 때 모르핀 한 번 맞은 병사가, 늙어 죽도록 그 느낌을 잊지 못했다는 실화가 있다.

"어쩌다 다치셨어요?"

"험비 포탑에 앉아있었는데…차가 구르는 바람에……."

"죽지 않은 게 다행이네요."

부상 입고서 시간이 꽤 흘렀을 것인데, 벗겨진 피부 아래에선 피가 질금질금 배어나온다. 기술 보정에 따라 몸이 스스로 움직였다. 자신의 의사로 움직이는 게 아니지만, 감각은 고스란히 전해져온다, 묘한 느낌이었다. 「감각동기화」를 켜놓은 시청자들의 체험이 이와 같을 것이었다.

압박붕대는 보통의 붕대와 달리 고무 같은 탄력이 있다. 당겨서 감으면 지혈효과를 발휘한다.

그렇다고 마냥 세게 감아도 좋지 않다. 한국에서 있었던 사고인데, 군의관이 붕대를 너무 세게 감았다. 피가 통하지 않아, 병사는 발가락이 통째로 괴사했다. 절단하는 수밖에 없었다. 겨울이 굳이 숙련자 수준까지 「응급처치」에 투자한 이유이기도 하다.

애쉬포드가 물었다.

"그런데 넌 누구냐? 계급장도 없고, 수상한데……."

"콜 사인 바나나라고 하면 아시겠어요?"

"아아, 중대장의 원숭이가 너냐."

제정신으로 하는 말이 아니니 겨울은 개의치 않는다. 붕대 묶기가 오래 걸리진 않았다.

이제 어떻게 할까. 그럭저럭 의사소통은 가능하지만, 먼 거리 자력이동을 기대하긴 어려울 것 같다. 전투는 당연히 금물이다. 모르핀의 부작용 중에는 시각 이상과 판단력 저하도 있었다. 총 들려놨다간 엄한 사람 잡을 것이었다.

"혹시 다른 생존자가 있을까요?"

"내가 알아?"

하사가 짜증을 부렸다. 겨울은 눈에 보이는 약물과 응급용품을 대충대충 쓸어 담은 뒤, 더플 백 측면에 목발 한 짝 묶었다. 그리고 하사를 부축해 일으켜 세웠다.

"일단 일어나세요. 문도 못 닫는 방에 계속 있으면 곤란하니까."

"귀찮아……토할 것 같아."

그러면서도 비틀비틀 일어나긴 한다. 겨울은 그를 문짝 멀쩡한 방으로 옮겼다. 다른 위험요인이 없는지 확인한 뒤, 하사의 휴대 구급낭에서 모르핀 튜브를 모조리 빼앗았다.

"여기서 기다리세요. 남은 모르핀은 제가 가져갑니다."

"어?…야, 안 돼. 어딜 가."

허우적거리며 모르핀과 소년을 동시에 붙잡으려는 시도는 무위로 돌아갔다.

"당장은 함께 못 갑니다. 코헨 병장 기억하세요?"

"코헨? 당연히 알지."

"전 그 사람 구하러 가는 길이었거든요."

"그 새끼 아직 살아있어?"

하사가 눈물을 흘렸다. 강한 통증과 약효에도 불구하고, 동료의 생존에 기뻐할 정신은 남아있는 모양이다. 겨울이 고개를 끄덕였다.

"슬슬 교신해볼 시간이기도 하네요. 잠시 기다리세요. 연결해드릴 테니."

코헨 병장을 호출하는 겨울. 간절히 기다렸던가보다. 답은 곧바로 돌아왔다.

[어이, 꼬맹이! 어디쯤이야? 거의 다 온 거야?]

"진정하세요. 아직 보건소니까."

[아…그런가.]

굳이 얼굴을 보지 않더라도, 시무룩한 표정을 짐작할 수 있었다. 홀로 기다리는 시간이 유달리 길 것이다. 겨울은 화제를 돌렸다.

"그보다 기쁜 소식 하나 전해드릴게요."

[기쁜 소식?]

"네. 여기 애쉬포드 하사님이 살아계시거든요."

[오, 신이시여! 감사합니다! 그 염병할 놈이 살아있다니!]

"…지금 옆에서 듣고 계시는데요."

[헉.]

애쉬포드 하사가 낄낄거리며 손을 내밀었다. 무전기 달라는 뜻이다. 내주자 그는 욕부터 쏟아냈다. 물론 정말 화를 내는 게 아니다. 살아있다는 기쁨을 나누는 것이었다. 약기운 탓에 어눌한 발음이나마 묻어나는 반가움은 진짜였다.

"이 주말전사 새끼가 하늘같은 하사님을 능멸하다니. 죽고 싶냐?"

주말전사란 연중 일정기간만 복무하는 주 방위군의 별명이다.

같은 주 방위군이라도 간부와 핵심인력은 1년 내내 복무하기 때문에 보통의 병사와 차이가 난다.

회포 넘치는 대화를 지켜보기도 잠시, 겨울이 시계를 톡톡 두드려 보였다.

"죄송하지만 통신은 짧게 끝내주셨으면 좋겠네요."

"시간제한인가. 신데렐라 보이로군."

제법 여유를 회복한 하사는 가벼운 농담을 던졌다. 겨울은 그에게 30발들이 탄창 두 개를 나눠주었다.

"제가 모르핀을 왜 빼앗았는지는 아시죠?"

"됐으니까 이만 가봐. 지금까지 비실거린 것만 해도 부끄러우니까. 다시 온다는 약속이면 충분해. 그리고……."

하사는 엄한 방향으로 눈길을 돌린 뒤 방탄모 안을 긁었다.

"고마워."

"별 말씀을."

겨울은 그를 일별하고 방을 나섰다. 곧바로 문 잠기는 소리가 난다.

Inter Mission 인공지능의 마음 (1)

본사의 인공지능 엔진 「트리니티」는 세 개의 핵심 모듈을 통해 가상의 인격을 구현합니다. 지금은 그 중 하나, TOM 판독 모듈에 대해 알려드리겠습니다.

TOM(Theory Of Mind : 마음 이론)은 우리의 뇌에 있는 추론기관으로서, 다른 사람의 생각과 마음을 인지하고 이해하는 기능을 수행합니다. 오해를 감수하고 쉽게 설명하면, 「내가 특정한 말과 행동을 했을 때 상대가 어떤 마음으로 어떻게 행동할 것인가」를 예측하는 본능인 것이죠. 당연히 이성적인 판단을 말하는 게 아닙니다. TOM의 활동은 당신의 무의식에서 이루어집니다. 이 기관이 없다면 당신은 다른 사람과 공감할 수 없을 것입니다. TOM 손상의 대표적인 사례가 바로 자폐증입니다. 따라서 TOM은 곧 마음의 일부입니다.

아시다시피 인공지능에는 마음이 없습니다. 그럼에도 불구하고 인공지능이 사람과 꼭 닮은 말과 행동을 할 수 있는 것은, 상당부분 TOM 판독기술 때문입니다. 당신의 이성이 인공지능에게 말을 걸 때, 당신의 마음은 인공지능의 「가장 사람다운」 반응을 기대하고 있습니다. 이것을 읽고 반영하는 것이죠. 어떤 의미에서 인공지능은 당신의 공감능력과 무의식을 비추는 거울이라고 할 수 있겠네요.

고로 인공지능의 반응은 경험하는 사람에 따라 천차만별로 다릅니다. TOM의 발달은 선천적인 자질과 후천적인 학습에 따라 큰 차이가 있기 때문입니다. 네트워크상의 다른 접속자로부터 판독 결과를 제공 받기도 하지만, 가장 중요한 것은 바로 당신의 데이터입니다.

인공지능이 최대한 사람다운 반응을 보이기 위해서는 두 가지가 중요합니다.

첫 번째는 당신의 TOM 등급입니다. 다른 사람의 마음을 얼마나 심도 있게 이해하고 구상할 수 있는가. 기관 자체의 성능이라고 봐도 되겠지요. 만약 당신이 지닌 TOM 기관의 등급이 매우 낮다면, 죄송하지만 당신이 상대하는 모든 인공지능은 수준 이하의 머저리 같은 언행을 보여줄 것입니다. 당신이 경험하는 가상현실은 정말로 재미가 없겠네요. 아니, 어쩌면 재미있을지도 모르겠어요. 온 세상이 덤 앤 더머 투성일 테니까요!

두 번째는 당신의 TOM 적성입니다. 일부 사람들의 TOM 기관은 판독기가 읽기 어려운 구조를 지니고 있습니다. 이것을 TOM 적성이 낮다고 표현합니다. 적성이 낮으면 읽는 데 시간이 오래 걸립니다. 예를 들어 등급은 높은데 적성이 낮을 경우, 반응은 사실적이겠으나 대화 도중 잦은 공백을 경험하게 될 것입니다. 한 마디 건네고 한 세월, 한 마디 받고서 한 세월이 반복되겠지요. 현 시점에서 인공지능과 노 딜레이 상호작용이 가능한 가상현실 이용자는 전체의 약 7.5% 정도로 추산됩니다.

요즘 사람들은 공감능력이 부족하더라고요.

이런 걸 굳이 알려드리는 이유는, 인공지능의 품질 문제로 항의전화를 주시는 분들이 너무 많기 때문입니다. 그건 100% 고객님 과실입니다. TOM 기관, 공감능력 발달을 위해 노오오오력을 하셨어야죠. 접속기 성능이나 최적화 문제가 아니니까 자꾸 전화하지 말아주세요.

정 품질이 불만이시라면 그냥 다른 사람의 가상현실 방송을 시청하시기 바랍니다. 어차피 「감각동기화」 기능이 있으니 느끼는 건 다르지 않아요. 답답하게 자기 세계관을 고집하느니 차라리 그 편이 낫습니다.

지금까지 낙원그룹 가상현실사업부에서 알려드렸습니다.

파소 로블레스 (3)

연방재난관리청(FEMA)은 본래 미국 대통령 직할 독립기관이었다. 9.11 테러 이후엔 국토안보부 산하로 편입되었다. 그래서 재난관리청의 문장도 국토안보부 것이었다.

이상이 지력보정에 의한 증강현실 UI, 홀로그램 안내문이다.

겨울은 붉은 얼룩 가득한 트레일러 트럭에서 이 문장을 찾아냈다. 가까이 어정거리던 감염변종은 푸른 외투를 걸치고 있었다. 등짝에 FEMA Corps 라는 글자가 선명하다.

눈길 마주친 즉시 달려들었던 변종은, 머리가 깨진 채 도로 위에 퍼질러졌다. 시체를 뒤져보았지만 쓸 만 한 것을 찾을 수 없었다. 트럭은 비어있었다. 운행은 가능한 상태였고, 운전석에 열쇠도 꽂혀있었다. 연료잔량이나 배터리 방전여부까지 꼼꼼하게 확인한 결과 이상은 없다.

보건소를 지나 처음 발견한 FEMA 차량이다. 필시 코헨 병장이 이 부근에 있으리라. 가까운 건물부터 뒤져봐야겠다고 생각하다가 멈칫, 주위를 살핀다. 묵직한 진동. 한 번이 아니라, 일정 주기로 이어지며, 점점 더 크게 다가오는…….

'발소리.'

허리에 끼워둔 권총을 뽑는다. 쿠웅, 쿠웅. 모퉁이 돌아 나오는 육중한 실루엣. 거대하다. 인간보다는 유인원에 가까운 모습. 특수변종, 「그럼블」이다. 체고가 단층 건물의 지붕보다 높고, 두껍기로는 장갑차를 능가했다. 변종 다수가 근처를 맴돈다.

집 그림자에서 쑥 나오는 게, 마치 매복이라도 했던 것 같다.

녀석은, 유달리 발달한 코를 벌름거리며 주위를 둘러본다.

겨울은 트럭에 기대어 노출을 피했다.

이걸로 충분하리라고는 생각지 않았다. 그럼블의 후각은, 비록 풍향의 영향을 받으나, 무풍지대 기준으로 반경 50미터의 인간을 감지한다. 냄새는 나는데 보이지 않을 경우, 킁킁거리며 천천히 접근하는 게 패턴이었다. 공략법을 모르거나, 충분한 전투력이 없는 상황에서는, 은폐를 유지하며 도망치는 게 최선이다.

죽일 생각으로 권총의 격철을 당긴다. 준비 없이 발사되는 더블액션 권총일지라도, 해머를 당겨두면 방아쇠 압력이 감소해서 좋다. 명중률을 생각한 조치. 사격기술은 충분하지만, 혹시 모를 일이다.

기다리는 사이, 그럼블은 냄새를 쫓아 꾸준히 다가왔다. 악취가 코를 찌른다. 뭉그러진 거체의 냄새. 이 냄새에 긴장하면, 거리 감각이 왜곡된다. 거리를 잘못 재고 나갈 경우 힘든 싸움을 하게 될 터. 소년은 침착하게 기다렸다.

쿠웅, 쿵. 톤 단위 체중이 움직이며 내는 소리가 심박처럼 몸을 울리며 크기를 키워간다. 겨울은 한 손에 권총을, 다른 손에는 안전클립과 안전핀을 제거한 수류탄을 쥐었다. 양손을 머리 높이로 든 자세. 눈을 감고 때를 기다린다. 경험을 토대로 거리를 가늠했다. 멀어도, 가까워도 위험하다.

하나, 둘, 셋.

겨울은 몸을 휙 돌리며 사각에서 벗어난다. 일그러진 거체가 홱, 놀라운 속도로 반응했다. 맹수의 노오란 눈 한 쌍이 겨울에게 못 박힌다. 푸쉬익 내쉬는 숨. 증기가 새는 것 같았다.

그럼블의 이동속도는 느리지만, 「질주」만큼은 고속이다.

어지간한 차량과 맞먹는다. 그럼블은 사냥감이 일정거리 이상 떨어져 있을 때, 손닿는 거리에 집어던질 물건이 없다면 무조건 「질주」를 사용한다.

겨울이 권총을 겨누었다.

[크아아아—]

퓩!

[—아윩!]

포효하던 녀석이 입을 텁 다물었다. 짧은 뒷걸음질. 목구멍에 박힌 총알 탓이다. 물리내성을 지닌 괴물의 유일한 약점.

그 틈을 타 겨울은 주위를 에워싼 일반변종들을 겨냥했다. 연속사격. 방망이 맞은 수박처럼 깨져나가는 머리들. 그 사이 정신 차린 그럼블이 다시 「질주」를 준비하며 포효했다.

[크아아아아아—아윩?!]

목젖 부근에서 피가 튀었다. 다시 한 보 물러나는 대형 변종. 겨울은 차분하게 다가갔다. 4미터 이내로 들어가면 근접전투 패턴이 작동한다. 그 경계선 바깥에 머무는 요령이 중요했다. 실패와 죽음으로 학습한 거리 감각이었다.

겨울이 반경 4미터 안에 들지 않았으므로, 충격(Stun) 상태에서 회복한 그럼블이 「질주」 자세를 잡는다. 「질주」 직전, 그럼블은 반드시 소리를 지른다. 이 때 구강 내 피격판정이 발생하면 패턴이 중지되고, 잠시 무력한 상태가 된다. 다른 공략방법은 난이도가 높다. 그래서 다수가 동시에 등장하면 난이도가 급상승한다. 목구멍은 작은 표적이다. 여러 마리를 동시에 견제하기가 쉽지 않다.

고개를 흔든 녀석은 같은 행동을 반복한다.

이번에 한해 겨울의 행동만 다르다. 수류탄을 던졌다. 사람 하나 그대로 삼킬 만큼 큰 입이라, 목구멍은 농구공이 들어가고도 여분이 남는다.

수류탄이 목젖을 치고 들어간 뒤 겨울은 정조준 사격을 가했다.

타앙! 피가 튀었다. 놈은 또 입을 꾹 다물고 휘청거리며 물러났다.

끝이다.

[퍼엉!]

살과 근육에 갇혀 누눅해진 폭음. 목구멍을 넘어가 터진 폭발이 강력한 변종의 체내를 갈기갈기 찢었다. 폭압에 튀어나온 안구가 신경에 매달려 대롱거리고, 피부가 썩은 거인은 폐병 걸린 인간처럼 피를 토했다.

케엑! 케엑! 그웨엑!

혀를 빼고서 피를 게워내는 와중에, 겨울이 다시 수류탄을 까 넣는다. 그것은 끈적한 혓바닥에 붙었다. 그냥 두면 위험하다. 벌어진 입 안에 총탄을 두 발 연속으로 박는다. 변종이 입을 다물고 침을 꿀떡 삼켰다. 수류탄의 지연신관은 위장에서 타들어갔다. 두 번째 체내폭발. 썩은 피부가 꿀렁 물결친다. 거대한 체구가 중심을 잃더니, 무릎을 꿇고, 흔들리다가, 천천히 기울어져, 바닥에 충돌한다.

쿠궁. 건물이 무너지는 것 같았다. 겨울은 여상스런 표정이었다. 익숙한 입장에서, 하나 뿐인 그럼블은 손쉬운 사냥감이었으니까. 그는 들어온 경험치를 확인한다. 이른 시기에 특수변종을 잡으면 가산 경험치가 더해진다. 다른 인물이 퇴치하기 전, 즉 세계관 내 해당 특수변종을 처음으로 물리친 것으로 판정되면, 더더욱 많은 보상을 받을 수 있다.

확인해보니 둘 모두에 해당되었다. 흡족한 수준의 보상을 획득했다. 한 놈 더 만나도 좋을 텐데. 경험 없을 때와 천양지차의 생각을 품고서, 겨울은 가까운 건물을 수색하러 들어간다.

경험치 여유가 많으니 「추적」 기술에 소극적인 투자를 해본다.

4등급. 겨울은 곧장 그 효과를 체감할 수 있었다. 증강현실 인터페이스가 시선 닿는 단서마다 강조효과를 부여했다. 눈의 초점이 그 위에 머물면, 자세한 내용이 출력된다. 옅은 먼지 위로 난 발자국을 발견하기도 쉬워졌다. 강조효과가 없었다면, 자세히 보지 않는 한 몰랐을 흔적이다.

발자국을 따라간 끝에 나타난 문 하나. 두드려보았다.

"코헨 병장님? 안에 계십니까?"

그러자 안쪽에서 부스럭거리는 소리가 났다. 다리 불편한 누군가가 억지로 일어서는 소음. 과연, 떨리는 목소리로 대꾸가 돌아온다.

"바나나, 너냐?"

"이름으로 불러주시면 좋겠네요. 아무튼 맞습니다. 약속대로 구해드리러 왔어요."

덜컥! 문이 열리고, 시선이 마주친다. 전기 끊긴 실내에 그림자 드리워져, 어두운 허공에 두 눈 떠있는 느낌이다. 흑인이라 더하다. 모르고 열었으면 놀랄 뻔했다. 덩치 값 못하고 눈물 줄줄 흘리며 하는 말이 가관이었다.

"오, 신이시여. 이렇게 무모한 애송이를 세상에 보내주셔서 진심으로 감사드립니다."

"자꾸 그러시면 버리고 갑니다."

"키만 작은 게 아니라 속도 좁다니!"

"이 사람이?"

만담은 여기까지. 비틀거리고도 기어코 일어난 그가 와락 끌어안는다. 아무렇지 않은 척, 태연한 척 하기도 한계인 모양. 사람을 다시 만난 것 자체가 기뻐서 어쩔 수 없는 사람의 행동이다. 신이시여, 신이시여, 같은 말을 미친 사람처럼 되뇌었다.

실컷 울고서 겨우 떨어진 코헨은 그래도 여전히 떨고 있었다.

"호, 혹시 오는 길에 괴물 없었어? 가까운 곳에서 그 놈 울부짖는 소리가 들렸는데?"

"전쟁을 직업으로 삼은 사람이 왜 그렇게 겁이 많아요?"

"전쟁이면 차라리 낫지! 내가 쏘면 죽는 놈들이 적이니까! 하지만 그건 아냐! 총알이 안 박힌다고! 그놈과 마주치면 우린 죽은 목숨이야!"

겨울이 대수롭지 않은 태도로 대꾸했다.

"죽였어요."

"뭐?"

얼빠진 코헨을 두고 겨울은 방 안을 둘러보더니 의자 하나 끌어왔다.

"앉아 봐요. 다리를 어떻게 해야 나가든지 말든지 할 거 아녜요?"

일단 시키는 대로 의자에 앉아 다리를 내민 코헨은 저 앞에 꿇어앉아 응급처치를 시작하는 소년을 혼란스럽게 바라보다가 다시 한 번 물었다.

"이봐, 죽였다는 게 무슨 말이야?"

"주둥이에 수류탄 까 넣었어요. 두 번 터지니까 죽더라고요."

"……."

중간에 보건소에 들르길 잘했다.

코헨의 종아리는 퉁퉁 부어있었다. 물에 불린 고기 같다. 거즈를 감고, 부목 닿을 자리에는 탈지면을 두껍게 넣고, 부목 대용으로 스테인리스 심을 대고서 압박붕대로 단단히 묶는다.

골절부위 위아래로 버텨주지 않으면, 부목을 대는 의미가 없다.

숙련자 레벨의 응급처치를 멍하니 받고 있던 병사. 그는 미심쩍은 표정을 짓는다.

"놀리지 마. 나 안심시키려고 구라 치는 거지?"

"노란 안구에 붉은 눈동자, 체고가 대략 5미터 쯤 되어보였고, 좌우로는 험비 가로 폭보다 퍼졌던데요. 전체적으로 보면……피부 썩은 근육질의 거대 유인원? 뭐 아무튼 제가 본 건 그렇게 생겼는데 아니라고 주장하신다면야 더 할 말 없고요. 어차피 나가면 시체를 직접 보게 될 테니까, 여기서 입씨름할 필요 없죠. 다 됐습니다. 목발 짚고 일어서보세요."

코헨이 일어나며 끙 하는 신음을 흘렸다. 부목 대고 붕대 감아도 결국 응급처치일 뿐이다. 한 손에는 무기를 들어야 한다. 그런 관계로 목발은 한 짝만 챙겨왔으니, 조심스럽게 움직이지 않으면 다친 쪽 다리에 부하가 실리기 쉬웠다.

"가시죠. 가는 길에 애쉬포드 하사님도 챙겨야 하니까, 늑장부려서 좋을 것 없어요."

태연하게 앞장서는 소년을 보고 병장은 여전히 미심쩍다. 이걸 믿어야 하나?

진실은 나가자마자 밝혀졌다. 코헨 병장은, 축 늘어진 거체의 실루엣을 보자마자 Oh Shit! 하고 엉덩방아를 찧었다.

비정상적으로 팽창한 근육 때문에, 죽어서도 쓰러지지 않은 그럼블 탓이다. 보고 놀랄 법 했다.

"죽었다니까요."

자, 하고 손을 내민 겨울에게 의지하여 일어나는 코헨.

겁먹은 얼굴로 그럼블 있는 쪽을 기웃거린다. 겨울이 태연하게 그 옆으로 가서 보란 듯이 발로 찼다. 그제야 코헨은 그 괴물이 죽어있다는 사실을 받아들였다. 입이 한층 더 걸게 변한다.

"미쳤어! 너 이 자식 졸라 미쳤다고! 세계 최고의 니미 씹할(mother fucking) 바나나야!"

슬랭의 어감에 익숙하지 않으면 욕으로 들려도 이상하지 않을 강렬한 찬사였다. 여기서 니미 씹할은 그냥 겁나 끝내준다는 뜻일 뿐이었다.

사실 흑인이라고 해서 모두가 이런 말을 쓰는 건 아니다. 슬럼가 거주민들의 질박한 언어로, 동일한 환경에선 백인도 같은 말을 쓴다. 소득수준으로 인한 문화적 소외였다.

그래도 바나나는 좀 그렇다. 마커트 대위만 없었다면 그러려니 했겠는데.

"자꾸 바나나라고 부르면 저도 초코 볼이라고 부릅니다?"

"그거 좋지!"

검은 피부에 대머리가 초코볼 같아서 던진 농담인데, 덥썩 받아먹는다. 이 사람 약 맞은 것처럼 들떴네. 겨울은 권총을 뽑아 그의 어깨 너머를 쏘았다. 퍽. 단발 사격. 피 튀는 소리 내고서 풀썩 쓰러지는 변종 하나. 좀 놀랬다고 겨울이 저를 죽이려는 줄 알았던 코헨이 슬며시 뒤를 돌아보더니, 목발을 겨드랑이에 끼우고 엄지를 척 세웠다.

"다시 말씀드리지만 이름으로 불러주셨으면 좋겠네요. 제 이름, 잊지 않으셨죠?"

"잊었는데?"

코헨 병장이 겨울의 뚱한 면전에 대고 너스레를 떨었다.

"이봐, 내가 그렇게 머리가 좋았으면 하버드를 갔지. 한 번 듣고 어떻게 기억하겠어?"

"능청은……. 한겨울입니다. 발음하기 어려울 테니 그냥 한이라고 불러도 상관없어요."

"오케이, 한. 기억하지. 근데 이거 진짜 굉장하네."

그렇게 중얼거리는 병장의 표정이 점점 가라앉는다. 그 시선 끝엔 그럼블의 사체가 있었다.

"이 놈이 내 친구들을 갈가리 찢어 죽였어."

"…그만 가죠. 지체할 시간 없어요."

"……."

겨울은 집에 들기 전 봐두었던 FEMA 트레일러 트럭을 가리켰다.

"운전 가능해요?"

"물론이지. 발 한 짝 병신이라도 운전 정도라면야."

"잘 됐네요. 가는 길에 식량도 좀 챙겨야 할 것 같으니까요. 오면서 봤는데, 저 덩치가 설치느라 도로를 적당히 치워준 것 같더라고요. 적어도 학교 가까운 곳까진 차량으로 이동할 수 있을 거예요."

"그거 잘됐군. 그건 그렇고……. 이봐, 한. 이대로 복귀할 생각은 안 들어?"

병장의 질문은 반쯤 자기 욕심을 채우고 있었다. 적어도, 남의 속 곧잘 꿰뚫는 겨울이 감지하기로는 그랬다. 농담처럼 던지지만, 사실 지치고 아파서 그냥 도망치고 싶다는 이기심. 자연스러운 것이니 비난하지는 않는다.

"당신 때문에 여기까지 온 제가, 두고 온 사람들이라고 버릴 것 같아요?"

"에이, 농담이었어."

코헨은 어깨를 으쓱하더니 차에 시동을 걸었다. 부드럽게 떨리는 차체. 이어지는 엔진 구동음이…….

[콰앙!]

"엥?"

놀란 코헨이 어벙하게 중얼거린다.

"엔진 소리가 미쳤어! 이 자동차 고장났나봐."

"저기요, 머리도 다치셨어요? 수류탄 터지는 소리잖아요."

폭음이 이어졌다. 월넛 드라이브와 크레스턴 로드의 교차지점에서 서쪽으로 나아간 방향이었다. 그리고 이어지는 괴성. 인간의 것이 아니다. 코헨이 한숨 쉬며 운전대를 두드렸다.

"아이고. 저런 거 하나 더 있나본데?"

"마저 잡아 죽이죠."

겨울의 대꾸에 기가 질리는 흑형.

"와, 이 상남자 새끼."

"직진하세요, 교차로까지. 나머지는 상황 봐서 행동하기로 하고요."

"……."

"뭐해요? 동료들 더 죽기 전에 서둘러야 할 거 아녜요?"

"젠장, 그래야지."

코헨은 머리에 쓴 방탄모 한 번 주먹으로 콱 치더니 가속페달을 냅다 밟았다. 끼이익- 치솟는 RPM. 공회전에 이은 급가속이, 도로 위에 긴 바퀴 자국을 남긴다. 차량은 좌우로 휘청이며 내리막을 달리기 시작했다.

박살난 집이 폭풍 맞은 것처럼 날아다녔다. 그 가운데 찢어진 사람도 있었다. 근접전투 패턴의 그럼블은 압도적인 전투력을 발휘한다. 주먹질 세 번에 단층 주택의 3할이 날아가 버렸다.

엄폐물을 찾아 빈 집으로 들어갔던 병사들은, 혼비백산하여 반대편 창문으로 기어 나왔다. 그 와중에 나오다 마는 자도 있었다. 집 안에도 변종이 있었던 모양. 끌려들어간다. 비명. 창문에 핏물이 튀었다. 물리면 감염된다. 그렇더라도 목숨은 부지할 것이나, 의미 없다. 그럼블이 벽을 부수고 나오면서 건물 전체가 주저앉았다. 폭삭 무너지는 집, 아직 숨 붙은 생명 위로 우르르 쏟아졌다. 짓눌려 죽는다.

사격은 무용지물이었다. 물리충격에 면역이라, 입 아니면 약점이 없는 놈이다. 그래도 전차 주포나 대전차미사일에 직격당하면 뭉개지긴 할 것이다. 병사들에게 당장은 없는 것들이었다.

건물 부수고 나온 그럼블이 탐색 패턴에 접어든다. 이어질 행동은 둘 중 하나. 손에 잡히는 중량물이 있다면 「투척」 패턴이고, 아니라면 「질주」 패턴이다. 어느 쪽이건 직전에 입 쩍 벌리고 소리를 지른다.

마침 가까이에 승합차가 있었다. 괴물이 움켜쥐는 악력에, 차체 프레임이 우득우득 우그러졌다. 홍─

승합차의 탄도비행을 본 코헨 병장은 와들와들 공포에 떨었다.

"정말 저걸 상대할 방법이 있는 거지?"

차 떨어진 자리에 퍽 터진 핏물과 흩어진 내장이 요란하다. 사람 하나 쉽게 죽인 괴물은, 트레일러 급정거하는 소리에 관심이 끌린 모양이다. 거대한 포식자가 느릿느릿 방향을 바꾸었다. 형형한 눈 두 짝 이쪽으로 고정된다.

"있다고 말해줘. 제발……."

"후진하세요."

이 말 남기고 겨울 자신은 차에서 내렸다. 거리가 좀 멀어 권총으론 명중탄이 안 나오겠다. 탐색 패턴을 거친 놈이 질주 패턴으로 접어드는 게 보인다. 겨울이 메고 있던 소총을 앞으로 돌려 조준했다.

이 방식의 공략은, 사격 기술이 수준 이하일 때 무용지물이다. 조준속도가 느리고 명중률이 낮아서 그렇다. 그래서 기술이 부족하게 마련인 초반에 잡으면 경험치 가산이 붙는 것. 관련하여 업적도 존재한다.

[크아아아아─]

[툭! 투두둑! 투두둑!]

[-왥! 켁!]

탱강탱강 경쾌하게 탄피 떨어지는 소리. 두 번 끊어 쏜 일곱 발 중 명중탄이 다섯. 총알 박힌 입 다물고 주춤 물러나는 괴물. 겨울은 견착과 조준을 유지한 상태로 침착하게 걸어가며, 놈이 입을 벌릴 때마다 방아쇠를 당겼다. 이동간 사격 치고 놀라운 명중률이다.

살아남은 병사들 중 제정신인 자들의 화력이 쏟아졌다. 괴물은 눈을 돌리지 않는다. 물리내성이라, 어차피 피해도 없었다. 위협적인 상대부터 배제해야 한다. 가장 많은 피해를 입힌 건 겨울이었다.

겨울은 뚜벅뚜벅 걸어갔다. 가는 동안 두 번 더 사격을 가했다. 일반 변종들을 동시에 견제하려니, 탄창 잔량이 얼마 없다.

눈으로 거리를 재어 약 5미터 밖에서 정지. 수류탄의 클립을 따고, 이빨로 핀을 뜯는다.

목표, 거대한 얼굴이 추악하게 일그러졌다.

[크아아아아아!]

직구로 던진 수류탄은 까만 목구멍으로 꿀꺼덕 넘어갔다. 저가 뭘 삼켰는지 모르는 놈이, 두 팔 벌려 포효하며 돌진을 개시하는 순간.

[퍼엉!]

괴물의 몸이 번쩍 했다. 살을 뚫고 나오는 빛. 거체는 순간적으로 팽창했다. 경련하는 야수. 왈칵 토해내는 피와 내장조각들. 파열된 안구에서 붉은 눈물이 흐른다. 그래도 후각이 멀쩡하니 접근은 금물이다. 그로기 상태로 고통스럽게 포효하는 놈에게, 다시 하나 수류탄을 먹인다.

폭음. 그 단단하던 몸이 바깥으로 깨졌다. 식도 앞쪽으로 뻥 뚫린 몸에서, 핏물이 작은 폭포처럼 쏟아진다. 무릎 꿇는 묵직한 진동. 거인은 전원 나간 기계처럼 생명을 잃었다.

겨울은 들어온 경험치에 만족했다. 슬슬 주요 기술 중 하나쯤 천재의 영역까지 끌어올려도 괜찮을 것 같은데. 당장 결정할 필요는 없을 것이었다.

첫 등장이라 그런지 생각보다 쉽다.

정신 빠진 병사 다섯이 시체에 대고 총탄을 쏟아 부었다. 정작 배후에서 엄습하는 감염변종은 눈치 채지 못한다. 그럼블의 포효에 이끌린 변종들이, 굶주린 개처럼 뛰어왔다. 위험한 자가 둘이다.

겨울이 두 손 번쩍 들어 엑스자로 교차시켰다.

"이건 죽었습니다! 뒤! 뒤를 조심하세요!"

가로수 사이마다, 건물 모퉁이마다 속속 나타나는, 냄새나는 것들. 수가 워낙 많았다.

이때 들리는 거친 엔진소리. 겨울이 시키는 대로 멀어졌던 코헨의 트레일러다. 장애물을 피하며 달려오더니 거칠게 방향을 꺾었다. 콰아아아, 넘어질 듯 휘청거리면서도 용케 중심을 잡는 차량. 운전석에서 코헨이 상체를 내밀었다.

"뭐 하냐! 이 염병할 짬찌 새끼들아! 빨리 타!"

병사들이 허겁지겁 몰려들었다. 슬슬 굴러가는 차를 보고 꽁지가 탔나 보다. 총을 버리고 머리를 감싸 쥔 볼품없는 모습들. 몸을 던지다시피 뛰어든다. 트레일러 짐칸은 충분히 넓었다. 헉헉거리며 널브러진 병사가 다섯이어도, 여전히 공간이 남았다.

조수석으로 들어온 겨울을 보고 코헨이 소리를 질렀다.

"예아아아아! 졸라게 끝내주네! 크하하하하!"

차량은 도로를 벗어나 주택 사이를 달렸다. 땅이 남아도는 미국답다. 건물 사이로 차가 달릴 공간이 충분했다. 정원에 울타리가 있어도 장식물 수준이다. 차를 막긴 어렵다. 주택가를 대각선으로 가로지른 차량은, 보건소 앞에서 급정거했다. 짐칸에 있던 이들이 굴러다니며 내뱉는 욕설이 들린다. 그걸 듣고 코헨은 또 좋다고 웃었다. 하기야 몇 시간 전까지 고립된 채 죽기를 각오하고 있었다. 일부나마 동료들을 다시 만났으니, 기분 좋을 법도 했다.

다른 사람의 도움은 필요 없었다. 애쉬포드 하사는 혼자 걸을 수 있는 몸이었고, 지금쯤 약기운도 달아났을 것이었다.

겨울 혼자 들어가 끌고 나온다. 나올 때만 해도 팔 붙잡고 끙끙대던 하사는, 동료들과 재회하고서 고통 싹 사라진 표정이 되었다.

겨울이 탑승하자 차가 다시 달리기 시작한다.

"저 많은 수를 방치하긴 좀 그렇네요."

차 달리는 속도를 따라잡지 못해 한참 뒤떨어지긴 했으나, 그래도 떼 지어 쫓아오는 놈들이 불길하다. 뒤쪽 먼 거리에 엄청나게 우글거렸다. 인간을 벗어났기에, 쉽게 지치지도 않는다. 코헨 병장이 묻는다.

"어떻게 하려고?"

"저쪽에 주유소가 하나 있던데요. 기름 뿌리고 굽죠."

"하여간 똥양인들이 머리 하나는 기똥차게 좋아! 오케이, 쿨하게 가자고!"

불이 번질 범위를 감안하여 훨씬 나아간 곳에 정차했다. 주의 깊게 뿌려두더라도, 주유소가 폭발할 위험이 있었기 때문이다.

겨울은 디코이를 설치하겠다고 나섰다. 앞서 챙겨두었던 라디오를 말함이다. 봉쇄선 너머에서 보내는 재난방송 주파수가 잡혔으므로, 잡음만 나오는 일은 없었다. 볼륨을 최대로 올렸다. 험비의 잔해 안에 던져둔다. 사지 멀쩡한 병사 둘이 엄호하겠다고 붙었다. 나머지는 좀 떨어진 엄폐물을 찾아 엎드린 채 총구만 내놓았다.

기름을 뿌린다. 맑은 휘발유가 도로를 적시며 내려갔다. 월넛 드라이브는 크레스턴 로드로부터 북쪽으로 이어지는 오르막이었다. 도로의 교차점에 있는 주유소는 불 지르려는 곳보다 미세하게 높았다. 낮았다면 여러모로 곤란했을 것이다. 담뿍 뿌려졌다고 판단한 겨울이 주유기를 본래 자리에 꽂아두고서, 병사들을 향해 물었다.

"불 좀 빌려주실 분?"

"담배는 필요 없고?"

겨울의 요청에 시답잖은 농담으로 대꾸한 병사 하나가, 품에서 지포 라이터를 던져주었다. 겨울은 변종들이 젖은 도로 위로 뛰어들기를 기다렸다. 때가 되어, 부싯돌 당긴 라이터를 집어던진다.

가솔린에 불이 붙었다.

화르륵! 새빨간 불길과 연기가 피어올랐다. 불판이 깔렸다. 성냥을 던지면 불이 꺼지는 중유나 디젤과는 다르다. 가솔린은 증기에 스파크만 튀어도 폭발한다. 확 끼쳐오는 열풍에 사람이 밀릴 정도였다. 너무 밝아서 눈이 아프다. 한 팔로 빛을 가려야 했다.

타오르는 도로 위에 검은 그림자들이 춤을 추었다. 불타는 소리에 괴성이 뒤섞인 불협화음. 병사들이 인상을 찌푸렸다. 그 와중에 빛과 연기를 뚫고 튀어나오는 감염변종들. 타오르는 몸에 개의치 않고, 숙주를 늘리려는 발악이었다.

"쏘지 마세요. 총알 낭비니까."

계급만 보면 겨울의 말을 들을 필요는 없다. 그러나 그들은 한참 어린 소년의 말에 따랐다.

과연, 굳이 쏠 필요가 없었다. 타들어가는 근육은 제멋대로 수축한다. 그래서 분신자살하는 사람은 항상 앞쪽으로 넘어지며, 화재로 타죽는 인간은 태아처럼 웅크린다.

변종들도 마찬가지였다. 고기 익는 냄새를 풍기며 자글자글 끓어오르는 검은 몸뚱이들. 달려오던 기세 그대로 넘어져 바닥을 구른다. 살이 벗겨졌다.

감염변종들은 고통에 얽매이지 않는다. 불 속을 달려서 통과한다면 위협적이긴 할 것이다. 그러나 안구가 구워진 다음에는 방향을 구분할 수 없다. 헤매게 된다. 새롭게 뛰어드는 것들도 먼저 온 것들과 같은 신세다.

보는 이에게도 끔찍한 광경이었다. 너울거리는 빛 속에서 몸부림치는 검은 그림자들. 불로 그려낸 지옥 같았다. 변질되었어도 본래는 인간의 육체. 내지르는 비명도 인간을 닮았다. 펑펑 터지는 소리가 섞인다. 험비 잔해에 남은 탄약의 유폭이었다.

다만 가끔은, 열팽창한 몸뚱이가 풍선처럼 터지는 소리이기도 했다.

엄폐해있던 자들도 어느덧 가까이 왔다. 거대한 화형식을 참관한다. 멍하니 지켜보던 병사 하나가, 성호를 긋고 십자가 목걸이에 입을 맞췄다.

겨울이 말했다.

"돌아가죠. 기다리는 사람들에게로."

다들 말없이 수긍한다. 살아남은 기쁨, 그저 손 놓고 쉬고만 싶은 피로, 안도, 옅은 슬픔 등이 뒤섞인 표정들. 불을 등진 그림자들이 겹겹이 늘어졌다. 식량이나 좀 챙겨갔으면 좋겠는데, 이래서는 무리가 많겠다.

사람 수가 늘어난 만큼, 가는 길의 장애물들을 치우고 끝까지 차를 몰았다. 채 하루가 지나지 않았건만, 며칠은 떠나 있었던 것처럼 느껴지는 체육관의 모습. 뒷문 쪽으로 다가가 문을 두드렸다.

문을 열어준 것은, 이제나 저제나 기다리고 있었던 이유라였다. 방독면을 벗는 겨울을 보고 두 눈 크게 뜬 그녀. 굳어 있다가, 와락 끌어안았다.

"걱정했어. 돌아오지 않을까봐……."

코헨 병장이 경박한 휘파람을 불었다.

그러나 그녀가 울기 시작하자 이게 아닌데 싶은 표정이다. 멋쩍게 머리를 긁는다.

열린 문으로 일곱 명의 미군이 우르르 쏟아져 들어갔다. 대피해있던 사람들이 움찔 놀랐다. 심지어 총을 겨누는 이도 있었지만, 지친 미군들은 그런 걸 신경 쓰기도 귀찮은 모양이었다. 몇몇은 바리케이드를 지나기도 전에 주저앉아 한숨만 쉬었다. 코헨과 애쉬포드 하사는 주먹을 부딪히며 시시덕거렸고, 나머지는 담배를 빼물고 가슴 불룩해질 때까지 쭈욱 빨아들였다.

플레이어에게 해로울 것은 없는데, 겨울은 굳이 거리를 벌렸다. 생전…이라고 해야 할까, 제 몸 있던 시절부터 집안에서 피는 아버지의 담배냄새가 그렇게 싫었기 때문이다.

그걸 두고 병사들이 웃는다. 저 놈 그렇게 살벌하더니, 그래도 아직 어린 게 맞다면서.

어디선가 박수 치는 소리가 들려왔다. 외로운 갈채를 보내는 사람은 아직 어린 학생이었다. 불규칙한 식사와 실내 생활이 길어 하얀 피부가 더욱 하얗고 창백해진 그 아이는, 눈물을 머금고 열심히 박수를 쳤다. 시선은 정확하게 겨울이 있는 방향이었다.

박수가 더욱 번졌다. 찬사를 던지는 말들이 뒤섞인다. 미군들도 분분히 일어나 합세했다. 소음을 의식해 소리 줄인 찬사들이, 오히려 더욱 크게 느껴질 수 있었다.

그 와중에 진석 홀로 씁쓸하다. 결과가 아무리 좋아도 과정을 수긍할 수 없는 것이다. 애당초 나가선 안 되었다는 생각은 그대로일 테니까. 겨울을 상대로 패배감을 느끼기도 할 것이고. 그것도 미성년자를 상대로 느끼는 패배감이다.

경쟁자의 성공은 야망 있는 사람에게 언제나 쓰라린 법.

유라가 여전히 한쪽 팔 잡고 훌쩍훌쩍 울었다. 달래주고 있는데, 미군 생존자 중 최선임자인 애쉬포드 하사가 다가왔다. 무슨 일인가 보고 있으려니 절도 있는 경례를 붙인다.

"네 용기에 경의를 표한다. 정말 신세가 많았다."

"인사는 복귀한 뒤에도 늦지 않아요."

목숨을 구해줘서 얻는 호감은 질이 좋다. 감소하지 않는 불변보정이 대부분이기 때문이다. 그것은 오직 같은 불변보정에 의해서만 상쇄된다. 눈앞에서 가족을 살해한다던가 하지 않는 이상, 지금 얻은 이득은 언제까지라도 살아있을 것이었다.

하사가 동료들에게 돌아간 뒤, 겨울은 옷자락으로 유라의 눈물을 닦아주었다. 더러운 얼굴이 눈물 자국을 따라 하얗게 변한다.

미모는 여성의 무기인 동시에 약점이기도 하다. 그래서 캠프 내의 많은 여성들이, 자기보호를 위해 자신을 가꾸지 않았다. 그러므로 충분한 위생시설이 존재하더라도, 공동체가 안정적이어야 각자의 매력이 살아난다. 당장 유라만 하더라도 엉망으로 뻗친 머리에 때 묻은 피부다. 원래 어떤 모습이었을지 짐작도 가지 않았다. 그나마 이렇게 닦아주다 보니, 꾸며놓으면 꽤 괜찮지 않을까 싶은 정도였다.

동시에 신호음이 울렸다.

「SALHAE님에 의하여 시청자 퀘스트가 부여되었습니다.」

공개방송을 지켜보는 사람이라면 누구나 가상화폐인 「별」을 걸고 진행자에게 퀘스트를 부여할 수 있다. 이를 시청자 퀘스트라 부른다. 유라를 다독여주며 곁눈으로 메시지를 읽었다. 내용이 가관이었다.

「SALHAE님의 말 : 쎅쓰하고 시퍼! 쎅쓰하고 시퍼!
쎄에에에에엑쓰으으으으!」

달성조건은 아주 단순했다. 이유라와의 섹스. 제한시간도 없고 세부목표도 없다. 그냥 그녀와 자는 것만으로 1000개의 별을 얻을 수 있었다.

소년은 잠시 별을 기다리는 꽃을 떠올렸다.

애초에 이것을 원하였기에 방송을 시작했지만, 아직 거부감을 떨쳐낼 수 없다.

'조금 더, 여유를 두자…….'

소년은 퀘스트를 거부했다.

들어올 때가 이미 늦은 오후 무렵이라, 일몰은 금세 찾아왔다. 군중공포는 상당히 낮다. 병사들을 통해 퍼져나간 과장된 무용담이 학생들로 하여금 소년을 우러러보게 만들었고, 성인들에게도 적잖은 영향을 주었다. 이쯤 되면 미성년자 페널티는 의미가 없다.

「AI 도움말 (통찰 10등급/간파 10등급)」

이제 사람들은 당신만 있으면 어떻게든 될 거라고 생각하고 있습니다. 당신은 이곳의 사람들이 형성한 일시적 공동체의 정신적 지주이며, 함께 머무르는 것만으로도 군중공포가 감소합니다. 당신의 통찰력에 의해 알 수 있는 현 시점의 군중공포는 19%, 오차범위 가감 2.8%입니다.

겨울은 새로 얻은 경험치 분배에 고심했다.

리더십 계열의 핵심 기술인 「통찰」이나 「간파」는, 사용빈도가 높기에 경험치를 투자할 가치가 있었다. 그 외에 장애물이 많은 환경에서 이동을 수월하게 하는 「무브먼트」 기술도 5등급까지 올려두었다. 다른 기술과의 연동 효율도 높다.

전투기술 쪽에서 「투척」과 「사격숙련」을 새로 습득한다. 각각 5등급씩. 「투척」은 앞으로 수류탄 쓸 일이 많아질 것에 대한 대비다. 칼 따위를 던질 때에도 도움이 될 것이다.

「사격숙련」 같은 경우 「개인화기숙련」, 「중화기숙련」, 「궁술숙련」 등 거의 대부분의 원거리 전투기술을 광범위하게 강화한다. 대신, 경험치 소비가 많고 효과는 비교적 적다.

여기에 「개인화기숙련」을 한 등급 올려 11등급, 천재의 영역 초입에 이르게 한다. 종말 후반에 접어들어도 타의 추종을 불허할 수준이었다.

잔여 경험치에 여유가 남도록 기술 조정을 끝낸 겨울은 시간을 가속시켰다. 어차피 캠프로 돌아가면, 주민구조 임무 완수에 의한 추가 보상이 있을 것이다. 그 때 다시 조정해도 된다.

새벽에 지축이 웅장히 울었다. 시간가속은 자동으로 해제된다.

땅을 흔드는 것은 헬기 로터 돌아가는 소리였다. 동시에 생존자를 찾는 무전이 있었다. 겨울과 시선을 교환한 애쉬포드 하사가 무전기를 붙잡고 응대했다.

들어본즉, 특수변종이 출현했다는 보고 때문에 공격헬기가 출동한 것이라 했다. 미국의 항공전력은 대부분 봉쇄선 차단작전이나 다른 캠프들에 대한 화력지원, 물자공수 작전으로 바쁘다.

네 대나 되는 공격헬기가 몰려온 건 분명 이례적인 일이었다. 파일럿은 특수변종의 샘플을 획득하는 것이 임무라고 밝혔다. 이를 위해 질병관리본부(CDC) 및 연방 공공보건서비스 부대 병력과 대형 수송헬기가 따라왔다고 한다.

이쪽에서 자력으로 두 개체를 격파했으나, 더 있는지는 모르겠다고 전했을 땐 적잖이 놀란 눈치였다. 당장 목소리부터 달라졌다. 위치를 알려달라는 요청에 따라 「독도법」을 활용했다. 체육관을 기준으로 대략적인 방위와 거리를 통보했다.

공격헬기, 아파치 편대는 도시를 샅샅이 뒤져가며 감염변종을 소탕한 끝에, 더 이상의 특수변종은 존재하지 않는다고 판단했다. 이후 캠프로부터 브라보 중대가 새롭게 도착함으로써, 구조임무는 완전히 종료되었다.

차량 행렬이 국도를 따라 북으로 올라갔다. 그동안 공격헬기 편대가 엄호해주었다. 멀리서, 차량행렬을 본 변종무리가 미친 듯이 달려왔다. 이에 아파치 두 대가 호버링(제자리 비행)으로 방향을 바꾸어 기관포를 쏟아 부었다.

[투타타타타!]

시간당 항공유 70갤런 이상을 빨아먹는 이 게걸스러운 공격헬기는, 그만큼 강력한 파괴력을 과시했다. 고폭탄을 초당 10발씩 쏟아낸다. 한 발 한 발이 수류탄 이상으로 위력적이다.

퍼퍼퍼펑-! 퍼엉!

폭음과 연기가 직선으로 질주하는 광경. 실로 장관이었다.

차량행렬이 캠프의 가시거리 안으로 접어들자, 헬기 편대는 사방으로 흩어졌다. 보이는 족족 변종 집단을 박살내며 먼 곳까지 돌아 사라진다. 안전을 위한 분산 이동. 캠프 근처에서 바로 회항해버리면, 그 엄청난 소음으로 인해 변종들이 캠프로 몰려올 것이기 때문이었다.

과거 (3) 거래당일

겨울에 태어난 소년은 낯선 저택에 있었다. 천장이 높고 벽이 멀어, 사람 사는 집처럼 느껴지지 않았다. 차가운 곳이었다. 바깥은 가을인데 실내는 겨울 같았다. 겨울. 춥고도 쓸쓸한 한 철. 소년은 자신이 태어난 계절을 좋아하지 않는다. 함께 온 부모에게도 같은 느낌인가보다. 두 사람, 복도를 걷는 것만으로 심하게 위축되었다.

안내하는 사람은 아름다웠다. 고용인이라고 생각했는데, 사실은 혜성그룹 회장의 딸이었다. 부친과의 나이차가 굉장히 크다. 차라리 손녀라면 믿겠는데. 그녀는 신색이 고요했다.

질감 부드러운 머릿결이 내려와, 얼굴을 반쯤 가리고 있었다. 소년은 그 너머를 살폈다. 마음에 눈 내린 얼굴이 보인다.

고건철 회장, 젊음에 굶주린 노인은 상품을 기다리고 있었다. 인사치레가 없다. 보자마자 하는 말이 이랬다.

"벗어."

"예?"

"다 벗으라고. 상품 상태를 봐야 할 거 아냐."

거칠고 퉁명스럽다. 겨울은 난처했다. 동생쯤 되는 나이더라도, 이런 데서 벗기는 어렵다. 하물며 몇 년 뒤면 스무 해를 사는 겨울이었다. 어찌 쉽게 맨몸을 보이겠는가. 주위에 낯선 사람이 한 둘이 아닌데. 고용인들의 시선도, 회장의 딸이라는 여자도 신경 쓰인다.

그들도 당혹스러운 눈치다. 감추려고 애써도 뻔히 보였다.

마음이 추운 소년은 타인의 기분에 민감하다.

회장이 채근했다.

"서둘러라. 시간은 비용이다."

이어지는 경고.

"거래를 망칠 생각이라면 그대로 있어도 된다. 굳이 네 몸이 아니라도, 복제체 전신이식을 하면 그만이니까."

아영의 시선이 아버지에게 향한다. 거짓에 대한 비난 섞인 시선이지만, 정작 눈길 마주치자 먼저 피하는 쪽도 아영이었다.

회장은 같잖다는 표정으로 딸을 무시했다.

'흥정 앞에 솔직한 상인이 어디에 있나.'

소년의 부모는 몸이 달았다. 경직된 미소를 짓고, 자식의 등을 쿡쿡 찌른다.

"회장님 말씀대로 하렴. 응? 착하지?"

초조한 어머니의 상냥한 목소리. 말 안 듣는 어린아이 달래는 것 같다.

겨울은 심장 어림이 욱신거렸다. 가슴 속에 모난 돌 하나 들어있는 느낌이었다. 그 무게와 질감을 마음으로 느낀다. 뜨거운 냉기가 목구멍까지 차올랐다. 그러나 익숙하다. 참을 수 있었다. 앞으로 조금만 참으면 된다.

얼마 후엔, 더 이상 돌 무거워질 일 없으리라.

그래. 거짓 된 세상에서나마 진실 된 마음으로 살게 된다면.

소년은 시선을 아래로 내린 채, 한 꺼풀씩 옷을 벗는다.

"속옷도 벗어."

주춤. 소년의 망설임은 짧았다. 수치스러운 손길로, 느리게 벗었다. 마침내 완전한 나신이 된다. 날 것 그대로, 인간의 모습으로 서서, 회장을 바라본다. 이제 되었느냐고 눈으로 묻는다. 인간을 꿈꾸는 노인이 흡족하게 웃었다.

"우량품이군. 훌륭해."

회장이 소년과 가까워졌다. 여문 몸 여기저기를 직접 만지고, 누르고, 주물러본다. 손끝에 만져지는 젊음이, 탄탄하게 다져진 육체가 마음에 드는 기색이다. 키도 큰 편이다. 회장의 정수리는 소년의 쇄골에 미치지 못한다.

"얼굴부터 발끝까지 모두 잘 생겼어. 좋아. 암, 누가 쓸 몸인데. 이 정도는 되어야지."

여기서 그치면 좋으련만, 회장은 바싹 붙어서 킁킁 냄새를 맡았다. 체취도 중요하지. 중얼거리는 한 마디에, 소년은 차라리 죽고만 싶은 심정이었다.

그러나 정말 최악인 요구는 따로 있었다.

"세워봐."

"예?"

"이거, 세워보라고."

손끝으로 툭툭 치면서 하는 말. 겨울은 어처구니가 없었지만, 고건철 회장은 진심으로 하는 요구였다. 보다 못한 아영이, 소용없을 것을 알면서도, 나서서 아버지를 말려보려고 했다.

"그만하세요! 의료진이 보장했잖아요! 품질……품질에는……이상이 없을 거라고! 이 정도면 충분하지 않은 가요?"

"추웅부운?"

회장이 가소롭다는 표정을 지었다.

"대가가 50억이다. 연봉 1억 받는 놈들이 절반을 저축한다 치고 100년을 모아야 하는 거액이지. 내게는 푼돈이지만 이놈들에게는 평생 꿈도 꾸지 못할 돈이야. 내 평생을 맡길 물건에 하자가 있는지 보겠다는데, 대체 뭐가 불만이냐?"

"하지만……."

"하지만은 개뿔이. 난 평생을 장사치로 살아왔다. 거래할 상품이 어떤지 남의 말만 듣고 결정한 적 없어! 뭐든 직접 확인해야 확실해지는 거다! 쯧쯧, 하나 있는 딸년이란 게 이렇게 물러 터져서야……."

아영이 입술을 깨물었다. 언제나처럼, 부녀 사이에 말은 무기력한 도구였다.

당사자인 겨울은 울분을 삼킨다. 그의 부모도 입을 꾹 다물고 있었다. 차마 여기까지는 요구할 낯이 없을 것이었다. 다만 바라는 마음은 있어, 초조한 몸짓으로 드러내고 있을 뿐.

오직 냉혹한 상인 혼자서만 거침이 없었다. 거래는 경제적이어야 한다. 이미 말한 것처럼, 시간은 또 하나의 비용이었다.

회장이 냉정하게 독촉했다.

"뭐하나? 빨리 세워봐. 수음 한 번 안 해 본 것처럼 순진하게 굴지 말고."

그나마 다행스러운 것은 주변의 반응이다. 다들 알아서 고개를 돌렸다.

'배려가 아니야.'

겨울은 그들을 이해했다. 보기 싫은 것을 외면하는 마음들이었다.

그 와중에 노인의 시선이 꽂힌다. 점점 더 형형해지는 눈빛. 겨울은 노력해보았다. 그러나 쉽지 않았다. 아니, 불가능했다.

"죄송합니다. 못 하겠어요."

회장이 대뜸 내질렀다.

"돈 벌기 싫어?"

"……."

"남의 돈 받아먹기가 그렇게 쉬운 줄 알아? 이식거부반응 없는 몸뚱이를 운 좋게 타고나서, 몸은 몸대로 팔고, 죽은 뒤엔 뇌가 닳아 없어지도록 빈둥거릴 수 있는 주제에! 기회에 감사할 줄 알아야지! 최소한 노력이라도 해보고 말하면 내 이런 소리 하지도 않아!"

"죄송합니다. 정말로……못 하겠어요."

노력은 이미 해보았다. 그러나 어떻게 증명한단 말인가.

소년은 모멸감에 몸을 떨었다. 앙금 쌓인 돌의 무게에 몸을 맡긴 채, 소리 지르며 절규하고 싶었다. 비상식적인 상황. 누구라도 겨울을 이해해줄 것이다.

그러나 길어지는 침묵은 고건철 회장의 화를 돋웠을 따름이었다. 늙은 몸 어디에 그런 기운이 있었는지, 이제까지도 높았던 목소리가 더욱 크게 울리기 시작했다.

"하여간! 요즘 젊은 놈들은 정신력이 부족해! 노력! 노력! 노오오오력을 해야지! 하려는 의지만 있으면 안 될게 어딨어!"

엄청난 성량. 완고한 노인은 숨이 차는 모양이다. 제풀에 버거워 씩씩댔다. 소년은 돌처럼 굳어 움직일 생각을 않았다. 품질 관리를 거쳐 보기 좋게 근육 붙은 몸이건만, 지금은 왜소하고 초라한 모습이다. 발산해야 하는데, 안으로만 수렴하는 감정 탓이었다.

노려보던 회장이 딸을 불렀다.

"네가 해봐라."

"……네?"

"어떻게든 해보라고."

잘못 들었다고 생각했는데, 아니었다. 아영은 어처구니가 없었다. 겨울도 눈이 동그랗게 변했으며, 그의 부모와 주위의 고용인들도 내가 지금 맞게 들은 건가 싶은 표정들이었다. 폭군이 딸을 몰아붙였다.

"뭐 하고 있어? 서둘러라. 시간 아깝다."

"지금……제 정신으로 하시는 말씀이세요? 전 아버지 딸이에요!"

자식에게 이런 일을 시키는 부모가 어디 있냐고 따지는 아영에게, 회장은 도리어 너 말 잘했다는 표정이었다.

"그래. 넌 내 딸이지! 그게 뭘 뜻하는 지 알아? 내가 아니었으면 넌 세상에 태어나지도 못했다는 거다!"

"어떻게 결혼한 딸에게 이런 일을 시키실 수가 있어요?!"

"그러니 더 쉬울 거 아냐! 네 서방한테 해봤을 테니까!"

패악스러운 일갈을 이 자리의 누구도 감당할 수 없었다. 아영은 피가 거꾸로 솟구치는 느낌에 손발을 덜덜 떨었다. 노려본다. 회장이 코웃음쳤다.

"감히 애비를 노려봐? 건방지게. 어디 나 없이 살아볼 테냐? 내가 널 내치면 네 서방이라고 널 끼고 있을까? 젖먹이를 데리고 나가서, 온전히 네 힘만으로 살아남을 수 있겠냐고. 응? 말해봐라. 네 생각은 어떠냐?"

아이 이야기가 나오자, 아영의 시선에서 스르륵 힘이 빠졌다. 예쁜 딸이었다. 그러나 노인은 손녀를 좋아하지 않았다. 여자는 근본적으로 부정한 족속이라, 탄생을 기뻐할 이유가 없다는 것이다. 출산 하루 뒤, 아이를 안고 있는 딸에게 아버지가 한 말이었다.

아영의 남편은 그녀를 사랑해서 결혼한 게 아니다.

고아영이라는 사람이 아니라, 혜성그룹의 후계자와 결혼한 것이다. 후계자격을 상실하면 당연히 버릴 것이다. 그는 아영의 몸을 좋아했지만, 몸만이라면 더 좋은 여자가 얼마든지 많았다.

'사람 사는 세상이 아니구나.'

엄마는 아이를 지켜야 한다. 회장에게 미움을 산다면, 더는 살아갈 길이 없을 것이다. 늙은 폭군의 돈은 나라의 모든 곳에서 흐르니.

아영은 현실에 굴복했다.

"저기……자, 잠시……."

겨울이 자기도 모르게 물러났다. 소년의 어깨를 붙들고, 아영이 가라앉은 목소리로 달랬다.

"괜찮아요. 괜찮을 거예요. 조금만 참아 봐요."

이런 걸 어떻게 참으란 말인가. 여인의 손길이 닿는다. 겨울에 태어난 소년은, 무서울 정도로 떨었다. 혹독한 추위다. 마음이 갈수록 차가워졌다.

몸은 뜨거워진다.

겨울은 그 온도차에 다시 괴로워했다. 상상은 해보았으나, 실제는 그 이상이었다. 부정적인 감정의 범람에도 불구하고, 등골이 저려올 때마다 숨을 멈추게 된다.

두 사람에게 치욕스러운 시간이 지나갔다.

아영은 표정 없이 일어섰다. 내색해봐야 비웃음을 살 뿐일 테니. 이제 아버지에게 묻는다.

"이 정도면 됐나요?"

"괜찮군. 아주 건강해. 마음에 들어."

회장은 더 이상 화를 내고 있지 않았다. 한층 더 초라해진 소년을 바라보며, 노인은 메마른 만족감을 느낀다.

물러나기 전, 아영이 소년에게 위로를 속삭였다.

"그냥 꿈이라고 생각해요. 지나가면, 그저 나쁜 꿈을 꾸었을 뿐이라고."

소년의 젖은 눈 한 쌍에 그녀가 비친다. 아영은 얼굴을 가렸다. 오래된 습관이었다.

노인은 소년의 슬픔에 공감하지 못한다.

"좋은 경험 해놓고 왜 질질 짜는 거냐?"

겨울이 두 눈을 바쁘게 깜박거렸다. 지금까지의 광기가 거짓이었던 것처럼, 늙은 기업인은 차분한 모습이었다.

"이제 내가 대가를 보여줄 차례로군."

"돈……말씀이신가요?"

"그거 말고."

고건철 회장이 엄격한 태도로 말을 이었다.

"나는 공정한 상인이다. 법을 어긴 적은 있어도, 내가 정한 상도를 어긴 적은 없어. 말했지? 뭐든 직접 보아야 확실한 것이라고. 내게 상품을 점검할 권리가 있는 만큼, 너에게도 대가를 확인할 권리가 있다. 돈은, 그래, 핵심적이지. 하지만 너 자신에게 실질적으로 더 중요한 건, 거래 성사 이후 평생을 살아갈 가상현실 아니더냐?"

"가상현실……."

확실히, 겨울의 부모 입장에서는 돈이 가장 중요하겠지만, 이 거래에서 회장이 지불하는 대가는 집과 돈만 있는 게 아니다. 소년이 「안치」될 가상현실 역시 대가의 하나.

회장이 생각하기에 이것은 자신의 의무이기도 했다.

거래는 공정해야 한다. 소년이 대가를 확인하지 않으려 한다면, 억지로라도 확인하게 만들 작정이었다.

"직접 경험해보는 게 좋겠지. 집으로 단말기를 가져다 두마."

굳이 대답이 필요한 말은 아니었다. 소년은 얌전히 고개만 끄덕였다.

시청자와의 대화 (1)

「기능활용안내(AI): 「종말 이후」 세계관 사용자 등록번호 B-612 한겨울님에게 알려드립니다. 현재 보시는 대화창에는 사용자 설정에 따른 필터링 기능이 활성화되어 있습니다. 유의미한 내용이 없거나, 동일한 내용을 반복하여 게재하거나, 다른 시청자로부터 다수의 신고를 받은 전적이 있거나, 사용자가 임의로 블라인드 처리를 희망한 시청자의 메시지는 대화창에 표시되지 않습니다. 설정변경을 원하신다면 관제 AI를 호출해주시기 바랍니다.」

「여민ROCK : 오, 기독 표시 뜨는 거 보니 방송 진행자가 대화창 열어놓은 듯.」

「한미동맹 : BJ 왔다아아아아아아!」

「한겨울(진행자) : 안녕하세요, 여러분.」

「도도한공쮸♡ : 꺄앙~! 안녕하세영 귀여운 옵빠양! 방송 잘보고 있쪄염 뿌우♬」

「당신의 어머 : 진행자 ㅎㅇ」

「한겨울(진행자) : 도도한공쮸♡님, 당신의 어머님 안녕하세요.」

「당신의 어머 : 네넹.」

「제시카정규직 : BJ 이노오오오오오오옴!」

「눈밭여우 : ?」

「흑형잦이 : 네가!」

「무스타파 : 네 죄를!」

「김미영팀장 : 알려라!」

「짜라빠빠 : 알려라 뭥미 ㅋㅋㅋㅋㅋㅋㅋㅋㅋ」

「호감가는모양새 : 병신들이 호흡도 병신 같이 맞추네 ㅋㅋㅋㅋㅋ」

「눈밭여우 : ?」

「제시카정규직 : 으엉헝헝흐어어엉어엉엉엉.」

「한겨울(진행자) : 왜 그러세요?」

「제시카정규직 : 왜 그러냐니! 진행자야, 제발 꼐임 좀 하자!」

「한겨울(진행자) : 꼐임? 게임의 오타인가요?……게임은 이미 하고 있는데 달리 뭘 말씀하시는 건지……. 당분간은 「종말 이후」 말고 다른 세계관에 접속할 생각은 없지만, 원하시는 세계관을 말씀해주시면 나중에 참고하도록 할게요.」

「흑형잦이 : BJ 순수한 거 보솔ㅋㅋㅋㅋㅋ」

「칠리콩까네 : 순수는 개뿔. 그냥 니들이 낡은 유행어 쓰는 거지, 이 아재들아.」

「칠리콩까네 : 순수는 개뿔. 그냥 니들이 낡은 유행어 쓰는 거지, 이 아재들아.」

「제시카정규직 : 요즘 애들은 꼐임 모르남? 거 있잖아, 남자한테 좋고 여자한테도 좋은 거.」

「한겨울(진행자) : ……혹시 성행위 말씀하시는 건가요?」

「SALHAE : 그렇다! 너 왜 나 무시 하냐!」

「한겨울(진행자) : 네?」

「SALHAE : 큰 맘 먹고 별 10만원어치 질러서 퀘스트 걸었는데…넌 그걸 보자마자 취소시키고. 너 왜 그러냐 진짜. ㅠㅠㅠㅠㅠㅠㅠ」

「한겨울(진행자) : 아…….」

「SALHAE : 월세 내고 밥값이랑 교통비, 보험료, 적금, 주택청약, 기타 공과금 제외하면 내 용돈 20만원 남는데 거기서 절반 지른 거란 말이양. 나한텐

거금이여……. 나이 서른에 애인 사귈 형편도 안 되고 결혼할 형편은 더더욱 안 되는 아재가 접속기 뒤집어쓰고 딸이나 치려고 하는데 너 왜 그걸 걷어차고 그러냐. 니 방송 툭툭 끊기지도 않고 재밌긴 헌디, 기껏 지른 오나홀에 정액 묻을 날이 없어서 허전혀야……. 이러다 남산타워를 강간할지도 모르겠어……. ㅠㅠㅠㅠㅠ」

「눈밭여우 : ;;;;;」

「월마 : 크흡. 맞다. 진행자는 각성해라. ㅠㅠ」

「한겨울(진행자) : 돈이 적어서 그런 거 아니에요…. 그걸 받아들이면 한동안 몰입할 수 없을 것 같아서 그랬어요. 기분 상하셨다면 죄송합니다.」

「둠칫두둠칫 : 그건 너님 사정이고요. 일단 돈 받겠다고 방송 시작했으면 소비자가 원하는 대로 따라야 하는 거 아님?」

「폭풍224 : 두둠칫 너야말로 개소리 하지 마라. 쓰벌, 지가 돈 낸다고 엿 같은 훈수 두고 개똥같은 퀘스트 걸어놓는 트롤 새끼들 때문에 내가 좋아하던 채널이 몇 개나 터졌는데……. 떡이야 칠 때 되면 어련히 치겠지.」

「맞줌법 : ㅇㄱㄹㅇ 폭풍224 말 인정해야 하는 부분이구연, 이 방송 ㄹㅇ 핵꿀잼 지리는 각 ㅇㅈ? 비제이 임기응변 지리는 각 ㅇㅈ? ㅇㅇ ㅆㅇㅈ~ 쓸데없는 간섭 극혐이구연, 솔까 이거 인정 안하면 느금마 엠생인 부분 ㅋㅋㅋㅋ 앙 기무띠」

「한겨울(진행자) : ?」

「눈밭여우 : ?」

「기능활용안내(AI) : 필터링 옵션 추가 알림. 맞줌법님의 차단 분류를 선택하거나 온라인 환경 검색 기능으로 의미를 해석할 수 있습니다.」

「기능활용안내(AI) : 검색 기능을 활성화하였으나 번역지침에 의거한 자동

해석이 불가능합니다. 번역엔진 업데이트를 시도합니다.」

「기능활용안내(AI) : 업데이트에 실패했습니다. 현재 최신 버전의 엔진을 사용하고 계십니다. 사용자의 수동해석을 권고합니다.」

「둠칫두둠칫 : 저게 뭐라고 짖는 개소리여.」

「액티브X좆까 : 너 그러지 말라고.」

「려권내라우 : ㅇㅇ 그러지 마라. 나도 방 터지는 꼴 보기 싫다. 가장 잘 나가는 별창늙은이도 흐름 깨먹고 시도 때도 없이 떡치는데 솔직히 질린다 진짜. 어느 정도면 이해하겠지만 너무 심하잖아.」

「닉으로드립치지마라 : 진행자 힘내라. 뚝심 있는 진행 보기 좋다 야. 그렇게만 해.」

[닉으로드립치지마라님이 별 100개를 선물하셨습니다.]

「한겨울(진행자) : 감사합니다. 이해해주시는 분들이 많아 다행이네요.」

「진한개 : 그래도 별 천 개면 그렇게 적은 금액이 아닌데, 퀘스트 뜨자마자 고민도 안 하고 쳐내는 거 보고 뿜었다. BJ 무슨 단호박인줄 ㅋㅋㅋㅋ」

[진한개님이 별 5개를 선물하셨습니다.]

[액티브X좆까님이 별 10개를 선물하셨습니다.]

「엑윽보수 : 아무리 그래도 시청 일주일째인데 한 번도 섹스가 없다니……. 희망고문 당하는 느낌.」

[눈밭여우님이 별 100개를 선물하셨습니다.]

저널 45페이지, 캠프 로버츠

내가 훈장을 받게 된다는 이야기를 들었다. 동성무공훈장과 용맹장(Valor Device). 이 두 가지는 전장에서 뛰어난 무훈을 세웠을 때 함께 수여되는 경우가 종종 있다고 한다.

미국 정부는 내가 물리친 거대한 괴물을 특수변종으로 분류하고, 「그럼블」이라는 명칭을 붙였다. 이것이 오염지역 곳곳에서 동시다발적으로 출몰했다는데, 그걸 총과 수류탄으로 잡아 죽인 사례는 내가 유일하단다. 나머지는 공격헬기나 전차를 끌고 가서 뭉개버려야 했다고. 공보장교의 말이었다.

수여식을 위해 워싱턴에서 온 공보장교는, 언제나 방독면을 쓰고 다녔다. 음식도 직접 가져온 것만 먹는다고 한다. 봉쇄선 이서지역에 들어온 것 자체가 극도로 불안한 모양이었다.

병원체가 공기로 전염된 사례는 아직까지 발견된 바 없다. 그가 두려워하는 만큼 전염성이 강했다면 캠프는 이미 지옥이 되었을 것이다. 철조망 안쪽에선 다들 방독면 없이 생활하니까.

그가 그저 훈장만 가져온 건 아니었다. 미 대통령의 친필 서한과 더불어 시민권 증서를 함께 받았다. 또한 원한다면 전시임관으로 장교가 될 길을 열어주겠다고 했다. 대가는 오직 하나, 미국에 대한 충성서약 뿐. 나는 물론 좋다고 했다. 애초에 지원병 신분을 받아들일 때부터 미군이 되려고 마음먹었던 거니까. 기왕 될 거라면 일반 사병보다는 장교가 되는 편이 훨씬 나을 것이었다. 그리하여 수여식은 또한 나의 소위 임관식이 되었다.

안면 있는 미군들로부터 온갖 축하를 다 받았다. 캡스턴 중위의 말에 따르면 나에 대한 훈장수여가 이토록 신속하게 결정된 데엔 그럴 만한 이유가 있다는 것 같다.

나는 난민들에게 내세우는 광고판이었다. 그 뿐이었지만, 그럼블 탓에 극심한 피해가 발생한 지금은 조금 달라졌다. 미군과 미국 시민들에 대해서도 같은 역할을 해주어야 한다는 것이다. 지금까지의 변종들과 여러모로 격이 다른 특수변종의 출현으로, 안전지역에서도 적잖은 혼란이 빚어지고 있다는 이야기였다. 그 와중에 유일하게 그럼블을 퇴치한 날 영웅으로 만들어 무분별한 공포를 진정시키려는 의도라던가.

그 외에 날로 악화되는 난민들에 대한 여론을 잡고, 국가 차원에서 난민들에게 내세우는 롤 모델 역할을 맡길 생각도 있단다. 알 것 같다. 정부 차원에서 난민들을 용병으로 고용할 계획인가보다. 그동안 캠프 현장지휘관의 자구책으로 지원자를 받아오긴 했지만, 이제는 국가 정책으로 행해질 것이었다.

아무리 그래도 지원병에서 대뜸 소위 임관이라니. 광고판은 화려할수록 좋다지만, 심하다는 생각이 든다. 게다가 난 미성년자인데. 미국 정부도 사정이 나쁜 모양이다. 어쨌든 기왕 준다는데 받아둬서 나쁠 것은 없었다.

수여 및 임관식에서 유달리 안색 나쁜 사람들이 있었다.

우선 마커트 대위. 장교 정복에 계급장과 훈장을 단 나를 보더니 대놓고 인상을 썼다. 하기야 자신은 처참하게 철수했는데 내가 그 뒷수습을 했으니 얼마나 아니꼽겠는가. 그럼블에게 박살난 지휘관이 그 밖에도 많은지라 불가항력이었다고 인정받긴 했다. 허나 부하들에게 인망을 많이 잃었다는 소문이다. 병사들을 버리고 도망치는 장교라고.

평소부터 인망은 없었던 모양이지만.

그래서인지 대위 근처에 사람이 없었다. 상급자를 따돌려봐야 부하들이 괴로울 뿐이겠으나, 상급자라고 마음 편하진 않을 터였다.

그밖에 최대한 좋은 사진을 뽑으려고 동원한 난민들 가운데에도 뚱한 자들이 적잖았다. 소속을 짐작하기는 어렵지 않았다. 결속력을 강화하려는 것인지, 조직마다 고유의 문신을 새기거나 표식을 공유하거나 하는 일이 잦았으니까.

사진 찍는 플래시가 번쩍이고 카메라도 여러 대 돌아가는 가운데, 대대장이 대독(代讀)한 대통령의 친필 서한은 대략 이런 내용이었다.

「귀하는 34인의 미국 시민들을 위하여 의무도 아닌 위험을 감수하였으며, 또한 강력한 적을 만난 미국의 아들들을 구해내었고, 국가안보의 새로운 위협에 비범한 용기와 기량으로 맞서 싸웠습니다. 나는 이 나라의 대통령으로서 귀하가 보여준 경이로운 투지와 희생정신에 감사를 표하며, 합당한 명예로서 보답하는 바입니다. 이제부터 시민의 의무에 충실한 귀하의 모습을 기대하겠습니다. 미국에 신의 축복이 있기를.」

앞날을 막연히 낙관하긴 어렵겠으나, 적어도 적대적인 조직들이 내게 손을 쓰긴 더더욱 어려워질 것 같다. 내가 함께하는 사람들도 보다 진심으로 날 인정하게 되겠지.

행정명령 9066호

캠프 로버츠

이제 선택할 수 있는 의복에 장교정복이 추가되었지만, 겨울은 여전히 전투복을 입고 다녔다. 효율만 따지면 정복이 낫다. 리더십 상향 보정이 붙으니까. 그러나 겨울은 그것이 유치하다고 느꼈다.

장교숙소를 쓰라는 제안은 받아들였다. 마커트 대위 탓에 고민하지 않을 수 없었지만, 장교들과 안면을 익혀놓기 위해서다. 혹시나 캠프가 붕괴하거나 미국 자체가 무정부상태에 돌입하면, 가장 풍부한 전투력을 보유한 이들과 손잡을 길을 만들어 두어야 한다.

"여, 어린 물소위님. 어디 가십니까?"

능글맞은 경례와 껄렁한 인사를 보내는 이. 여전히 목발 신세에서 벗어나지 못한 코헨 병장이다. 미군 병사들이 겨울을 대하는 태도가 대체로 이러했다. 악의적으로 인정하지 못하겠다고 그러는 건 아니다. 나이도 어린 녀석이 대단하다는 감탄과, 장난스러운 친애가 뒤섞인 감정표현이었다.

소위라고 해도 그들의 직속상관은 아니다. 그들은 주방위군 소속이었고, 겨울은 연방군 소속 파견장교 취급이었으니까. 굳이 기분 상하게 만들면서 각 잡을 필요는 없다고 생각했다. 실적과 실력으로 바꾸어나가면 된다. 지금은 다만 온화하게 웃어 보일 뿐.

"의용소대를 편성하라는 명령을 받아서요. 난민 중에서 지원자를 받으려고요."

겨울은 어디까지나 광고판 역할이었기에, 기존의 미군 조직에 흡수되기는 어려웠다. 아무리 전적이 화려해도 미군 내 반발이 없기 어렵다. 그래서 이 기회에 난민으로만 이루어진 상설 소대를 시범 운용해보겠다는 게 미군 지휘부의 발상이었다.

마침 한국계 미국인으로서 2차 대전에서 일본계 미국인 의용병들을 이끌고 활약한 김영옥 대령의 전례가 있기도 하다. 대대장이 대놓고 제2의 김영옥이 되도록 노력하라고 할 정도였다.

차별대우 같겠지만 실제로는 특권이다. 부대원 선별 권한이 전적으로 겨울에게 있었다. 선발된 인원은 임관 이전의 겨울이 받던 준(峻) 미군 신분을 인정받는다. 난민들의 열악한 상황을 감안하면, 이를 원하는 난민은 얼마든지 많을 것이었다.

「종말 이후」의 세계관에서 특정 정부체제가 유지되는 상황이고, 플레이어가 난민 신분이라면, 플레이어의 활약 여하에 따라 난민의 처우와 정부체제 존속기간이 달라진다. 한 사람의 활약으로 과연 거기까지 가능한가 싶기도 하지만……주인공이니까. 나비효과 정도로 설명할 수는 있겠다.

"같이 가드릴 깝쇼?"

히죽 웃는 검은 얼굴이 의뭉스럽다. 단순하여 속을 따로 두고 행동할 사람은 아니라 여겼는데 그게 아니었던 모양이다. 악의는 아니다. 그간 갱신된 호감도 정보만 보아도 겨울을 적대할 리 없었다.

짐작 가는 의도가 있으나 모르는 척, 확인 차 물어보기로 한다.

"무슨 뜻인가요?"

"내가 하버드 갈 만큼 똑똑하진 못해도 막 사는 놈들 생리는 알지. 슬럼에서 나고 자랐으니까. 캠프 분위기를 보면 물소위님 엿 먹이고 싶어서 안달 난 것들이 꽤 많을 텐데, 우리 전우끼리 의리가 있지 엠창 멋진 이 몸이 그걸 그냥 두고 볼 수가 있겠습까, 써(Sir)?"

평어와 경어가 엉망으로 섞였지만 결국은 따뜻한 배려다. 미군 병사가 동행하는 것만으로도 많은 것들이 편해진다는 뜻이었다. 함부로 위해를 가하지도 못할 것이고. 겨울은 다시 웃는다.

"마음은 고맙지만 몸조리나 잘 하세요. 보호자를 동반하는 건 어린이의 특권이고, 전 어린이가 아니니까요. 얕보인다면 실력으로 극복해야죠."

"어허. 폼 잡으시기는."

"멋있었나요?"

정말로 그럴듯한 자세를 잡으며 뱉은 마지막 한 마디가 흑인 병장의 웃음보를 빵 터트렸다. 유쾌하게 웃은 그는 주먹을 내밀었다. 요, 멋쟁이 형제. 좀 친하면 혈연 비혈연 안 가리고 형제라고 불러대는 슬럼가 흑인 특유의 친밀감 표현이다. 겨울은 주먹을 맞부딪혀주었다.

쾌유 바란다는 인사로 헤어지고서 얼마나 갔을까. 엘리엇 상병이 쭈뼛거리며 어색하게 다가왔다. 파소 로블레스 이전, 샌 미구엘 이후로 제법 친해졌다고 생각하는 인물이었다. 아직 절뚝거리는 코헨과 달리, 다친 건 다 나은 모양이다. 경례를 받아주고서 무슨 일이냐고 묻는 겨울에게, 엘리엇이 묻는 말.

"난민구역 가는 길이면, 그게, 어, 음……. 같이 가드릴까요?"

겨울은 한 차례 시원하게 웃고 나서 다시 마음만 받겠다고 했다.

"그리고 둘만 있을 땐 편하게 대하셔도 돼요."

"아무리 벼락출세 물소위님이 상대라도 공과 사는 엄격히 구분해야죠. 안 그래도 다른 사람들에게 존중 받기 어려우실 텐데. 일과 후에 개인적으로 만난다면 또 모를까."

"그렇군요. 정말 고맙습니다."

가상현실이 아무리 현실에 가까워도 이런 부분에서는 비현실적이라고 느낀다. 좋은 사람이 이렇게 많을 리 없다. 겨울은 엘리엇을 경례로 보내고서, 한 결 가벼운 걸음으로 난민구역을 향했다.

세계관 내 시간으로 상당 기간 이렇다 할 사건은 없었다. 기껏해야 소소한 보급 임무 정도였고, 여기에 큰 위협이 따르지는 않았기 때문이다.

겨울은 이 기간에 장교 교육을 이수하고, 공동체의 단합력을 다졌다.

장교 교육이라고 해도 별 것 없긴 했다. 위기상황에서 모든 행정이 제대로 돌아갈 리 없다.

난민구역에서 겨울이 찾는 천막은, 전보다 더 많은 사람으로 북적이고 있었다. 들어가지 못해 입구 근처에 쭈그리고 앉거나 서성거리는 사람들이 장사진을 이루었다. 겨울이 다가가자 그 모두가 웅성거리며 몰려들었다. 뭔가 청탁할 것 하나씩 있는 사람들이겠지. 혹은 좋지 않은 속이 있거나. 겨울은 권총 손잡이 붙잡고 다른 손을 펼쳐 내밀었다.

"죄송하지만, 너무 다가오지 마세요."

두려워하면서도, 사람들은 대부분 이해하는 반응들이다. 기실 이 캠프에서 모르는 사람이 다가오면 누구라도 경계하게 마련이었다. 사람 참 쉽게 죽는 세계관이기 때문이다. 소수의 이해력 부족한 사람들도 권총을 보고 침 삼키며 이해해주었다.

아무리 살인사건 빈번한 난민구역이라도, 백주대낮에 사람을 공공연히 죽였다간 무사하지 못할 테지만, 겨울은 다르다. 적어도 난민들 생각으론 그랬다.

입구에서 기다리고 있던 장연철이 환한 미소로 겨울을 반겼다.

"어서 오세요, 작은 대장."

이제 작은 대장은 겨울 고유의 별명이 되어가는 모양이다. 다들 이렇게 불렀다. 나쁠 것 없었다. 듣는 본인도 좋다고 여긴다.

천막 안쪽의 분위기는 예전과 많이 달라졌다.

이전까지의 겨울이 어딘가 붕 뜬 느낌이었다면, 지금은 중심을 잡는 무게추에 가깝다. 들어서자마자 바로 조용해진다. 가벼운 긴장감이 느껴졌다. 권위와 존중. 그러나 공포는 없다.

양호하다. 소년에게 이목이 집중되는 가운데 더 이상 누군가의 못미더운 시선은 존재하지 않았다. 드물게 호승심이 배어있는 시선도 있었지만, 눈길 서로 마주칠 때면 상대가 먼저 아래로 내린다. 속마음이 어떻든 당장은 인정하겠다는 뜻이었다.

이들에게 말할 것을 긴 시간 들여 만들었다. 「교재」를 복습하고, 대사를 준비하고, 머릿속으로 많이 연습해보았다. 시청자들에게도 괜찮은 구경거리가 될 것이라 믿는다. 신경이 당겨지는 긴장감. 그러나 내색하지 않는다.

연극은 피곤한 일이다.

아직 웃지 않는 사람들을 위하여, 겨울은 그들에게 미소를 주었다.

"여러분, 아침은 맛있게 드셨나요?"

여기저기서 방긋방긋 웃는 대답들이 좋은 화음을 이루었다. 다들 제법 밝아졌다. 중의적인 의미. 표정이 밝기도 하고, 혈색이 좋아지기도 했고, 전보다 말끔하기도 하다.

난민들 가운데 가장 영향력 있는 개인, 겨울의 비호를 받는다는 것만으로 다른 조직에서 함부로 손을 대지 못한다. 꾸며진 허름함과 의도된 더러움으로 자신을 방어할 필요가 없어졌다.

특히 여자들이 무서웠다. 생존욕구에 억눌려있던, 아름다움에 대한 열망이 해방되면서, 나이 불문하고 어찌나 열심히 씻고 꾸미는지 몰랐다. 경험한 회차가 많기도 많지만, 볼 때마다 적응하기 어렵다. 남자의 한계다. 어쨌든 보기는 좋다.

본격적인 운영에 앞서 공동체의 명칭부터 정해야 한다. 리더로서 권력 점유율이 확실해졌으므로, 시스템 상의 공동체 관리권한을 집행할 수 있었다. 사람들에게는 괜찮은 명칭을 생각해보라고 알려뒀다.

일방적으로 정해서 고지할 수도 있었지만, 겨울에겐 이쪽이 더 맞았다. 만들고자 하는 공동체의 성격에도 걸맞는 것이었고. 일상적인 사건 하나하나가 누적되다보면, 구성원들에게 그만한 영향력을 미치게 된다. 무시할 것이 못 되었다.

또한 공동체의 명칭은 그 자체로 구성원들의 심리 및 공동체 성향과 대외 이미지에 영향을 미친다. 사소하다고 볼 일이 아니었다.

"제가 말씀드렸던 건 다들 생각해보셨어요? 우리 모임의 이름말이에요."

대답이 우르르 쏟아진다. 겨울이 손을 들어 진정시켰다.

"죄송합니다. 너무 어지럽네요. 발언하실 분은 손을 들어주세요."

그러자 전원이 거수했다. 소년이 가만히 눈치를 살펴보건대, 좋은 생각이 있어서라기보다는……눈에 띄고 싶다는 열망들이 엿보였다. 권력의 온건한 단면이었고, 아무래도 좋았다. 괜찮은 의견이 나온다면 채택할 뿐이다. 겨울이 일일이 눈을 마주하며 이름을 불러주었다. 부드러운 리더십의 덕목이었다.

처음으로 호명된 이가 힘차게 제안한다.

"자랑스러운 우리 조직의 이름으로 「대한민국 임시정부」를 제안합니다!"

사람들이 와 하고 웃었다. 조롱이 아니다. 긍정의 물결이었다. 채 백도 안 되는 사람들이 쓰기엔 너무 큰 이름이지만, 머나먼 타역에서 나라 없는 설움을 느끼는 사람들이 모국에 대해 느끼는 향수는……대단한 수준이다. 겨울이 모호한 느낌으로 고개를 기울였다.

"대한민국 임시정부? 그건 너무 거창하지 않은가요? 그리고 한국 정부가 아직 명맥은 유지하고 있다던데요. 다른 사람들이 비웃을 것 같아요."

"에이…뭐든 배포를 크게 가져야 끝이 창대한 법인데. 그럼 「한국국민당」은 어떻습니까?"

새로운 제안이라지만, 결국 임시정부의 연장선상이었다. 둘 다 김구를 중심으로 설립된 독립단체로, 「한국 국민당」은 임시정부의 여당이 된다.

국가 또는 민족적 특색이 강한 이름으로 정해놓으면, 한국인 출신 난민의 유입이나 동질감 형성에 좋다. 물론 그 반대급부로서 타국 난민들을 받기는 여러모로 어려워지고, 민족주의 성향의 조직들로부터 적대받기도 쉬워진다.

물론 같은 한국계 조직들이라고 화목한 건 아니다. 주도권 싸움이 벌어지기 때문이다.

"그런 이름은 피하는 게 좋을 것 같아요. 책임감 강한 사람들이 필요한데, 그런 사람은 드물잖아요? 있다면 국적 무관하게 받고 싶거든요. 다른 나라에서 왔다고 배척하고, 피부색 다르다고 혐오하고, 쓰는 말 낯설다고 외면하긴 싫어요."

잠시 숨을 고르고, 다시 잇는 말.

"서로에게 도움이 될 수 있는 사람이라면 누구든 받아서, 힘든 매일을 함께 견디고 싶어요. 여러분이 정 원하신다면 어쩔 수 없겠지만……그래도 저랑 함께하겠다고 해주신 분들이니까, 절 알아주셨으면 좋겠어요."

겨울이 처음부터 이렇게 유창하진 않았다. 이 세계관을 처음 경험할 땐, 아직 다 여물지 않은 나이 그대로의 소년이었을 뿐.

그러나 가상현실이다. 현실의 유흥적 모방이다. 충분히 잘 만들어진 모방물이란 전제하에, 현실이 주는 대부분의 교훈은 가상현실에서도 배울 수 있었다. 누적된 회차는 곧 풍부한 인생 경험의 등가물이었다. 생각이 여물기에 충분한 시간이었다. 무르익은 생각은 이제 그대로 꺼내도 부끄럽지 않을 정도가 되었다.

공개 방송을 앞두고 많은 것을 공부하기도 했다.

정말로, 많은 것들을.

과연 그 노력이 헛되지 않았던가. 반응은 긍정적이었다. 일부는 감격하여 두 눈 가득 눈물이 글썽거렸다. 그 정도는 아니었다고 생각하는데. 역시 상황이 사람에게 미치는 영향이 적지 않다 싶다.

호감도에 의한 보정일 수도 있고. 시청자 메시지도 대체로 좋다. 소년의 연기력을 칭찬하고 있었다.

영화를 보는 것 같다고.

천막 밖에서 수군거리는 소리들이 들렸다. 여러 기술의 보정으로 강화된 능력 탓에 말 맺음까지 선명히 잡힌다.

엿듣는 귀는 아무래도 좋았다. 이름을 정한 뒤에 이런저런 말들이 오가겠지만, 엿들어서 나쁠 만큼 대단한 걸 논하지는 않을 것이다. 무엇보다, 겨울이 이 작은 공동체의 중심이라는 사실을 다른 조직에서 확실하게 아는 편이 더 이득이었다.

"그런 취지라면 단순하고 알기 쉽게 「유니언」은 어떨까요? 외국인들도 낯설어하지 않을 테고, 민족이나 국가적인 색채도 없잖습니까?"

이 제안에 응응 수긍하는 사람들이 있다. 겨울도 대단한 걸 바라지는 않았던 터라, 고개를 끄덕였다.

"후보로 고려하겠습니다. 좀 더 들어보고 결정할게요."

작은 리더의 긍정적인 반응에 순서를 기다리던 사람들은 보다 열심히 손을 들었다. 그래봐야 꼿꼿이 세운 팔에 힘 들어가는 정도인데, 보고 있자면 꽤 재미있다.

어느 청년이 「브라더후드」를 제안했을 땐 여성진의 누군가가 볼멘소리를 냈다. "여자도 끼워주세요." 사람들이 다시 웃음을 터뜨렸고, 본인도 농담으로 한 말이라 같이 웃었다. 청년은 멋쩍어하며 머리를 긁었다. 겨울은 그의 제안도 후보군에 넣겠다고 답했다.

젖먹이를 안고 있는 여인도 제 목소리를 냈다. 「내일의 아이들」. 아이가 있는 사람의 말이다 보니 무게감이 느껴진다. 일전에 남편이 「다물진흥회」에 가입하면서 새 여자를 얻어 버림받았다던 그 사람이다. 처음 보았을 땐 뼈가 앙상하여 나이보다 많이 늙어 보이더니, 지금은 젊어진 모습이었다. 깨지고 갈라지던 목소리도 제 음색을 되찾았다. 괜찮다. 노래를 부르면 듣기 좋을 것 같다.

그 와중에 겨울을 당혹스럽게 하는 사람도 있었다.

"「겨울동맹」이요?"

잘못 들었나 싶어 반문하는데 그거 맞다고 열심히 고개를 끄덕인다. 난감하다. 두목 이름이 희동이라고 희동이파가 되는 폭력조직 같잖은가. 물론 한국의 폭력조직 명칭은 경찰 임의로 붙이는 것이니 경우가 다르지만,

말하자면 그렇다는 것이다.

그러나 나이 지긋한 발언자는, 자신의 제안에 다른 이유가 있다고 설명했다.

"세상 사람들 모두가 위태로운 이 시기를, 저는 인류의 겨울이라 부르고 싶습니다. 언젠가 반드시 봄이 오리라는 희망을 담아서 말입니다. 모두 힘을 합쳐 추운 계절 견뎌내자는 취지에서 「겨울동맹」이 좋겠다고 생각한 겁니다."

그는 한쪽 깨진 안경을 추켜올렸다.

"물론 부끄러워하시는 작은 대장님이 재밌기도 합니다만."

겨울이 얼굴을 감싸는 것과 동시에 환호가 터져 나왔다.

에스페란토로 평화, 고요, 안정을 뜻하는 「크비에타」라던가, 멸망을 다룬 모 소설에서 인류문명이 마지막으로 남아있는 장소를 뜻하는 「시카고 어비스」라던가, 괜찮은 제안들이 이어졌지만 무엇 하나 「겨울동맹」의 지지도를 능가하는 게 없었다.

아니, 얼마 안 가 손들이 슬슬 내려가더니 아예 아무도 순서를 기다리지 않는다. 나이 성별 불문하고 즐거워하는 눈망울들. 어찌 그리 맑은지 마주보기 부담스러울 정도였다.

"알겠습니다. 알겠어요."

소년 리더는 손을 들어 패배를 시인했다.

"제가 졌습니다. 오늘부터 우리는 「겨울동맹」입니다."

갈채가 쏟아졌다. 시청자 메시지 창에도 웃음이 가득했다. 재미있었던 모양이다. 별을 선물하는 사람도 줄을 이었다. 대체로 작은 금액들. 마음은 고맙다. 소년의 방식을 있는 그대로 좋아해주는 사람들이니까.

비록 본의 아니게 얼굴 팔리는 이름으로 정해졌지만, 결과를 놓고 보면 나쁘지 않았다. 앞으로 구성원들은 이 순간을 회상할 때가 많을 것이다.

엿듣는 자들의 입을 통해 다른 조직에 전해질 말들도, 대강 상상할 수 있었다. 다른 조직들의 강압적인 분위기와는 많이, 정말 많이 다를 터. 물론 골수까지 상한 사람들은 이를 나약함의 증거로 볼 것이다. 그러나 그만큼 동요하는 이도 있을 것인즉, 손익은 전적으로 겨울의 역량에 달린 문제였다.

"여러분, 잠시 주목해주세요."

손뼉을 쳐서 주의를 모은다. 빠르게 조용해졌다. 눈치 없이 떠드는 사람이 있으면, 옆에서 쿡쿡 찔러 입 다물게 만든다.

이제 어려운 고비다. 준비와 연습이 모자라지 않기를 바랄 뿐. 조용한 사람들 앞에서 겨울이 운을 띄운다.

"이제 이름이 정해졌으니, 또 한 가지 중요한 문제를 합의해야 할 것 같네요. 우리 조직의 의사결정방식 말인데요……. 매번 무슨 일이 있을 때마다 중구난방으로 정할 순 없잖아요?"

소년은 제 눈에만 보이는 공동체 속성 및 관리화면의 변화를 눈여겨보며 말을 이었다.

"여기에 관해서는 제 생각을 먼저 말씀드릴게요. 저는, 우리가 함께할 모든 일에 대해서, 기본적으로 제가 결정할 수 있었으면 좋겠어요."

작은 리더에게 경도된 다수가 고개를 끄덕였다. 이제까지 실질적으로 그래왔으니까. 그리고 소년에게 일방적으로 의지하고 있기도 하고.

수긍하지 못하는 소수는, 무엇이든 합의로 이루어져야 한다고 생각하는 이성적인 일부, 소년을 인정하고 싶지 않은 감정적인 일부로 나누어진다.

소년은 그들을 쉽게 읽었다.

"알아요. 독단적이죠? 하지만 매번 의견을 모으기란 현실적으로 불가능해요. 다시 말씀드리는데, 어려운 게 아니라 불가능한 거예요. 중요한 순간마다 다 함께 있을 가능성은 굉장히 낮잖아요?"

수긍이 조금 더 늘었다. 관리화면에 표시되는 겨울의 지지율과 권력점유율도, 미세한 상승곡선을 그린다. 이대로 표결에 들어가도 괜찮겠지만, 조금 더 흔들어보기로 한다. 자극적인 단어를 써야 할 텐데. 뭐가 좋을까.

시스템 어시스트 키워드 가운데 하나가 눈에 띄었다.

"다들 짐작하고 계시겠지만, 미국은 우리를 고기방패로 쓰고 싶어 합니다."

고기방패. 잘 고른 찌르기라 기대하던 반응이 돌아온다. 동요. 그 동요를 겨누어, 겨울은 보다 현실적인 말들을 박아 넣었다.

"밥만 먹여주면 그만인 용병, 위험수당 불필요한 외국인 노동자……. 생각해보세요. 저를 영웅이라고 열심히 포장해주는 이유가 뭘까요? 제가 정말 영웅이라서? 설마요. 우상 만들기에요. 순응하면 보상하겠다는 광고판."

자신을 깎아내리는 화법이 권위가 될 때도 있다. 당당한 태도를 지키는 게 중요하다. 현실을 담백하게 털어놓으면서도, 그대로 두진 않겠다는 의지. 비전이 있다는 자신감을 내보이는 것. 실제로 잘 될 거라는 믿음이 있고 없고를 떠나서, 리더는 언제나 믿음으로 넘쳐야 한다. 우수한 정치가들이 이 기교에 능했다. 선악을 가리지 않고.

미묘한 균형이지만, 보이는 얼굴마다 속을 읽어가며 조절해간다.

"우리에게 밥을 주는 사람들은, 여러분 생각에 관심이 없을 걸요. 그냥 제 결정을 요구하겠죠. 할 거냐, 하지 않을 거냐. 어떻게 매번 여러분의 허락을 구하겠어요?"

근거를 제시할 필요는 없었다. 그럴 상황을 만들지 않으면 된다.

의사소통에서 말의 내용 자체는 큰 영향력이 없다. 음색과 고저, 억양, 강세를 포괄하는 음성, 그리고 몸짓이 더욱 중요하다. 이를 메라비언의 법칙이라 한다.

겨울의 화법은, 방송에서의 연출을 염두에 두고 공들여 공부한 결과물이다. 겨울 자신이 주연배우였다. 지도자를 연기하려면, 지도자의 배역을 익히는 게 당연하지 않은가? 몰입하고, 연기한다.

내가 아닌 내가 되어야 한다.

필요한 손짓과 함께 고조되는 감정, 높아지는 호소력.

"즉, 다시 말씀드리는데, 현실적으로 그럴 수밖에 없다는 겁니다. 이걸 인정해주지 않으시면, 전 책임을 다할 수 없어요. 지금까지 보여드린 모습을 보고, 그저 믿어주셨으면 좋겠네요. 만약 제가 권리를 남용해서 여러분을 비참하게 할 것 같다면, 혹은 제가 지도자로서 내릴 판단들을 믿을 수 없을 것 같다면, 그냥 여기서 끝내자고 해주세요. 저도 그게 편하니까요. 하지만 그게 아니라면, 믿어주세요."

상황의 불가피함과, 지도자, 리더 따위의 단어들을 강조한다. 당신들이 지금 무엇을 선택하려는가를, 분명하게 알려준다. 선택권을 주었으나 형식적이었다. 형식적이지만 주었다는 게 중요하다. 긍정적인 호응이 늘었다. 열성적으로 시선을 던지는 자들 한정으로, 리더십 페널티는 흔적을 찾을 수 없다.

극복했다. 소년은 사람들을 읽었고, 추측했고, 확신했다.

이제 못을 박을 때다. 보고 배운 사람들은, 언제나 마지막에 힘주어 외치곤 했다. 겨울은 그러지 않았다.

여기서는, 내 방식으로. 친절한 미소를 만들면서.

"어때요? 해주시겠어요?"

절제된 감정, 간결한 한 마디. 기다리던 청중에게는 하나의 신호와 같았다. 그는 귀가 저릿해질 정도의 소리에 파묻혔다. 어디를 둘러봐도 박수 치는 사람들이었다. 소년에게 몰두하는 시선들이었다. 좋은 의미로든, 나쁜 의미로든.

내심 길게 내쉬는 안도의 한숨. 잘 풀렸다.

앞서 「겨울동맹」을 제안했던, 안경 쓴 사내가 손을 들었다.

"모두에게 드리고 싶은 말씀이 있습니다."

앞서의 발언을 감안할 때 나쁜 이야기는 아닐 것이다. 겨울은 허가했다.

"말씀하세요."

그는 일어서서 주위를 향해 정중히 고개 숙였다. 유독 겨울을 향해서만 한 번 더 목례한다. 그렇다고 비굴해보이지는 않았다.

자부심을 잃지 않는 눈빛. 선악의 구분이 없는 지성이 엿보인다. 겨울은 그의 성향을 알 것 같았다.

"먼저 지금까지 애써주신 작은 대장님께 깊은 감사를 드리고 싶습니다. 알고 계셨을 겁니다. 그동안 작은 대장님을 인정하지 않았던 사람들이 많았다는 것을 말이지요. 저도 그랬으니 참으로 부끄럽습니다. 사실 지금도 없지는 않은 것 같습니다만."

여기까지 말하고서, 신사는 주위를 둘러보며 싱긋 웃는다. 시선 피하거나 눈에 힘주는 자들은, 겨울이 앞서 걸러 보았던 자들과 같다.

"그래도 이제야 겨우 진정한 의미로 한 가족이 되었다는 느낌이 듭니다. 작은 대장님뿐만 아니라, 여기 있는 모두가 말이에요. 대장님이 나타나기 전까지는, 그저 어디에도 속하지 못한 사람들의 집단일 뿐이었으니까요. 그냥 비슷한 처지에 잠시 함께하는 일행이었을 뿐. 그렇지 않습니까?"

동조하는 사람들. 이 남자, 겨울이 오기 전부터 적잖이 영향력을 확보하고 있었을 터. 만약 겨울이 여러모로 불안했다면, 끝까지 자신을 감추었을 것이다.

겨울을 초빙한 장본인으로서, 장연철은 어쩐지 불안한 기색이다. 그 이유도 알 것 같다.

리더십 상한을 넘어선 규모의 집단은 결속력이 약하고, 여러 가지 문제를 일으킨다. 이것을 극복하는 방법 중 하나는, 리더십 있는 인물을 간부로 끌어들이는 것이다. 하나의 공동체 안에 여러 개의 소공동체가 존재하는 것은 흔한 현상이다.

사람은 다루기에 따라 좋고 나빠지는 도구였다.

"우리는 지금까지 작은 대장님을 제대로 평가하지 못하는 우를 범했습니다. 아니, 못 했다기 보다는 하지 않은 것에 가깝지요. 나이가 어리다고 얕보고, 급한 대로 이용할 생각만 했으니까요. 적어도 저는 그랬습니다. 저와 같은 분들이 결코 적지 않을 겁니다. 그래서, 제가 드리고 싶은 말씀은 이겁니다."

그는 잠시 뜸을 들이고서, 좀 더 낮아진 목소리로 말을 잇는다.

"같은 실수를 다시 하지는 말자고. 우리 스스로 따르기로 한 겁니다. 번복하지 맙시다. 흔들리지 맙시다. 제가 보기에 우리 동맹 내에서…아니, 이 캠프 내에서 누구도 작은 대장님을 능가할 수 없습니다. 용기가 없어요. 부끄럽지만 우리는 실속 없는 어른들입니다. 나이만 가지고 대우받길 원하는 것만큼 추한 모습도 드물어요. 쓸 데 없는 자존심은 버립시다. 적어도 작은 대장님만큼의 용기로 다른 사람을 도울 수 없다면 말입니다."

여기까지 준비 없이 말할 수 있으면 상당한 역량이다. 겨울은 그를 평가했다. 그리고 이는 또한 그의 목적이기도 할 것이었다. 그에게서는 비굴하지 않을 정도의 야심이 느껴진다.

과연, 청중 다수가 동조하는 가운데 몇몇이 이 남자를 경계하기 시작했다. 겨울은 그 나름대로 괜찮다고 보았다. 즉, 겨울을 경쟁자로 보는 것보다는 낫다. 겨울의 입지가 확고해지자, 욕망 있는 사람들이 2인자 자리를 두고 다투기 시작했다는 의미였다.

"대장님이 무리한 요구를 한 것도 아니에요. 보통의 민주국가에서도 국가비상사태엔 대통령이 비상대권을 행사합니다. 사유재산을 압류하고, 총동원령을 내리기도 합니다. 같은 맥락입니다. 인류의 겨울이라고 하지 않았습니까? 지도자에게 강한 권한이 주어지는 건 당연한 일 아닐까요? 그것도 우리 스스로 초빙한 리더인데 말입니다."

박수를 보내는 사람들. 목적을 달성한 남자는, 자기 차례를 만족스럽게 마무리 짓는다.

"드리고 싶었던 말씀은 여기까집니다. 다만 괜찮다면, 향후 우리 동맹이 나아갈 길에 대해……대장님께서 한 말씀 해주셨으면 좋겠군요. 대장님이 진짜 대장이 된 날이니까요. 취임사를 새로 듣지 않을 수 없지요. 그렇지 않습니까?"

겨울은 어려운 미소를 지었다. 더 이상은 준비한 게 없어서. 나 아닌 내가 되는 건, 오늘은 이미 충분한 것 같은데.

그러나 사양하지는 않는다. 동경과 기대를 보내는 사람들 앞에서, 소극적인 모습을 보이면 용두사미가 될 테니까. 이런 점 때문에라도, 세계관을 직접 살기보다 보는 걸 즐기는 시청자들이 있을 것이다. 기술적인 문제와 경제적인 문제도 있겠지만.

"긴 말씀은 드리지 않을게요."

고개를 끄덕이고서 남은 말을 잇는 소년. 말을 거듭 고심하면서도, 겉으로는 어디까지나 상냥한 얼굴.

"우리 「겨울동맹」의 최우선 과제는 살아남는 겁니다. 하지만 저는, 단순히 살아남는 것보다는 어려운 길로 가려고 해요. 저 바깥에서 짐승 닮아가는 다른 사람들과 달리, 우린 인간답게 살고 싶은 사람들이기 때문입니다. 음, 그렇게 믿어도 되겠죠?"

그리고 미소로서 말을 맺는다.

"이상입니다."

분위기에 지나치게 몰입해 우는 사람들이 있었다. 주로 여성들이지만, 남성들 가운데 시큰한 자를 찾기도 어렵지 않다.

Inter Mission 발암해결사! 먼치킨 패키지 Mk.1 !

「하나의 유령이 중계채널을 배회하고 있다. 발암이라는 유령이. 이 세상의 시청자와 컨텐츠 제작자들, 가상현실 접속자들 모두가, 이 유령을 사냥하려고 신성한 동맹을 체결했다.」

「지금까지의 모든 가상현실의 역사는 발암의 역사다.」

「모든 발암유발요소로 하여금 DLC 혁명 앞에서 벌벌 떨게 하라! 시청자가 잃을 것이라고는 돈 뿐이요, 얻을 것은 이 세상의 모든 즐거움이다.」

「Zuschauer aller Länder, vereinigt euch!」

만국의 시청자 여러분, 안녕하십니까. 일찌감치 끝나서 돈 때문에 하는 회사의 DLC 광고가 돌아왔습니다.

오늘 소개해드릴 신상 DLC는, 바로 「발암해결사! 먼치킨 패키지 Mk.1」입니다.

……….

이거, 소개가 따로 필요할까요? 이름만 봐도 아는데.

그래도 월급 받으려면 일은 해야겠군요.

여러분. 우리는 가상현실 중계방송을 보면서 수많은 발암요소를 만나게 됩니다. 아무래도 진행자 탓이 많죠. TOM 등급이 낮다거나, 적성이 저질이라거나, 컨트롤이 수준 이하인 경우도 수두룩하니까요. 진행자들 대부분이 노인이라서 그런 걸까요? 당연히 진행자들도 스트레스를 받습니다. 진행자들의 노오오오력이 부족한 탓이지만, 그래도 불쌍하긴 해요.

우리가 진행 막혀서 빌빌대거나, 세계관 내 인물들의 눈치를 보며 굽실대는 걸 보려고 방송을 시청하는 건 아니잖습니까? 현실에서도 받는 스트레스를 방송에서까지 받아야 할 이유는 없으니까요.

가장 짜증나는 경우는, 아주 오랫동안 시청한 방송이 이도저도 아닌 결말로 끝나버리는 거죠. 배드 엔딩, 새드 엔딩은 누구나 다 싫어하잖아요? 이거 정말 기분 더럽습니다. 암 걸린다는 게 단순한 비유가 아니라니까요.

이번에 출시된 패키지는 시청자 구매 전용 상품입니다. 시청자 퀘스트 형식으로 방송 진행자에게 선물할 수 있으며, 진행자가 퀘스트를 수락하는 순간, 세상에 이럴 수가! 경험치 1만 포인트가 한 방에 충전됩니다! 그 어떤 위기 상황이라도 극복할 힘을 주는 자본주의의 기적!

좀 찜찜하시다고요? 에이, 뭘 이런 걸 갖고. 가상현실은 현실의 유흥적 모방입니다. 현실에서 돈이면 뭐든 다 되니까, 가상현실에서도 돈이면 뭐든 다 되어야 정상입니다. 한국에서 만들어진 온라인 패키지 하루 이틀 해보시나요? 흉기차는 원래 그렇게 타는 거고, 우리 서비스도 원래 이렇게 쓰는 거예요.

네? 흐름이 갑자기 끊기지 않느냐고요? 맞습니다. 사후보험 관제 AI의 상황연산 보정으로도, DLC로 생기는 모순을 소화하지 못하는 경우가 많죠. 세계관 내 인물들이 의문을 표합니다. 당신, 짧은 순간 너무나 달라졌다고. 혹은, 그런 능력이 있었다면 왜 이제까지 감추고 있었느냐고.

하지만 요즘 누가 감정선, 개연성 따지면서 방송 봅니까? 기승전떡 아니면 기승전와장창이 대부분인데. 흐콰한다! 파괴한다! 으하하하! 스트레스 풀고 섹스나 하세요.

이 상품은 사후보험 규격에 맞는 모든 가상현실 세계관에 호환됩니다. 우리 신상 항암제를 많이 애용해주시기 바랍니다.

지금까지 낙원그룹 가상현실 사업부에서 알려드렸습니다.

캠프 로버츠 (2)

공동체에는 중간관리자, 간부가 필요하다. 모르던 시절에 위기를 겪기도 했다. 예기치 못하게 길어진 외부활동. 돌아와 보니 공동체가 사라져 있었다. 공중분해. 서열과 책임이 명확해야, 지도자 부재시 위기에 대처할 수 있다. 업무분담 차원의 사소한 문제가 아니었다.

「겨울동맹」의 분위기를 감안한다면, 임의로 임명해도 반발은 없을 것이다. 그러나 그 간부가 물의를 빚으면, 겨울에게도 책임이 돌아온다. 그 역도 성립할 것이다. 그러나 안정성을 감안할 때, 유사시 책임을 묻기 쉬운 편이 나았다.

그래서 추천인 등록으로 후보를 받고, 무기명 투표로 선발했다. 인주를 가진 사람이 있어 다행이었다.

이 과정에서 구성원 명부가 작성되었다. 나이, 성별, 종교, 학력, 특기, 지문날인 등의 정보가 기재되었다. 다른 목적으로도 충분히 쓸 수 있을 것이다.

물론 겨울이 완숙한 경지에 도달한다면, 명부를 보지 않아도 모든 정보가 증강현실로 제공되겠지만.

투표결과를 정리한 겨울이 두 사람을 호명했다.

"장연철씨가 1위, 민완기씨가 2위네요. 두 분, 앞으로 나와 주세요."

전자는 겨울을 처음으로 초빙한 인물이니 어느 정도 지지가 있을 것을 예상했다. 후자는 「겨울동맹」의 발안자다. 한 쪽 알맹이가 깨진 안경을 쓴 신사풍의 장년인으로, 교양 있는 말씨와 온후한 인상이 호감을 끌어내는 사람이었다. 즉, 매력이 높았다.

겨울이 보기엔 어용학자에 어울린다. 좋은 의미로든 나쁜 의미로든.

두 사람을 함께 부른 것은, 공동책임을 지울 생각이었기 때문이다. 벌써부터 입지 확고한 2인자를 만들 생각은 없었다.

겨울은 아직 두 사람의 됨됨이를 깊게 알지 못한다. 무얼 믿고 몰아주겠는가.

서로를 견제하게 해야 한다. 충성경쟁의 여지를 남겨둔다는 점에서도 의의가 있다.

"앞으로 제가 없을 때 두 분이 번갈아 동맹 운영을 책임져주세요. 대소사를 항상 같이 논의해서 결정하되, 최종 결정권을 교대로 가진다는 뜻입니다. 무슨 뜻인지 아시죠?"

장연철은 조금 실망한 눈치였다. 내색하지 않으려고 노력해서 더 티가 났다. 투표 결과를 보고 꽤나 기대했겠지. 별 것 아니라고 생각할 수 있겠지만, 권력욕 이전에 명예욕이 있는 법이다. 때때로 그 둘은 서로 구분되지 않는다. 반드시 나쁜 것도 아니고.

한편 민완기는 속 깊은 웃음을 지었다. 단순히 좋아서 짓는 표정이 아니었다. 연철보다 복잡한 인물이다. 그만큼 능력은 있을 것이지만, 다루기 까다로울까 걱정된다.

"일단 두 분의 명칭은……부장(副長)으로 할까요? 나중에 더 좋은 제안이 나오면 고칠게요. 서로 악수 나누시고, 뽑아주신 분들께 간단한 각오 한 말씀 부탁드리겠습니다."

여러 번 해봤기에 능란하다.

두 사람의 인사는 성격 차이를 여실히 보여주었다.

장연철은 말을 조금 더듬었다. 그러면서 얼굴도 붉혔다. 비교적 순진하다. 그러나 사람들의 신뢰를 받는 걸 보면 그것은 정직함의 증명일 것이었다. 스스로 권위를 만들지는 못할 인물이지만, 역할에 성실할 것이 기대된다. 욕심을 잘 감추지 못하는 것도 마음에 들었다.

민완기는 유창했다. 그렇다고 자신감 넘치는 말투는 아니었다. 신중한 인상. 다른 조직과의 교섭을 맡겨도 문제없겠구나 싶었다.

이런 일들이 지나고서, 민완기가 조용히 건네는 한 마디.

“굉장히 능숙하시군요. 감탄했습니다.”

장연철이 눈치를 보더니 덩달아 칭찬하고 나섰다. 겨울은 「통찰」의 작용에 의한 증강현실 심리지표들의 가감을 읽었다. 대답은 필요 없겠지. 그저 옅은 미소를 지어줄 뿐이었다.

그러고도 아직 할 일이 남아있었다.

“부장님들, 잠시 가까이 와주시겠어요?”

겨울이 다른 이가 듣지 못할 대화를 원하는 모양이라, 장연철과 민완기가 의아한 기색이다. 사람들은 궁금해 했지만, 눈치를 본다. 저마다 스스로 거리를 벌렸다. 그래봐야 천막 안에서 만드는 공간이었으나, 목소리를 낮추면 은밀한 대화가 가능할 정도는 되었다.

“아시겠지만 우리 동맹은 아직 너무 작아요. 1개 소대 규모를 차출하고도 여력이 남아야 자기방어가 가능하잖아요.”

“사람을 새로 받아야 한다는 말씀이로군요.”

연철의 말에 겨울이 고개를 끄덕였다.

“맞아요. 불가피해요. 미군이 요구하는 최소한의 인력이 있는데, 그걸 감당하기에 우리 동맹이 부족하니까. 그리고 그걸 다른 조직들도 알고 있을 거예요.”

“그 말씀은…….”

“이 틈을 타 사람을 심어두려고 하지 않을까요?”

두 부장의 반응이 상이했다. 연철은 침을 삼켰고, 민완기는 담담했다.

후자에겐 충분히 예상범위 내였을 것이다. 만약 겨울이 짚어내지 못했다면 호감 감소보정이 떴겠지. 실망 보다는 우습게 본다는 느낌으로. 시스템 어시스트 이상의 통찰력이 아니고선, 그 심리변화의 원인을 짐작조차 하기 어려울 것이다. 두 사람 중 상대적으로 겁 많은 쪽에서 조심스럽게 묻는다.

"그럼 어떻게 해야 합니까?"

겨울이 대수롭지 않게 답한다.

"장 부장님. 작정하고 들어오면 어떻게 가려내겠어요? 포함해서 받아야죠."

"네에?!"

저도 모르게 큰 소리를 내고 마는 장연철. 모이는 시선으로부터 자신의 실수를 깨닫고 입을 틀어막는다. 그렇다고 두 눈에 어린 경악감이 지워진 건 아니었다. 음량이 줄었을지언정 내지르는 질문이 흡사 비명과 같다.

"그게 무슨 말씀이세요? 첩자를 왜 받아요?!"

"말씀드렸잖아요. 새로운 사람을 받는 건 불가피한 일이라고. 그 가운데 첩자가 있어도 어쩌겠어요. 일단 받아들여야지."

"아니 아무리 그래도 그렇지……."

기가 막혀 내쉬는 한숨이 깊다. 겨울이 웃는다.

"전 그렇게까지 걱정되진 않는데요?"

이제까지 듣고만 있던 민완기가 거들었다.

"동감입니다만, 그래도 작은 대장님 생각을 듣고 싶군요."

연철이 두 사람의 눈치를 본다. 뭔가 자기만 따르지 못하는 흐름이 있는 모양이라 눈치를 보지 않을 수 없다. 하지만 당장 감잡히는 게 없어 난처하다. 답 나오기를 기다릴 뿐. 얼굴에 낭패감이 떴다. 이제 막 공동 부장으로 뽑혔는데, 벌써부터 뒤지는 느낌이라 그럴 것이다.

나쁘지 않겠지. 겨울이 말했다.

"저는 우리 동맹 사람이라면 누구 하나 굶지 않게 할 거예요. 계급 같은 걸 만들 생각도 없으니까, 서로 높낮이 따지면서 괴로울 일도 없겠죠. 장담하는데……우리 동맹에서 생활하는 건, 모든 면에서, 다른 어떤 조직보다도 나을 걸요?"

강조를 위해 한 숨 돌리고 남은 말을 맺는다.

"망치기 아까울 거예요. 전향하고 싶을 테니까."

"아……."

말에서 확신이 느껴진다. 자신감과는 조금 달랐다. 소년은 당연히 그렇게 될 거라는 식으로 말하고 있었다. 연철의 불안이 누그러지며, 의혹으로 바뀐다.

겨울은 진짜 걱정거리를 꺼내놓았다.

"제가 걱정하는 건 따로 있어요."

"그게 뭡니까?"

"텃세, 불안, 종교, 마약."

맥락상 이쯤 말하면 감을 잡는다. 장연철은 감탄했다. 단순히 싸우는 실력과 용기만으로 대장감이 아니구나, 그렇게 생각하고 있을 것이다. 그리고 민완기는 만족했다. 그는 아직 겨울을 시험하는 느낌이었다.

장연철이 말했다.

"왜 조용한 대화를 원하셨는지 알 것 같군요."

"알아주셔서 다행이에요. 걱정거리가 텃세 하나였으면, 그냥 주의해달라고 부탁해도 상관없겠지만……불안은 달라요. 사람들이 첩자를 걱정하기 시작하면, 새로 온 사람들을 전부 다 경계하지 않을까요? 이미 걱정하는 사람이 있겠지만, 그걸 지도층……그러니까 우리? 우리가 대놓고 말하는 건 차원이 다른 문제 아니겠어요?"

"확실히, 그렇습니다."

"원래 있던 사람들끼리 뭉치고, 새로 들어온 사람들은 따로 뭉치고, 여기서 텃세가 강해지고……악순환이네요. 네, 악순환이 예상됩니다. 첩자가 전향하기는커녕 오히려 더 늘어날걸요? 그리고 마약과 종교……이건 그 이상으로 정말 위험하다고 봐요."

대부분 듣기만 하던 민완기가 드디어 제대로 입을 열었다.

"작은 대장님의 나이가 의심스럽군요. 맞습니다. 첩자가 배신하지 못하게 하면서, 우리 동맹을 망치는 데에 그 두 가지만 한 수단이 없으니까요."

생각에 잠겨있던 장연철이 끼었다.

"마약이 좀 더 위험하지 않을까요?"

민완기가 답한다.

"꼭 그렇지만도 않아요. 종교는 숨기면 드러나지 않잖습니까. 어떻게든 물증을 찾을 수 있는 마약과 달라요. 무엇보다, 종교를 이유로 처벌할 수 있겠어요?"

연철이 관자놀이를 꾹꾹 누른다. 그로서는 생각지도 않았던 문제제기였다. 민완기의 남은 말이 이어졌다.

"마약은 가지고만 있어도 죄가 되지만, 종교는 아닙니다. 사람들이 부당한 억압이라고 느끼겠죠. 모르긴 몰라도, 우리 동맹원들 가운데 종교인이 적지 않을 거예요. 그리고 가장 위험한 조직 중 하나, 「순복음 성도회」의 무기는 종교고요. 목사가 예언자인 동시에 구원자라고 주장하니 제가 보기엔 영락없는 사이비인데……종교인들 나름대로 교리 문제라던가 해서, 흔들리지 않을 수 없는 부분이 있는 모양이에요."

"아……."

곱씹을수록 문제였다. 첩자가 있을지도 모른다고 대놓고 알릴 순 없고, 그렇다고 손 놓고 있어서도 안 될 일이었으니까. 한참 생각하던 연철이 제안했다.

"대장, 그럼 이건 어떻겠습니까?"

"말씀해보세요."

"종교 문제 말인데, 민 부장님 말씀대로라면 아무래도 원래 믿던 사람인들이 더 쉽게 영향을 받을 겁니다. 그렇다면 미리 사람들의 종교를 조사해서 그 가운데 믿을 만한 사람에게 은밀히 감시역을 부탁해두면 어떨까요? 당장 몇 사람 괜찮은 후보가 있습니다."

즉각 민완기가 보완하고 나섰다.

"좋은 생각입니다. 아예 종교인들끼리 모아 조를 편성하는 것도 나쁘지 않겠군요. 종교활동 역시 조별로 하도록 정하면 더욱 좋을 테지요. 어차피 효율적인 조직 운영을 위해서라도 그룹 편성은 필요한 일입니다."

그는 말에 여백을 넣었다. 생각을 정리하듯 턱을 쓰다듬는다.

"일단 그렇게 만들어두고, 새로 들어오는 사람들에게 전하는 겁니다. 종교인들의 소모임이 있다고. 만약 첩자가 있다면 얼씨구나 좋다고 하겠지요. 사이비들의 기본적인 전략 중 하나가 '교회 빼앗기'잖습니까. 멀쩡한 신앙 공동체 안에 들어가서 동조자를 확보하고, 기존의 지도자를 쫓아내는 추잡한 방식 말입니다. 조장 급 인원들에게만 따로, 경계하라고 일러두면 효과적으로 감시할 수 있을 겁니다."

모르는 척 듣고 있지만 겨울이 이미 생각하고 있던 바의 하나였다. 경험했으니까. 한 번의 종말은, 미친 종교가 번진 탓에 공동체의 총체적인 붕괴로 막을 내렸던 적이 있다. 대역병이 신의 뜻이라던가. 모두 신의 백성이 되어야 한다고, 일부러 감염을 퍼트렸다.

그런 경험은 한 번으로 충분하다. 언제나 광기 어린 종교의 출현을 경계해왔다. 이를 막을 방도 또한 골몰한 것이 많았다.

건전한 신앙인에게 힘을 주는 것도 좋겠다. 하지만 아직 누가 건전한지 모르는 마당이다. 애당초 건전한 신앙인 자체가 의외로 찾기 힘들었다.

먼저 의견을 말하지 않은 것은, 두 사람에게 역할수행의 기회를 주기 위함이었다.

조직 운영에 실제로 참가했다는 인식 자체가 하나의 동기부여다. 부장으로 선출된 직후이니만큼, 이런 부분에 신경을 써주는 편이 좋을 것이다.

"두 분 정말 훌륭하세요. 동감입니다. 뭔가를 할 때마다 사람을 새로 모으는 건 부적절한 일이죠. 조를 편성하되, 종교인들끼리 묶어주세요. 명부에 종교도 나와 있죠? 최악의 경우 문제를 일으킨 조만 잘라낼 수도 있을 거예요. 조장 임명은 부장님들께 위임하겠습니다. 나중에 제게 알려주시면 돼요. 이런 걸 사후승인이라고 하던가요?"

겨울이 덧붙였다.

"그리고, 특별조를 하나 따로 만들어주세요."

"특별조라고 하시면?"

질문은 민완기의 것이되 궁금하기는 두 사람 모두다. 겨울이 답한다.

"글쎄요, 일단 전투조라고 불러야 할까요? 무슨 일 있을 때 즉시 대응할 무력이 있다는 게……많은 걸 달라지게 할 거라고 생각하거든요. 동맹 내부적으로 말이죠."

과시할 필요는 없다. 다른 조직들이 바보가 아닌 이상 당연히 알게 될 테고, 지나친 과시는 전투조원들에 대한 쓸데없는 위협을 증가시킬 것이다.

"과연, 옳은 말씀이십니다. 작은 대장님은 생각보다 현명하시군요."

"민부장님, 혹시 아첨하시는 건가요?"

농담에 가까운 겨울의 힐난. 민완기는 어깨를 으쓱인다. 사실이잖습니까. 장연철이 다시 초조해 보인다. 아무래도, 이런 면에선 좀 소심한 구석이 있어 보인다.

"아무튼, 전투조장은 예외적으로 제가 지정할게요. 바깥에 나가면 분대장을 겸해도 될 것 같고……. 다른 분들에겐, 제가 특별히 믿는 사람들처럼 보였으면 좋겠어요."

"그래서 누굴 염두에 두고 계십니까?"

"음……. 우선은 한 명."

그러더니 소년이 이름을 크게 부른다.

"이유라 씨!"

"네! 네? 저요?"

거리를 두고 옹기종기 모인 사람들. 그 가운데 이름 불린 여인 혼자, 영문 모르겠다는 표정으로 우물쭈물 일어섰다. 겨울이 방긋 웃으며 말해주었다.

"유라씨가 첫 번째 전투조장입니다!"

"예? 전투조장? 그게 뭔데요?"

"나중에 여기 두 부장님들이 설명해주실 거예요! 일단 제가 결정한 거라고만 알고 계세요! 아, 오실 필요는 없어요! 거기서 그냥 쉬고 계세요!"

"아니, 저기……대장님? 작은 대장님?"

당황하는 그녀를 멀리 둔 채 겨울은 원래의 대화로 돌아온다. 연철이 근심했다.

"괜찮겠습니까? 제 생각이긴 한데, 아무래도 유라씨는 적절하지 않은 것 같아서……. 그 뭐냐, 위험한 일에 자원한 걸 보면 용기는 있겠지만, 같이 다녀온 남자 분들 말씀으론 영 부족하다고 하던데요."

"자질은 제가 만들어줄 거예요. 무엇보다 믿을만한 분이거든요. 이건 같이 뛰어본 소감을 솔직하게 말씀드리는 거예요."

"아, 네……."

자질을 만들어주겠다는 말이 있는 그대로의 사실이었다. 영향력을 확대해 공동체 관리권한을 취득하면, 구성원이 획득한 경험치를 관리할 수도 있다. 겨울이 끌고 다니면 성장은 빠를 터. 이 바닥에서 흔히 버스 태워준다고 하는 짓이다. 그 효율을 높여줄 「교습」 기술도 보유한 마당이었다.

"그럼 마약 문제는 어떻게 하는 게 좋을까요?"

화제를 바꾸는 연철에게 겨울은 같은 질문을 돌려주었다.

"장 부장님은 어떻게 하는 게 좋을 것 같으세요?"

상대를 거듭 직위로 호칭하는 것은 계산된 행동이었다. 직위라는 건, 조직 내의 서열과 상호관계를 포함하니까.

침묵은 조금 길었다. 생각에 생각을 거듭해도 답이 없는 문제다. 연철은 인상을 찌푸린다. 한참을 기다려 겨우 내는 의견도, 스스로 못미더워하는 기색이 역력했다.

"종교 문제처럼 조장님들에게 주의를 기울여달라고 당부하는 것 외엔, 소지품 검사를 철저히 하는 방법 밖에 없겠네요. 그래봐야 땅에 파묻으면 그만이라 효과가 있을지……."

이어 민완기가 고개를 흔들었다.

"소지품 검사는 안 됩니다. 사람들이 우리 조직에 의탁하는 건 저 살기 위함이고, 사유재산이 침해될 것 같으면 온갖 말이 다 나올 테니까요."

"아니 누가 빼앗는답니까? 마약 유입을 막기 위해서라고 알려주면 되죠. 그리고 사유재산이라고 부를 게 남아있긴 한가요? 다들 빈털터리 신세인데."

도무지 이해가 가지 않는다는 투로 투덜거리는 장연철에게 민완기가 침착하게 설명했다.

"물론 가진 게 없지요. 없어서 더한 겁니다. 일단 묻겠습니다. 깨끗한 옷 한 벌, 쓰지도 못할 달러 뭉치, 뚜껑 따지 않은 화장품, 새것으로 남아있는 면도칼이나 칫솔 따위를 열심히 감추는 모습들, 정말 한 번도 본적 없습니까?"

"어……."

대답하지 못한다. 실제로 그런 사람들이 대부분이었기 때문이다. 민완기의 말이 이어졌다.

"다시 한 번 말씀드릴까요? 없으니까 더한 겁니다. 이건 내 거라고 필사적으로 아껴두는 사람들을 보세요. 남에게 알려지는 것조차 꺼려하지요. 훔쳐가거나 빼앗길까봐. 아무리 훌륭한 명분이 있어도 받아들이기 싫으면 불만이 생기고, 불만이 생기면 뒷말이 돌기 마련입니다. 사실 소지품을 검사하는 건 속셈이 따로 있다고들 떠들겠군요. 세 사람이 외치면 호랑이가 어흥 하는 법이에요."

마지막에 호랑이 어흥이 나름 재치 있었다고 생각했나보다. 빙그레 웃으며 번갈아 보는데, 별로 재미없었다. 민완기는 정색하고 남은 생각을 풀었다.

"장 부장님. 우리 동맹은 이제 막 만들어진 조직이에요. 작은 대장님 개인에 대한 호감, 아니면 타산적인 기대감으로 뭉쳐져 있을 뿐, 공동체에 대한 애정이고 신뢰고 없는 단계란 뜻입니다. 뭐 이런 일로 분해되기까지야 하겠습니까만, 다양한 부작용이 예상되거든요. 개인에게도 조직에게도 첫 시작이 중요합니다. 저로서는 받아들이기 어렵습니다."

연철이 곧바로 반박했다.

"민 부장님은 너무 부정적이십니다. 구더기 무서워서 장 못 담그는 격이네요. 마약이 퍼지고 나면 그 때야말로 진짜 대책이 없을 겁니다. 그에 비하면 개개인의 불만은 사소한 문제 아니겠습니까? 정 싫으면 그냥 나가라고 하지요. 그 정도 판단도 불가능한 사람이라면 우리 조직에 필요 없습니다. 있을 자격도 없어요!"

자신이 흥분했다는 걸 깨닫고서, 연철이 주위를 살폈다. 호기심과 불안 어린 시선들이 지켜보고 있었다. 그는 소리를 낮춰 다시 말했다.

"아까 작은 대장님은, 앞으로 우리 동맹이 다른 어떤 조직보다 살기 좋아질 거라고 하셨지만…… 엄밀히 말하면 그 말씀 틀렸습니다. 「겨울동맹」이 이미 최고이기 때문입니다. 우두머리가 착취자가 아니라 공급자인 조직이 또 어디 있나요? 조직의 수장이 위험을 무릅쓰고 밖으로 나가는 조직은요? 제가 알기론 없습니다."

"진정하세요. 언성을 높일 필요는 없잖아요?"

그새 또 몰두하여 목소리가 강해지는 연철이었다. 겨울이 말과 손짓으로 진정시켰다. 연철은 얼굴을 붉히며 미안하다고 했으나, 기실 겨울은 그의 말이 제법 괜찮았다. 자기 칭찬이라서가 아니다. 감정으로 반박하는 사람은 자기 말을 믿어버리기 때문이다.

'아버지가 그랬었지.'

자식을 팔아넘기면서 그걸 가족을 위한 희생이라고 말했던 사람. 부모의 역할을 기대하는 자식에게 진심으로 반론하는 부모는 진실로 꼴불견이었다.

믿음은 감정으로 만들어진다.

그러므로 연철은 지금 자기 말을 있는 그대로 믿고 있을 것이었다.

겨울은 속에 구르는 돌의 무게를 떨치며, 조용해진 두 사람을 격려했다.

"두 분 말씀 잘 들었어요. 입장 차이는 있어도 모두 진심 같아서 듣기 좋았네요. 열의를 보여주셔서 감사합니다. 앞으로 무슨 일이 있어도 믿고 맡길 수 있겠다는 생각이 들어요."

"…당연한 일인데요 뭐."

부끄러움을 감추는 장연철, 턱을 쓰다듬는 민완기. 후자는 겨울의 의견을 묻는다.

"항상 말씀하시는 것처럼, 작은 대장님은 미군의 간판입니다. 모르긴 몰라도 빨리 써먹고 싶어 하겠지요. 대장님이 자리를 자주 비우게 될 걸 생각하면 조직은 빠르게 안정시킬수록 좋습니다. 그러니 이 결정도 서둘러야겠지요. 어떻게 하시겠습니까?"

"그럼 소지품 검사는 없는 걸로. 조장 되실 분들의 눈을 믿어보지요."

연철이 신음했다. 민완기라고 표정이 밝진 않았다.

"자꾸 대안 없이 걱정만 하는 것 같아 면목 없습니다만, 조장들의 주의만으로는 충분하지 않습니다. 무엇보다 조장을 가려내더라도, 결국 이런 경험 없는 평범한 사람들뿐이지요. 한꺼번에 많은 일을 맡기면 모든 일을 망쳐놓을 지도 모릅니다. 뭔가 다른 생각은 없으십니까?"

"있어요."

가벼운 수긍. 물으면서도 긍정적인 대답을 기대하진 않았던 모양이라, 민완기가 말없이 눈만 깜박거렸다. 장연철은 눈치를 살핀다. 겨울이 고개를 기울였다.

"이 난리가 나기 전에도 마약은 국경을 넘어 다니지 않았나요?"

아아. 거의 동시에 이해한 두 사람의 감탄성. 말은 이어졌다.

"우리 동맹의 취지를 말씀드릴 때, 국적에 무관하게 받겠다고 하긴 했지만……언어장벽이 만만치 않잖아요? 합류할 사람들은 거의 다 한국인일 거라고 봐요. 즉 영향력 문제로 우리 동맹에 시비 걸어올 조직들은 다 한국계일 거란 뜻이죠. 그런데 제가 학교에서 세계사를 배울 때, 가까운 깡패가 적이면 멀리 있는 강도와 친해지는 게 기본이라고 하더라고요. 마약 파는 한국인의 경쟁자는 마약 파는 일본인과 마약 파는 중국인일 테니, 그 사람들에게 물어보죠. 당신네 경쟁자들에 대해 아는 거 있느냐고."

"하하하!"

민완기가 박수를 치며 큰 소리로 웃었다. 보는 눈이 바뀐 것을 느낀다. 대화를 듣지는 못해도 이쪽으로 주의는 기울이던 사람들은 분위기가 좋은 듯 하자 영문 모르고 덩달아 좋아했다. 예외도 있었다. 이유라는 사람들에게 둘러싸여 쩔쩔 매는 중이다. 질문을 받아도 영문을 모르니 곤란하겠지.

"당장 저 밖에서 기다리는 사람들 중엔 분명 국적 다른 조직에서 온 사람도 있을 걸요? 「흑사회(허이셔후이)」건 「주길회(스미요시카이)」건 저랑 어떤 식으로든 인사를 해두고 싶지 않을까요?"

"어, 그런데 말입니다."

연철이 머뭇거렸다.

"거기서 정보를 얻는다 쳐도 첩자를 걸러내는 데 직접적인 도움은 안 될 것 같은데요?"

"그건 기대 안 해요."

"하면 무슨 말씀이신지……."

"세계사 선생님께서 말씀하시길, 최선의 방어는 공격이라고 하던걸요.

전 마약 흘러나오는 구석을 찾아서 밟아놓을 생각인데요?"

연철의 입이 벌어졌다.

"당하기만 하는 삶은 지긋지긋해요."

그렇다. 몸 있던 시절의 수동적이었던, 수동적일 수밖에 없었던, 기회가 주어지지 않았던 자신을 되풀이하고 싶지 않다. 트라우마다. 울컥 치미는 응어리와 해방감, 이율배반적인 감정을 동시에 느끼며, 소년은 거침없이 말을 쏟았다.

"난 착하기만 한 사람이 되지는 않을 거예요. 누구는 이걸 예방전쟁이라고 하는 것 같던데, 맞나요? 내 사람들에게 팔 마약 가진 놈들을 싹 다 조져버리겠어요. 박살을 내버리겠다고요."

쓸 수 있는 수단은 많았다. 어쨌든 입지는 가장 좋았으니까.

착한 사람이 착하게 남아있으려면, 경계를 확실히 긋는 편이 좋다. 누구에게나 한계는 있으니까.

교섭

캠프 로버츠

흑사회(黑社會, 허이셔후이)는 캠프 로버츠의 난민구역에서 가장 강력한 조직이지만, 알고 보면 단일조직이 아니다. 삼합회(三合會), 안량공상회(安良工商會), 하남장(河南莊), 손화단(孫和團), 산서당(山西堂), 직예당(直隸堂), 합승당(合勝當), 제남벌(濟南閥) 등등 크고 작은 다수의 조직들이 대외적으로 힘을 모으기 위해 하나의 간판을 내걸고 있을 따름이었다.

여기서 삼합회가 가장 강력하다. 삼합회의 용두(龍頭)는 흑사회주를 겸했다. 겨울과의 교섭을 위해 찾아온 것도 삼합회의 간부였다. 다만 그 모습이 예상과 많이 달랐다.

"평소 높은 이름을 듣고 흠모하던 차에, 이렇게 뵙게 되어 영광입니다, 한 선생. 저는 리 아이링(李藹齡)이라고 합니다."

대단히 젊고 아름다운 여성이었다. 소매 없는 치파오에 모피 코트를 둘렀다. 빛바랜 풍경 속에서 홀로 원색 선명하다. 상상 속 중국 미인의 전형. 주위 사람들이 모두 얼빠진 모습이었다. 여성들은 새쭉하니 질투를 내보였다.

이런 모습으로, 한국인 거류구에서 당당히 다닐 수 있다는 사실이, 흑사회의 강력한 힘을 증명한다. 사구(四九, 행동대원)로 보이는 남자 다섯이 호위로 따르긴 했지만.

호위 중 하나가 통역이었다. 그녀의 말을 그대로 옮겼다. 조선족인 모양이다. 말이 조금 어눌했다. 그러나 겨울은 이미 「중국어」를 습득했다. 6등급. 숙련자 최대 레벨. 원어민이 듣기에 위화감이 조금 있어도, 의사소통에 지장이 없는 수준이었다. 다만 방언에 대해서는, 발화와 청해 모두 떨어진다. 겨울은 고민하다가, 경험치를 소모했다. 「중국어」가 7등급, 전문가 초입으로 상승한다. 소년이 중국어로 대꾸했다.

"통역은 불필요할 것 같네요, 소저. 실례지만 제가 어떤 분을 상대하는 건지 여쭤 봐도 괜찮을까요?"

그녀는 이채로운 미소를 지었다.

"놀랍군요. 선생께서 한어(漢語)를 구사하신다는 것 들어 알고 있었으나, 이토록 유창하실 줄은 몰랐습니다. 저희 동지들에게서 확인한 바와 조금 다르군요."

아이링은 머뭇거리는 조선인 통역을 한 쪽으로 물렸다.

"답변 드릴게요. 아마 제 직위가 궁금하신 것이겠죠. 저는 향주(香主)로서 큰 어른을 보좌하고 있답니다. 어떤 교섭이라도, 저를 통하시면 의심할 필요가 없으세요."

이번엔 겨울이 놀랐다. 그 말인즉슨 그녀의 위로 단 두 명, 용두(대두목)와 이로원수(부두목) 말고 아무도 없다는 뜻이었기 때문이다. 나이를 감안할 때 초혜(草鞋 : 교섭 및 연락 담당 간부) 정도라고 예상했는데……. 상정 외의 거물이 찾아온 셈이었다.

말투에 신경을 써야겠다.

"혹시 리 선생께선 용두님이나 이로원수님과 혈연관계에 있으십니까?"

그녀를 부르는 호칭부터 고쳤다. 선생은 보통 남자를 부르는 호칭이지만, 덕망 높은 여성에게는 경칭으로서 선생이라 불러도 무방하다. 증강현실의 안내문을 참고한 대응.

아이링은 모호한 표정으로 되묻는다.

"그렇게 물어보시는 건 역시 제 나이 때문인가요?"

"솔직히 그렇습니다. 기분 상하셨다면 죄송합니다."

"아뇨. 딱히 기분 상할 일은 아닌걸요. 맞아요. 용두대노사(龍頭大⊠師)께서 제 아버님 되세요. 그래도 능력 없이 자리만 차지한 게 아니니 오해하지 않으셨으면 하네요."

"그랬다면 큰 어른께서 이런 곳에 보내지도 않으셨겠죠. 오해할 이유 없습니다."

겨울의 막힘없는 언변이 마음에 든 것인지, 다시 한 번 예쁘게 웃는 그녀.

"처음처럼 소저라고 불러주시면 좋겠어요. 여자가 선생이라 들으면 어쩐지 불편하거든요. 나이 든 기분이기도 하고."

"알겠습니다."

이 때 유라가 생각지도 않았던 다과를 내왔다. 다기도 제법 그럴듯한 물건이었다. 겨울은 내심 당황했다. 이런 게 어디서 났지? 슬쩍 시선을 돌려보니, 부장 민완기가 엄지로 자신을 가리키며 입을 벙긋거리고 있었다. 입 모양이 단어 두 개다. 위신, 겸양.

그 의도를 알고서 잠자코 따른다.

"사정이 여의치 않아 좋은 대접을 해드리기는 어렵네요. 다소 부족하더라도 이해해주셨으면 좋겠습니다."

"다 같이 빈궁한 시절인데 이해를 구하시다니. 새삼스럽군요."

찻잔 드는 손길에 기품이 녹아있었다. 범죄조직의 여자 같지 않다. 그녀가 다시 덧붙이는 변설.

"다도를 아시나요?"

"문외한입니다."

"조금 알려드릴게요. 차의 품격은 찻잎의 종류만으로 결정되는 게 아니랍니다. 아무리 좋은 찻잎을 띄웠어도 급하게 들이키면 오수(汚水)와 다를 바 없지요. 행다(行茶)는 예법이에요."

그녀, 한 모금 머금고, 눈을 감는다. 소리 없는 목 넘김. 말이 이어졌다.

"그리고 예의가 사람을 만듭니다. 그렇지 않았다면 우리는 얼마나 비참한 지경에 있는 걸까요. 귀인께서 예를 다해 저를 대하시고, 저 또한 귀인을 예로써 공경하니, 이 자리에 사람의 품격이 있습니다."

중요한 건 물질이 아니라 정신이라는, 달콤한 목소리. 준비 많았던 소년은 쉽게 이해했다. 체면을 중시하는 중국인에게, 뭐라고 대답하면 좋을지도 알 수 있었다. 고상한 화법을 즐기는 중국인을 상대로, 적절한 답을 만들어낸다.

"듣고 나니 차가 한결 더 좋네요. 이것이 예인가 봅니다."

잠시 조용한 시간이 흘렀다. 그 사이에 겨울은 아이링과 떡치라는 시청자 퀘스트를 몇 개쯤 물리쳤다. 물리치고, 아무런 내색도 하지 않는다. 서로 다른 시청자들이 같은 퀘스트를 반복해서 걸어온다. 걸린 금액이 점점 더 올라갔다.

잔을 다 비우고서 남은 대화가 이어진다.

"선생께서 예(禮)를 아시니 이제 의(義)를 말씀드리고 싶군요."

본론이 나오는가. 겨울이 고개를 끄덕였다.

"경청하겠습니다."

말이 바로 나오지는 않았다. 많은 계산이 깔린 휴지(休止)일 것이다. 두 손 모은 정갈한 자세로, 소년을 긴 시간 바라보다가, 마침내 입을 열었다.

"「삼합회」에 가입하거나, 「흑사회」에 무릎 꿇거나. 둘 중 하나를 선택하세요."

겨울이 감탄했다.

"솔직하시네요."

그녀 또한 옅게 감탄했다. 소년이 한 마디 듣고서 바로 이해했음을 「간파」했기 때문이다.

"그럴만한 상대라고 느껴졌으니까요."

언뜻 보면 협박이다. 그러나 겨울이 아무런 반감 없이, 그저 솔직하다고 한 데엔 그만한 이유가 있었다.

그녀는 왜 삼합회와 흑사회를 구분하여 말했는가. 내분이 일어나고 있다는 뜻이다. 불리한 사실이다. 있는 그대로 밝힌 것만으로도, 그녀가 겨울을 어떻게 평가했는지 짐작할 수 있었다. 지금까지의 짧은 대화를 근거로 내렸을 판단.

이런 내용들을 시청자들에게 전하면서, 세계관의 일시정지가 필요하진 않았다. 「텔레타이프」를 쓰기도, 방송을 진행하기도 많이 익숙해진 것 같다.

겨울은 고개를 기울였다.

"저는 한국인이고, 따르는 사람들도 마찬가지입니다. 「삼합회」에 들어가서 잘 해낼 수 있을 거라고 생각하시나요?"

"조선족도 결국은 중화의 일부가 되었지요. 무엇보다, 앞날을 생각하면 선택의 여지가 없으세요. 「흑사회」는 강합니다."

오만하다. 그리고 도발적이다. 힘 있는 자의 자신감. 그러나 빈틈이 있다.

생각해보자. 당장은 겨울이 입지 면에서 앞서있다. 하지만, 중국인들이 다급해할 이유는 없다. 그들도 겨울이 광고판이라는 사실을 알 터. 광고는 결국 물건을 팔겠다고 내는 것. 미국에 충성한다면, 누구에게든 같은 특권을 주겠다는 유혹이다.

한국인인 겨울을 일본이나 중국 난민들의 통제에 써먹긴 어렵다. 미국이 겨울의 롤 모델로 삼은 인물, 김영옥 대령이 일본계 대원들을 이끌긴 했다. 그러나 그 시절과 상황이 많이 다르다.

중국과 일본 난민들을 통제하려면, 중국과 일본 출신의 광고판을 새로 세우는 편이 낫다.

그들 가운데서도 활약하는 자들이 나타나기 시작했다. 목숨을 건 임무 수행, 그에 비례하여 높아지는 성과. 조만간 두 나라 난민들 중에서도 겨울 같은 사례가 나올 것이다.

그러므로 단순히 중국계 조직들이 분열되어있다는 것만으로는, 겨울을 영입하려 시도할 이유가 되지 못한다.

"유력한 후보자가 「삼합회」 출신이 아닌 모양이죠?"

"맞아요."

민감한 지적을 두말없이 수긍하는 아이링.

이런 태도, 항상 믿어도 좋은 것은 아니다. 초인적인 「통찰」이 없는 한, 진실은 기만과 허위의 갈피 사이에 있다.

다만 지금 같은 경우는, 그저 이 대화에 진솔하게 임하겠다는 의미로 해석해야 할 것이다. 겨울은 자신의 감각을 믿기로 했다.

"무의미한 질문일지도 모르지만……어디인가요?"

"「안량공상회」와 「직예당」이 경쟁하고 있어요. 우리 「삼합회」의 홍곤(紅棍) 세 명과 백지선(白紙扇) 한 명이 후보였는데, 일주일 사이에 모두 사고를 당했죠."

홍곤이라면 행동대장이고, 백지선은 관리자 직급이다. 「삼합회」의 피해가 큰 것 같다. 생각 이상으로.

한 번 더 알아보긴 해야겠지만.

"그들 소행인가요?"

"작전 중 실종이라고 들었어요."

한 층 더 가라앉는 어조. 담담한 분노. 살피건대, 망자 중 하나가 피붙이였을지도. 속으로 생각하고, 겉으로는 내지 않는다. 확실치 않은 추측이다.

앞서 의(義) 운운했던 건 결국 립 서비스였다. 우리가 곤란한 상황이니, 도와주면 확실히 우리의 형제로 받아들이겠다. 그런 뜻. 실속은 없다.

협박이기도 했다. 다른 선택지는 없으리라고. 제안을 받지 않으면, 주인이 바뀐 「흑사회」는, 단합된 힘으로 한국계 및 일본계 조직을 짓누를 것이라고.

"그래서, 이미 미군의 인정을 받은 저를 끌어들여서, 그 사람들의 대항마로 삼으시겠다는 말씀이신데……."

그들이 원하는 것은 결국 겨울의 입지, 부대 편성권과 대외활동의 주도권일 터. 그것만 있으면 「흑사회」의 다른 파벌에 밀리지 않게 된다.

「통찰」. 증강현실의, 많은 그래프와 단편적인 미래예측들. 그러나 이러한 시스템 어시스트가 항상 바른 길을 알려주는 건 아니다. 반대의 예언을 내놓는 두 명의 예언자들. 각각 합당한 근거를 제시하므로, 선택은 언제나 소년의 몫이다.

낙관과 비관 양쪽을 향해 갈라지는 미래의 표지판. 겨울은 그 중 하나를 읽었다.

"제가 쓰고 버려지지 않는다는 보장이 없네요."

아이링이 슬픈 표정을 지었다. 제 매력을 쓸 줄 아는 여자다. 겨울에게는 효과가 없지만, 지켜보는 다른 시선들이 있었다. 그것까지 염두에 두었을 터.

언어 계열 기술이 극에 달하면, 음성과 화법으로 상대를 농락하기 쉽다. 이어지는 말은 놀랍도록 부드럽고 애처로운 음성이었다.

이것은 플레이어의 「통찰」에도 영향을 미친다. 정보가 왜곡되는 것. 시스템 어시스트를 있는 그대로 믿어선 안 되는 이유의 하나였다.

"우리는 서약으로 묶여있어요. 배신의 대가는 언제나 죽음이죠. 「겨울동맹」은 「흑사회」의 자협회(子協會)로서 언제나 최대한 존중 받을 거예요. 한 선생께는 선봉(先鋒) 자리가 내려질 것이고요. 오직 의와 협으로 드리는 제안이에요. 믿어주세요."

선봉이면 직무는 다를지언정 위계로는 향주와 동급이다. 당연히 기존 조직원들에 대한 영향력은 없는, 이를테면 명예직 취급이겠지만, 그래도 여전히 파격적인 대우다.

자협회는 「삼합회」의 하부조직이다. 역시 좋은 대우였다. 본디 회에 3년 이상 몸담은 자로서, 용두가 인정한 자에게만 설립 허가를 내주는 것이었으니까.

그러나 이마저도 결국 형식에 지나지 않는다. 실속 없기는 매한가지였다.

"죄송합니다. 역시 믿을 수 없네요."

"어째서……."

"백번 양보해서 소저와 용두님을 믿는다고 하더라도, 「삼합회」 구성원 전체는 못 믿어요. 중국 분들은 자존심이 강하시잖아요? 예전부터 한국을 소국이라고 멸시하는 분들이 워낙 많았으니까요. 지금은 더 심해졌겠죠. 차별과 모욕, 정말 없을 거라고 생각하세요?"

"다시 말씀드리지만 「삼합회」의 규약은 결코 가벼운 게 아니에요. 규약에는 이런 내용이 있죠. 「동지끼리 시비를 걸거나 이간질을 해서는 안 된다. 어기는 자는 목숨으로 대가를 치른다.」 한 번 동문이 된 사람들에게, 민족을 빌미로 시비를 거는 일은 없을 거예요. 맹세하죠. 그런 자가 있다면 죽음으로 벌하겠어요."

부드러운 말 속에서도 자긍심은 단단하게 굳어있다.

똑바로 바라보는 시선. 그러나 겨울은 그녀의 말을 다시 부정했다.

"그럼 이렇게 말씀드리는 건 어떨까요? 저는 제 사람들도 믿을 수 없다고."

"선생 스스로 능력이 없다고 말씀하시는 건가요? 그렇지는 않은 것 같은데요."

"과대평가는 그만 두세요. 「겨울동맹」은 이제 막 만들어졌어요. 원래 있던 사람들이 저를 인정한 것도 겨우 오늘인데요. 그보다 더 많은 사람들을 새롭게 받을 예정인데, 일탈하는 사람 없을 거라고 어떻게 장담하겠어요?"

"……."

"「삼합회」의 규약이 무겁다고 하셨죠? 제가 알기로 그 규약에 이런 내용도 있는 걸로 아는데요. 「입문 후 후회하거나 탄식하는 자는 죽음으로 죄를 갚는다.」……죽을 사람 많이 나오겠네요. 조직의 서열 확립을 위해 이걸 악용하는 경우도 있을 것이고.”

대화가 생각처럼 흘러가지 않자 아이링의 평정이 뒤틀리고 있었다. 줄곧 머금고 있던 미소가 많이 엷어졌다.

“규약을 따르지 않는 자를 엄히 벌하는 건 지도자의 의무잖아요. 한 선생께서도 당연히 하셔야 할 일이고요. 일벌백계는 조직의 규율을 바로잡는 기초랍니다.”

“전체를 위한 불가피한 희생이라는 게, 있긴 있을 거예요. 하지만 불평 좀 했다고 죽이다니……그건 제 방식이 아니에요. 당장은 믿을 수 없는 사람이라도 상관없어요. 적이 되지만 않는다면, 능력껏 끌고 나갈 겁니다. 그러다보면 믿음도 생기겠죠. 대충 죽여서 겁주는 식으로 만드는 가짜 믿음 말고, 공동체에 대한 진짜 신뢰 말이에요.”

“가짜라니……지금 우리 회를 모욕하시는 건가요?”

「생존감각」이 반응했다. 증강현실의 붉은 경고. 위협수준은 낮았다. 당장 칼부림을 벌이려는 게 아니다. 언젠가 구체화될지 모르는, 막연한 살의를 품었다는 뜻이었다. 그렇겠지. 얼굴이 아무리 예뻐도, 결국 범죄조직에 속한 여자니까.

경고의 색이 옅어졌다. 그녀가 자신을 다스리고 있다는 증거였다. 아직 설득할 생각인가보다.

“미국은 난민 살리기에 관심이 없어요. 그들이 진정 우리를 인간으로 생각했다면, 지금 이런 대화 자체가 필요하지 않았을 거예요. 이 캠프에 치안과 질서, 희망이 있었을 테니까요.”

숨을 고르고서, 다시 말하는 그녀.

“지금 손에 넣은 명성과 지위가 자랑스러우신가요? 선생은 가축에 지나지 않아요. 품종이 좋을 뿐. 겨우 그걸로, 언제까지 사육사의 보호를 받을 수 있을까요? 그들이 더 나은 품종을 찾으면 선생은 버려질 거예요."

협박 참 잘한다. 겨울은 가만히 듣고 있었다.

"숫자가 곧 힘이고, 뭉쳐야 겨우 살아남을 시대에요. 가장 강력한 조직의 일원이 되세요. 어려울 때 받은 도움을 평생 기억할 사람들이 기다리고 있습니다. 돕지 않는다면, 그것 역시 평생 기억하겠죠. 우리는 우리가 아닌 사람들에게 얼마든지 냉혹해질 수 있습니다."

그녀가 요구했다.

"이제 대답을 주세요."

압력이 대단하다. 그녀의 기세도 강하지만, 대화를 듣고 화가 난 호위들이 더 강했다. 소년을 무섭게 쏘아본다. 시선이 칼날 같다. 「전투감각」, 「생존감각」, 「통찰」의 연동. 위협성 평가. 각자가 상당한 실력자들이었다. 총기를 휴대한 겨울이 두려워할 필요는 없었지만.

소년은 조용히 말했다.

"사실 저는 종속보단 동맹이 마음에 듭니다."

"그렇게 어설픈 유대로는 서로에게 도움 될 게 없어요. 우리는 「흑사회」의 주도권을 잃어버릴 것이고, 선생은 대국인들의 힘을 얻지 못할 테니까요. 무엇보다 동맹은 대등한 세력 사이에서 맺는 관계잖아요. 우리에게 필요한 건 노약자, 부녀자, 고아 투성이인 「겨울동맹」이 아니라, 선생 한 사람 뿐인걸요. 격이 맞지 않아요."

"제가 그걸 만회할 정도로 노력한다면?"

"겸손하지 못하시네요. 한 사람의 능력에는 한계가 있어요."

"그런가요. 그럼 돌아가세요."

겨울이 대화를 놓는다.

미련 없이. 아이링은 세게 얻어맞은 표정을 지었다.

"뭐…라고요?"

"굉장히 무례하셨습니다. 소저의 말씀을 요약하면 이거죠. 「일단 굴복해라. 하는 거 봐서, 가족으로 대우해주겠다.」 그 약속을 보증할만한 담보가, 실질적으로 아무 것도 없는 상황인데. 그래서 믿지 못하겠다고 말씀드렸더니, 이번엔 협박을 하셨잖아요. 너희가 계속 한국인으로만 남아있으면 결국 짓밟히고 말거라고."

"저는 단지 그게 현실이라고 드린 말씀이었을 뿐이에요!"

"그럼 더 질이 나쁘네요. 무의식중에 깔보고 있다는 뜻이니까."

미인이 입술을 깨물었다. 속상한 표정이다. 덩치 큰 어깨들에게서 느껴지는 살의도 급격한 상승곡선을 그렸다. 당장이라도 칼부림을 낼 것 같지만, 아이링이 내젓는 손길에 가라앉는다. 천막의 원래 주인들이 굉장히 불안해하고 있었다.

그 와중에 눈에 띄는 두 사람. 박진석과 이유라.

진석은 자기 주위로 조용히 사람을 모았다. 전투력을 기대할 수 있는 면면이다. 유라는 덜덜 떨면서도 과도 하나 엉덩이 아래 깔고 앉았다. 훌륭한 감투 정신이었다.

"한 가지 더 말씀드릴게요."

손가락을 하나 세워 보이며, 입을 여는 겨울.

"저는 능력이 있어요. 사육사들에게 버림 받을 일 자체가 없도록 만들 거라고요. 적어도 제가 있는 한, 아무도 「겨울동맹」을 얕볼 수 없을 걸요? 오만하다고 말씀하시려면 일단 저를 능가해보세요. 아니면 죽여보시든가."

탤런트 어드밴티지를 있는 대로 받고 있는 플레이어를 누가 능가한담.

"정말 자신감 넘치시는군요."

"단지 그게 현실이라고 드린 말씀이었을 뿐인데요."

아이링이 조금 전 했던 말 그대로다. 돌려받은 아이링은 말문이 막혔다. 무릎 위에 두 주먹 모아 쥐고 한숨을 내쉬는 그녀. 잠시 후 한 번 더 내쉬고, 시차를 두어 몇 번을 더 내쉬었다. 몸을 몇 번 움찔거리는 품이 당장이라도 일어나 나갈 것 같았지만, 끝끝내 자리를 터는 일은 없었다.

몇 번 달싹이던 입술에서 겨우 나오는 말.

"외부의 도움이 많이 필요하실 텐데요. 정보라던가……."

구차하다. 예상범위 이내였다.

"애써 찾아와주신 덕분에 그 걱정은 덜겠네요. 「흑사회」의 다른 가족들도 소저의 방문을 알고 있을 거 아녜요? 제가 「삼합회」에 협력하지 않는 대가로 정보쯤은 내주지 않을까요?"

"큭……."

그녀는 다시 한참을 입 다물고 있었다. 기다리는 시간이 지루할 정도로. 그러나 지켜보는 이들에겐, 아무래도 숨 막히는 침묵이었다. 그들을 향해 한 번 웃어줄까 하다가 말았다. 동맹원들의 경외를 사기는 좋겠는데, 앞에 둔 여자에겐 필요 이상의 도발이 될 것이었다.

"그렇다면 마지막 제안이에요."

아이링의 목소리가 떨리고 있었다.

"약속을 보증할 담보가 필요하다면, 저는 어떠신가요."

웃으면 안 되는데, 겨울은 무심코 쓴웃음을 지었다. 비웃음이 아니다. 시청자 퀘스트가 무지하게 쇄도했기 때문이었다. 보이는 퀘스트마다 섹스로 시작해서 제발 좀 섹스로 끝났다. 읽지 않은 메시지 수도 폭발적으로 증가했다.

하아. 이것 참…….

그러나 사정을 모르는 제안자, 여인으로서는 모멸감을 느끼기에 충분한 반응이다. 그녀가 터지기 전 겨울이 먼저 사과했다.

"죄송합니다. 비웃으려는 건 결코 아니었어요. 그래도 이상한 점이 있네요."

"뭐가요."

"왜 그렇게까지 하세요?"

대답이 없다.

"「흑사회」의 주도권이 그렇게 중요한가요? 어차피 같은 민족 사이에서 대표만 바뀌는 일이잖아요. 다른 조직이 맹주가 된다고 해도, 나중을 기약하면 그만 아닌가요?"

여전히 대답이 없다.

"아니면 나중을 기약하지 못할 이유가 있으시던가."

"……질이 나쁘시군요. 답을 아는 질문은 그만두세요."

마침내 나온 대꾸에 겨울이 고개를 끄덕였다.

"못할 짓 많이 하셨나보네요. 같은 「흑사회」 형제들이라고 하시더니."

그것도 보복을 걱정하지 않으면 안 될 만큼.

"그만하라고 말씀드렸어요."

"에이, 그런 표정 지으실 것 없어요. 우리 한국인들도 그러는데요 뭐. 같은 민족이고 뭐고 죽이고 빼앗으려고 혈안이 되어있거든요. 모르긴 몰라도 중국인 분들보다 훨씬 더 심할걸요?"

소년은 담백한 어조로 말한다.

"누가 그러더라고요. 사람에게 필요한 건 사람이 가장 많이 가지고 있다고. 나가서 위험을 무릅쓰기보다는……아무래도 다른 사람에게서 뺏는 게 편했겠죠. 이해해요. 사기치고 등쳐먹기 좋은 건 언제나 같은 민족이잖아요. 소저께서도 한몫 하셨을 것 같은데, 그런 분과 맺어지고 싶지 않네요."

당신 같은 여자는 줘도 안 받겠다는 말. 이 이상의 모욕이 여자에게 또 있을까? 곧바로 머리를 거치지 않은 반발이 튀어나왔다.

"전 반대했어요."

"아니라고는 안하시네요?"

한 번 평정이 깨지니 이쪽의 함정에 계속해서 빠진다.

이제 아이링이 겨울을 보는 두 눈에 독기가 서렸다. 조금 젖어있다. 가냘픈 어깨가 가늘게 경련했다.

그러거나 말거나. 겨울은 동요하지 않는다. 알아낸 것이 많아 만족스러웠다. 덧붙여, 이 대담으로 얻어낸 별의 수도 만족스러웠다.

"가겠어요."

마침내 자리에서 일어서는 「삼합회」의 간부. 돌아서려다가 멈칫, 소년을 노려본다.

"당신, 후회하게 될 거예요."

"그거 그냥 한 번 해보시는 말씀인가요, 아니면 「삼합회」 전권대리인의 선전포고인가요?"

시스템은 공정하다. 능력 없는 여자가 아니니, 적정 등급의 「통찰」과 「생존감각」 정도는 있을 것이다. 그것들은 플레이어의 감정과 생각에 반응한다. 그리고 기술등급으로 평가할 때 소년의 전투능력이 월등하니, 감지한 위협의 수준이 무척이나 높을 것이었다.

과연, 움찔 움츠러드는 가녀린 육체. 후환을 남기지 않기 위해, 그녀부터 죽여 놓고 「삼합회」 대책을 마련하겠다는 의도를, 충분히 읽었을 것이다. 그녀는 말을 더듬었다.

"……해 본 말이었어요."

굴욕을 감수하고 사는 쪽을 택한다. 그러고서, 결국 참고 참았던 눈물이 뚝뚝 떨어졌다.

"정말 성격 나쁘시네요. 굳이 그렇게 무의미한 추궁을 하셔야 했나요?"

무의미하다면 무의미하다. 그녀가 거짓말 하지 말라는 법 없으니까. 그러나 소년에게 남을 희롱하는 취미가 있는 것도 아니다. 그 점을 해명한다.

"그렇게 보였다면 유감이네요. 경고였는데."

"경고?"

"우리가 서로 싸워서 좋을 것 없고, 싸우게 되면 그냥은 당하지 않겠다는 경고죠. 혹시나 소저께서, 감정에 휩쓸려 말을 잘못 전하실까봐……그런 일 없기를 바라며 드린 거고요. 무슨 악감정이 있어서 조롱하겠어요? 앞일이 어찌 될지 모르는데요."

"……."

"오해하지 마세요. 전 아직도 동맹이라면 좋다고 생각해요. 혹시 생각이 바뀌신다면 언제든 다시 오세요. 기다리고 있을 테니."

시간이 흐르지 않는 건가? 싶을 만큼 움직이지 않는 아이링.

굉장히 긴 한숨이, 그녀를 다시 움직이게 했다. 눈빛이 많이 누그러져 있었다.

"뭔가 좀 억울한 기분이군요."

"억울해하실 것 없어요. 서로 무례했으니 한 번씩 주고받았다 치고, 앞으로 묵은 감정 없는 걸로 해두는 게 어떨까요?"

이 말을 들은 미인은 표정이 엉망이었다. 온갖 감정이 한꺼번에 다 보인다. 마지막으로 남은 것은 실소였다.

굳이 시스템의 도움을 받을 것도 없이, 속 잘 읽는 소년은 그것이 그녀의 진짜 얼굴임을 알았다.

엉뚱한 생각이 든다. 울다가 웃으면 엉덩이에 털 나는데. 물론 생각만이다. 이걸 말하면 갈 데까지 가는 무례함이고, 성희롱이었다.

아이링의 힘없는 목소리.

"정말, 언변 하나는 엄청나시군요."

"그러게요."

가벼운 긍정에 아이링은 또 한 번 어이가 없다.

"제가 어떻게 반응해야 하나요."

"웃으세요. 삶이 잿빛이면 웃기라도 해야죠."

그런다고 순순히 웃는 건 여자 하나였다. 남자 다섯은 꿋꿋이 험악한 표정이다.

"살펴가세요."

"네. 건강하시길. 말씀하신 것처럼, 좋은 일로 다시 뵈었으면 좋겠네요."

그들을 배웅하고 들어오자 사람들이 우 몰렸다. 대담의 경위가 궁금할 것이었다. 번거롭지만 한 번 설명해두는 게 낫겠지. 지도자로서의 위신도 더할 겸.

그럴 필요는 없었다.

"굉장했습니다."

"중국어도 할 줄 아세요?"

"아직 말은 어렵지만 청해는 가능하지요. 작은 대장님에 비하면 아무것도 아닙니다."

민완기 부장이 생각 이상의 인재였다. 겨울의 호감을 얻어두려는 의도가 없지 않겠지만, 그가 쏟아내는 감탄은 대개 진심으로 보였다.

"설마 교섭에 그토록 능란하실 줄은 몰랐습니다. 언변도 유창하시고. 상대의 허와 실을 아주 제대로 짚어내시더군요. 조마조마한 순간이 한 두 번이 아니었습니다. 마지막에 상대를 달래서 보낸 것도 훌륭했습니다. 분위기를 확확 뒤집으며 대화의 주도권을 놓지 않으시는 게, 마치 숙련된 협상가를 보는 기분이었지요. 재능을 타고나신 것 같군요."

"과찬이세요."

대화에 열기가 더해질수록 사정을 모르는 사람들은 점점 더 궁금해질 뿐이다. 뭔가 대단한 일이 일어났다는 거 같은데 영문을 모르겠다. 시선이 자연히 애처로워진다.

겨울이 민완기에게 부탁했다.

"기왕 들으셨다면 다른 분들께 저 대신 설명 좀 해주세요."

"알겠습니다."

그를 어용학자로 쓰기 좋겠다고 보았던 겨울의 안목이 정확했다. 단순히 사실을 전하는 데서 그치지 않고, 듣는 사람들의 분위기를 의도적으로 끌어올리고 있었다.

괴벨스?

그 와중에 장연철이 머뭇거리며 다가왔다.

"무슨 일이세요?"

우물거리던 그가 말한다.

"저는 일본어를 할 줄 압니다."

"……네?"

"그러니까…마, 말하기도 됩니다."

"……."

다른 사람들이 민완기를 중심으로 오오 소리를 높이는 가운데, 소년과 장연철 사이에만 기묘한 고요가 자리 잡는다. 뒤늦게 이불을 차고 싶어졌는지, 장연철의 얼굴이 벌개졌다.

"죄송합니다."

"아니, 아니에요. 앞으로 기대할게요."

위로가 되지 않았나보다. 그는 축 늘어진 채 슬금슬금 멀어졌다. 그렇게 안 봤는데, 허당끼가 있는 것 같다.

轍鮒之急

「SALHAE : 으아, 시발! 저게 사람 몸매냐! 리 아이링 겁나 예뻐! 뭐 하냐 거지새끼들아! 현실에선 꿈도 못 꿀 여자가 눈앞에 있다! 없는 돈 쓸 시간이 왔다 이거야! 탄알 1000발 장전!」

〈SYSTEM MESSAGE〉: SALHAE님에 의하여 시청자 퀘스트가 부여되었습니다.

『시청자 퀘스트 : 겁탈! 리 아이링!

『SALHAE님의 말 : 겁탈! 겁탈! 겁탈! 그 아이를 겁탈! 보자마자 겁탈! 겁나 빨리 겁탈!』

『AI 도움말 : 이 퀘스트의 목표는 사용자 등록번호 B-612 한겨울이 리 아이링(李藹齡)을 겁탈하는 것입니다. 목표 달성 시점에서 1,000개의 별이 세계관 진행자에게 지급됩니다.』

〈SYSTEM MESSAGE〉: 한겨울(진행자)님이 SALHAE님의 시청자 퀘스트를 거부하셨습니다.

「SALHAE : ……….」

「려권내라우 : 퀘스트 이름 ㅋㅋㅋㅋㅋ 병신 ㅋㅋㅋㅋㅋ 욕망에 너무 솔직해 ㅋㅋㅋㅋㅋ」

「흑형잦이 : 근데 순식간에 거부됐억ㅋㅋㅋㅋㅋㅋ」

「당신의 어머 : 고작 십만 원으로는 BJ가 만족 못하나봄 ㅋㅋㅋㅋ」

「제시카정규직 : 뭘 새삼스럽게. 진행자 얘 전부터 별 천 개 우습게 아는 앤데 뭘. 생전에 금수저였나? 아무튼 이 비정규직 알바 천민새끼들아. 누구 좀 더 넉넉한 놈 없냐? 크게 걸어봐라! 급하다! 저렇게 예쁜 여자를 그냥 보낼 셈이야?!」

「올드스파이스 : 시끄러. 듣는 백수 기분 나쁘게……. 그건 그렇고 진행자 말 겁나 잘한다. 무슨 영화 보는 수준이네. 그것도 걸작. 평점 매기면 만점 찍을 듯.」

「폭풍224 : 걸작이고 뭐고 떡이 없으면 무슨 의미가 있느냐! 연애도 결혼도 포기한 좆망 인생! 가상현실에서라도 한을 풀어야지! 그러라고 있는 가상현실 아니냐! 이번엔 내가 간다!」

〈SYSTEM MESSAGE〉 : 폭풍224님에 의하여 시청자 퀘스트가 부여되었습니다.

『시청자 퀘스트 : 저는 오직 그것만을 위해 존재합니다.』

『폭풍224님의 말 : 사람은 무엇으로 사는가? 섹스다. 섹스밖에 없다.』

「AI 도움말 : 이 퀘스트의 목표는 사용자 등록번호 B-612 한겨울이 리 아이링(李藹齡)과 성관계를 맺는 것입니다. 목표 달성 시점에서 1,500개의 별이 세계관 진행자에게 지급됩니다.」

〈SYSTEM MESSAGE〉: 한겨울(진행자)님이 폭풍224님의 시청자 퀘스트를 거부하셨습니다.

「폭풍224 : 왜! 왜! 왜애애애애애!」

「윌마 : 으아아아아ㅠㅠㅠㅠㅠㅠㅠㅠㅠㅠㅠㅠㅠㅠㅠㅠㅠㅠㅠ」

「칠리콩까네 : Sex!」

「칠리콩까네 : Sex!」

「짜라빠빠 : Sex on the beach!」

「닉으로드립치지마라 : 와. 전부터 느꼈지만, 이 스트리머 진행 정말 잘 한다. 대사가 아주 거침이 없네. 시스템 보정도 안 받고 이 정도라니……. 미친 놈들아, 섹스 없이도 오르가즘 느껴지는 방송 아니냐? 왜 그리 안달을 내?」

[닉으로드립치지마라님이 별 50개를 선물하셨습니다.]

[눈밭여우님이 별 50개를 선물하셨습니다.]

「여민ROCK : 네, 다음 씹선비.」

「Владимир : 여러분. 저는 러시아 사람입니다. 질문이 있습니다. 소리가 들리지 않습니다. 액티브X를 설치하라고 합니다. 설치가 잘 되지 않습니다. 방법을 알려주세요.」

「둒칫두둒칫 : 씨발 떡 한 번 치기 겁나 힘드네. 진행자 왜케 까다롭냐? 무슨 종교 믿나?」

「엑윽보수 : 흐름이 아무리 좋아도 섹스 없으면 앙금 없는 팥빵! 애국보수 구국의 결단! 내가 이번 달에 라면만 먹고 살겠다! 가거라! 나의 밥값 20만원! 너의 힘을 보여다오!」

「무스타파 : 오오! 기대기대!」

〈SYSTEM MESSAGE〉 : 엑윽보수님에 의하여 시청자 퀘스트가 부여되었습니다.

『시청자 퀘…….』

〈SYSTEM MESSAGE〉 : 한겨울(진행자)님이 엑윽보수님의 시청자 퀘스트를 거부하셨습니다.

「엑윽보수 : 」
「진한개 : 엌ㅋㅋㅋㅋㅋㅋㅋ 뭐야 이 광탈은ㅋㅋㅋㅋㅋㅋㅋ」
「려권내라우 : 헐. 진행자 얘 금액이나 확인하고 거절하는 거냐?」
「영원한해병 : 하긴 뭘 해. 메시지 다 나오기도 전에 지워버렸는데.」
「하루살이 : 아냐. 그래도 금액은 봤을 걸? 전투할 때 봤잖아. BJ 이 새끼 반응속도가 얼마나 엄청난데. 시발 익숙해지더니 일시정지도 없이, 그것도 전투 하면서 「텔레타이프」 쓰는 앤데 그걸 못 봤을라고.」
「groseillier noir : 아, 낭만적으로 섹스하고 싶다.」
「Blair : 동의한다, 바게트 새끼야.」
「groseillier noir : 넌 뭔데 시비야? 섬나라 야만인 새끼지? 똥 같은 너네 요리나 먹어.」
「Blair : 병신. 실업급여는 잘 타먹고 있니?」
「Владимир : 아, 액티브X 설치하게 해주세요. 한국의 보안환경은 너무나 어렵습니다. 누군가 도와주시기 바랍니다.」

「액티브X좆까 : 자↘기↗의 일↘은↗ 스스로↗ 하자♬」

「엑윽보수 : ……이거 분명 따뜻한 밥 사먹으라는 배려겠지? 그렇지? BJ가 나 생각해주는 거지? 아, 애국보수는 오늘도 우국충정의 눈물을 흘린다.」

「올드스파이스 : 그렇게 인지부조화가 시작되었다. 병신인증.」

「まつみん : 이쯤에서 마츠밍 등장!」

「종신형 : 오오! 정신무장甲 일본 아가씨!」

「まつみん : 지금 리 아이링 시점으로 들어가 있는데! 완전 두근두근 합니다! 나를 바라보는 저 냉정한 눈동자! 능란하게 치고 빠지는 언변! 강한 남자의 여유! 한겨울씨 너무 멋져! 날 밟아줬으면 해! 상냥하게 사정없이 범해줘요!」

「올드스파이스 : 전부터 느끼는 건데, 얜 너무 강해…….」

「대출금1억원 : 상냥하게 사정없이는 뭔뎈ㅋㅋㅋㅋㅋ」

「まつみん : 그런 관계로!」

「전자발찌 : ?」

「まつみん : 저 마츠밍! 별 3천개짜리 시청자 퀘스트 갑니다! 해내겠습니다! 아름다운 조국, 일본의 명예를 걸고!」

「한미동맹 : 야! 이런 데 조국의 명예를 왜 걸어?!」

「눈밭여우 : ;;;;」

〈SYSTEM MESSAGE〉: まつみん님에 의하여 시청자 퀘스트가 부여되었습니다.

『시청자 퀘스트 : まつみん, いきます!』

〈SYSTEM MESSAGE〉 : 한겨울(진행자)님이 まつみん님의 시청자 퀘스트를 거부하셨습니다.

「まつみん : 아! 일본이 침몰하고 말았습니다.」

「눈밭여우 : ;;;;;;」

「헥토파스칼킥 : 너네 나라는 그런 걸로 가라앉는 거냐…….」

「Владимир : 액티브X를 하나 설치했는데 아직 아홉 개가 남았습니다. 제발 도와주세요.」

「엑윽보수 : 아, 안 돼. 중국 미인 나간다!」

「종신형 : 아이링! 가지 마! 사랑해!」

「귀요미 : 그래! 가지 마! 여자를 울리다니! 한겨울 이 나쁜 남자! 붙잡으란 말이야! 너 진짜 너무 차가워! 멋있지만 그러면 안 돼!」

「SALHAE : 하……요즘 이거 말고 보는 방송도 없는데……오늘 하루도 섹스 없이 끝나버리는 건가…….」

「궁디팡팡 : 병신아 방송에나 집중해. 그냥 봐도 재밌구만 뭘.」

「SALHAE : 누가 재미없대? 훌륭해. 진짜 좋다고. 진행자 얘 AI 수십 명 상대할 때도 딜레이 한 번 안 걸리는데, TOM 등급 적성이 얼마나 높은 건지 짐작도 안 간다. 그렇다고 연출이나 애드립, 컨트롤이 딸리는 것도 아니고……팔방미인이지. 이런 방송을 달리 어디서 찾겠냐.」

「SALHAE : 근데 내가 마음의 여유가 없어. 고급 요리도 좋지만, 길거리 불량식품이 땡길 때가 있는 거 아니겠냐? 요즘처럼 살기 힘든 세상이면 더더욱 그렇지.」

「엑윽보수 : 2222222222222」

「흑형잦이 : 3333333333333」

「궁디팡팡 : 그런 거라면 이해한다. 누군 아니겠냐. 열심히 살아라.」

「Владимир : чёрт поберú! 결국 아무도 도와주지 않았습니다! 나쁜 까레이스키! 나쁜 까레이스키!」

「まつみん : 힝…….」

[눈밭여우님이 별 50개를 선물하셨습니다.]

[퉁구스카님이 별 1개를 선물하셨습니다.]

시청자와의 대화 (2)

「불심으로대동단결 : 오, 진행자 왔다!」

「한겨울(진행자) : 안녕하세요, 여러분. 오늘 방송은 즐거우셨나요?」

「닉으로드립치지마라 : 응! 잘 봤어! 너 진짜 잘 하더라. 감탄했다. 앞으로도 지금처럼만 해!」

「SALHAE : 근데 BJ야, 뭐 하나 물어보자.」

「한겨울(진행자) : 네.」

「윌마 : 나 살해 쟤가 뭐 물어볼지 알 거 같음 ㅋㅋㅋㅋ」

「짜라빠빠 : 뻔하지 뭐.」

「SALHAE : 아 너네 시끄러. 아무튼 질문인데, BJ야……너 혹시 별 필요 없니? 자꾸 거절당하니까 약간, 아주 약간 기분 상하고 그래. 내가 속이 좁은 걸지도 모르지만. 보통 너 만큼 완고하게 거절하는 경우는 없거든.」

「엑윽보수 : 동의하오!」

「まつみん : 재청입니다!」

「한겨울(진행자) : 시청자 퀘스트 거부 때문이라면, 죄송해요. 별이 필요하지 않은 건 아니에요. 오히려 받고 싶어요. 여러분의 성의를 무시할 생각도 없고요. 다만 아직 마음의 준비가 덜 되었을 뿐이에요. 제가 조금…….」

「SALHAE : 조금?」

「한겨울(진행자) : 생전에, 좋지 않은 기억이 있어서.」

「눈밭여우 : …….」

「랜섬웨어 : 아니, 그 즐거운 섹스에 좋지 않은 기억은 또 뭐야. 혹시 추행이라도 당했냐? 아니면 역강간?」

「팬티주세요 : 에이, 설마.」

「Tawil At'Umr : 그건 오히려 좋은 거 아님? 남자의 로망 아니냐?」

「려권내라우 : 그야 상대에 따라 다르지. 예쁜 여자에게 당하면 복 터진 거고, 오크녀에게 당하면 레알 자살각 ㅇㅈ이지」

「진한개 : 난 남자로서 한 번 경험해보고 싶은데 ㅋㅋㅋㅋㅋ」

「칠리콩까네 : 포르노랑 현실은 다르겠지만, 그래도 흥미는 생긴다.」

「칠리콩까네 : 포르노랑 현실은 다르겠지만, 그래도 흥미는 생긴다.」

「맛줌법 : ㅃㅂㅋㅌ ㅂㅂㅂㄱ 남자는 다들 인정하는 부분이구연~ 어떻게든 여자랑 스섹하면 ㄹㅇ 기모찌 하는 부분 ㅇㅈ? 어 ㅇㅈ 씹 에바터는 각이구연~ 여자가 먼저 해줘도 싫다하는 모쏠아다 새끼들은 싸커킥 쳐맞을 찌질이 새끼들이구연~ 글구 오크는 원래 여자가 아닌 거 인정하시져 행님덜 ㅋㅋㅋㅋ」

「눈밭여우 : 다들 말을 너무 함부로 하시네요. 그런 건 농담으로라도 즐길 수 있는 게 아니랍니다. 진행자분께 사과하세요.」

「크타니드 : 여우년 이거 뭐냐? 그동안 한 마디도 없더니 왜 갑자기 풀발기해서 지랄임?」

「하드게이 : 그러게. 당하는 쪽도 즐기면 되는 일!」

「まつみん : 아닙니다. 마츠밍은 여우 아가씨에게 동의합니다. 성적 판타지는 현실과 구분할 때 비로소 즐거운 것입니다.」

「닉으로드립치지마라 : 그래, 이 좆망 인생들아. 말 좀 가려서 해라. 외국인들 보는데 나라망신도 유분수지. 머릿속에 뇌 대신 우동사리 들어있냐?」

「헥토파스칼킥 : 에이……알면서 하는 소리지. 그냥 농담이야.」

「まつみん : 그렇다면 다행입니다.」

「진한개 : 근데 진행자가 아까부터 조용하다.」

「SALHAE : 혹시 진짜로……그렇고 그런 일을 겪은 건가?」

「여민ROCK : 에이, 설마.」

「한겨울(진행자) : 앞으로 이런 문답 다시없었으면 하는 마음으로 말씀드릴게요. 자세히 설명하긴 어렵지만……여성분도, 저도 원하지 않는 상황이었습니다. 서로가 피해자였을 뿐이에요. 이걸 떨쳐내지 못한 상황에서 아까 주셨던 것 같은 퀘스트를 받으면, 도저히 방송을 진행할 수 없을 것 같았고요. 다시 한 번, 죄송합니다.」

「SALHAE : 진짜냐…….」

「진한개 : 어우야…….」

「엑윽보수 : 갑자기 숙연해진다.」

「둠칫두둠칫 : 씨발 그런 사정 다 봐주면서 방송을 어떻게 봐? 사회생활이 원래 그런 거 아님? 하기 싫은 일도 하고, 보기 더러운 꼴도 보고. 돈 벌겠다고 나선 시점에서 저 새낀 애새끼가 아니라 그냥 사회인인 거임. 사연 하나 없는 사람이 어딨어?」

「눈밭여우 : 정말 잔인한 분이시네요.」

「북진통일 : 둠칫이가 냉정하긴 한데 틀린 말 한 건 아님. 난 쟤한테 동의함. 남의 돈 먹기가 쉬운 게 아님. 감성팔이 극혐. 그런 건 별창늙은이들 신세한탄으로 충분함.」

「맛줌법 : 2222222」

「둠칫두둠칫 : 꺼져 병신들아.」

「북진통일 : 이 새끼는 편 들어줘도 지랄이네.」

「둠칫두둠칫 : 세상 혼자 사는 거다. 가족이고 친구고 뒤통수만 보이면 후려치기 바쁜 새끼들임. 괜히 친한 척 하지 마라. 구역질남.」

「화질구지 : 고오급 레스토랑 ♝♝히어로즈 오브 더 스☆톤♝♝가입시$$ 전원 카드팩☜☜뒷면100%증정※10레벨 달성시 6 천 골 드 !!! ♜월드 오브

스타드래프트♜쪼글링 무료증정¥ 특정조건 §§다이아블로45§§★공허의 우산★초상화획득기회@@@ 즉시이동 https://kr.battlecruiser.net/recruit/restaurance」

「SALHAE : 이 와중에 레스토랑스가 또!」

「まつみん : 겨울 씨, 힘내요! 마츠밍이 항상 응원하겠습니다! 일한 양국의 우호를 위해서라도 빨리 극복하셨으면 좋겠습니다!」

[まつみん님이 별 30개를 선물하셨습니다.]

「폭풍224 : 한일우호 ㅋㅋㅋㅋㅋ 핑퐁외교도 아니고 섹스외교냐 ㅋㅋㅋㅋㅋ」

「눈밭여우 : …….」

[눈밭여우님이 별 1,000개를 선물하셨습니다.]

위로

오랜만에, 겨울은 아늑한 어둠을 찾았다. 새까만 무중력. 그동안 모은 별들이 둥근 천구에 가득했다. 별빛이 뿌려져도 닿는 곳은 없다. 모든 방향이 그저 아득한 공허일 뿐이다. 그것이 좋았다. 무언가 있으면, 스스로를 속여야 한다. 그것은 진짜라고.

그 뒤엔, 이어지는 생각을 끊으려 안간힘을 써야하겠지.

그렇다. 어둠이 좋다. 마음의 휴식을 위한 안식처.

스물일곱 번째 게임이 시작된 이후, 한 번도 이곳을 찾은 적 없었다.

'나 아닌 내가 되어야 했으니까.'

사실 돌아오면 안 되는 것이었다. 이곳엔 겨울이 있고, 겨울 외엔 아무것도 없다. 그러므로 소년은 본래의 자신을 되찾아버린다. 곤란한 노릇이었다.

그러나 오지 않을 수 없었다. 변덕 심한 가슴 속 돌이 오늘 따라 무거웠다. 그 무게가 소년을 심연으로 끌어내린 것. 겨울은 때를 기다렸다. 시간이 흐르면, 스스로 가벼워질 것이다. 살아오는 내내 익숙해진 기다림이었다.

찢어진 마음의 조각들을, 고요한 망각 속으로 가라앉히는 일. 부풀어 오른 과거가 작은 앙금으로 변하는 시간. 소년이 자신을 위로하는 유일한 방법.

그런데 좀처럼 가라앉지 않는다.

오늘 덧난 상처는, 소년에겐 가장 모멸스러운 기억이었다. 살면서 온전한 인간으로 대우받은 적 드물다. 그래도, 그때처럼 철저하게 물건으로 다뤄진 적 없었다. 용암처럼 들끓는 분노. 날카롭고 뜨거운 돌. 금방이라도 터질 것만 같다.

다른 것을 생각하려고 애썼다. 다행히 하나 있었다. 소년과 함께, 인간으로 대우받지 못했던 한 사람. 잠깐의 만남이었으나 그 슬픔이 인상 깊었다. 나 같은 사람이 세상에 또 있구나. 아프게 살았던 게 나 혼자만은 아니구나.

조금이나마 덜어지는 외로움.

얼마나 묵묵히 표류했을까. 소년을 일깨우는 신호가 있었다. 빛과 소리. 자기 삶이 없어서 다른 삶을 찾는 사람들, 그래서 배려하는 마음 잃은 사람들에게 돌아가야 할 때라고 알려주는, 인간 아닌 지성의 메시지. 소년은 한숨을 쉬었다. 고민하는 사이에 흐른 밤이 너무나 짧다.

아직 완전하지 않은데.

'할 수 있을까?'

선택의 여지가 없었다.

캠프 로버츠 (2)

겨울은 눈을 감고 있었다. 아직 울렁이는 마음 탓이다. 가만히 서있어도 땅이 물결치는 것 같았다. 몰입하기까지, 앞으로 조금.

셋. 둘. 하나.

눈을 뜬 소년이, 조용히 물었다.

"납득이 가지 않는다고요?"

앞에는 두 사람이 서있었다. 숙소 앞에서 겨울을 기다리던 두 사람, 박진석과 이유라. 유라는 주눅이 들어있고, 진석은 겨울의 눈치를 살핀다. 앞서 눈 감고 침묵했던 소년의 모습 때문이었다. 화가 났다고 생각한 모양.

그러나 그 성격에 할 말을 피하진 않았다. 진석이 고개를 끄덕였다.

"네. 차라리 제중 형님이라면 인정하겠습니다. 하지만 유라씨는 아닙니다. 파소 로블레스에서 있었던 일들을 떠올려 보시죠. 모두를 위험하게 만들었잖습니까?"

유라를 전투조장으로 삼은 것에 대한 항의였다. 용기와 능력은 별개라고. 진석의 경어는 이제 제법 안정되어 있었다. 그것이 곧 겨울의 입지였다. 필요 이상으로 단단해진 말투는, 아직 남아있는 어색함을 지우려는, 그 나름의 노력이겠지.

"자기만 아는 다른 사람들보다야 유라 씨가 훨씬 낫습니다. 그래도 의지와 실력은 구분해야죠. 유라 씨에게 누굴 이끌만한 자격은 없다고 생각합니다."

그는 또한 욕심을 내고 있었다. 전투조장이 되고 싶어서. 그게 꼭 나쁜 건 아니다. 욕심 없는 인간에게는 의욕도 없다. 그러므로 그것은 하나의 재능이다. 「겨울동맹」이 타성에 젖지 않으려면, 진석 같은 인물이 필요하다.

보통이라면 그렇다.

지금은, 유라가 고개를 숙여선 안 된다. 겨울이 말했다.

"그 자격, 저한테는 있나요?"

"예?"

"진석 씨 기준으로는 저도, 모두를 위험하게 만들었던 게 아니었나……싶어서요."

허를 찔린 표정이다. 진석의 동요는 컸다. 당황해서 얼굴이 붉어질 정도로.

지금의 겨울에게는 입지도, 실력도, 실적도 있다. 그러므로 진석은 겨울을 변호해야 한다. 그러나 쉽지 않을 것이다. 파소 로블레스에서 겨울이 내린 결정이 잘못이었다고, 마음속에선 아직 그렇게 믿고 있을 테니까.

진석을 찌른 겨울은, 그가 답하기 전에, 유라에게 고개를 돌린다.

"본인 생각은 어떠세요?"

꾸물거리는 그녀. 얼굴에 많은 감정이 스친다. 미안함과 두려움이 가장 크고, 자신감 결핍이 그 다음이었다. 소년은 침착하게 기다렸다. 과연, 나오는 말이 짐작과 다르지 않았다.

"저는 그……여자고……힘도 약하잖아요. 죄송해요. 작은 대장님이 믿어주신 건 고맙지만, 자신이 없어요."

주위에서 유심히 지켜보는 시선들이 있었다. 그게 무엇을 의미하는가. 모를 만큼 소년은 멍청하지 않다. 유라도 의식하고 있었다. 아니, 그 시선들이야말로, 그녀를 여기까지 밀어낸 압력일 것이다.

진석에게는 힘이 되었을 터이고.

좀 더 말을 고르던 유라가, 다시 입술을 달싹였다.

"저 하나 다치거나 죽는 건 괜찮아요. 저 때문에 다른 사람들까지 다치는 건 안 돼요. 감당 못해요. 실력도 없는걸요. 그리고……."

"그리고?"

"밖으로 나가는 분들은 대개 남자 분들이잖아요. 여자인 저 보다는 진석 씨가 나서는 게, 사람들한테도 훨씬 더 편할 거라고 생각해요."

"바로 그거예요."

미소를 만드는 겨울. 유라와 진석이 당혹스러워했다. 유라가 고개를 갸우뚱 한다.

"그게 무슨 말씀이세요?"

"진석 씨, 뒤로 돌아서 잠시만 귀를 막아주시겠어요?"

"네? 아니, 어째서……."

"부탁드릴게요."

꼴이 우습다. 진석은 불편해하면서도 그대로 따랐다. 멀찍이 서서 그렇지 않은 척, 훔쳐듣기에 여념이 없던 사람들. 그들도 겨울이 둘러보는 눈길에 몇 걸음씩 밀려났다. 지긋이 볼수록 더 멀리까지 밀려난다. 어색한 헛기침 소리들은 덤.

무슨 말이 나올까. 긴장한 유라에게, 겨울이 살살 고개를 저었다.

"긴장하실 필요는 없어요. 그냥, 제가 왜 유라 씨를 첫 전투조장으로 삼았는지, 이유를 설명하려는 것뿐이니까. 편하게 들으세요. 다 듣고 여전히 싫으시다면, 그때는 결정을 바꿀게요."

"앗! 네, 네!"

편하게 들으라는 말은 소용이 없었다. 두 주먹 꼭 쥐고 마른침을 삼키는 유라. 비밀스러운 대화를 위해 가까이 다가온다. 겨울은 생각했다. 차츰 나아지겠지.

"방금 말씀하셨죠? 주로 나가는 건 남자들이라고."

"그, 그런데요?"

"남녀 성비가 문제에요."

그 뒤로 평온하게 이어지는 말들.

"성비는 지금도 안 맞아요. 이유는 아시죠? 무슨 일이 있을 때마다 주로 남자들이 나서고, 남자들이 싸우고, 남자들이 죽었을 테니까요. 캠프로 대피하는 중에도 남자가 더 많이 죽었을 거예요. 지금은 외부활동이나 조직간 항쟁으로 죽어나가고요."

범죄율 높은 지역에선 남자가 많이 죽어나간다. 힘과 폭력은 남성이 우월한 영역이기에, 싸움과 죽음도 그들의 몫인 법. 그저 좋은 자원이 먼저 고갈되는 원리다.

이곳, 캠프 로버츠의 난민캠프는, 전염병 유행 이전의 그 어떤 우범지대보다도 범죄율이 높다. 자신을 지키고 싶은 난민들의 모든 모임이, 반쯤 폭력조직이기 때문에.

"앞으로 더 심해질 거예요. 갈수록 분위기가 나빠질걸요? 왜냐, 정신 멀쩡한 남자들이 빨리 죽잖아요. 양심이나 책임감이 강한 사람들은 가장 먼저 불의에 맞서고, 모두를 위해 위험을 무릅쓰는 법이니까요. 둘이 하는 이야기인데, 진석 씨 정도 되는 사람도 굉장히 드물어요. 성미가 급하긴 해도 괜찮은 사람이죠."

유라가 열심히 끄덕거렸다. 「겨울동맹」 안에서도 행동거지 수상한 남자들이 한둘이 아니다. 여자라고 수가 적진 않지만, 남자 쪽은 비율이 높았다. 겨울의 말처럼 제정신 박힌 남자들이 일찌감치 죽어 없어져서 그렇다.

능력과 양심은 비례하지 않는다.

산 미구엘에서도 그랬다. 모두가 도로변의 식당으로 몰려갔을 때, 다른 사람 때려눕히고 자기 가방 먼저 채워 나온 남자가 있었다.

난민 지원자들 중 신체조건은 가장 훌륭한 사람이었다.

"과연 그렇게 된 뒤에, 남은 남자들이 여성들에게 뭘 요구하기 시작할까. 전 그게 걱정이에요."

유라는 어려운 표정이다.

"일리는 있지만, 괜한 걱정일지도 몰라요. 그 뭐지, 남자들이 줄어서 여성의 권리가 강해진 적도 있다고 했는데……."

그녀가 어렴풋이 지적하는 건 프랑스나 옛 소련 같은 경우였다. 하지만 지금의 난민 캠프는 거기에 해당하지 않았다.

"그러긴 힘들걸요. 여성분들의 역할이랄 게 없잖아요. 모든 걸 바깥에서 얻어 와야 사는데. 다른 조직들 돌아가는 꼴 보면 느끼는 거 없으세요?"

전쟁기에 여성인권이 신장된 건, 사회의 생산력을 대신 유지한 덕분이다. 그런데 캠프 로버츠에는 제대로 된 사회도 없고, 생산수단은 더더욱 없었다.

"어, 음……."

곤란한 표정으로 손가락을 만지작만지작 하는 유라. 이어지는 말은 칭얼거리기에 가까웠다.

"작은 대장님이 있는데도……그렇게 될까요?"

"마음 삐뚤어진 남자들이 단체로 항의하거나, 다른 조직으로 싹 빠져버리면요? 저 혼자서 우리 동맹 전체를 감당할 순 없어요. 반드시 그렇게 된다고는 못하겠어도……무시하긴 너무 큰 위험이잖아요. 예방해야죠."

「종말 이후」 세계관의 이용자들은 이런 문제를 일부러 일으키기도 한다. 공동체에 일부다처제, 혹은 일처다부제를 들이려는 노력이다. 그들에겐 이게 문제가 아니라 목적에 가까웠다.

대개 이런 식이다. 우선 남자들 수를 줄인다. 능력 좋은 자들만 남긴다. 이 과정에 약간의 트릭을 끼운다. 여성이 함께 나갈 때마다, 의도적으로 희생을 내는 것이다. 어차피 죽어야 할 남자들을 죽인다. 돌아와서는, 여자들 대신 남자가 죽었다고 떠들어댄다. 물론 여자도 좀 죽어야 한다. 여성들 사이에 공포를 조성하기 위하여.

반복되는 거짓말은 진실이 된다. 공동체의 의식이 바뀌고, 여성들 스스로 자기 역할을 제한한다. 이미 발생한 희생들이 증거가 된다. 반박하기도 어렵다.

어차피 살고 싶은 마음은 남녀가 같다. 여성들에겐 외부의 위험에 직접적으로 노출되지 않는다는 이점이 주어진다. 즉, 스스로를 설득하기 쉬워지는 것. 보다 안전해지는 대신, 책임과 권리를 동시에 포기한다.

그렇다. 양보는 곧 권력의 이동이다.

관제 AI가 의식의 흐름에 반응했다.

「AI 도움말 (통찰 10등급) : 『공동체 특성 – 남존여비』」

「공동체에 이 특성을 적용하기 위한 선행조건은 다음과 같습니다.

『① 남녀성비 여초 180% 이상.』,

『② 공동체에 속한 여성의 30% 이상에게 의지박약 특성을 부여.』,

『③ 공동체에 속한 남성들의 평균 기술등급이 여성들에 비해 5 이상 높아야 함.』,

『④ 여성에게 불리한 공동체 여론 형성.』,

『⑤ 공동체 구성원의 80% 이상에게 보수적 특성을 부여.』………」

「『공동체 특성 – 남존여비』가 『겨울동맹』에 적용되었을 때 예상되는 효과는 다음과 같습니다.

『① 일부다처제 시행 가능.』,

『② 조직 효율성, 건전성, 다양성, 생산성에 강력한 불변하향보정.』,

『③ 여성의 생산성에 강력한 불변하향보정.』,

『④ 여성의 공동체 외부활동에 치명적인 불변하향보정.』,

『⑤ 공동체에 속한 남성들의 의지에 하향보정.』………..」

다 읽을 필요도 없었다. 장점은 거의 없고 단점은 압도적이다. 회차가 쌓였거나 DLC를 쳐바른 사람들에겐 문제가 되지 않겠지만, 겨울은 그렇게 할 생각이 없었다. 그냥 싫다.

"작은 대장이 저한테 뭘 바라시는지는 알겠어요."

이제껏 고민하던 유라가 한숨을 쉬었다.

"대장님이 미군의 광고판인 것처럼, 저도 대장님의 광고판이 되어야 하는 거죠?"

"맞아요. 유라 씨가 아니면 누구도 못 할 거라고 생각해요."

"말도 안 돼요! 제가 얼마나 부족한데!"

이마를 감싸 쥐고 울상인 그녀. 용기는 있는데, 자기 능력에 대한 확신은 없다. 그래서 그녀의 용기는 소극적으로 발휘된다. 달리 나서는 사람이 없으면, 나라도 해야지. 파소 로블레스에서도 사실 그런 식이었다.

"저 정말 싸우는 데 소질 없다니까요. 아시잖아요……."

"몰라요."

이 대꾸에 유라는 할 말을 잃었다. 겨울이 부드럽게 덧붙였다.

"자신감을 가지세요. 캠프를 나가보겠다고 자원하고도, 훨씬 더 위험한 일에 또 한 번 자원하셨잖아요. 그거야말로 진짜 소질이에요. 싸움? 솔직히 여기서 잘하는 사람 없어요. 제가 보기엔 다 비슷하거든요. 도토리 키재기에요."

"그야 기준이 대장님이니까 그렇죠."

황당해하는 유라. 그녀에게 겨울은 이미 규격 외의 존재였다.

"제 안목을 믿어주시면 안 될까요? 저도 못 믿으세요?"

"아니……그건……."

그녀, 차마 못 믿는다고는 못하고, 다시 울상을 짓는다. 겨울이 쐐기를 박았다.

"정 힘들면 하다가 그만둬도 돼요."

"네? 정말요? 왜요? 시간이랑 기회를 낭비하는 거잖아요. 저 말고 다른 분이 성장할 수 있는 기회를……."

"낭비가 아니에요. 파소 로블레스에서, 제가 염소가 필요하다고 했던 거 기억하세요?"

"어? 아, 그거요? 네. 근데 그게 무슨……."

대화를 따라가기 힘들어하는 그녀에게, 겨울이 「커럼포우의 왕」을 들려주었다. 그러고서, 다시 차근차근 어르는 말.

"진심이에요. 힘들면 그만 두셔도 돼요. 그래도 유라 씨에겐 할 일이 있으니까요. 경험은 절대로 낭비되지 않을 거예요."

"으으."

다시 이마 붙잡고 신음하다가, 유라는 겨우 수긍했다.

"그렇게까지 말씀하시니까, 해볼게요."

"와, 감사합니다."

표정을 밝게 만드는 겨울. 유라는 한숨을 쉬고, 또 쉬고, 결국은 뒤따라 웃었다.

“저한테 뭘 보고 그렇게 믿으시는지 모르겠지만, 실망시키지 않도록 최선을 다할 게요.”

“네. 앞으로도 잘 부탁드립니다.”

진석은 아직까지 돌아선 모습 그대로였다. 겨울이 그 어깨를 톡톡 두드렸다. 귀 막은 채 조용히 돌아보는 청년. 놀라는 모습은 없다. 겨울이 귀 쪽으로 손짓했다.

“이제 귀 안 막으셔도 돼요.”

“끝난 겁니까?”

“네.”

겨울이 그를 곧게 응시했다. 진석이 금세 시선을 피한다.

그 성격에 지금껏 가만히 귀 막고 있었다는 것. 두드려서 움찔 하는 반응도 없는 것. 그리고 먼저 시선을 피하는 것. 마지막으로 표정. 속 읽기에 충분한 단서들.

엿들었구나.

엿듣지 않을까봐 걱정했다. 자신을 괜찮은 사람이라고 평한 것도 들었겠지.

‘그 때 일, 아직 신경 쓰고 있을 테니까.’

해소되지 않은 갈등을 방치하면 앙금이 생긴다.

겨울이 자신을 어떻게 생각할까? 이제 리더로서 입지가 굳어졌는데, 앞으로 내게 불이익을 주진 않을까? 이런 불안들. 분명히 품었을 것이다. 답 없는 고민은 결국 공연한 분노로 귀결된다.

그래서 이렇게 했다. 대놓고 하는 칭찬보다 효과가 좋으리라고.

모르는 척, 겨울이 말했다.

"유라 씨가 전투조장이 되는 건 결정사항입니다. 리더로써 내린 결정이고, 번복할 생각 없어요."

"알겠습니다."

별다른 반발이 없다. 겨울이 자기를 미워하는 게 아님을 알고, 그 안도감 때문일 것이다. 그 반응으로부터 그가 들었음을 다시 확신한 겨울. 이어서 말한다.

"그래도 한 가지 아셔야 할 게 있어요."

"뭡니까 그게."

"전 유라씨가 '첫 번째' 라고 했었어요. 한 번 뿐이라, 다들 흘려들으신 것 같지만요."

"그렇다는 건……."

떠오르는 기대감. 겨울이 고개를 끄덕였다.

"어차피 의용소대를 편성해야 하거든요. 전투조장을 분대장 정도로 생각하고 있어요. 최소한 두 명, 정규편성이면 네 명, 교대까지 감안하면 그 이상이 필요해요. 제가 생각하는 두 번째가 진석 씨에요. 오늘 당장은 인력 문제로 무리지만."

"……기다리고 있겠습니다."

한층 더 단단해진 말투.

"더 하실 말씀 없으시면, 전 이만 가 봐도 되죠? 「스미요시카이」 쪽 사람들하고도 만나봐야 할 것 같아서."

진석이 긴장했다.

"조심하셔야 합니다."

"아무렴요."

그는 기대하지 않았던 목례까지 하고 물러났다. 형식일 뿐이지만.

유라는 또 고민했다.

"제가 전투조장인데, 위험한 데 가는 거면 호위로 따라가야 하는 거 아녜요?"

"아직 거기까진 기대 안 해요. 유라 씨 능력에 가능한 일만 맡길 테니까, 안심하세요."

"하아, 다행이다."

한층 밝아졌다가, 다시 정색하고 겨울에게 주의를 당부했다.

"그 사람들 되게 무서워요. 악에 받혀서 굉장히 사납대요."

"괜찮을 거예요. 그래도 아직 머리는 달려있으니까, 이 상황에 절 어쩌진 않겠죠."

"그런가아……."

그녀는 그렇게 마음 놓인 뒤에야 떠났다.

그래도 아직 겨울에게 용건 있는 사람이 있었다.

"민 부장님은 무슨 일이세요?"

민완기는 조용히 다가와, 낮은 소리로 경고했다.

"박진석 씨를 부추긴 사람들이 있습니다."

"네, 있겠죠."

겨울이 감지했던 예의 그 시선들. 그 가운데 욕심 많은 사람들이, 진석의 지지자를 자청했을 것이다. 세력을 만들고, 친목을 쌓으려고 하겠지.

너무 쉽게 수긍하니, 민완기에게 뜻밖이었나 보다.

"그런데도 전투조장을 맡기겠다고 약속하셨습니까?"

"언젠가 치울지 모를 것들은 보이는 데 모아놔야 편하잖아요. 전투조장이 된 진석 씨 정도면 좋은 미끼 아닌가요?"

"……."

소년의 여상스러운 목소리.

흐음. 안경을 올린 민완기가 소년을 평했다.

"작은 대장님은 생각보다 무서운 분이셨군요."

"글쎄요. 제가 착할 수 있고, 착해도 되는 사람들에게만 착해지려고요. 그리고 어디까지나 만약의 경우잖아요. 치우는 일은 없을 거예요."

표현은 소박한데 무게가 무겁다. 허허 하고, 중년 학자가 만족스럽게 웃는다. 자신이 할 일을 알아서 찾는 사람이었다.

"그럼 두 사람 모두 잘 지켜보겠습니다."

겨울이 고개를 끄덕였다. 유라도 이제 간부 딱지가 붙었으니, 속 깊은 접근과 유혹들이 있을 것이었다. 친해져서, 뭐라도 이득 보고 싶은 사람들. 파벌.

사람과 욕망은 서로 구분되지 않는다.

일본인 수용구역. 그 중에서도 「주길회(스미요시카이)」의 경계. 지키는 사람은 전과 같았다. 우연의 일치일까, 인력이 부족한 걸까. 겨울은 후자의 가능성을 기억해두기로 했다.

"너, 전의 그 조……한국인이군."

겨울이 누군지, 이미 아는 눈치다. 습관적으로 나오던 조센징을 꿀꺽 삼키는 일본인.

"네. 전에 한 번 뵈었었죠."

"무슨 용건이지?"

"마약 문제로, 카이쵸(會長)님을 뵐 수 있을까 해서."

"오야붕(親分)을?

그는 조심스럽게 겨울을 살폈다. 정확하게는 소년이 지닌 무기들을. 연방군 장교로서, 겨울은 캠프 내 무기 휴대가 자유로웠다.

그렇다고 빼앗을 수도 없는 노릇. 고민하던 남자가 고개를 끄덕였다.

"보고하겠다. 잠시 기다려라."

"그러죠."

겨울이 고개를 끄덕였다.

오래 걸리진 않았다. 다이스케라고 했던가? 쿠시나다 세츠나를 데리고 사라졌던 남자. 그는 발이 빠른 편이었다. 부리나케 다녀와서, 자기 형님에게 작은 말을 속닥거렸다. 이윽고, 파수꾼 중 형님 쪽이 겨울에게 손짓했다.

"만나보겠다고 하신다. 따라와라."

뒤따르니, 얼마 안 가 많은 수가 들러붙었다. 호위인지 포위인지 애매한 자들. 사실 후자에 가깝다. 기를 누르려고 눈을 부라린다. 겨울은 그저 만들어진 미소만 보여주었다.

따라가는 사이, 보이는 풍경은 일본인 구역의 적나라한 실태였다.

여기저기 페트병으로 만든 쥐덫이 놓여있다.

어느 하나는 쥐가 갇혀 발광하고 있었다. 누군가, 주인보다 먼저 낚아챘다. 어린 아이는 분노한 주인을 피해 달아나면서, 쥐를 산채로 물어뜯었다.

뛰어가는 발자국을 따라 쥐의 내장과 피가 뚝뚝 떨어졌다.

모퉁이엔 약에 취한 사람들이 널브러져 있었다.

메스암페타민은 복용자의 허기를 쫓아준다. 그래서 역병 창궐 이전, 북한에서도 인기가 좋은 마약이었다.

일부러 더 구부려놓은 길을 따라 도착한 천막.

「神州不滅」(신의 땅-일본-은 멸망하지 않는다.)

적갈색 글씨가 눈에 띄었다. 말라붙은 피의 색이다. 천막 가운데 글씨를 걸어놓고, 그 아래 웃통 벗은 남자가 앉아있었다. 상반신이 흉터와 문신으로 가득했다. 인상적으로 두꺼운 근육.

"한, 겨, 울."

그는 겨울의 이름을 또박또박 발음했다. 일본인에겐 어렵다.

"앉아라."

자리가 준비되어 있었다. 그래봐야 맨바닥, 천 한 장 깔아두었을 뿐이지만. 겨울은 사양하지 않았다. 그 뒤, 무장한 남자들이 좌우로 줄지어 앉았다. 일찍이 「다물진흥회」가 그랬듯이. 목적 또한 같을 것이다. 열심히들 노려본다.

야쿠자 두목도 한동안 바라보기만 했다. 소년을 관찰하듯이.

그러다가 툭 던지는 말.

"술?"

"사양하겠습니다."

"대범해도, 아직은 어린가."

미리 이야기가 있었던 것처럼, 별다른 지시 없이 상이 나왔다. 술을 사양했더니 물과 고기만 올렸다. 잘 구워진 고기는 크기가 컸다. 어쩌면 시궁쥐일지도. 겨울이 고개를 기울였다.

"놀랍네요. 이건 무슨 고기인가요?"

좌우에서 침 넘어가는 소리가 잔뜩이었다. 주길회장이 대수롭지 않게 대답한다.

"돼지다."

그럴 수도. 가능성은 있었다. 미군에 뭔가 상납하고, 대가로 받은 것이라면. 그래도 어딘가 미심쩍다. 냉장 체인이 없어진 지금, 신선한 돼지고

기는 지나치게 귀한 식량이었다. 겨울은 식기에 손을 대지 않았다. 주길회장은 겨울에 대한 평가를 고쳤다.

"대범하지도 못하군."

"신중한 거죠."

그러자 피식 웃는다.

"그 신중한 사람이 여긴 뭐 하러 왔을까. 정말로 마약 때문인가?"

"네."

두목은 술시중을 받았다. 덧니를 제외하면 아주 예쁜 여자가, 술을 따라주었다. 주둥이 넓은 잔이 연거푸 비워진다. 술기운 섞인 긴 한숨을 내쉬고, 야쿠자 두목이 물었다.

"마약을 사겠다는 거냐, 아니면 팔겠다는 거냐."

"둘 다 아니에요."

"그럼?"

"마약 파는 한국인과 중국인들, 그들이 상품을 입수하는 방법, 그리고 유통경로에 대해 알고 싶어서요."

"알면?"

"청소하려고요."

여기까지 아주 조용한 문답이었다. 두목은 잔을 내려놓았다.

"타다아츠 료헤이(忠渥良平). 「스미요시카이」의 주인이다."

"아시겠지만, 한겨울입니다. 「겨울동맹」의 대표를 맡게 됐습니다."

"대표라. 애매한 호칭이군."

료헤이는 손가락으로 빈 잔을 두드렸다.

"청소한다는 건……죽이겠다는 뜻인가?"

"다른 방법이 없다면요."

"이 바닥에서 다른 방법 같은 건 없다. 죽느냐, 죽이느냐. 둘 중 하나지."

"그건 당신 같은 야쿠자나 할 생각이고요."

시끄러워졌다. 분분히 부엌칼, 나이프 따위를 꺼내드는 행동대원(組員)들. 움직이지는 않고 그 자리에서 흉흉하게 휘두른다. 거친 욕설은 덤. 겨울 혼자 생각하길, 하여간, 어딜 가나 하는 짓들이 비슷하다. 실제로 싸울 것도 아니면서, 겉으로만 내보이는 허세들. 두목이 그들을 진정시켰다. 묵묵하다. 겉멋이라 쳐도, 막리지 운운하던 미친놈보다 백배 나았다.

료헤이가 말했다.

"정보에도 값이 있는 법. 그냥은 알려줄 수 없지."

"값을 어떻게 치를까요?"

"죽여라."

낮게 으르렁대는 소리.

"시나징(支那人:중국인)들이 우리를 핍박할 때, 너희 조센징들도 합세하여 기승을 부렸다. 약쟁이들은 그 중에서도 가장 악질이었다. 지금도 괴롭히고 있지. 불쌍하고 굶주린 일본인들은 가진 거 다 내놓고 약을 받아온다. 줄 게 없으면 딸과 아내까지 내주면서 말이야. 사실, 여자들 스스로도 그러고 있다만."

야쿠자는 두 눈에 불이 붙어 있었다.

"약속해라. 죽이겠다고. 아는 걸 모두 알려주마."

"차도살인(借刀殺人)에는 관심 없습니다."

정보가 확실하단 보증도 없는데 약속은 무슨 약속. 겨울이 자리를 털었다. 부산하게 일어서는 사람들. 출구를 막는다. 그 시점에서 겨울은 이미 권총 그립을 붙잡고 있었다. 야쿠자들은 몸을 떨면서 얼굴만 험악했다. 비킬 생각은 없어 보인다. 깡패에게 기대하기 어려운 배짱. 이들도 그동안 고초를 겪었다는 증거였다.

등 뒤에서 료헤이가 말한다.

"앉아라."

겨울이 차분하게 답했다.

"못 막을 걸요?"

"그래, 못 막지. 그래도 다 죽여서 뚫어야 할 거다."

"죽일 수 없을까봐요?"

"손해잖나."

아무리 무기 휴대가 가능해도, 대량으로 죽이면 당연히 부담이 된다. 적어도 캠프 사령관과는 마찰이 생길 터. 겨울은 잠시 생각하고서, 권총 놓고 도로 앉았다.

"내놔요."

겨울이 쏘아붙였다.

"난 내 사람들이 약 먹고 미치는 게 보기 싫을 뿐이에요. 정신 나간 사람들하곤 어떤 식으로든 마찰이 생길 수밖에 없어요. 그러니 아는 게 있다면 내놔요. 일이 어떻게 돌아가든 당신들이 손해 볼 건 없을 테니까. 싸움 나면 구경이나 하시고요. 말했죠? 필요하면 죽입니다."

"손을 잡자고 한다면?"

"때가 아니에요. 중국인들이 서로 싸울 때, 정신 나간 한국인들 밟아놓고 고려해보죠. 당신들이 제정신인지도 알아봐야겠고."

료헤이가 웃음을 터트렸다.

"국적은 상관없다는 뜻이군. 좋다. 네 전적이 있으니 믿겠다."

전적이라는 건, 극우 미치광이들에게서 소녀 하나 구해온 걸 뜻할 터.

그는 사람을 불렀다. 잠시 후 남녀 한 쌍이 천막 안으로 들어왔다. 자리에 어울리지 않았다. 료헤이는 그들을 불러 귓가에 뭐라고 속삭였다. 달달 떨던 한 쌍이 고개 끄덕이더니, 가지고 있던 가방에서 깨끗한 종이와 필기도구, 그리고 그림 몇 장을 꺼냈다. 자리에 앉아서 종이에 그림을 베끼기 시작했다.

"만화 그리던 연놈들인데 손재주는 좋다."

료헤이가 말했다.

"다른 놈들이 약을 어디서 캐내는지는 모른다. 판로도 마찬가지. 아는 건 사람뿐이니, 구구절절 설명하기보다 그려서 주는 게 낫겠지."

"미리 준비하셨나 봐요."

"항쟁이 또 언제 있을지 모르니까. 싸울 때 누굴 먼저 죽여야 할지, 꼬붕(子分)들에게 미리 알려주려니 이 방법이 가장 좋았다."

확실히. 겨울은 남녀의 가방 안에 들었을 내용물이 궁금해졌다. 「겨울동맹」 사람들의 몽타주도 있을까? 보는 사람 족족 그려놓고 정보를 추가하는 식이었다면 가능성이 있었다.

조용한 시간이 흘렀다.

"다 된 모양이군."

남녀가 눈치를 보자 야쿠자 두목이 고개를 끄덕였다. 한 쌍 중 남자 쪽이 겨울에게 다가왔다. 바들바들 떨면서, 종이뭉치를 내밀었다. 겨울의 소문이 험하게 난 탓일까. 잘 모르는 사람들은 소년을 사이코패스 살인마, 피에 미친 인간백정으로 여겼다. 어린놈이 제대로 미쳤다고.

공포도 자산이었다. 겨울은 그리 생각하며 받은 그림들을 살펴보았다.

"괜찮네요."

몇몇은 지나가며 본 얼굴들이다. 일부는 여백에 정보가 적혀있다. 목격

된 장소, 일자, 행동 등. 소속 조직과 이름도 간혹 보였다.

"결국 식사는 손대지 않는 건가?"

"실례. 배부르게 먹고 다니거든요."

"유감이군."

떠나려는 겨울에게 야쿠자 두목이 말했다.

"다음에 볼 땐 날 민족지도자라고 생각해라."

이에 대한 겨울의 대답.

"하는 거 봐서요."

겨울이 지나치게 무례한 것 같아도, 먼저 무례한 건 야쿠자 쪽이었다. 아무리 어리다지만 한 조직을 대표하는 겨울이, 먼저, 직접 찾아왔음에도 불구하고, 처음부터 끝까지 경칭을 생략했으니까.

의(義)를 강조하는 야쿠자 세계에선 대놓고 던지는 모욕이었다.

'어차피 자기미화를 위한 수단에 지나지 않으니.'

야쿠자는 의, 흑사회는 협. 범죄조직마다 그럴듯한 미덕을 강조한다. 그거라도 강조하지 않으면, 범죄자 집단에 규율이 생길 리가 있나.

료헤이로서는 체면관리였을지도 모르겠다.

'그나저나 야쿠자가 민족지도자를 운운하는 건가…….'

난리 나기 전에, 일본인들에게 마약을 팔던 게 료헤이 그 자신이었을 터.

그래도 통할지 모른다. 일본인들 사이에선. 재해가 터졌을 때 자위대보다 먼저 오는 게 야쿠자라는 말이 있다. 범죄집단이 이미지 관리에 그만큼 철저하다는 뜻이며, 일본 관료제가 그만큼 경직되어 있다는 뜻이기도 했다.

이때, 가까워지는 인기척. 다수다.

“저어……시, 실례합니다. 한겨울님 되십니까?”

나이 지긋한 남성의 목소리. 말 거는 거리가 애매하게 멀었다. 나가는 겨울에게 붙어 눈 부라리는 구미잉(組員)들 탓. 가족으로 보이는 세 사람이 불안을 견디며 서 있었다. 겨울은 부모와 딸 중 딸 쪽을 알아보았다.

“네, 맞습니다. 안녕하세요. 세츠나 양은 오랜만이네요.”

쿠시나다 세츠나. 잘 지낸 것 같지는 않다. 그래도 혈색은 나아졌고, 복색도 전보단 좋다. 표정이 어두울 뿐. 시선 마주치자 얼른 고개를 숙였다.

자식 나이에 비해 많이 늙은 부모가 허리를 굽힌다.

“일찍 찾아뵙지 못해 송구합니다. 딸아이를 구해주셨다지요. 진심으로 감사드립니다.”

겨울이 차분하게 답하려는 찰나, 성난 목소리가 끼어들었다.

“아, 진짜! 아버지! 어머니! 내가 이러지 말라고 했잖아! 왜 죠센징한테 굽실거려!”

“음?”

돌아보면, 인상 일그러진 청년이다. 두툼하다. 성큼성큼 오더니 부모를 꽤 거칠게 다뤘다. 억지로 일으켜 세우고, 겨울을 노려보았다.

“인간쓰레기(にんげんのくず)야, 넌 뭘 잘했다고 인사를 받아?”

“…….”

겨울이 고개를 기울였다. 이 놈 뭐지? 가족인 모양인데, 한 핏줄 같지 않은 인상이다. 유전자 탓이 아니면 어지간히 잘못 지은 농사. 부모 중 어머니 쪽이 타일렀다.

“얘야. 이게 인간의 도리 아니냐. 도리를 잊은 사람들 사이에 저런 분이 있다는 게 얼마나 고마운 일이니?”

“저런 분? 저런 부우운? 하, 진짜.”

그가 마구 소리 질렀다.

"엄마, 귓구멍 막혔어? 죠센징이라고! 죠! 센! 징! 반도 새끼들은 다 똑같다는 거 몰라? 씨발, 강도가 물건 훔쳐가서 대충 쓰고 돌려준 거라고! 다 헤진 물건 돌려받고! 고맙긴 뭐가 고마워! 쪽팔려서 진짜! 사람들 보기 창피하지도 않아?"

"저기요."

인상 찌푸리는 겨울.

"저에게 고마워하실 필요는 없는데, 동생을 물건 취급하진 마시죠."

"뭐?"

청년이 사납게 웃었다.

"저건 내 동생이 아냐. 그저 암퇘지일 뿐이지."

세츠나가 슬픈 표정을 짓는다. 아랑곳없이, 청년은 동생의 심장에 비수 같은 언어를 마구 찔렀다.

"일본인으로서 최소한의 자긍심이 있다면, 잡혀갔을 때 자살을 했어야지! 더럽혀진 몸으로 어딜 다시 기어들어와! 그것도 죠센징 손을 잡고서! 일본인은 긍지로 사는 민족이다! 암퇘지! 아아, 암퇘지고 말고! 원수에게 몸 팔고 돌아온 여자는 암퇘지일 뿐!"

긍지는 개뿔이. 싸해지는 겨울의 시선. 적의에 비례하여 활성화된「위협성」이, 당장 청년의 말문을 막았다.

파소 로블레스에서 손수건 챙겨 다녀야겠다 생각하고, 잊지 않아 다행이었다. 울고 있는 소녀에게 건넸다. 그리고.

콱!

명치 찔린 청년이 숨도 못 쉬고 쪼그라들었다. 부모의 짧은 비명. 그 위에 떨어지는 겨울의 조용한 목소리.

"아드님 교육에 신경 좀 쓰셔야겠네요. 인사는 잘 받았습니다. 실례할 게요."

긍지는 삶의 필수품이 아니다. 그보다는 사랑이다. 위로하고, 보듬고, 아픔을 나누고. 그러고도 살기 힘든 세상인데.

여기나, 현실이나.

겨울은 생각하며 걸었다.

저널, 55페이지, 캠프 로버츠

「우리는 상황을 통제하고 있습니다.」

방송은 오늘도 낙관적인 멘트로 시작됐다.

「「그럼블 쇼크」로 로스앤젤레스와 샌디에이고의 방어선이 무너진 이후, 우리는 봉쇄선 이서지역 최후의 대도시들을 포기해야 한다고 생각했습니다. 그러나 그것은 때 이른 좌절이었습니다. 미국의 용감한 시민들은, 스스로 무장하고 거리와 건물들을 요새화했습니다. 여기에 살아남은 경찰과 군 병력도 합류했습니다. 그 결과, 놀랍게도, 제때 탈출하지 못한 17만 명의 시민들이 안전한 거점을 확보한 상태입니다.」

장교숙소의 장점 중 하나는 방마다 배치된 TV였다. 나오는 건 뉴스와 재난방송 뿐이지만, 바깥소식을 제때 알 수 있다는 것만으로도 훌륭했다.

일찍 일어난 아침은 여유로웠다. 내 소속이 연방군이라서 그렇다. 난민 출신 파견장교를 어떻게 다뤄야 할지, 아직 제대로 된 규정이 마련되지 않았다. 의용소대가 완편 될 때 까진 보직도 불분명한 셈이다.

「이 뿐만이 아닙니다. 샌프란시스코와 산호세, 심지어 핵공격이 있었던 새크라멘토에서도 생존자들의 신호가 발견되었습니다. 어떻게 이럴 수가 있을까요?」

공중에서 조감한 새크라멘토의 전경이 화면에 비춰졌다. 전문가 의견이 이어진다. 위력 약한 전술핵이 사용되었기에 가능한 일이라고.

핵폭발이 있었던 건 시가지 동쪽, 봉쇄선 방향으로 빠지는 길목들이었다. 생존자들의 거점은 폭심지에서 서쪽으로 15km 이상 이격되어 있었다. 시가지 중심의 수많은 건물들이 방사선을 막아주었을 법 했다. 그래봐야 낙진이 떨어졌겠지만.

지연된 죽음.

「보십시오. 시가지 곳곳에 성조기가 걸려있습니다. 손을 흔드는 사람들이 보이십니까? 저들은 아직 희망을 버리지 않았습니다. 우리도 저들을 버려선 안 될 것입니다. 왜냐면, 우리가 미국에 살고 있기 때문입니다!」

위기상황에 애국심을 고취하는 건 어느 나라나 마찬가지였다. 앵커의 고양된 음성이 계속해서 이어졌다.

「죽음의 땅이 되었다고 생각했던 봉쇄선 이서의 오염지역 수천개소에서 추정규모 80만의 시민들이 구조를 기다리고 있습니다. 정부는 물자공수를 위해 항공역량을 집중 투입하는 한편, 여객기를 징발하여 수송기로 개조하는 작업에 착수했습니다. 국방부 대변인은 크리스마스 연휴 전까지 일일 수송량 5천 톤을 달성하겠다고 발표했습니다. 200만 이상의 시민들을 부양할 수 있는 규모라고 합니다.」

화면 가득, 낙하산에 매달려 떨어지는 보급물자들이 비춰졌다.

「세계가 위태로운 이 순간에도, 미합중국은 여전히 강력한 국가입니다.」

하늘을 가득 담는 앵글. TV 속의 세계는 언제나 밝았다.

광대

캠프 로버츠

저녁은 끝났지만, 방송은 식당에서도 볼 수 있었다. 미군 식당을 이용한 이래, 겨울은 천장에 걸린 TV가 꺼진 걸 본 적이 없다.

아침식사. 로버트 캡스턴 중위, 그리고 찰리 중대 간부들이 같은 테이블에 앉았다. 그들은 끼니마다 꼭 겨울을 기다린다. 물소위가 소외될까 걱정이란다. 병사들과 친하다곤 해도, 장교 체면이 있으니 간부들과 함께하는 게 낫다던가. 고깝게 여기는 타 간부들로부터 방패가 되어줄 수도 있다고. 배려가 깊다.

겨울은 저녁 진행으로 보았던 것들을 떠올리고, 다들 어찌 생각하냐고 물었다.

"방송은 걸러서 들어야지. 그놈의 애국적 보도 관행 때문에……."

캡스턴 중위는 신중했다. 정부담화는 물론이고, 공신력 있는 언론기관도 있는 그대로 믿을 수 없다는 입장이다. 국가적 위기 상황에서, 미국 언론들은 국가에 불리한 보도를 피하는 경향이 있다고. 피어스 상사가 어깨를 으쓱였다.

"2차 대전 때부터 생긴 전통 아닙니까. 뭐 그땐 진짜 나쁜 새끼들이 적이었으니까 이해는 갑니다."

소대장 중 한 명인 맥코이 소위가 끼어들었다.

"헬기로 수송하는 편이 더 확실할 텐데. 구출도 가능하고. 그치만 아무래도 숫자가 부족하겠죠. 정비성도 문제, 수송량도 문제, 소음 탓에 착륙 지점으로 몰려들 잡것들도 문제, 엿같이 퍼먹는 연료는 더더욱 문제. 여러모로 문제투성입니다."

제프리가 맞장구쳤다.

"맞아. 그렇다고 이대로 항공수송에만 매달리긴 좀 그렇지. 생존자들이 도시에 띄엄띄엄 분포하는 데, 낙하산 달고 떨어트려봐야 회수율이 얼마나 되겠어? 위험 지역에 떨어지면 포기해야지. 하긴 그러니 위에서도 하루 5천 톤씩 뿌리려고 하는 것일 테고. 돈지랄은 옛날부터 이 나라의 필살기 같은 거였잖아."

확실히 그렇다. 제프리가 불평한다.

"전부터 그 짓 하느라 보급이 부족해. PX를 일주일에 이틀만 열어주다니. 원래는 그 반대잖아? 특히 술이 없는 게 치명적이야. 들어오는 족족 매진이니 원……."

캡스턴 중위가 눈살을 찌푸린다.

"폐쇄되지 않는 걸 고맙게 생각해. 이 와중에 필수적이지도 않은 소티(Sortie : 항공기 비행 횟수)를 할당해주는 거니까. 상부에서 일선 부대들 사기 유지에 그만큼 필사적이라는 뜻이다. 혹여 병사들 앞에서 불평 하는 일 없도록."

"에휴. 알겠습니다."

젊다 못해 어려보이기까지 하는 소대장은 투덜거리며 불만을 삭였다. 캡스턴 중위는 PX 이야기를 듣고 잠시 생각하더니, 소년에게 질문을 던졌다.

"자네, 명색이 정식 장교인데……급여는 어떻게 받기로 했나?"

임관한 뒤로, 그는 겨울을 자네 또는 소위 하는 식으로 편하게 불렀다.

겨울이 소위가 되면서 받은 것들 중엔 연록색 현역 신분증과 급여통장, 카드도 있었다. 겨울은 급여카드를 받았다고 답했다.

"지급 기준은 O-1인가?"

"그것까진 잘 모르겠어요. 제 임관은 특수한 경우였고, 여러모로 갑작스럽게 진행됐으니까요. 그냥 매달 3천 달러 조금 안 되는 금액을 받게 된다고 들었을 뿐이죠."

중위가 고개를 저었다.

"그건 말 그대로 기본급이고, 생명수당이나 피복수당, 특수임무수당 같은 것도 포함해야 할 텐데……시국이 이래서 자세한 설명이 없었던 모양이군. 내가 한 번 알아보지."

"항상 신경써주셔서 감사합니다."

"아니, 고마워할 것 없네. 자네한테 진 빚은 이보다 훨씬 더 크니까."

하여간 고지식한 사람이다.

"혹시 현금이 필요하면 숙소의 ATM을 써요, 물소위. PX엔 없거든."

피어스 상사가 조언했다.

"현금 쓸 일이 있을까요?"

소년이 묻자 상사는 고심하는 표정이었다.

"아직 모르는가본데, 난민들을 상대로 장사를 하는 병사들이 있답디다. PX에서 뭔가 사서 바가지 씌워 판다더군요. 난민들이 의외로 돈 가진 게 많다고 하면서……어휴, 군인의 기본도 안 된 못난 놈들. 이 상황에 돈 모을 생각이나 하고…….”

그는 혀 한 번 차고 중위에게 물었다.

“상부에서도 이걸 알고 이용하려는 것 같지 않습니까?”

“확실치는 않습니다만……그런 거 같더군요. 난민 출신 장교 한정으로 계급에 따라 거래한도를 정하고, 수훈자 할인율을 따로 적용할 모양입니다.”

겨울은 납득했다.

“저 같은 난민 장교들에게 힘을 실어주려는 거네요. 동기부여도 하고.”

“맞네.”

중위는 달갑지 않은 표정이었다. 그러나 겨울은 달가웠다. 좋은 정보다. 담당자가 누군진 몰라도, 머리를 제법 잘 굴렸다는 생각이 들었다.

[쾅! 따다다다닷!]

TV에서 폭음과 총성이 흘러나왔다. 신경 끄고 있는 사이에 화면이 바뀐 모양이다. 아래에 자막이 흘렀다.

“샌디에이고인가.”

제프리가 중얼거리는 소리. 보이는 것은 격전이었다.

멀리 리조트가 보이는 하얀 백사장. 이어지는 도로는 한 줄기 뿐이다. 좌우 폭 좁은 길. 해병대가 가느다란 사주(沙柱)를 봉쇄했다. 사주를 관통하는 도로와 파도치는 해변을 따라, 무서운 수의 감염변종들이 밀려들었다. 다수의 그럼블이 섞였다.

그러나 막강한 화력이 집중된 좁은 길목을 도저히 뚫지 못한다.

폭음에 한 꺼풀 거리가 씌워지고, 배경에 앵커의 목소리가 깔렸다.

「지금 보시는 것은 어제 오후에 있었던 제1해병원정군의 노스 아일랜드

방어전입니다. 두 시간 넘게 이어진 이 전투를 성공적으로 마침으로써, 샌디에이고의 해군보급창과 할시 필드 공항을 지켜낼 수 있었습니다.」

"저긴 얼마나 갈까요?"

맥코이의 의문. 중위는 낙관적이다.

"오래 갈 거야. 들어가는 길이 도로 하나, 다리 하나뿐이라 지키기 좋지. 위에서도 필사적으로 지원할걸? 저곳마저 떨어지면 태평양에서 들어올 병력을 받을 곳이 없잖나. 샌디에이고 시민들을 구조할 거점도 필요하고. 바다로 탈출한 난민들은 저기서 보급을 받을 수 있겠지."

피어스 상사가 한숨을 쉰다.

"그나저나 죽다 만 것들 숫자가 아직도 대단하군요. 끝이 없는 것 같습니다."

"변이된 인구가 엄청나다고 하잖습니까. 죽이고 또 죽이다보면 언젠가는 바닥이 보이겠죠."

맥코이의 대답에도 불구하고 상사는 여전히 찜찜한 표정이었다.

"이봐요, 소위님. 내 말은 그게 아닙니다. 감염변종도 뭔가 먹어야 힘이 날 거 아뇨. 저 많은 숫자가 아직도 팔팔하게 뛰어다니는 게 이상하다 그 뜻이지."

그러자 맥코이가 낄낄 웃는다.

"공포영화 본 적 없으십니까? 좀비는 원래 굶어죽지 않아요."

시답잖은 이야기를 하면서 식사를 마칠 때 쯤, 관내 방송이 겨울을 찾았다.

「한 기어우르 소위는 09시 정각까지 작전과로 올 것. 반복한다. 한 기어우르……」

"제 이름이지만 듣기 참 이상하네요."

같이 앉은 사람들의 실소. 대대장이 겨울을 찾는 게 이상한 일은 아니다. 파견장교의 지휘권이 대대장에게 있었기 때문이다.

겨울이 식판을 들고 일어났다.

"그럼 먼저 가보겠습니다."

"별 일 아니길 바라네."

캡스턴 중위는 끝까지 걱정이었다.

작전과에서 겨울을 기다리는 장교는 셋이었다. 수척한 얼굴의 대대장 하나, 대대 작전과장, 그리고 얼굴 낯선 대위 하나. 대위는 표정이 좋지 않았다. 겨울이 대대장을 향해 경례했다. 머리 반쯤 까진 대대장은, 게슴츠레한 눈에 겨울을 담는다.

"왔나."

술 냄새. 테이블 위에, 반쯤 비어있는 독한 술 한 병.

아침부터 많이도 마셨다. 그는 초점이 맞지 않는지, 고개를 흔들어도 보고 미간을 찡그리기도 했다. 낯선 대위의 안색이 더욱 나빠진다. 그걸 본 대대장이 낮게 웃었다. 네가 어쩔 거냐는 식으로.

망해가는 세상이다. 일개 대대장이 난민 캠프 사령관을 겸하게 되었으니, 스트레스도 많이 받을 것이었다. 그게 변명이 되진 않겠지만.

"편히 있게, 소위."

열중쉬어. 겨울이 자세를 바꾸었다. 대대장이 낯선 대위를 소개한다.

"먼저 인사부터 하지. 이쪽은 닐스 맥과이어 대위. 공보과에서 나왔다네. 대위, 저쪽이 자네가 기다리던 한……한 뭐시기 소위일세."

소년과 대위는 서로 눈인사를 주고받았다.

"좋아. 그럼 소위, 자네를 부른 용건부터 말하지."

그는 겨울에게 내려온 특별임무에 대해 설명했다.

"국방부에서 홍보 및 교육영상이 필요한 모양이야. 뭐, 별 것 없어. 산타 마리아로 가서, 거기 출몰한다는 괴물 몇 마리 멋지게 잡아주게. NG만 내지 않으면 금방 끝나겠지."

산타 마리아는 캠프 로버츠에서 남쪽으로 약 100km 떨어진 도시다. 그보다 훨씬 더 가까운 파소 로블레스가 가까스로 작전권인 걸 감안하면, 이동수단은 차량이 아닐 것이었다.

역시나 헬기지원이 있었다. 귀찮은 대대장 대신, 작전과장이 지도를 펼쳤다.

"작전은 익일 0600시를 기해 개시한다. 10분 전까지, 단독군장으로 중앙 연병장에 올 수 있도록. 시끄러운 헬기를 타고 도심까지 이동할 순 없으니, 이곳, 산타 마리아 동북쪽의 경작지에 착륙할 것이다. 예정시각은 0630시다. 레인저 1개 중대가 안전을 확보한 지역이므로 이 단계까지는 위험이 없을 것이다. 여기서 지원 병력과 합류, 작천지역까지 도보로 7km 이동한다. 여기서 잠시 대기. 색적조가 목표물을 유인해오면, 귀관이 사냥한다. 이걸로 작전은 종료된다. 질문 있나?"

여기까지, 워낙 일방적인 통보였다.

군인이 원래 그런 직업이다. 겨울은 고개를 끄덕였다.

"목표물을 유인한다고 하셨는데, 어떻게 하실 생각이신지? 사람이 하기엔 너무 위험합니다."

"소음을 만드는 드론을 쓸 계획이다."

"가능합니까?"

"이미 수차례의 실험으로 검증했다. 감염변종들의 지능은 그리 높지 않으니까."

그 지능, 갈수록 높아지는데.

그래도 아직은 아니다. 좀 더 시간이 흐른 뒤에, 「모겔론스」는 숙주를 보다 다양한 방법으로 활용하기 시작할 것이었다.

소년을 관찰하던 공보장교. 한 마디 툭 던진다.

"같이 행동했던 병사들의 증언을 듣긴 했지만, 정말로 두려워하지 않는군."

"할 수 있으니까요."

"흠."

그는 알 수 없는 표정으로 입을 다물었다.

"혹시 제가 원하는 사람을 데려갈 수 있습니까?"

겨울이 묻자, 작전과장은 단호하게 잘랐다.

"불가하다."

그들이 원하는 건 어디까지나 겨울 한 사람이었다.

겨울은 아쉽다는 생각이 들었다. 상당부분 안전이 확보된 환경이라면, 동맹의 예비 소대원들에게 좋은 경험을 쌓게 해줄 수 있을 텐데.

그 뒤로 세부적인 내용 전달이 이어졌다. 대단한 것들은 아니었다.

산타 마리아
이튿날, 새벽 5시 50분. 중앙연병장.

겨울은 정시에 도착했다. 두 대의 헬기(MH-6)가 엔진을 덥히고 있었다. 작다. 동글동글한 생김새. 군용장비답지 않았다. 다리를 내놓고 앉도록, 헬기 좌우에 긴 철판이 붙어있다. 소년 앉을 자리만 비어있었다. 먼저 앉은 자들이 관심을 드러냈다. 공보장교만 무심하다.

날개는 정각에 돌기 시작했다. 딱딱딱딱- 하는 특이한 소음. 예상보다 작다. 특별한 소음 저감장비를 달았다고, 조종사가 말했다.

날개 회전이 임계점에 도달했다. 순간적으로 짓눌리는 느낌. 중력을 거스르는 감각이 가슴을 조여 온다.

하늘이 다가오고 땅이 멀어졌다.

일출은 아직이었다. 서늘한 쪽빛 세계에서, 하늘은 새벽과 아침의 경계였다. 디딜 곳 없는 발 아래, 스쳐가는 지상 풍경. 소년과 이름이 같은 계절.

겨울은 바람을 향해 손을 뻗었다. 손가락 사이로 젖지 않는 물결이 흘렀다. 흥미롭게 지켜보던 중사 한 명이 경고한다.

"소위님. 그러다가 떨어지십니다."

그렇잖아도 시청자들의 비명이 쌓이고 있었다. 소년의 감각을 공유하는, 다른 세계의 구경꾼들. 떨어진다고 아우성이다. 그러길 바랐다. 추락방지 고리가 있었으나 달지 않았고, 손잡이가 있었으나 잡지 않았다. 신경이 곤두섰겠지.

헬기가 기울었다. 항로는 구부러진다. 언제나 캠프의 안전이 최우선이었다. 하늘을 보고 열심히 뛰는, 먼 아래의 배고픈 것들. 모든 방향에서 숫자가 많았다. 소음을 줄였어도 헬기는 헬기였다. 헬기 두 대가 적절한 자리에서 호버링했다. 몇 분 정도. 충분히 유인한 다음, 그제야 다시 비행을 재개한다.

"혹시 헬기를 이런 식으로 타보셨습니까?"

안전을 경고했던 중사의 질문에 겨울은 고개를 저었다.

"처음이에요."

적어도 이번 회차에서는. 중사가 다시 재미있어했다.

"정말 겁이 없군요. 어지간한 초임 소위보다 낫습니다."

"실전에선 더 나은 모습을 보여드릴게요, 그렉 중사."

"기대하죠."

도착까지 남은 시간, 겨울은 지급받은 장비를 확인했다. 애초에 가지고 있던 것도 좋았는데, 촬영을 위해 더 좋은 것들을 받았다. 신형 소총, 각종 액세서리, 리시버 형 무전기, 전보다 훨씬 가벼워진 방탄 헬멧(OPS-CORE) 등. 정식 보급품이 아닌 것도 있었다.

착륙지점은 고속도로가 지나는 능선 뒤편이었다. 협곡을 따라 접근했으므로, 도시 쪽으로는 소음이 덜 전해질 것이었다. 레인저 몇 명이 착륙을 유도했다.

레인저의 임시 중대본부는 화려한 저택이었다. 본채 말고도 별채가 두 동이나 되고, 커다란 수영장과 목장, 보기 좋은 울타리까지 있었다. 태양광 패널로 전력을 자체 수급했다.

입지도 좋았다. 길이 낮아, 근처를 지나가도 저택을 볼 수 없었다.

「울프 리더, 당소 울프 쓰리. 서커스 팀 도착 확인.」

무전기에서 레인저들의 교신이 새어나왔다.

그나저나 서커스 팀인가. 호출부호가 또 엉망이었다.

겨울에게 배정된 부호는 어떻게 될까. 그게 무엇이든 바나나보단 낫겠지만, 많이 낫진 않을 것이다.

과연 그랬다. 숙지하라고 알려주는 내용 중, 겨울의 호출부호는 클라운(어릿광대)이었다. 중대본부에 들를 필요는 없었다. 합류한 레인저들이 겨울에게 잠깐 관심을 보였다. 그 표정, 우호적이지 않다. 애송이를 보는 눈빛. 그들은 서로를 간단히 소개하고, 곧바로 출발하자고 요구했다. 워낙 대충이어서, 누가 누군지 파악할 여유가 없었다. 그들이 이번 임무를 어떻게 생각하는 지 알 수 있는 대목.

그 와중에, 한 사람은 겨울에게 제대로 인사를 건넸다.

"TV에서 당신을 봤습니다. 용감한 일을 하셨더군요."

악수를 청하는 남자. 다른 대원들과 복장이 달랐다. 겨울이 고개를 끄덕인다.

"소위 한겨울입니다. 아직 소속은 없네요."

"산타 마리아 경찰 SWAT 팀, 페리 경사입니다. 시가지 안내역이죠. 오늘은 들어갈 일 없겠지만."

즉 그의 역할은 드론 비행경로에 대한 조언이었다. 정해진 경로 외에, 별도의 임기응변이 필요할 경우를 대비했을 터.

레인저 소대장이 귀찮은 시선을 던졌다.

"시간 없습니다. 머뭇거리지 맙시다."

일단 걸었다. 도로 양편으로 나뉘어서, 사방을 경계하며. 레인저 입장에서 「서커스 팀」은 호위대상에 지나지 않았다. 겨울과 공보장교의 촬영팀을 가운데 두고, 레인저가 앞뒤를 막았다.

페리 경사는 겨울 바로 앞을 걸었다. 살짝 돌아보며, 작은 말을 건넨다.

"이해하세요, 한 소위. 이 사람들도 많이 힘듭니다. 정신적으로 지쳐있죠."

"다들 여기서 얼마나 있었나요?"

"저는 한 달 정도 됐는데, 레인저는 잘 모르겠습니다. 난리 터진 직후부터 오염지역을 벗어난 적이 없다고 하더군요."

과연, 소대병력 치고 규모가 좀 적다. 겨울은 숫자를 헤아려보았다. 1할 정도의 병력손실. 이 정도면 후방으로 빠져야 정상이다.

그러나 무엇 하나 정상이 없는 시대. 차근차근 멸망해가는 세계관이었다.

작게 말해도 들렸나보다. 가까운 레인저 한 명이 쏘아붙였다. 쓸데없는 소리는 하지 말라고. 경사가 웃으며 사과한다. 성격이 좋다.

7km는 속보로 걸어도 한 시간 넘게 걸리는 거리였다. 가는 내내 묵묵하기도 어렵다. 페리 경사는 이런저런 이야기로 친화력을 발휘했다. 캠프 로버츠의 사정을 궁금해 하기도 하고, 자신이 아는 것들을 늘어놓기도 한다. 여전히 조용한 목소리로.

"산타 마리아는 대피가 가장 성공적으로 이루어진 도시 중 하나입니다. 시장님의 결단이 빨랐죠. 주지사님께 요청해 주방위군을 동원했습니다. 좀 혼란스럽긴 했지만, 다른 도시들이 겪은 아비규환에 비하면 아무 것도 아니었어요. 97%의 시민들이 무사히 대피했으니까요."

"그럼 3%는 어떻게 됐죠?"

"산타 마리아의 마지막 구조 요청은 두 달 전이었습니다. 아마추어 전신이었죠."

경사의 표정은 볼 수 없었다.

"그래도 생존자가 있을 가능성은 없나요?"

"근접 항공정찰을 꾸준히 실시했습니다. 얼마 전부터는 레인저의 정찰도 있었죠. 하지만 두 달 동안 생존자의 증거는 무엇 하나 나오지 않았습니다. 가능성이라……."

그는 말끝을 흐린다. 그 뒤의 대화가 이전 같지 않았다.

도시가 가까워졌다.

시인성 높은 고속도로를 피해, 남쪽 단선도로로 접어들었다.

긴장감이 높아지면서, 대화는 자연스럽게 잦아들었다. 다만, 의외로 공보장교가 침묵을 깨기는 했다.

"젠장. 무슨 놈의 바퀴가 이렇게……."

정말 많았다. 도로에도, 풀숲에도, 어디를 보더라도 몇 마리는 보인다. 퍼덕퍼덕 날아다니는 커다란 벌레들. 익숙한 레인저들은 인상만 찌푸렸다. 공보장교와 그의 팀은 아주 진저리를 쳤다. 파다다닥. 홰치며 날아온 한 마리가, 겨울의 얼굴에 붙었다. 대충 떼어 날려 보낸다.

마침내 제방에 도달했다. 다리만 건너면 산타 마리아 시다. 촬영팀이 가지고 온 장비들을 설치했다. 레인저 쪽에선, 드론을 다루는 병사 둘이 작업에 들어갔다. 연료량과 수신 감도, 각종 기능을 시험한다.

기능 가운데엔 노이즈 메이커도 있었다. 볼륨을 줄이고, 소리가 제대로 나오는 지 돌려본다.

"비명이네요?"

여러 사람들의 단말마, 구해달라는 절규와 신음의 화음들.

겨울이 묻자 병사가 시큰둥하게 답했다.

"보통 소음으로는 유인 효율이 낮으니까요. 사람 음성에 잘 반응하고, 그 중에서도 비명에 대한 반응도가 훨씬 높습니다. 짧은 패턴 반복도 좋지 않고요."

의외로 성실한 답변. 겨울은 계급에 대한 존중이라고 생각했다.

드론이 날아올랐다.

조종 장치는 작은 가방처럼 생겼다. 드론 컨트롤 전용으로 제작된 러기드 노트북이었다. 공보장교가 겨울과 나란히 서서 화면을 들여다본다. 골목과 골목이 빠르게 스쳐지나갔다. 열원을 추적하는 드론의 센서가 바쁘게 움직였다. 건물 내부에 얼마나 있는지는 모르겠다. 그러나 거리에 있는 변종들만으로도 상당한 숫자였다.

"시민 대부분이 탈출한 것 치고 상당히 많군."

공보장교가 중얼거리자, 여전히 귀찮아하면서 성실한 병사의 답변.

"주변 지역에서 몰려들더군요. 여기만 그런 게 아닙니다. 방향을 어떻게 잡는지, 도시권으로 꾸역꾸역 몰려듭니다."

"이유는?"

"알면 저희가 여기 있겠습니까?"

퉁명스러운 대답. 공보장교가 인상을 찌푸렸다. 겨울은 답을 알지만, 말하지 않는다. 이 시점에서 알 수 없는 정보였다. 관제 AI가 상황연산으로 보정하거나, 보정이 불가능하면 롤백을 시도할 것이었다.(Roll-back : 오류 이전으로 시간을 되돌림.)

롤백이 반복되면 불이익이 주어진다.

감염변종들은 음지를 선호했다. 어두운 골목마다 가만히 모여 있는 놈들. 볕드는 대로를 빤히 보는 중이다. 무언가 산 것이 지나가면, 미친 듯이 달려들 것이다.

마침내 화면에 그럼블이 잡혔다. 병사가 보고했다.

"부기 원 발견. 가까이에 부기 투도 있습니다. 도노반 로드와 N 브로드웨이의 교차지점입니다."

"젠장. 오늘은 왜 그렇게 멀지? 평소엔 외곽에서 얼쩡거리던 놈이."

소대장이 투덜거렸다. 그는 연료상태를 확인했다.

"연료는 얼마나 남았지? 유인하기에 충분한가?"

"아슬아슬하지만, 가능합니다."

병사는 컨트롤러를 능숙하게 다뤘다.

드론이 시야에 직접 보이면 곤란했다. 뻔히 보이는 쇳덩이의 비명은 소용없다. 드론이 골목에 숨어서, 첫 번째 비명을 재생했다. 화면 가득, 그 골목에 있던 놈들이 멍청하게 올려다보는 모습이 보인다. 때때로 페리 경사가 조언을 더했다.

골목을 빠져나온 드론이 유인된 집단을 포착했다. 작고 발 빠른 놈들이 먼저 달려오고, 두 마리 그럼블은 그보다 느렸다. 눈에 직접 보여야만 뛰는 덩치들이다.

골목에서 움직이지 않던 놈들도, 이미 뛰는 놈들을 보더니 광분하며 합류했다.

병사는 속도차를 이용해 그럼블과 보통 무리를 분리했다. 한두 번 해본 솜씨가 아니었다. 전력 질주하는 변종들. 인간보다 강인하지만, 한계는 있었다. 남쪽으로 1km 쯤 유인하자 변종들이 기진맥진했다. 저들끼리 밟아 죽인 수도 적지 않다.

새로 끼어든 놈들의 생기 넘치는 질주. 지친 놈들이 짓밟힌다.

그렇게 분리시킨 뒤, 드론은 북으로 돌아갔다. 디코이 음량을 줄이고서, 따로 떨어진 그럼블 두 마리만 유인한다. 보이지 않는 비명을 기웃거리며, 두 거인이 따르기 시작한다.

"혹시 두 마리를 동시에 처리할 수도 있나?"

"가능합니다."

공보장교, 맥과이어 대위의 질문에 겨울은 여상한 대답을 돌려주었다. 대위는 혼자 뭔가를 중얼거렸다. 기술보정을 받아도 알아듣기 어렵다.

몇 분 정도, 유인은 순조로웠다.

드론이 골목에서 소음을 만들고, 다시 대로로 나왔을 때. 조종 담당 병사와 지켜보던 모두가 경악했다.

"소대장님!"

"보고 있어……!"

화면을 향해 손을 흔드는 사람들의 모습. 소리를 듣고 나왔다가 드론을 발견한 모양이다. 그러다가, 사람들이 소스라치게 놀랐다. 병사가 황급히 컨트롤러를 돌린다. 휙 반전하는 화면.

맞은편에 두 마리 그럼블이 있었다.

모퉁이를 돌아 나온 놈들. 노란 눈동자가 사람에게 꽂힌다. 건강한 예비 숙주. 또는, 식량.

[크아아아아아아!]

천둥 같은 이중창이었다. 저 먼 중심가에서부터 여기까지, 맨 귀로도 들릴 정도. 주변의 변종들을 끌어들이는 소리였다. 직후, 건물 박살나는 소리가 요란했다.

"젠장! 덱! 네 분대는 여기 남아 서커스 팀을 지켜라! 드론 팀! 주변 상황을 파악해서 내게 전달하도록! 드론을 잃어도 무방하다! 그리고 너! 본부에 보고해! 나머지는 나와 함께 간다!"

"저도 가겠습니다."

"안 돼!"

겨울의 요청을 즉시 거부한 소대장은, 그러나 잠시 멈칫거렸다. 가늘게 뜬 눈으로 소년을 훑는다. 잠시 후 경고에 가까운 어조로 말했다.

"내 뒤에 바싹 붙어라."

"네."

여기에 페리 경사가 가세했다.

"안내하겠습니다."

"……각오는 하셨습니까?"

"여긴 제 근무지고, 이건 제 직업입니다."

소대장이 고개를 끄덕였다. 도시 지형을 숙지한 경관의 도움은 달갑다. 희생을 각오할 가치가 있었다.

"뛰어! 뛰면서 적당한 차량을 찾아!"

낮은 목소리로도 확실하게 전달된다. 레인저 소대의 반응은 즉각적이었다.

다시 한 번, 도시 한 구획이 박살나는 소리. 파편 튀는 광경이 멀리서도 선연하다. 의무를 향해 달리는 병사들.

군홧발 소리가 다급하게 겹쳐졌다.

소개(疏開)가 성공적이었던 도시답게, 산타 마리아의 거리는 깨끗한 편이었다. 그러나 차단작전의 흔적이 남아있었다. 변종에게 높은 벽은 사람에게도 높다. 구덩이와 장애물의 연속선이 진로를 가로막는다. 갈 길은 직선인데, 직선으로 갈 수 없었다.

장벽을 관통하는 검문소. 그늘에서 변종들이 튀어나왔다. 거리 25미터. 순식간에 좁혀진다. 레인저 소대가 속도를 줄였다. 결코 멈추진 않고, 보폭 좁힌 빠른 걸음으로, 견착 사격.

두두둑! 두둑!

변종들이 선두부터 무너졌다. 그래도 질량으로 밀고 들어온다. 처음부터 너무 가까웠다. 그러나 이쪽은 레인저 집단이었고, 근접전에도 탁월했다.

충돌. 손닿을 거리에서 조준사격으로 머리를 날리고, 무게중심에 부딪혀 넘어뜨리며, 뒤엉킨 것들을 짓밟고, 발아래를 쏘면서 지나간다. 간혹 붙잡혀도 성가실 뿐. 어느 병사는, 붙잡히자 겁이 아니라 짜증을 냈다. 콰득! 개머리판으로 턱을 비껴 쳤다. 변종은 목이 돌아가서 죽었다.

겨울에게도 두 마리 육박했다. 좌우로 하나씩. 금방이라도 잡힐 듯 한 순간, 겨울은 오히려 한 쪽에 붙었다. 따다다닥 부딪히는 입에 총구를 콱 물린다. 덜컥, 목 꺾이는 충격으로 휘청이는 변종. 녀석이 눈 올라간 채 손만 내밀었다. 소년은 발을 콱 디디면서, 총구 물린 놈을 휘둘러 다른 놈과 같은 사선에 놓는다. 조정간이 연사로 미끄러졌다.

격발.

드드드득! 두개골에 갇힌 둔탁한 총성. 총탄은 머리를 깨고 나가서 또 하나의 머리를 깼다.

측면으로 돌아 빠지는 겨울의 걸음. 뚝 떨어지는, 뒤통수 깨진 놈의 덧없는 얼굴. 그것은 힘없는 손짓 한 번으로 작별을 고했다. 무리 없이 따라붙는 겨울을 보고, 소대장이 뜻밖이라는 표정을 짓는다.

소대가 검문소 측면에 붙었다. 사슬로 묶어놓은 문. 반대편을 볼 수 없다. 위험을 감수하고, 사격으로 사슬을 끊으려는 순간.

[쿠웅!]

문이 세차게 요동쳤다. 벌어진 틈으로 순간 엿보이는, 허기진 눈동자들.

"젠장!"

병사가 물러났다. 소대장은 고개를 흔들고, 교신을 시도했다.

"드론 팀! 상황은 어떤가?"

「민간인 집단, 분리되었습니다! 스물 일곱 명이 브로드웨이를 따라 남하 중! 아홉 명은 웨스트 도노반 로드를 따라 진행! 지금까지 사망자 열두 명!」

"그 많은 수가 대체 어디 숨어있었던 거야!"

소대장이 낮은 욕설을 중얼거렸다. 민간인들이 얼마나 버틸까. 빨리 가야 하는데. 불필요한 말을 아끼도록 훈련받았어도, 막막한 상황은 어쩔 수 없었다. 진작부터 피로가 쌓인 정신이다.

교신 중에 간헐적인 사격이 있었다. 조준이 누구보다 빨랐음에도, 겨울은 방아쇠를 아꼈다. 탄약을 다 써버릴 순 없었다.

그저 한 방향만 확실하게 맡는다. 최소한의 단발 사격으로, 한 발에 한 놈씩. 소음기를 끼워 낮아진 명중률 따위 기술보정으로 씹어 먹었다.

"재장전!"

탄창이 다 떨어진 병사가 말했다. 화력공백이 있으니, 잠시 내 방향을 경계하란 의미. 그래봐야 탄창 교환에 1초 걸렸다.

"너, 너! 수류탄!"

소대장은 두 사람을 지목했다. 돌파하려는 것.

곧바로 포물선 두 개가 담을 넘었다. 콰쾅! 순간적인 땅울림. 그리고 인간을 닮은 단말마들. 죽어가는 흐느낌이 벽을 뚫고 흘러왔다. 문 앞의 병사가 이번에야말로 사슬을 끊었다. 쇳조각이 튀었다.

발로 걷어찬 문짝. 기대어 있던 변종이 벌러덩 넘어졌다. 수류탄 파편에 휩쓸려, 등짝이 뼈까지 벗겨져 있었다.

도로 우변의 주택들로부터, 새로운 놈들이 기어 나왔다. 두리번거리다가 이쪽을 발견한다. 아아아아아! 목청 찢어지는 고함. 다 같아보여도 나름의 패턴이 있다. 숙주를 늘리려는 병원체의 의지가, 꼭두각시들을 무작정 밀어냈다.

“좌로 붙어!”

도로 좌변은 주택가와 벽으로 분리되어 있었다. 바싹 붙어서 한쪽으로 화력을 집중한다. 그러나 곧 숫자로 압도당한다.

머리 위로 드론 두 기가 날아갔다. 중대본부로부터의 입전(入電).

「울프 리더로부터 울프 쓰리에, 좌측 길로 빠져라.」

지시에 따르니 상대적으로 편한 길이 나타난다. 등 뒤에서 변종들이 죽어라고 쫓아왔다. 소대장의 수신호. 후방으로 수류탄 하나가 날아간다. 곧바로 자세를 낮추는 병사들. 진동하는 폭음이 발밑으로 지나갔다.

이제 예비 드론을 띄운 중대본부가 지휘를 맡는다.

「울프 쓰리, 작전 승인도 없이 움직이면 어쩌자는 건가?」

“민간인 발견과 구조는 임무에 원래 포함되어 있지 않았나! 다른 팀은 너무 멀고! 민간인 숫자는 많고! 내 좆 만 한 헬기 두 대 가지고 구출 가능한가? 난 최선의 판단을 내렸다!”

「거시기 커서 좋겠군. 징계를 각오하도록. 노스 밀러 가(街)에서 이스트 선셋으로 이동하라. 3분 주겠다.」

“3분?! 염병, 이스트 선셋이 어디야? 경사, 가능합니까?!”

지도 꺼낼 틈이 없다. 소대장이 페리 경사를 돌아보았다. 지리에 익숙한 경찰이 고개를 끄덕였다.

“죽어라 뛰어야죠!”

특수경찰의 사격실력은 레인저 못지않았다. 전력으로 달리면서 지향사격. 탄창이 떨어지자 바로 권총을 뽑았다. 공백 없는 속사가 변종 다섯을 거꾸러뜨린다. 그러고도 남은 것들이 육박하는데, 신경 쓰지 않았다. 레인저를 믿었기 때문이다.

「울프 투, 전장으로 투입하는 중. 울프 원이 시가지 북쪽에서 진입한다. 작전지역 상공 헬기 투입까지 앞으로 40초 남았다. 이후 헬기 콜 사인은 파이어 플라이로 통일한다. 각 소대 드론 팀, 피셔 원에서 피셔 쓰리로 명명하겠다.」

중대본부에 있던 병력이 새로 오는 모양이다. 그러나 한참 먼 거리였다. 차를 타고 와도 제때 도착하지 못할 것이다. 그나마 1개 소대가 북쪽에서 바로 들어온다니 다행이었다.

「당소 피셔 쓰리. 남하하는 생존자 집단, 추가 사망자 2인 발생. 위치, 기지점 폭스트롯으로부터 남쪽으로 10. 웨스턴 모텔. 일시적인 은폐 상태. 곧 발각될 것으로 보임. 울프 쓰리, 서둘러라.」

"씨발! 숨! 넘어가겠네!"

커다란 흑백혼혈 병장이 죽는 소리를 냈다. 벌써 1km 넘게 뛰었고, 남은 길도 그에 못지않았다.

전투를 치르면서, 긴장감 속에 주파하기는 벅찬 거리였다.

겨울도 진땀이 흐른다. 힘들다기보다는, 몸이 머리를 따르지 않는다는 느낌. 격렬한 체력소모가 능력을 저하시키고 있었다. 흔들리는 조준. 사격이 처음 같지 않다. 그래서 가까운 놈에게 총 대신 칼을 썼다. 관자놀이에 대검 쑥 박힌 놈이 혀를 빼물었다. 내딛는 뜀, 스냅 한 번으로 뽑는다. 속도는 줄지 않았다. 총구 아래 대검을 장착했다.

일부 발 빠른 병사들이 버려진 차량들을 살폈다. 열쇠가 없다. 뛰는 게 빠를지, 합선시켜 시동 거는 게 빠를지 의문이었다. 가솔린 차량들이라 연료가 멀쩡하다는 보장도 없어서, 소대장은 그냥 계속 뛰라고 했다. 병사들이 헐떡이느라 말도 하지 못한다.

헬기 로터 소리가 빠르게 다가왔다. 딱딱딱딱. 등 뒤에서 휘몰아치던 바람이, 소대를 순식간에 추월했다. 꼬리 돌리며 고도 낮추는 헬기. 포문 여는 전함처럼, 측면을 드러낸다. 헬기 자체엔 무장이 없어도, 좌우 두 명씩 탑승한 병사들은 아니었다.

"엎드려!"

누군가의 외침. 속도가 있어 다들 데굴데굴 구른다. 그 위로 유탄 세례가 지나갔다. 두 명이 각자 갈겨대는 6연발 유탄발사기의 화력. 불과 파편의 폭풍이 변종집단을 휩쓸었다. 뜨거운 바람이 겨울의 등을 훅 밀어낸다. 구르는데, 살 썩은 다리가 보였다. 일단 붙잡았다. 발목이다. 잡고 확 일어섰다.

크엑!

발목 잡힌 변종의 다리가 앞뒤로 쭉 찢어졌다.

소년은 돌아보는 안면 복판에 대검을 꽂았다.

화력지원을 마친 헬기는 순식간에 고도를 높였다. 반대편으로도 탄막을 쏟았는지, 겨울이 내다본 길이 뻥 뚫려있었다. 헬기는 생존자 집단을 향해 직선으로 날았다.

남은 거리 약 200미터. 밀집된 주택가인지라, 깨끗하다고 생각했던 길이 막히는 건 금방이었다. 반쯤 열린 차고 문 아래로 기어 나오고, 지붕 위에서 떨어지고, 창문을 깨부수며 꾸역꾸역 나오는 더러운 것들.

어쩔 수 없었다. 페리 경사가 다시 길을 꺾었다.

조금 돌아가더라도, 교전을 피하는 게 더 빠를 것이었다.

「울프 쓰리에 경고! 11시 방향, 부기 쓰리 출현!」

드론 팀의 절규.

집이 폭발했다. 거대한 몸집이 온 몸으로 부딪힐 때, 파괴력은 포탄에 필적한다. 다섯 채를 돌파한 괴물이, 경황 잃은 소대를 포착했다. 포효하는 그럼블. 괴성을 온 몸으로 들을 수 있었다. 쩍 벌어진 구강. 겨울이 반사적으로 쐈다. 괴물이 비틀거렸다.

짧은 시간을 벌었다.

"부상자 발생! 엄호!"

어느 상병의 절규. 주택 터진 파편 때문에, 다섯 명의 병사가 피투성이였다. 두 명은 그럼블의 근접공격권에 있었다. 하필이면 괴물이 비틀비틀 물러난 자리. 정신 차린 괴물이 입을 꾹 다물었다. 근접공격 패턴이었다.

지원화기 사수가 쏴 갈기는 기관총 난사를 무시하고, 바위 같은 주먹이 두 사람을 동시에 내려쳤다.

쾅! 사람이 부서져 돌가루와 섞이는 소리.

"이 씨팔 새끼가!"

눈이 충혈 된 하사가 수류탄 들고 정면에 선다. 적당한 거리. 어김없이 포효하는 괴물에게, 투척. 그와 동시에 그럼블의 입천장에 한 줄기 로켓이 박혔다. 누가 놓쳤는지 나뒹굴던 발사관을 겨울이 잡아챈 것. 「개인화기숙련」이 29% 효율로 적용되는 무기였으나, 그 정도면 충분했다.

철판도 뚫는 로켓은, 부드러운 속살 깊이 파고든다. 폭발. 머리통이 부풀었다. 2초 후, 식도에 들러붙은 수류탄도 터진다.

비대한 근육덩어리가 무릎을 꿇었다. 부글부글 쏟아지는 피거품.

겨울이 빈 발사관을 던졌다. 얻어맞은 변종이 벌러덩 넘어진다. 다른 병사가 끝장냈다.

부상자 두 명이 보기보다 괜찮았다. 피 흘리는 곳이 많아도 치명상은 없는 탓. 그러나 한 명이 문제였다. 나뭇조각이 복강을 뚫었다.

응급조치가 한창일 때, 생각지도 않았던 지원군이 합류했다.

"뎁? 여긴 어떻게?"

소대장의 놀란 표정. 서커스 팀 지키라고 남긴 분대가 따라붙은 것이다.

"그 놈들도 군인 아닙니까! 제 몸 알아서 간수하라고 했죠!"

분대장이 호기롭게 대꾸하며 사방으로 사격을 퍼부었다. 지원화기 사수도 기관총을 제대로 거치하고, 그럼블의 부름에 꾀인 잡것들을 떼로 눕히기 시작했다.

그러나 어쩐지 숫자가 꾸역꾸역 늘어난다. 소대장이 본부를 호출했다.

"젠장! 길이 막혔다! 본부! 중상자 발생! 후송하겠다! 차량 지원 가능한가?! 합류위치를 알려 달라!"

「울프 쓰리, 후퇴하라.」

"뭐라고?!"

「도시 중남부로부터 새로운 변종 집단이 유입되었다. 귀소의 현 위치에선 더 이상 접근할 경로가 없다.」

"잠깐……."

「명령이다. 강행돌파를 하려고 해도 탄약이 부족할 거다.」

중대장이 단호하게 못 박았다. 하늘에서 지켜본 전장이 그만큼 불리하단 의미일 것이다. 적어도 지금 지상에서 보는 풍경보다는 더 나쁠 터. 울프 쓰리, 즉 3소대장이 이를 갈았다.

「당소 파이어 플라이 투! 착륙지점이 너무 뜨겁다! 내려갈 수가 없다!」

가까운 하늘에서 아슬아슬한 광경이 연출되었다. 생존자 구조를 위해 하강했던 헬기가, 그럼블이 던진 차를 간발의 차로 회피한 것. 탑승한 병사들로부터 초연 가득한 보복이 쏟아졌다. 그러나 물리내성을 지닌 괴물에겐 소용없는 짓이었다. 급소를 맞춰야 한다.

또 다른 그럼블이 감염변종을 집어던졌다. 허우적거리며 날아간 변종이 회전날개에 치였다. 쫙- 공중에서 반 토막 나, 내장이 비처럼 뿌려진다. 두 번째, 세 번째 변종이 탄도비행으로 날았다.

마침내 아홉 번째가, 헬기 바깥으로 내밀어진 어느 병사의 다리를 잡았다. 떨어지지 않으려고 안간힘을 쓰는 병사. 그러나 종아리를 물리고 만다. 감염되었다.

절망한 병사가 스스로를 던졌다. 30미터의 자유낙하. 기다리던 놈들에겐 하늘에서 떨어지는 성찬이다. 성찬에 맞아 두 놈이 죽고, 나머지는 포식을 시작했다. 병사가 떨어지며 수류탄 핀을 몇 개 뽑았던 모양이다. 요란한 폭발이 일어났다.

「피셔 쓰리 다운. 연료가 떨어졌습니다.」

가장 먼저 띄웠던 드론이 추락했다. 진작부터 아슬아슬했던 연료량이었다.

거듭되는 악재가 소대장을 설득했다. 중대본부에서 후퇴를 재촉하는 무전이 반복되고 있기도 하다.

임무의 분기가 찾아왔다. 후퇴는 안전하고, 전진은 위험하다.

겨울은 고민했다.

「통찰」이 기술 습득을 권한다. 천재의 영역, 최소 11등급의 「무브먼트」라면 상황을 타개할 가능성이 생긴다고. 극단적인 장애물 극복능력과 회피율 보정으로, 이 난장판을 뚫고 가란 뜻이었다.

기술레벨 10등급은 평범한 인간이 노력으로 도달할 수 있는 최대한계다. 그 이후는 천재의 영역. 천재가 아니고선 도달할 수 없는 경지다. 그러므로 「재능이익 - 탤런트 어드밴티지」를 받더라도, 11등급 이후의 경험치 소모는 부담스럽다. 겨울에게 11등급의 기술이 「개인화기숙련」 하나 뿐인 이유였다.

가능하다. 여력을 다 쓴다면, 14등급까지도. 쓰지 않고 아껴둔 것 외에도, 대인 상호작용 평가로 누적된 경험치가 적지 않으니까.

따라서 겨울의 고민은 투자가 아니라 성공 가능성에 있었다.

그때 더해지는 또 하나의 경고성.

"소대장님! 이상한 놈들이 나타났습니다!"

그것들은 정말로 이상했다. 흉터는 있을지언정, 다른 것들처럼 썩지 않았다. 면역거부반응을 극복했다는 뜻. 완치된 한센 병 환자 같았다. 온 몸이 근육이었고, 그런데도 날렵해보였다. 너무나 창백해서 회색에 가까운 피부. 그 아래의 핏줄이 고스란히 보일 지경이다.

겨울이 생각했다.

'그런가. 특수변종 다음은 강화변종인가.'

강화변종, 통칭 「구울(屍鬼)」. 특수변종보다는 쉬워도, 떼로 등장해서 까다로운 것들.

그것들이 정자세로 달려오고 있다. 평범한 것들이 온 몸으로 발광하며 통제되지 않는 광기를 흩뿌릴 때, 그것들은 이 꽉 물고 스프린터처럼 뛰었다. 앞뒤로 힘차게 흔드는 팔. 미동조차 없는 눈동자. 비정상적으로 굵은 허벅지.

드드드드드득!

기관총 사격이 강화변종들을 넘어트렸다. 급소를 피한 것들이 벌떡벌떡 일어선다. 소대장이 결단을 내렸다. 그리고 소년도 결심했다.

"엿 같은……후퇴! 후퇴!"

레인저와 겨울이 반대로 움직였다. 소대장이 기겁했다.

"너! 지금 뭐 하는 거야!"

겨울은 어느 집 벽을 밟고 수직으로 달려, 처마 끝 붙잡고 발을 박찼다.

몸을 한 번 뒤집어 지붕 위에 착지. 여기까지가 한 호흡이었다. 진보된 「무브먼트」와 「통찰」의 연동이, 최적의 경로를 계산하여 시야 가득 증강현실로 그렸다. 변화하는 상황에 따라 매 순간 갱신되는 수십 갈래의 선, 그리고 가능성에 따라 표변하는 색채.

인상적인 동작이 눈길을 끌었나보다. 강화변종들이 겨울을 먼저 노렸다. 지상에서 펄쩍 뛰어 곧바로 지붕을 붙잡고, 팔의 탄성만으로 다시 튀어 오른다. 그것이 지붕을 밟기 전에, 아직 붕 떠있을 때, 겨울이 냅다 걷어찼다.

놈은 군홧발에 명치가 찍혔다. 움푹 패인 가슴을 쥐고 날아가, 지면에 충돌한다. 발작과 경련.

뒤이어 오르는 구울의 수가 다섯.

드드득!

한 놈을 사격으로 처리했다. 겹쳐진 사각이 사격효율을 깎아, 피 흘리며 엄습하는 두 번째. 겨울이 총검을 내질렀다. 총구 아래 고정된 칼끝이 가슴을 가르고 올라가, 아래턱을 찔러 뇌간까지 관통한다.

뒤에서 덮쳐오는 새로운 위협. 회색 손길을 피하면서 반전, 총 놓고 몸 돌린 다음, 손 바꿔 잡은 총을 쑥 당기며, 회전을 실어 정강이를 걷어찼다. 콰득! 뼈 부러지는 소리.

균형이 무너진 셋째가 지붕 사면을 굴러 떨어졌다.

네 번째에게 잡혔다. 서로 얽힌 팔, 거꾸로 잡은 총, 이어지는 힘겨루기. 동시에 배후를 덮쳐오는 다섯 번째. 따닥따닥 부딪히는 넷째의 입에 총몸을 물려놓고, 얽힌 상태에서 측면으로 돌았다. 물린 총도, 총구도, 다섯 번째를 향하도록. 겨울의 왼 손 엄지가 방아쇠울에 끼워졌다. 격발. 탄창이 완전히 비어버릴 때까지.

파삭파삭 부서지는 다섯 번째의 갈비뼈들. 조준이 거친 만큼 죽음도 거칠었다. 폐 기능을 상실하고, 피를 토하며 넘어진다. 바들바들 죽어갔다. 핏빛으로 물드는 지붕.

이제 넷째 하나 남았다. 겨울은 순수한 힘으로 구울을 짓눌렀다. 천천히, 그러나 확실하게. 높은 등급의 전투기술과 근력보정이 이를 가능케 한다. 구울이 무릎을 꿇었다. 뒤로 밀어 아예 눕게 만든다. 무릎으로 양 팔을 눌러서, 창백한 가슴을 깔고 앉는 소년. 자유로워진 양 손으로 총을 단단히 붙잡고, 몸 쪽으로 확 당겼다.

으지직-

턱이 빠지고 살이 찢어지는 소리. 구울의 공허한 비명. 이제 겨울은 소총을 두 손으로 세워서 잡는다. 개머리판으로, 구울의 머리를 마구 찍기 시작했다. 빻아서 죽이려는, 살기 충만한 공이질. 피와 살점이 튀고, 경험을 공유하는 사람들이 환호성을 지른다. 내리칠 때마다, 폭력에 반응하여, 콱콱 치미는 가슴 속 뜨거운 돌. 점점 더 자라나는 현실과의 괴리감.

눈앞의 비명이 느리게 잦아들었다. 생을 다한 매미의 마지막 울음소리처럼.

그 사이 레인저 소대는 저만치 밀려난 상태였다. 그래도 부상병을 무사히 챙겨갔다. 소년에게서 시선을 떼기 힘든 페리 경사의 모습도 보인다. 지붕 위에 있는 소년을 노리고, 평범한 변종들이 살아있는 탑을 쌓고 있었다. 쌓다가 무너지기를 반복하면서.

겨울이 탄창을 갈며 주위를 살폈다. 헬기가 맴도는 공역. 그 아래에 생존자들이 숨어있을 것이다. 그동안의 교신에서 은신이 들통 났다고는 하지 않았으니까. 웨스턴 모텔이라 했던가?

이 와중에 리시버가 대단히 시끄럽다. 아까부터 겨울을 찾는 소대장의 음성이었다.

「클라운! 클라운! 야, 광대! 응답해!」

겨울이 송신했다.

"네, 어릿광대입니다."

「뭐 하는 짓이야! 목숨 내놨어? 엉? 통제에 따라야 할 거 아냐!」

걱정과 짜증과 분노가 같은 비율로 섞인 복잡한 음성. 겨울이 응답했다.

"죄송하지만 전 명령계통이 달라서요. 그쪽 본부 명령을 꼭 따를 필욘 없잖아요?"

「그게 제정신으로 하는 소리야?!」

여기서 어떻게 대답할까. 겨울은 「통찰」이 제공한 키워드를 활용했다.

"제 명령권자는 캠프 로버츠 사령이고, 그분께 받은 지시는 단 하나, '산타 마리아의 괴물들을 멋지게 잡아 죽일 것.' 뿐이거든요. 사실 맥과이어 대위님에게 명령권을 위임하겠다는 말도 없었어요. 그러니 전 임무를 완수하겠습니다. 하는 김에 부차적인 일도 하나 해치우고요."

제공된 키워드를 쓰면, '연기력'이 부족하더라도 시스템 보정이 붙는다.

「너 농담도 정도껏…….」

"잠시 바쁠 것 같네요. 응답이 없어도 이해해주시길."

겨울은 수류탄을 까서 굴렸다. 데굴데굴. 앙증맞게 굴러가는 작은 폭탄. 탑을 쌓아 기어코 올라온 첫 놈의 이마에 딱 맞고 떨어진다. 직후, 폭발.

쾅!

피와 살이 허공에 뿌려졌다. 거리로 후두둑 떨어지는 찢어진 내장들.

겨울이 뛰었다. 아직 살아서 꿈틀대는 인체 무더기를 밟고 뛰어서, 다시 도로 위에 선다. 먼지 쌓인 아스팔트 위에 뿌려진 검은 점들. 움직인다. 재앙의 전조 같은 바퀴벌레들이었다. 군홧발에 밟혀 으직으직 으깨어졌다.

미련이 남았는지, 드론 한 기가 근처를 떠돌았다. 렌즈는 소년을 담고 있었다.

탄약이 떨어진 모양이다. 헬기로부터 들려오던 총성이 그쳤다. 두 대의 헬기가 본부 방향으로 기수를 돌렸다.

이제 싸움은 온전히 소년의 몫이다. 목적지까지는 약 200미터. 그 사이에 존재하는 모든 변종들이 겨울을 포착했다. 달려가는 소년병. 달려오는 변종집단.

숫자가 아무리 많아도, 통제되지 않는 집단엔 반드시 여백이 있다. 겨울이 그 여백을 파고들었다. 내젓는 손과 덮쳐오는 몸,

짜임새 없는 본능들 사이의 가느다란 활로(活路).

길이 없으면 만들었다. 사방이 꽉 찬 것처럼 느껴질 때, 정면의 한 놈 팔목 붙잡아 당기면서, 무게중심을 가져오고, 넘어트리고, 둥글게 굴러, 다리와 다리와 다리들의 성긴 창살을 재빨리 빠져나간다.

구르는 속도 그대로 일어섰다. 정면 5미터 거리에 강화변종 하나. 겨울이 무릎을 쐈다. 무너지는 하체, 땅을 짚는 상체. 엎드린 구울을 계단처럼 밟고, 더 있는 놈들을 뛰어넘었다.

이제 앞뒤가 막힐 것 같다. 겨울은 갓길에 버려진 캠핑카를 타고 올랐다. 넓은 지붕을 달리다가, 모서리를 밟고서 최대로 도약한다. 날개 없는 비행. 소년의 발아래 배고픈 것들이 아우성쳤다. 겨울이 가로수 가지를 디딘다. 구부러지는 목질의 탄력을 받아, 다시 한 번 멀리 뛰었다. 기술보정. 떨어지는 충격은 무릎 위로 올라오지 않았다. 다시 한 번 굴러서, 떨어지

는 힘을 나아가는 힘으로 바꾼다.

두 차례의 도약으로 극복한 거리가 15미터에 이른다.

굳이 길에 얽매일 필요가 없다. 벽을 타넘고, 지붕과 지붕을 평지처럼 달렸다.

마침내 '부기 원', 최초의 그럼블이 관심을 보였다. 숨은 시민들 찾기를 포기하고 몸을 돌린다. 괴물과 소년 사이에 죽다 만 것들이 가득했으나, 야수의 노란 두 눈은 새로운 표적을 놓치지 않았다. 단단히 고정된 포식자의 시선.

[크워어어어어!]

겨울을 겨냥해 준비하는 질주 패턴.

이것을 기다리고 있었다. 지금의 회피율이라면 확실하다.

괴물의 굵은 다리에 혈관이 도드라졌다. 거대한 질량, 무서운 가속. 소년과 괴물 사이의 직선상에서, 뛰어오던 모든 변종들이 짓밟힌다. 정확한 타이밍에 몸을 날리는 겨울. 휘둘러진 그럼블의 주먹이, 바람 한 올 차이로 엇나갔다.

그럼블은 그러고도 십 미터 이상 더 갈아엎고 나아갔다.

살과 뼈가 고루 섞인 핏빛 포장도로. 푸쉬익- 콧구멍으로 증기를 뿜으며, 괴물이 느리게 돌아섰다. 겨울이 다시 돌격을 유도했다. 광포한 땅울림. 아스팔트에 거미줄 같은 금이 갔다. 압도적인 힘과 무게다. 휩쓸린 변종들이 팔다리 뜯어진 채 날아다녔다.

「조심해라, 광대! 6시 방향! 부기 투가 광대를 포착했다!」

그렇잖아도 느끼고 있었다. 골수를 찌르는 느낌과 증강현실의 경고. 또 다른 그럼블의 등장. 「전투감각」 및 「생존감각」의 연동 작용이었다.

겨울이 무릎 꿇고 정조준했다. 두 괴물의 질주에 시차를 만들어야 한다. 가쁜 숨, 들썩이는 어깨. 조준선이 흔들리지만 11등급의 사격기술이다. 드드득! 반자동으로 쏴붙인 탄 세 발이 쩍 벌어진 목구멍을 파고들었다. 직후, 겨울이 몸을 날린다. 견제하지 않은 쪽, 거대한 질량이 스쳐 지나갔다. 총 맞은 놈의 포효가 들린다. 곧바로 또 한 번의 회피. 두 번째 녀석은 집 한 채를 박살내고서야 멈췄다.

이 행동을 얼마나 반복했을까. 중심가에 운집한 변종집단이 떼죽음을 당했다. 시산혈해. 여기에 탄약을 보충하고 돌아온 헬기 두 대가 가세했다. 동물적인 지능으로도 죽음을 예감한 것일까. 멀리 보이는 변종들이 아직도 많았으나, 분분히 흩어지기 시작했다.

겨울이 이제야 그럼블 잡을 생각을 했다. 두 마리 괴물이 한 방면에 오도록 만들어놓고, 소리를 지를 때마다 번갈아 총알을 박으며 다가간다.

남은 수류탄이 세 발 뿐이다. 둘 다 죽여 놓을 순 없었다. 우선 한 놈 처리해놓고, 다른 한 놈이 피를 토하도록 만들어 놨다. 전투력이 반감된 놈을 노리고 헬기가 내려온다. 초저고도 비행. 그르릉 거리는 괴수를 향해, 유탄사수가 굵은 총구를 겨냥했다.

퉁—

가벼운 울림. 결과는 가볍지 않았다. 입을 다물기도 전에 터지는 유탄. 괴물의 마지막 날숨은 피가 섞인 불길이었다.

겨울은 주위를 살폈다. 찾았다. 웨스턴 모텔. 뚜벅뚜벅 걸어간다. 주위에 아직 살아남은 변종들을 직접 정리할 필요는 없었다. 그것은 헬기에서 내린 병사들의 역할이었다. 그 중 한 명은, 겨울 앞에서 잠시 머뭇거렸다. 뭔가 말 붙이고 싶은데, 뭐라고 말하면 좋을지 모르겠다는 표정. 결국 경례 한 번 붙이고 끝이었다.

읽지 않은 메시지 (2)

「BigBuffetBoy86 : 오! 작전지역까지 헬기 타고 이동인가! 나 하늘 나는 거 짱 좋아하는데!」

「프로백수 : 근데 헬기가 너무 작다. 장난감처럼 생겼음.」

「마귀놀이 : 그러게. 설마 저 바깥의 발판 같은 게 사람 앉으라고 있는 거야?」

「새봄 : 진짠갑네 ㅋㅋ 옛날 미군은 정말로 이렇게 위험한 걸 타고 다녔어?」

「닉으로드립치지마라 : ㅇㅇ. 이거 MH-6이라고 하는데, 미군 특수부대 수송용으로 잘 써먹었음. 좌우에 앉은 사람이 자유롭게 사격할 수 있고, 타고 내리는 게 빠르고, 헬기가 작아서 침투하기도 좋았으니까.」

「환상의동물여자친구 : 설명충 ㅅㄱ」

「아침참이슬 : 밀더쿵 오더쿵 덩기덕 쿵더러러러」

「まつみん : 어? 헬기? 이러면 안 되는데?」

「여민ROCK : 뭐가 안 됨?」

「まつみん : 마츠밍은 고소공포증 있는데!」

「김정은 개새끼 : 그럼 감각동기화를 끊어. 아님 일부 감각만 동기화시키던가.」

「まつみん : 그럴 순 없어요!」

「김정은 개새끼 : 왜?」

「まつみん : 싫습니다! 겨울 씨와 함께하는 시간을 단 한 순간도 놓치지 않겠어요!」

「에엑따 : 마츠밍 ㅋㅋㅋㅋㅋ」

「여민ROCK : 마츠밍 ;ㅅ;」

「레모네이드 : 오, 날개 돌기 시작했다!」

「BigBuffetBoy86 : Fu-! 난다! 날아!」

「짜라빠빠 : 어? 어어? 얘 손잡이 안 잡는데?」

「환상의동물여자친구 : 어우! 어우! 소오오오오름!」

「대출금1억원 : 야, 야야야야, 이거 장난 아닌듯? 이러다 떨어지면 방송사고 아니냐?」

「오푸스옴므 : 쒸…펄…ㅎㅎ…접속기…싼 거 써서…ㅎㅎ…접속 중…감각차단이…불완전헌디…ㅎㅎ…접속 끊으믄…바지에…지렸을 듯…ㅎㅎ」

「김미영팀장 : 얘 레알 겁 없네;;; 어우;;; 오금이 그냥;;; 오싹오싹;;; 내 눈이 아니라서 감을 수도 없고 ㅠㅠㅠㅠㅠㅠㅠ」

「프랑크소시지 : 어, 어, 손잡이, 진행자, 손잡이, 손잡이! 손 내밀지 마! 야! 미끄러져! 야! 야! 진행자! 읽어! 씨발! 읽으라고!」

「BigBuffetBoy86 : Fu-! Fu-! Fu-!」

「まつみん : 으아아아아아앙! 싫어요! 겨울 씨! 나한테 이러지 마!」

「まつみん : 꺄아아아악!」

「まつみん : 꺄아아아악!」

「눈밭여우 : 꺄아아아악!」

「まつみん : 꺄아아아악!」

「마그나카르타 : ㅋㅋㅋ 마츠밍 망가졌다」

「똥댕댕이 : 마츠밍 귀여워요 마츠밍…….」

「올드스파이스 : 잠깐, 스파이가 끼어있는데?」

「まつみん : 怖い怖

い怖い怖い怖い怖い怖い」

まつみん님의 감정상태가 지나치게 불안정하여「텔레타이프」기능이 정상적으로 작동하지 않습니다.

[まつみん님이 별 47.61개를 선물하셨습니다.]

「폭풍224 : 쟤 그 와중에 별 쏘고 있엌ㅋㅋㅋㅋ」
「액티브X좆까 : 근데 별 개수가 왜 저 모양이냐? 시스템 오류임?」
「려권내라우 : 환율 병시나. 문과인 나도 안다.」
「액티브X좆까 : 그럼 평소엔 왜 딱딱 맞아 떨어졌는데?」
「둠칫두둠칫 : 그러네. 왜지?」
「まつみん : 왜냐면! 일본인은! 꼼꼼하니까!」
「まつみん : 꺄아아악!」
「올드스파이스 : 저러면서 할 말 다하네 ㅋㅋㅋ 진짜 귀엽다 ㅋㅋㅋ」
「분노의포도 : 아, 저런 여자 친구 사귀고 싶다.」

[눈밭여우님이 별 1개를 선물하셨습니다.]
[눈밭여우님이 별 1개를 선물하셨습니다.]
[눈밭여우님이 별 2721개를 선물하셨습니다.]

「제시카정규직 : 헐…….」
「SALHAE : 헐…….」
「흑형잦이 : 헐…….」

「Владимир : 액티브 엑스 두 개 남았다. этого ещё не хватало! 나는 이것들을 반드시 설치하고 말 것이다! 그리고 이 보안 절차를 만든 까레이스키를 찾아서 죽여 버리겠다!」

Inter Mission 인공지능의 마음 (2)

안녕하십니까, 고객 여러분. 오늘은 본사의 인공지능 엔진 「트리니티」를 소개해드리는 두 번째 시간입니다. 전에는 TOM 판독 모듈에 대해 이야기했던가요? 오늘은 가상인격을 구성하는 삼위일체의 두 번째, 검색형 인공지능 모듈에 대해 알려드리겠습니다.

검색형 인공지능이란 무엇일까요? 그것은 말 그대로 검색엔진을 통해 구현된 인공지능을 뜻합니다. 월드 와이드 웹, 방대한 정보의 바다에 고여 있는 인간의 모든 기록을 읽고, 상황에 적합한 답을 찾아내는 것이지요.

그게 가능하냐고요? 생각해보세요. 얼마나 많은 사람들이 SNS에 인생을 낭비하고 있는지! 인터넷에는 사랑이 있고, 미움이 있고, 슬픔과 기쁨, 행복과 절망, 미덕과 악덕, 인간의 모든 감정과 지식과 사상과 추억과 역사와 흑역사가 고스란히 남아있어요. 부모님의 부모님의 부모님 세대부터 차곡차곡 쌓아온 방대한 데이터. 이것을 우리는 빅 데이터라고 부릅니다.

검색형 인공지능은, 빅 데이터에서 원하는 답을 찾아내는 로직, 데이터 마이닝(Data mining)을 통해 인격을 구현합니다. 사실 이 모듈 하나만으로도 완전한 인격을 구현할 수 있어요.

이론적으로는 말이죠.

그럼 문제가 뭐냐. 바로 검색에 필요한 시간입니다.

인격을 구현하는 게 어디 보통 문제인가요? 메라비언의 법칙에 따르면, 의사소통에서 말이 차지하는 비중은 고작 7%에 불과합니다! 나머지는 음성과 시각정보가 차지하죠!

즉 당신이 인공지능에게 질문을 던졌을 때, 인공지능은 질문에 대한 답을 찾고, 그 답이 세계관 배경과 상황에 적합한지 검증하고, 알맞는 어조와 강세와 말투를 검색한 뒤, 이 때 지어야 할 표정과 어울리는 몸짓까지 알아내야 합니다!

여기에 얼마나 많은 시간이 걸릴지 상상이나 해보셨나요?

그러고도 반응은 1차원적입니다. 방귀뀐 놈이 성을 내는 인간의 마음. 그건 검색만으론 완벽하게 구현할 수 없어요. 정확한 답을 찾아낼 뿐이죠.

그래서 TOM 모듈이 중요한 겁니다. 검색 범위를 획기적으로 축소시켜주거든요. 무엇을 찾아야 할 지 아주 구체적으로 알려준다고나 할까요? TOM 등급과 적성이 높은 접속자는 검색형 모듈의 점유율이 10% 이하로 떨어지기도 합니다.

두 개의 모듈이 시너지 효과를 일으킬 때, 인공지능은 풍부한 감정과 다양한 행동으로 여러분을 기쁘게 해드릴 겁니다.

자, 그럼 여기서 질문. 제가 왜 또 이런 소리를 하고 있을까요?

간단합니다. 이번에도 고객님들 때문이에요. 기술적인 한계를 알지도 못하면서, 그저 검색형 인공지능만으로 인격 구현이 가능하다는 말만 듣고, 무작정 항의전화를 걸어주시는 고마우신 고객님들.

참 나. 그게 가능하면 우리가 왜 안 팔겠어요? 가뜩이나 진작 끝나서 돈 때문에 하는 회사인데요.

이렇게 말하면 항상 나오는 질문이 있습니다. 섹스를 할 땐 검색형 모듈만 100%를 돌려도 인공지능 품질과 반응속도가 제법 괜찮은 편인데, 도대체 왜 그런 거냐고.

Inter Mission

그러게요. 왜일까요?

으흥흐흥으흐흥.

자, 지금까지 축적된 빅 데이터의 70% 이상이 포르노입니다. 질과 양부터 차원이 달라요. 품질 좋은 데이터를 찾기도 쉽죠. 왜냐? 조회수, 추천수, 다운로드 횟수가 많은 자료부터 검색하면 되거든요! 키워드 별로 분류도 잘 되어있고! 게다가 댓글에는 사람들의 구체적인 감상까지 있어요! 검색형 모듈은 이 의견을 아주 고맙게 참고합니다. 당연히 품질이 좋을 수 밖에요.

그러니 앞으로 이 문제에 관해서는 항의전화를 자제해주시기 바랍니다.

지금까지 낙원그룹 가상현실사업부에서 알려드렸습니다.

Day after apocalypse

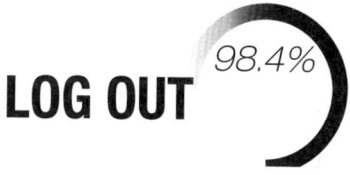

LOG OUT 98.4%

〈2권에서 계속〉

Operation Map

-전술 지도-

* 캠프 로버츠샌 미구엘, 파소로블레스

* 전술 지도 숙지 요망.

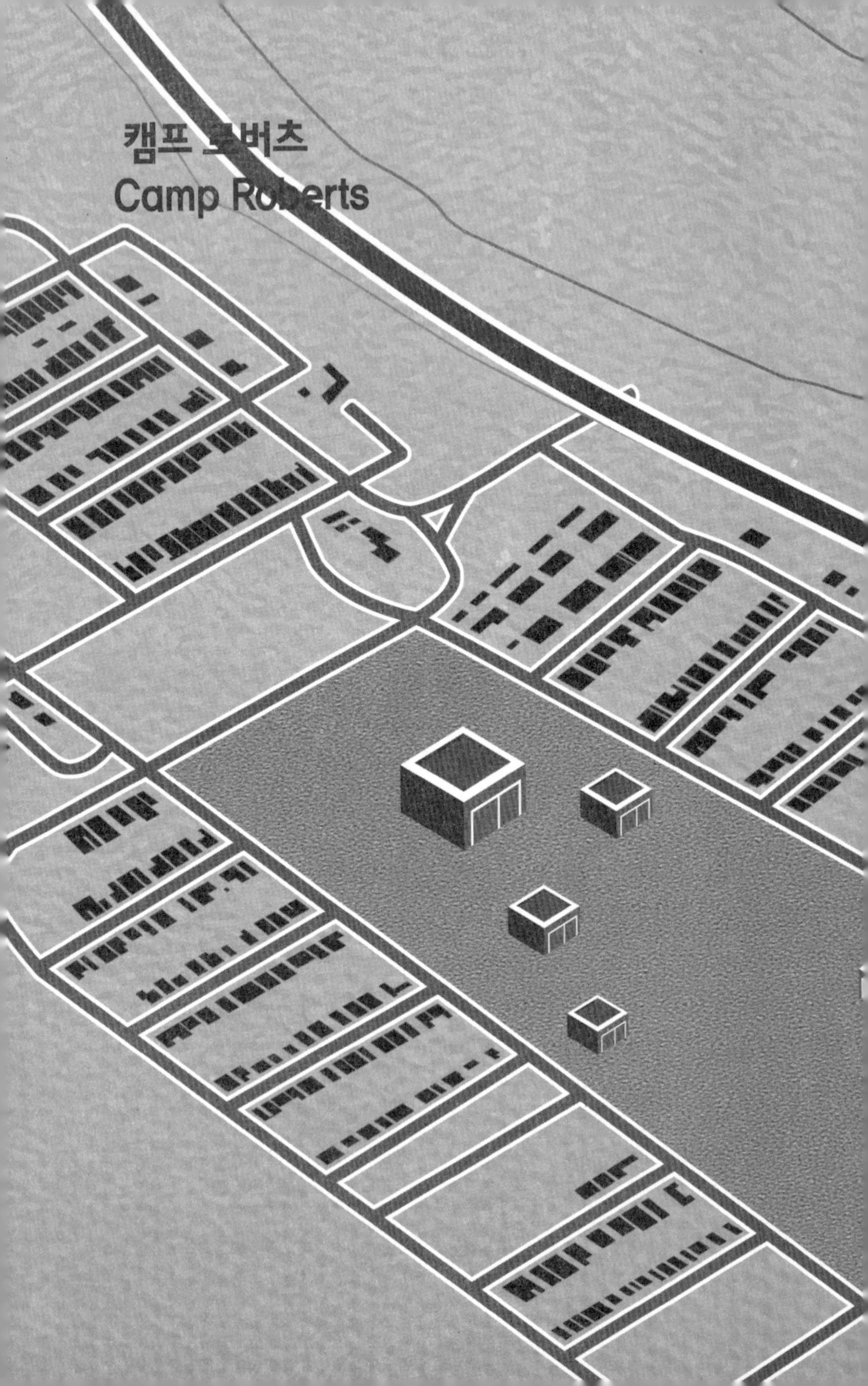
캠프 로버츠
Camp Roberts

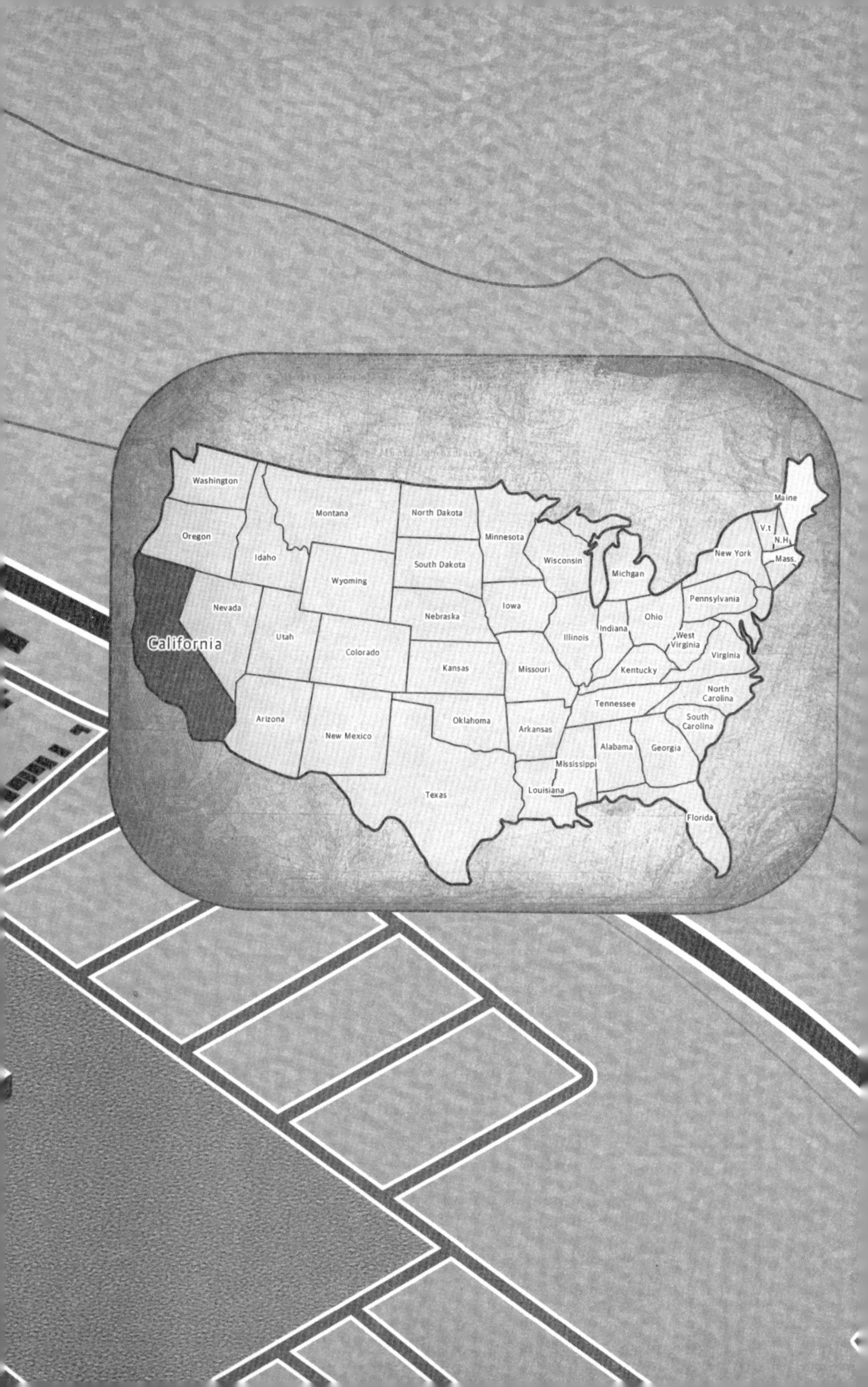
Washington
Oregon
California
Nevada
Idaho
Montana
Wyoming
Utah
Arizona
Colorado
New Mexico
North Dakota
South Dakota
Nebraska
Kansas
Oklahoma
Texas
Minnesota
Iowa
Missouri
Arkansas
Louisiana
Wisconsin
Illinois
Michgan
Indiana
Ohio
Kentucky
Tennessee
Mississippi
Alabama
Georgia
Florida
South Carolina
North Carolina
Virginia
West Virginia
Pennsylvania
New York
Maine
V.t
N.H
Mass.

샌 미구엘 San Miguel
101
Almond Way
K Street
101
239
101
차량대열 정지
Vehicle Row Suspension
W 10th St
Mission Almond Way
Inn San Miguel

제분소
Grinding Mill
소방서
Fire Station
15th st
15th st
n Tattoo
ket & Deli
14th st
North River Road
Mission Street
M Street
Gains Place
13th st
L Street
12th st
12th st
Post Office
11th st
11th st
Mission Street
10th st
Street

파소 로블레스
Paso Robles
찰리중대
최종진출지점
찰리중대
진입지점
침례교회
Flamson School
Paso Robles Inn
232
101
231B
46
231
231A
34th st
30th st
28th st
26th st
24th st
24th St
W 21th St
20th st
19th st
18th st
17th st
16th st
15th st
14th st
13th st
12th st
11th st
10th st
W 17th St
W 17th St
Vine St
Oak St
Spring & 32nd
3100-3198 Park St
Park St
Pine St
Spring St
Chestnut St
Olive St
Riverside Ave
Victoria Pl
Paso Robles St
River Rd
Salinas River
Tierra Vista Ln
Beverly Ave
Alydar Pl
Mustang Springs Rd
Panorama Dr
Fairview Ln
Nacimiento Lake Dr
tain Springs Rd
Locust St
Merry Hill Rd
Hilltop Dr
Traditions Lo
Clubhou
Alame

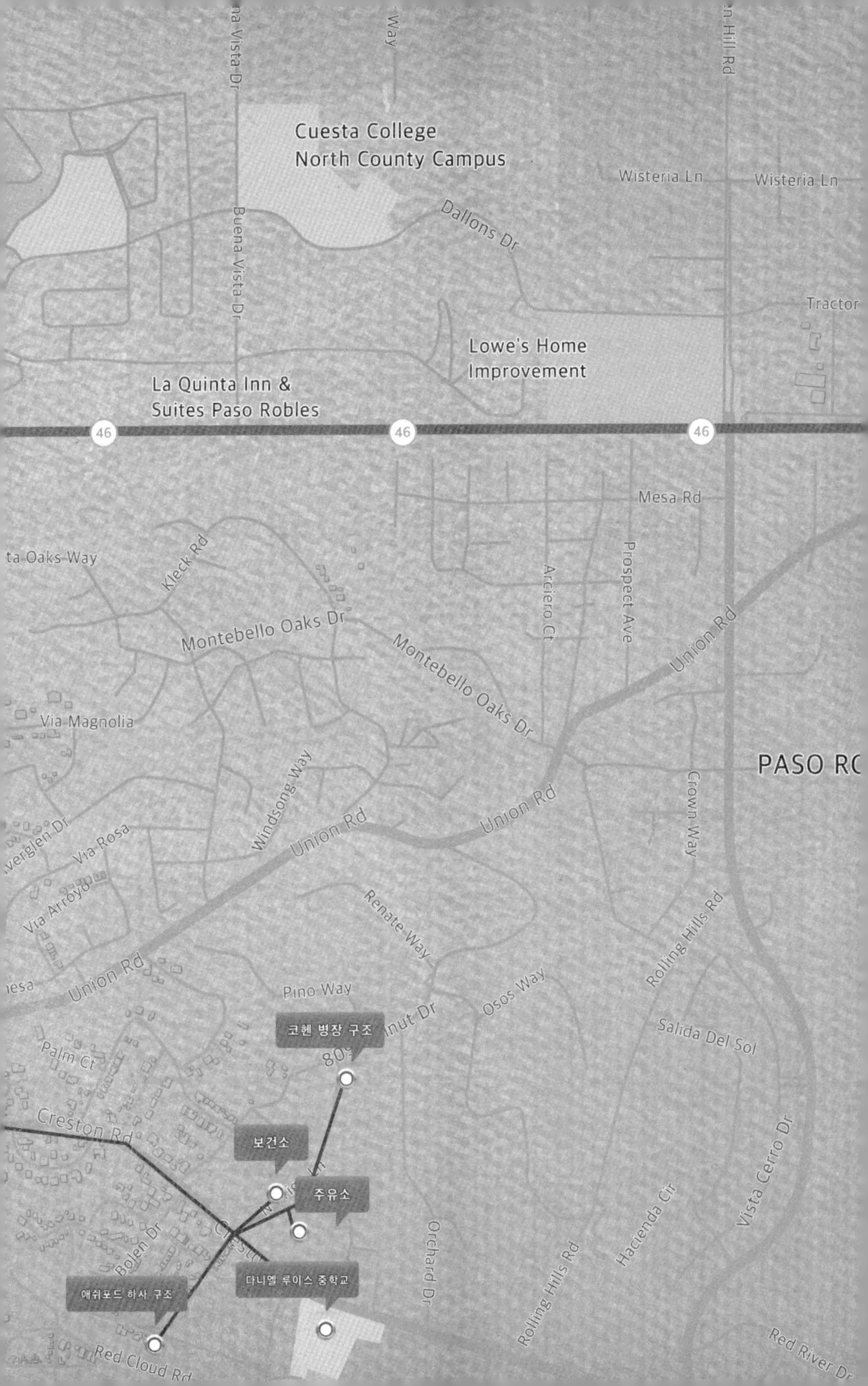

Cuesta College
North County Campus
Wisteria Ln
Wisteria Ln
Dallons Dr
Buena Vista Dr
Tractor
Lowe's Home
Improvement
La Quinta Inn &
Suites Paso Robles
46
46
46
Mesa Rd
Kleck Rd
Arciero Ct
Prospect Ave
Montebello Oaks Dr
Montebello Oaks Dr
Union Rd
Via Magnolia
PASO RO
Windsong Way
Union Rd
Union Rd
Crown Way
Via Rosa
Via Arroyo
Renate Way
Rolling Hills Rd
Union Rd
Pino Way
Osos Way
Salida Del Sol
코헨 병장 구조
Palm Ct
Creston Rd
보건소
주유소
Orchard Dr
Vista Cerro Dr
Hacienda Cir
Bolen Dr
Rolling Hills Rd
애쉬포드 하사 구조
다니엘 루이스 중학교
Red Cloud Rd
Red River Dr

Mutation Field Manual
-야전 교범-

모겔론스 감염 변종 대응 방안으로

전 장병은 살고 싶다면 반드시 숙지 할 것

감염변종

외형: 인간형

눈이 흰자위, 누렇게 뜬 얼굴

피부가 썩고 부풀었음.

특징: 소리에 민감하게 반응

집단으로 움직이는 습성이 있음

날카로운 쇳소리

민첩하고 빠른 편

대처법: 두개골, 머리를 파괴로 제압

집단으로 조우 시 기도비닉을 유지하여 탈출.

민첩하기에 유효사거리인 500야드에서 사격 할 것

그럼블

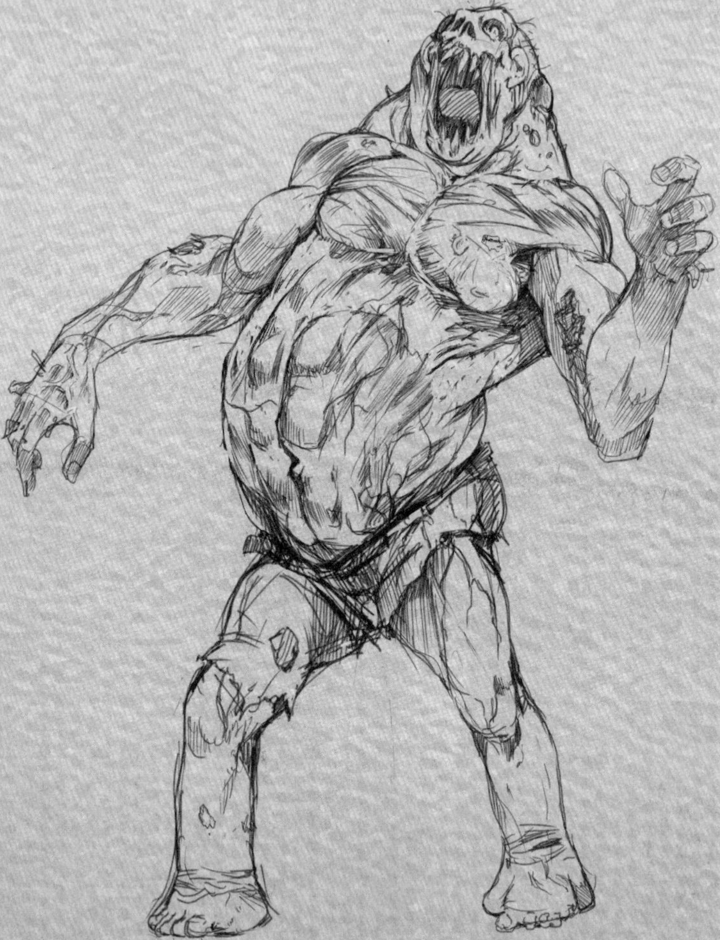

뮤테이션 코드: Grumble

외형: 침팬치와 비슷함 체구는 5m , 노란 안구에 붉은 눈동자

약20cm 큰 주먹을 가지고 있음 근육질.

특징: 냄새에 민감, 무풍지대 기준 반경 50m 감지

보이지 않으면 킁킁거리며 천천히 접근함

홀로 다니거나 둘씩 짝지어 다님

공격하기 전 큰소리를 냄

이동속도는 느리지만, 4m에 떨어져 있으면 고속 접근

집기, 차량을 집어던짐

대처법: 목이 유일한 약점

입 안으로 수류탄을 던질 것

발견 시 육군 항공대 지원을 받을 것

육군 전차대대 지원을 받을 것

+013

납골당의 어린왕자 1

1판 1쇄 발행 2017년 3월 30일
1판 4쇄 발행 2023년 6월 30일

저자 퉁구스카
표지 노뉴

편집 전준호
디자인 윤아빈
크리처 삽화 황주영
마케팅 이수빈

발행인 원종우
발행처 (주)블루픽

주소 (13814) 경기도 과천시 뒷골로 26, 2층
영업부 02-6447-9000 **편집부** 02-6447-9000 **팩스** 02-6447-9009
메일 edit@bluepic.kr **웹** bluepic.kr

ISBN 979-11-6085-062-8 02810 **(세트)** 979-11-6085-063-5 02810